IN THE SHADOWS

HUNTERS AND PREYS 2

IN THE SHADOWS

HUNTERS AND PREYS 2

F. FORTUNATO

NIGHTMARE

FRUTO

PROIBIDO

Revisão: Beatriz de Faria e Jessica Sampaio
Leitura Crítica: Isabela Fávaro
Capa e Diagramação: Larissa Chagas
Ilustração: Ana Araújo

NOTAS DA AUTORA

"In the Shadows" é o segundo livro da série **"Hunters and Preys"**, na qual cada volume narra a história de um 'Hunter', um membro do grupo de hackers. Embora "In the Shadows" faça referências ao livro 1, sua trama pode ser lida de forma independente devido à sua história autônoma.

"In the Shadows" é um Dark romance +18 entre um anti-herói e seu antagonista, cuja relação conturbada e comportamentos problemáticos não devem ser tomados como exemplo.

Dominic e Zachiary, embora explorem alguns fetiches relacionados ao BDSM, não são praticantes do BDSM; são apenas fetichistas.

O livro apresenta cenas e temas sensíveis, que podem ser gatilhos, tais como: **conteúdo sexual explícito, violência física descrita (gore), tortura, sequestro, violência psicológica e estresse pós-traumático**."

DEDICATÓRIA

A todos aqueles que um dia tentaram mudar para se encaixar em um lugar que não lhes pertencia.

DINHEIRO NÃO COMPRA FELICIDADE

ZACHIARY SMIRNOF

Dinheiro não compra felicidade, eles dizem. Mas será mesmo que não compra?

Veja bem, neste mundo o dinheiro compra boas comidas, para sobreviver e alimentar o coração, te garante viagens onde pode experienciar coisas inimagináveis, bons carros, casas, pessoas... é, pessoas, no sentido literal e não literal. O dinheiro compra quase tudo, e o homem que estava sob a mira do meu fuzil comprovava isso.

Spencer Johnson, o homem de quarenta e tantos anos, com pele alaranjada por bronzeamento artificial e cabelos ralos penteados para o lado era um bilionário envolvido com muita coisa suja. No ano anterior Spencer foi exposto por mim e pela minha equipe de hackers, os Hunters, sobre a situação em sua ilha de perversões, onde ele e outras personalidades poderosas iam para degustar de comidas caras e garotas menores de idade em situação de vulnerabilidade financeira. Aquele velho nojento foi acusado e julgado pelos seus crimes de tráfico e abuso infantil, chegou até a ser preso como um troféu para a polícia, mas sabem o que aconteceu depois? Spencer foi solto. Seu dinheiro comprou sua liberdade e até mesmo limpou seu nome na imprensa, então se a grana pode comprar liberdade e dignidade... por que não a felicidade? Desculpe decepcioná-los com essa falácia reproduzida para os pobres, mas o dinheiro compra quase tudo.

E a única coisa que o dinheiro não era capaz de comprar, eu estava prestes a tirar dele.

Agachei mais sobre o telhado do prédio, inspirei fundo com o dedo apoiado no gatilho e olhei para a lente do meu fuzil me certificando de que o tiro seria certeiro, na cabeça.

Estava pronto para atirar.

E aquele foi o meu maior erro.

Antes de contar para vocês sobre o evento que revirou a minha vida, preciso retroceder nos fatos, mais especificamente à noite anterior a esse fatídico dia.

Eu poderia dizer que aquela noite era apenas uma sexta-feira qualquer, mas não, era nove de novembro, véspera do meu aniversário e para ser sincero, não estava nada animado para ficar mais velho. Faltaria então apenas um ano para eu chegar aos trinta, mais próximo da meia idade. Aquilo me apavorava, porque apesar de lutar pelos meus ideais, senti que não construí nada até então.

A começar pelo fato de eu não ter exatamente um emprego, era um criminoso, um hacker, ganhava a vida extorquindo a grana suja de gente rica ou filha da puta... que na maioria das vezes eram as duas coisas, ricos e filhos da puta. Além disso, morava sozinho numa floresta isolada, não tinha esposa ou marido, filhos, sequer uma aposentadoria, seguro, auxílio funeral. Eu não tinha nada.

Quando eu deixasse esse mundo não restaria nada meu nele além de uma casa na floresta que eu construí, lembranças nas mentes dos meus amigos e um ideal. Esse último era o que eu mais me esforçava em deixar no mundo, a ideia da justiça, a luta contra os que exploravam e perpetuavam a miséria, que se sentiam acima das leis... Mas eu estava sempre ali para tentar fazê-los pagar.

Abaixei a cabeça debaixo da pia e abri a torneira, a água lavava todo o excesso de tinta azul que estava sobre os meus cabelos, antes loiros, recém pintados. Levantei o rosto, afastei os fios da minha visão e olhei para o espelho à frente, minha palidez ressaltava ainda mais as olheiras arroxeadas que contornavam as pálpebras cansadas.

Desde que deixei Moscou há 5 anos para vir para Nova York, nunca mais tive uma boa noite de sono. Não apenas pelo fuso horário, mas devido ao que me atormentava, o motivo da minha fuga da Rússia. Mexi com pessoas não apenas poderosas..., mas perigosas, muito, muito perigosas.

E ainda que tivesse passado anos desde que fugi, a ideia de ser perseguido ainda me assombrava.

De vez em quando as minhas memórias reviviam o trauma. O toque frio daquele homem sobre minha pele, o cheiro de mofo daquele lugar abandonado, a sensação de sufocamento, o medo iminente de acreditar que morreria... só em pensar eu me arrepiava.

Deixei o banheiro com a toalha enrolada na cabeça e fui até a sala onde estava o meu notebook. Faltava ainda uma hora para me encontrar online com os outros Hunters para planejarmos as ações contra os nossos alvos.

Me joguei no sofá e coloquei ambos os pés sobre o móvel, recostei a cabeça no apoio e levei o celular à altura dos olhos a fim de procrastinar na internet até o momento das ações. Abri o Instagram na minha conta fake para ver como dois membros do grupo estavam aproveitando a noite.

Os Hunters eram formados por quatro hackers além de mim, com os codinomes de Masked Guy, que era o Dean Hunter; Monster, cujo nome era Logan Snyder; Zero, que se chamava Taehyun White e, o membro mais recente, Ghost, o Peter Reid.

Masked e Ghost tinham o mesmo padrão de comportamento, eram retidos, discretos e caseiros... Um casal, inclusive, moram juntos.

Zero e Monster eram os que mais me preocupavam, primeiro porque ambos eram bem jovens, segundo porque se expunham demais. Monster quase sempre participava de corridas ilegais e festas e Zero estava todo fim de semana em festas. Meu medo era de que eles colocassem não só a si mesmos, mas como todo o grupo em risco.

Além disso, eu tinha um caso com um dos Hunters. Zero e eu éramos apenas amigos e parceiros de grupo, isso até resolvermos nos deixar levar por um sentimento mais urgente, o tesão. E aquilo evoluiu para algo mais...

Quero dizer, evoluiu para algo mais apenas para mim, porque nos stories que Monster gravou na festa que acontecia naquela noite, Zero estava aos beijos com outros. Sim, no plural.

E admito que ainda que não tivéssemos nada com compromisso, eu me senti afetado. Meu sangue fervilhou no rosto, o coração acelerou o ritmo e mesmo que eu não quisesse me permitir sentir tanto, minhas mãos estremeceram. Apertei os dentes para tentar conter a tremedeira, bloqueei a tela do celular e empurrei o aparelho para longe. Inspirei fundo.

Era raiva e frustração. Raiva de mim mesmo por aflorar algo em uma relação casual e frustração por constatar que sim, morreria sem construir um relacionamento longo.

Pode parecer exagero essa última frase, mas eu não saía de casa e muito menos tinha paciência para usar aplicativos de namoro, então a menos que o amor da minha vida batesse na minha porta, a solidão seria o meu destino.

Levantei do sofá e fui esquentar uma xícara de água no microondas para preparar um chá de camomila. Enquanto o saquinho estava em infusão, peguei o vape que estava sobre a bancada ao lado e o liguei, puxei a fumaça.

Soltei o ar lentamente e fechei os olhos por alguns instantes, precisava me acalmar, não apenas pelas imagens que vi, mas porque o planejamento das ações do dia seguinte seria o mais importante de todos.

Peguei a xícara de chá, dei mais um trago e caminhei até o sofá onde estava meu celular e o notebook sobre a mesinha de centro da sala.

Abri o notebook para que conseguisse acessar o chat dos Hunters, Dean e Peter, o casalzinho, já estavam online.

Eu

Boa noite. Vamos só esperar mais um pouco para Zero e Monster entrarem.

Eu não quis comentar sobre os stories que vi, mas Dean não foi nada discreto.

Masked Guy

Shadow, acho que eles vão demorar um pouco, os dois estão numa festa que parece não acabar tão cedo. Tá tudo nos stories do Monster.

Eu

Estou sabendo, mas acredito que em breve estarão online, os dois sabem da importância do ato de amanhã. Eles podem ser um pouco irresponsáveis, mas não são loucos de furarem o planejado.

Ghost

Você chegou a ver os stories do Monster?

Peter foi bem mais direto do que Dean em relação ao assunto. Eles acompanharam o meu envolvimento com Taehyun, então estarmos juntos na semana passada e na sexta seguinte ele aparecer beijando outros em público era algo que levantava muitos questionamentos.

Eu

É, eu vi.

Masked Guy

E como você se sente sobre isso?

Prendi o lábio entre os dentes e suspirei.

Eu

Eu tô bem. Não temos nada sério. Eu também posso ficar com outras pessoas se eu quiser.

Aquela última frase foi desnecessária, expôs a minha situação de alguém de ego ferido que quis se sentir por cima, já que Dean sabia que fiquei meses sem transar até ficar com o Zero, e isso só aconteceu porque ele quem teve a atitude de me seduzir na balada.

Um silêncio se instaurou no chat, até aparecerem as notificações de Logan e Taehyun entrando no grupo.

Monster

Demoramos, mas chegamos. E aí, qual vai ser o plano de amanhã?

Zero, apesar de online, permaneceu em silêncio. Em geral ele soltava alguma piadinha assim que entrava no grupo, mas acredito que ele percebeu o climão que foi criado.

Chacoalhei a cabeça para deixar de lado a minha vida pessoal e focar no mais importante: a missão que faríamos amanhã.

Eu

Como sabem, entramos em época de eleições para a prefeitura e Spencer vai apoiar e financiar o candidato Hilbert Harper, que fará um discurso à noite na Foley Square. Obviamente, Spencer tem interesse político no meio, provável que seja para facilitar as suas jogadas no ramo imobiliário, com a valorização e desvalorização estratégica de certos bairros. Por isso, sugiro que façamos uma ação na praça do discurso, para refrescar a memória da população sobre os crimes do Spencer e isso também vai afetar a candidatura do Harper, que terá sua imagem ligada a ele.

O caso do Spencer só foi investigado devido à exposição e movimento cibernético levantado pelos Hunters. Mas, como sempre, pessoas como Spencer pagam para estar por cima da lei e assim ele escapou da justiça.

As pessoas precisavam se lembrar que Spencer Johnson era um pedófilo, e não só isso, traficava e explorava meninas em sua ilha particular, cuja localização exata nós ainda não conseguimos descobrir, mas que eu sabia que, se um dia soubesse o endereço, faria de tudo para destruir o lugar.

Tomei o caso dele como um desafio pessoal.

Ghost

E como faríamos isso?
Cartazes?

Eu

Não, um projetor. A praça fica no centro de diversos prédios, Hilbert deve discursar em frente à escultura central, podemos subir em um dos prédios que fica aos arredores e projetar as notícias e provas contra Spencer nas colunas do tribunal.

Zero

Posso incrementar o material do projetor e colocar também campanhas contra o Hilbert. Se ele está envolvido com o Spencer, com certeza coisa boa não é. Derrubaremos os dois.

Masked Guy

Eu não encontrei nada de comprometedor sobre esse candidato até agora, mas é bom não o deixarmos criar raízes. A vitória dele também é a vitória de Spencer.

Eu

Certo. Além da projeção, precisaremos nos dividir, já que a segurança vai estar reforçada, teremos que ter uma projeção reserva para caso algo ocorra de forma imprevista. Vou mapear os prédios e enviar amanhã cedo onde cada um vai ficar. Zero e Monster, vocês cuidam do material do vídeo?

Monster

Positivo, chefia. Posso levar os projetores também.

Eu

Tudo bem. Amanhã cedo enviarei as coordenadas e instruções. Masked e Ghost, continuem pesquisando mais sobre o Hilbert, inclusive as movimentações bancárias, ele deve esconder algo.

Ghost enviou um emoji de mão com o polegar para cima e Masked respondeu seco com seu típico "ok". Deixei o chat e abri a outra aba do computador para conseguir mapear o território.

As ações dos Hunters antes eram apenas digitais, expúnhamos e extorquíamos pessoas de grande poder, tudo apenas pela internet, mas desde o ano passado, quando derrubamos o prédio da Dermaceuticals, a empresa abusiva de um magnata de NY e vimos o impacto que aquilo teve, resolvemos expandir as ações e fazer atos presenciais também, para atingir o grande público, aqueles que não ficavam online.

Mesmo com a polícia na nossa cola, não nos acuamos, fomos estratégicos e cuidadosos. Além disso, nenhum crime era letal até então, nunca matamos ninguém nas ações... Ao menos não até aquele momento.

E eu estava prestes a mudar isso.

Eu mataria Spencer Johnson.

Nenhum Hunter saberia dessa parte do plano, senão tentariam me impedir, mas eu estava determinado e nos separaria de propósito para caso algo desse errado, eles ficassem seguros e ilesos. Me arriscaria sozinho, afinal, a responsabilidade do assassinato seria minha.

Madruguei arquitetando o restante do plano, documentei e enviei para os outros quatro membros da equipe. Joguei o notebook no canto do sofá, encostei o pescoço no apoio e fechei os olhos, por ali mesmo adormeci.

Na manhã seguinte abri os olhos e os estreitei de imediato devido à luz do sol que adentrava pelas janelas ofuscar a minha visão. Pisquei algumas vezes, passei a mão pelos cabelos e os joguei para trás.

Olhei para a tela do celular e ainda eram onze horas, eu só encontraria com os Hunters na Foley Square às 15h para nos posicionarmos antes da equipe do Hilbert Harper chegar, já que junto deles viria a segurança.

Aqueci a água para preparar um café, fritei ovos, bacon e separei uma torrada, aquela seria a minha única refeição do dia. Não conseguia matar com a barriga cheia, porque me sentia enjoado logo após e a chance de vomitar era maior.

Não que isso fosse um sinal de alguma virtude no meu caráter.

Ao completar 18 anos servi o exército Russo, a princípio fiquei apenas na área de inteligência, pra ser mais específico nos códigos e mapeamento de regiões, o que me ajudou a aprender quase tudo sobre invasão de redes e crimes cibernéticos, porém, ao chegar aos 21 me colocaram para o combate.

E ali vivi o inferno. Enxerguei coisas que não deveria, acobertei crimes de guerra que jamais imaginei e foi onde aprendi a matar. Lembro até hoje da primeira morte que cometi, foi quando vi de perto como algo tão pequeno quanto uma bala, que entrava como uma agulha, causaria um estrago grande, fazendo um buraco maior que uma laranja ao sair.

Os miolos me lembraram o que eu havia comido no almoço no dia, Chili enlatado. Aquilo me fez sentir o ácido estomacal na garganta no exato segundo e me marcou para o resto da vida. Matei outras vezes, sim, mas nunca mais logo após comer.

Tomei o café, fui para o banheiro tomar uma ducha gelada e ao sair vesti as roupas pretas. Camisa de gola alta, calça cargo e coturno.

Eram 13h, estava quase tudo pronto. Deixei o banheiro para subir as escadas de madeira escura até o segundo andar, onde ficava o meu quarto e o armazém das armas. A casa que eu havia projetado em meio à floresta era não apenas um lugar de sossego, mas um refúgio, um lugar em que poderia me proteger de qualquer coisa.

Era uma estrutura de madeira sólida de dois andares, com poucas janelas, apenas alguns móveis necessários, duas portas de escape e uma área de vigia, onde também ficavam as armas... O meu quarto.

Ali era o meu maior lugar de segurança, era um ambiente escuro, com uma cama grande no centro, uma escrivaninha com um computador em cima, parede de fundo totalmente de vidro com insulfilm para que eu conseguisse enxergar a floresta e os arredores e dois armários, um com roupas e outro com armas.

Apesar de morar sozinho, o armário das armas tinha um cadeado com código. Me aproximei para girar os números até fixar o código e assim que consegui abrir as portas, olhei para os rifles, fuzis e pistolas.

Peguei um fuzil de precisão e puxei a divisória embaixo que dava para as armas brancas e escolhi também uma faca pequena por precaução.

Para conseguir levar a arma sem ser percebida, guardei dentro de uma caixa de violão junto da munição, apoiei a alça sobre o ombro, coloquei a faca na cintura, com a lâmina voltada para baixo, tranquei o armário, peguei a minha máscara de palhaço e a chave da moto.

Faltava pouco tempo para encontrar com os outros Hunters e eu morava longe do centro de Manhattan, então teria que ser rápido. Subi na minha Honda preta e azul, coloquei o capacete e acelerei em meio ao caminho seguro que tracei pela floresta até o asfalto.

O peso da arma nas minhas costas fez a viagem ser mais difícil, principalmente porque eu não conseguia ter tanta mobilidade para fazer qualquer manobra a fim de desviar do trânsito caótico de Nova York.

Deixei a moto em uma rua paralela à da praça e caminhei com o capacete ainda na cabeça e a chave nas mãos em direção ao local onde encontraria com o restante da equipe. Ghost e Masked Guy, o casal, foram pontuais e mais discretos.

Masked estava com os cabelos loiros cortados nas laterais e altos no topo, vestia uma blusa preta, calças jeans e uma máscara descartável sobre o nariz e boca, a camisa deixava a mostra as suas tatuagens nos braços e o desenho de rosa na lateral do pescoço, já seu par, Ghost, ficou com o rosto livre, os cabelos cacheados e volumosos soltos, escondendo apenas os olhos claros atrás dos óculos grandes, sua blusa era preta e larga com a logo da banda Deftones, a calça combinava com a do Dean. Ambos estavam com mochilas nas costas.

— Vai tocar violão onde? — Dean ergueu a sobrancelha e direcionou a atenção para o que havia sobre meu ombro.

— Eu preferi trazer meu equipamento em uma capa de violão ao invés de uma mochila. — Apertei as mãos e esfreguei os polegares sobre os nós dos dedos. Eu esperava que a mentira caísse bem, mas foi tão ruim que Dean não a comprou, muito menos o seu namorado.

— Achei que não mataríamos ninguém — Peter comentou.

— E não vamos. Estou armado apenas por precaução. — Olhei em volta antes de subir o visor do capacete.

Estávamos em meio a uma área de prédios que era tão escondida quanto pouco movimentada, mas ainda assim recebi alguns olhares das raras pessoas que passaram por ali naquela hora. Resolvi tirar o capacete, chamaria menos atenção.

— Sei. Não faça nenhuma besteira, Shadow.

— Não confia em mim?

Dean apenas desviou o olhar.

— Já são quase 15h! Cadê Zero e Monster? — Peter externalizou o que eu havia acabado de pensar. Faltava pouco tempo para começarmos as ações e os outros dois ainda estavam fora de hora.

Zero e Monster eram irresponsáveis, muitas vezes inconsequentes, só permaneciam no grupo porque apesar desses dois defeitos, eram ótimos no que faziam.

E eles sabiam demais sobre a minha identidade.

Bastou que Ghost dissesse seus nomes para ouvirmos o ronco do motor do Porsche preto. Monster não foi nada discreto, ele cantava pneu e fechava alguns motoristas na rua à frente até entrar na pista próximo de onde estávamos.

Depois de estacionar no prédio ao lado, os dois desceram do carro com mochila nas costas, ambos de rostos destampados. Logan, o piloto, estava com seus cabelos crespos cortados bem baixinho, blusa preta de meia manga que deixava a mostra seus braços tatuados, calças largas igualmente escuras e brincos de joias pequenas nas orelhas. Ao seu lado Taehyun era o único do grupo que foi com blusa clara de botão, aberta até metade do peitoral que mostrava sua tatuagem de cobra, os cabelos escuros estavam úmidos e jogados para trás e o seu olhar, distante.

O clima ficou tão estranho desde a noite anterior em que vi as imagens dele beijando outros, que Tae sequer conseguiu me encarar, ele sabia que eu vi, aliás, todos ali presentes sabiam e a situação se tornou constrangedora a ponto da quietude tomar seu espaço. Deveríamos falar do plano, mas ficamos alguns segundos em silêncio, que pareceram horas.

— Por que você está com um violão nas costas? — Monster rompeu com o clima.

Ele me olhou de cima para baixo com a sobrancelha arqueada. Dean foi esperto o suficiente para saber que eu estava com uma arma, mas eu acreditava que Monster não associaria isso, ele e Zero eram mais desatentos e não me conheciam tão bem quanto Dean.

— É só a capa do violão, usei pra trazer um projetor reserva e outros equipamentos. — Esfreguei os dedos. Monster sequer parou para pensar na mentira, apenas acatou com um aceno de cabeça. Bati as mãos — Certo, agora que todos estão aqui, vamos nos dividir conforme o mapa que enviei ontem à noite, Zero e Monster vão para o prédio Sul, Ghost e Dean no

Oeste, eu ficarei por essa área, iremos circundar a praça do alto dos prédios. Monster e Ghost farão a projeção, Masked e Zero a cobertura deles... eu ficarei na coordenação do ato, numa visão estratégica das duplas. Não temos muito tempo, vamos, vamos — Bati palmas para agitar a equipe.

Nos separamos, cada um foi para o lado determinado e eu fiquei de subir no prédio residencial antigo que havia à frente. Ali não tinha porteiro ou guardas, somente um portão fácil de destravar e grades baixas demais.

Passei pelo saguão onde estava uma família latina falando em espanhol, eles não questionaram a minha presença, capaz de estarem acostumados com estranhos trafegando por aquele lugar meio abandonado.

Ali havia uma escadaria de emergência e um elevador de cabine velha, eu não subiria doze andares de escada, então arrisquei em ir de elevador, apertei o botão e aguardei pacientemente a luz amarela acima da cabine piscar indicando os andares, quando enfim as grades esverdeadas e enferrujadas se abriram, entrei e apertei para o último andar.

O silêncio entremeado a tensão me fez ouvir os próprios batimentos, estava acelerado, a respiração quase ofegante, aquilo tudo poderia dar errado, muito errado.

Assim que a porta da cabine abriu, deixei o elevador e subi um único lance de escadas, então enxerguei acima algumas barras de metal presas à parede, assemelhando-se a degraus, logo acima havia uma pequena porta encostada. Ali era o telhado do prédio.

Agarrei na primeira barra e apoiei meu pé para subir, cheguei ao topo das cinco e empurrei a portinha, de imediato estreitei os olhos com a luz alaranjada do sol de fim de tarde. Fiquei de pé sobre o telhado e andei devagar até a borda, dali eu tinha a visão completa do centro da praça, da área de projeção e do topo dos prédios vizinhos onde estariam os outros Hunters. Deixei a capa de violão no chão e a abri, coloquei a munição na arma, apoiei o suporte sobre um dos ombros e vesti a máscara de palhaço. Agachei e esperei.

Aos poucos, antes mesmo do político aparecer, alguns protestantes se acumularam próximos à área que era delimitada pela equipe do candidato a prefeito. Do alto não consegui ler o que estava escrito, mas em alguns cartazes identifiquei o símbolo de um lobo minimalista, preto e branco... exatamente o desenho da tatuagem que eu tinha na cintura, o ícone dos Hunters.

O canto do meu lábio se esticou. Eles estavam ali não contra Hilbert, mas contra o mesmo patife que fui caçar, Spencer Johnson.

A grande mídia pode até ter esquecido da sua ilha de maldades, mas o povo não.

A noite começou a cair e com o acender dos postes o carro preto cheio de motos de seguranças ao redor apareceu. O candidato foi visto junto do bilionário que deveria estar na cadeia, eles andaram em meio aos gritos de apoiadores e alguns protestantes.

Mesmo em meio ao barulho, Hilbert Harper discursou, e foi quando o projetor começou a entregar nas colunas do tribunal as imagens das notícias de Spencer envolvido com exploração sexual infantil.

Empunhei a arma e olhei pelo visor para ver bem a cara dele. Seu rosto estava tão pálido que nem mesmo o bronzeamento artificial conseguiu trazer cor, Spencer olhava para os lados desconcertado e a equipe começou a se movimentar para buscar os donos da projeção.

Eu esperava que àquela altura os Hunters já estivessem saindo dos prédios e deixado os projetores lá, conforme o combinado, pois de fato a equipe de segurança os localizaria em breve.

Só faltava uma coisa para acabar com aquela missão. O principal motivo de tudo, o porquê de eu ter ido para aquele lugar, justamente em cima daquele prédio.

Agachei mais sobre o telhado, inspirei fundo com o dedo apoiado no gatilho e olhei para a lente do meu fuzil me certificando de que o tiro seria certeiro, na cabeça.

Prendi o lábio entre os dentes, mas no segundo em que puxei o gatilho, ouvi o barulho de alguém atrás de mim.

— Shadow, não! — Zero gritou.

Foi tarde demais, aquilo me desconcertou e eu errei o tiro.

A gritaria e agitação na praça foi tão estratosférica, que pude ouvir dali. A merda estava feita, as sirenes da polícia logo se fariam presentes. Eu perdi a chance.

Perdi a chance que talvez não teria novamente.

Arregalei os olhos e virei para trás furioso. Senti o rosto quente, o sangue borbulhando pelas artérias, minha visão chegava a queimar, olhei para Taehyun bufando de ódio.

— Que merda você fez?!

— Que merda eu fiz? Que merda você fez! Não estava planejado matarmos ninguém!

— Por que você está defendendo aquele merda?! Spencer merece morrer! — falei mais alto, dando passos à frente. Meu corpo começou a estremecer.

— Não foi por ele, foi por você. — Aquela frase me fez perder a firmeza das pernas. — Shadow, matar alguém é um crime que pode te levar a passar o resto da vida na cadeia! Morrer lá! E nós não queremos te perder. Não podemos permitir isso. — Aproximou-se um pouco mais. — Dean contou no meio do caminho que você carregava uma arma de grande porte e nós, os Hunters, concordamos que alguém deveria voltar para te impedir.

— E esse alguém foi justamente você?

O som dos céus tornou-se alto, um barulho cortante permeava o ambiente... Era um helicóptero.

— Me desculpe.

Sua voz saiu tão carregada de culpa, que eu poderia ter a certeza de que aquele pedido de perdão não foi por ter me atrapalhado em atirar, mas sim por ter permitido que eu o visse arruinar tudo entre nós dois.

— Agora já é tarde demais.

Tirei o cordão do fuzil do ombro e guardei a arma na capa de violão. As luzes do helicóptero estavam mais perto, em breve me alcançariam. Teria que ser rápido em fugir dali e deixar o centro da cidade o quanto antes.

Zero franziu as sobrancelhas e torceu os lábios com o seu olhar triste antes de me dar as costas e sair pela mesma portinha que entrou.

Fui logo atrás dele.

Por não termos tanto tempo, não poderíamos esperar o elevador velho, então começamos a descer a escadaria longa de doze andares que parecia interminável. Não dissemos uma palavra, não só devido à tensão da fuga, mas pelo clima terrível que se instaurou entre nós dois.

O térreo do prédio estava mais movimentado, as pessoas nos olharam passar e cochicharam. O som de sirenes estava próximo.

Merda, merda, merda.

Imagens de projetores não daria tão ruim, seria lido na mídia apenas como um protesto, mas uma tentativa de assassinato... aquilo não só chamou a polícia, como geraria rumores sobre quem tentou matar, qual foi o alvo e o porquê. Por mais que a resposta para aquilo fosse óbvia.

Em um jogo político os adversários varreriam a sujeira de Spencer para debaixo do tapete e fariam teorias em cima de Hilbert Harper. Se Hilbert fosse esperto o bastante, usaria isso para vencer.

De qualquer forma, eu saí perdendo por aquela falha.

Uma multidão estava passando por aquela rua que antes era pouco movimentada, que fez com que eu me perdesse de Zero.

As pessoas gritando e correndo, os sons das sirenes e apitos das autoridades tentando controlar o caos, tudo aquilo fez meu peito apertar, eu suava frio por debaixo da máscara enquanto corria no sentido contrário da população até onde estava a minha moto.

Meu coração batia rápido, quase alcançando a velocidade das minhas pernas, meu olhar se alternava entre vigiar as costas e me ater ao que estava à frente e foi numa dessas que colidi tão forte com alguém, que fez com que a minha máscara de palhaço se erguesse e fosse para cima da cabeça, expondo meu rosto e ela terminou de ser puxada pelos cabelos esverdeados do palhaço.

Não quis saber quem fez isso, muito menos tentar pegar a máscara, segui o caminho correndo até a moto. Estava tão ligeiro que as pessoas à minha volta pareciam vultos.

Consegui fugir com êxito, mas eu deveria ter voltado. Porque, no momento em que levaram a minha máscara, tomaram de mim a minha identidade.

UMA BOA NOITE DE SONO

ZACHIARY SMIRNOF

Abri os olhos num susto. A pulsação era tão intensa no peito, que chegava a doer, suei frio, a respiração foi profunda e ofegante como se tivesse acabado de sair de um afogamento, mas não, eu só despertei com um barulho de *renk* da porta do quarto.

Retraí as pálpebras para tentar enxergar melhor em meio à escuridão e retirei rapidamente os lençóis de cima do corpo.

Os pelos na minha nuca se arrepiaram.

— Você tem três segundos para aparecer antes que eu te mate — ameacei o que quer que fosse. Não sabia se realmente havia alguém ali ou o som foi uma alucinação da minha cabeça, talvez de um sonho vívido.

De qualquer forma, por mais que tentasse, não conseguia ver nada além do completo escuro. Coloquei a mão debaixo do travesseiro e puxei a pistola que sempre deixava por perto por precaução.

Apontei para o além e gritei, ameaçando disparar um tiro. Minhas mãos tremiam e o coração batia tão forte que senti que talvez morreria antes de alguém tentar me matar.

Rolei pela cama até as cortinas do quarto e as puxei, deixando que a luz da lua entrasse. O luar me fez ver que estava completamente sozinho, apenas eu naquele quarto espaçoso e quase vazio.

Antes de abaixar a arma, agachei para olhar debaixo da cama. Ninguém, nada.

Eu não cheguei a questionar a minha sanidade porque a paranoia se tornou rotina, eu a adotei para a vida, porque as paranoias me deixavam mais cuidadoso, atento. E atenção era o que eu precisava para me manter seguro.

Mexi com pessoas poderosas demais e entre todas elas, havia uma pessoa em específico que eu tinha certeza que em algum momento viria me buscar. Se eu ficasse muito tempo em silêncio, escutava a sua voz, a risada pelo meu desespero e os meus gritos por piedade.

Mesmo com o decorrer dos anos eu ainda o ouvia e o sentia. Sabia que precisava estar pronto para ele.

Abaixei a arma e voltei para a cama, exausto, não sabia por quanto tempo mais meu corpo suportaria ficar naquele estado de alerta. Coloquei a arma debaixo do travesseiro e me joguei no colchão com a barriga para cima.

Soltei o ar de alívio e foi como se um trator tivesse passado por cima de mim. Apesar de os olhos estarem pesados, não consegui pregá-los rapidamente, fiquei a encarar o teto de madeira envernizada e recapitulando os ocorridos do dia. O tiro que saiu errado, a minha máscara roubada, meu rosto revelado para sabe-se lá quem...

E a cada memória puxada a situação ficava pior e pior. Fechei os olhos e tentei dormir.

Quando peguei no sono, acordei novamente acreditando ter ouvido algum barulho, daquela vez, na parte debaixo da casa, no primeiro andar.

E assim foi o resto da noite, entre pausas de sono e despertares de vigia.

Na manhã seguinte despertei mais cedo do que costumava devido à luz do sol que adentrou pelos vidros que deixei desprotegidos, esqueci de puxar as cortinas.

— Nannnn... — resmunguei sozinho e virei para o outro lado, dando as costas para a claridade.

Fechei os olhos tentando dormir de novo, mas não consegui. Aliviei o ar dos pulmões e aceitei que deveria me levantar, eu me sentei na cama e fiquei alguns instantes olhando para a parede. Naquela manhã acordei mais velho.

29 anos, para ser mais exato. Não que eu tenha acordado 29 anos mais velho, como pode parecer por conta da rabugisse. Eu só acordei 1 ano mais velho e enfim cheguei aos 29.

Meu celular estava sobre a mesa do computador e de longe vi a tela se acender algumas vezes com notificações. Acreditei que eram os Hunters me fazendo alguma homenagem de aniversário ou mandando mensagens.

Ergui o canto do lábio. Apesar de ter que agradecer por estar mais um ano vivo, eu só conseguia me lamentar por envelhecer, e principalmente porque não tinha mais o meu pai ao meu lado para me acordar no dia do meu aniversário com korzinotchki, minha sobremesa favorita, de tortinha de creme de leite com um morango em cima.

Durante boa parte da minha vida a minha família se resumiu ao meu pai e eu. Não tive memórias da minha mãe, ela faleceu quando eu ainda era muito pequeno, e os parentes que eu tinha por parte de pai jamais cheguei a conhecer. Meu pai era de Tomsk, ele saiu daquela cidade para tentar uma nova vida em Moscou, o que o deixou isolado de sua família.

Apesar de ser só nós dois, eu me sentia completo e feliz ao lado dele. Ivan Smirnof era um homem muito comprometido com a sua função paternal, ele me ajudava nas lições de casa, torcia por mim nos jogos de futebol da escola, prezava pela minha saúde, me ensinou boas lições ao me colocar para ajudá-lo com seu mercadinho e até chorou quando me despedi dele um dia antes de servir ao exército.

E apesar de ter passado o inferno nos anos de militarismo, ele foi a minha motivação para sobreviver e retornar para casa. Voltar para a minha família.

Uma pena que o que me era de mais precioso foi tomado de mim precocemente.

Meu pai foi assassinado. E a máfia russa era a culpada, os Korschei.

Deixei a cama e fui pegar o celular para ver as mensagens e ao desbloquear a tela o meu sorriso, que já era pequeno, sumiu completamente. Arregalei os olhos, senti a respiração se encurtar, minhas pupilas não paravam de balançar de um lado ao outro tentando se ater a todos os detalhes das imagens.

Ao invés de homenagens e felicitações batidas de "feliz aniversário!" "parabéns!" eram mensagens de preocupação com um "o que você fez?" "é você mesmo nesse vídeo?" e diversos prints de pessoas nas redes sociais se questionando o que estava acontecendo.

Nas mídias, vídeos e fotos estava alguém, com a minha máscara, cometendo crimes. Vandalismo numa loja pequena de conveniência, pichação de muros, depredação de vidraças...

Minhas pernas perderam as forças no exato segundo. Caí no chão e levei a mão ao peito, arranhando a pele numa tentativa de me fazer soltar o ar que tanto prendia. Eu não conseguia respirar.

Não, não sou eu. Aquele não sou eu, nunca fiz aquelas coisas! Jamais faria... Ou será que sou eu?

De imediato respondi às mensagens no grupo dos Hunters.

Eu

Rapazes, onde conseguiram esses vídeos?! Esse não sou eu! É alguém usando a minha máscara ou uma idêntica, mas não sou eu!

Monster

Esses vídeos estão rodando pelo twitter. Como assim alguém usando a sua máscara? O que aconteceu ontem exatamente? Zero disse que vocês conseguiram fugir, mas que ele te perdeu de vista quando foi para o lado oposto devido a multidão.

Ghost

Shadow, tá tudo bem?

Eu

Durante a fuga alguém roubou a minha máscara. Achei que seria alguém puxando por pura besteira, mas pelo visto foi intencional. Vocês precisam saber que essa pessoa dos vídeos não sou eu.

Masked Guy

Eu acredito em você, Shadow.

Monster

Nós* acreditamos em você. Mas por que diabos alguém iria querer roubar a sua máscara? Ou se passar por você?

Eu

Eu não sei. Alguém querer fazer mal para mim ou manchar a reputação dos Hunters não é uma novidade, fizemos inimigos demais, mexemos com muita gente.

Masked Guy

Sim, faz sentido. Só precisamos descobrir quem está fazendo isso.

Monster

Precisamos nos reunir.

Ghost

A reunião pode acontecer aqui em casa se preferirem, já que é de fácil acesso a todos.

Eu

Certo. Reunião na casa do Masked e Ghost às 16h.

Masked Guy

Melhor às 17h. Eu e o meu passarinho temos que resolver algumas coisas à tarde.

Eu

Tudo bem. Combinado. E alguém avise ao Zero quando ele acordar.

Me levantei do chão, coloquei o celular preso na cintura entre a pele e o calção e desci as escadas para o primeiro andar. Não era tão cedo quanto eu imaginei que fosse, mas não tão tarde a ponto de não conseguir tomar café da manhã.

Cheguei na cozinha, coloquei a água do café para esquentar e fui até a sala ligar a televisão. Ao ver as notícias, só se falava no tiro, na tentativa de assassinato e em como Hilbert Harper era a vítima.

Spencer Johnson sequer foi citado em qualquer noticiário, aquele homem pagou muito bem as emissoras para mantê-lo esquecido e inocentado.

Pressionei os dentes e cerrei o punho.

— Filhos da puta.

Desliguei a TV.

Felizmente o louco de máscara de palhaço cometendo pequenas atrocidades por aí ainda não havia saído da bolha da internet para a grande mídia. O que era vantajoso, já que poderíamos interromper com toda a história antes de ela tomar proporções maiores.

Mas e se o louco realmente for eu? Não durmo direito há tempos, talvez eu tenha perdido a sanidade e não percebi.

Não, não, não.

Mesmo tentando afirmar para mim mesmo que não fui eu, uma ponta de dúvida se perpetuava na minha cabeça, até que lembrei das câmeras que tinha instalada no meu quarto e nas duas portas da casa, a da frente e a dos fundos.

Abri pelo aplicativo as imagens da noite passada e voltei as horas, analisei cada segundo. Não havia nada além de eu saindo e voltando para a cama, apontando arma para a própria sombra e espiando brechas da casa.

Eu não saí de casa. Alguém realmente estava se passando por mim.

Ouvi o apitar da chaleira indicando que a água já estava quente, fui tomar o meu café, fumar um vape para acalmar os ânimos e arrumar a casa. Onde eu morava poderia até ser grande para uma pessoa só, mas o grande espaço com poucos móveis dava a impressão de ela ser ainda maior, principalmente por ser tão vazia, o que me levava a tomar um tempo considerável para limpá-la.

Naquele dia eu estava tão nervoso e ansioso com tudo o que aconteceu no dia anterior e os eventos seguintes, que não consegui comer. Meu estômago queimava e qualquer coisa que tocasse a minha língua levava a garganta a se contrair.

Eu não fiz outra coisa o dia inteiro senão vagar pela internet, ver as notícias e refletir sobre o tiro que saiu errado e o impostor que tentava manchar a minha imagem. Olhava o tempo inteiro para o relógio acreditando que observar as horas faria o ponteiro correr mais rápido.

A minha agonia teve fim quando bateu às 16h, então pude tomar um banho e me arrumar para ir até o apartamento de Dean e Peter.

Não sabia o que me esperava lá fora, portanto antes de deixar a casa me certifiquei de levar uma arma na cintura e trancar bem todos os cômodos. Subi na moto e parti.

O condomínio em que o casal morava era grande e luxuoso, os prédios todos tinham mais de onze andares, em tons de cinza e diversas árvores e jardins permeando os blocos. Dean Hunter era o meu melhor amigo, foi ele quem fundou os Hunters junto comigo há 3 anos, inclusive o nome do grupo eu dei em homenagem a ele. Por termos tanto tempo de amizade, o porteiro já me conhecia e liberava a minha passagem automaticamente.

Estacionei a moto no subsolo e assim que desci e retirei o capacete, olhei ao meu redor. O ambiente estava meio escuro e tão vazio que meus passos faziam eco, mesmo que estivesse em uma área segura, senti que deveria estar atento. As pessoas são pegas de surpresa justamente por relaxarem demais em lugares que consideram tranquilos.

Eu já fui uma dessas pessoas e esse erro quase me foi fatal. Não me permitiria falhar de novo.

Chamei o elevador e assim que entrei pressionei o botão do décimo segundo andar, Dean e Peter moravam no último, na cobertura. Enquanto estava dentro da cabine fiquei de costas para o espelho e de cabeça abaixada para a câmera acima da minha cabeça.

Assim que as portas se abriram para o corredor não iluminado, saí e conforme meus movimentos iam em direção a porta de Dean, as luzes de acendiam. Ao me aproximar, reduzi os passos, a entrada de seu apartamento estava entreaberta e escura.

Senti uma palpitação no peito e todos os meus pelos se arrepiaram. Apoiei a mão na cintura e puxei a arma, coloquei menos força nos pés para pisar mais devagar e quase inaudível, aquilo não parecia bom, eles nunca deixavam sua porta aberta.

Empurrei a porta lentamente para reduzir o barulho, destravei a arma e deixei o dedo no gatilho. Enxerguei o apartamento vazio. Para não chamar a atenção entrei de forma sorrateira, sem acender as luzes.

Bastou que eu pisasse no meio da sala para que as luzes se acendessem e eu escutasse um grito, virei em direção as vozes com a arma apontada.

— SURPRESA!

Taehyun, Logan e Peter estavam sorridentes com chapeuzinhos de festa, enquanto Dean vestia sua máscara descartável, um avental branco com algumas manchas azuis de glacê e segurava um bolo de aniversário redondo, como o tom do meu cabelo e cheio de velinhas cor de rosa acesas.

Meu coração quase saiu pela boca, abaixei a arma e sorri de sobrancelhas franzidas. Os Hunters começaram a bater palmas e se aproximar de mim cantando parabéns, e eu sei que deveria continuar com a expressão alegre no rosto, afinal, era uma festa surpresa. Contudo, não sei o que deu em mim, meu coração se apertou e senti o corpo estremecer. Não demorou muito para os olhos arderem.

Eu não queria chorar na frente deles, mas as lágrimas foram rebeldes e não se contiveram, escorreram pelo meu rosto.

Cheguei a soluçar e levei as mãos aos olhos, envergonhado por estar chorando. Os rapazes me deram um abraço em grupo.

— Sopra a velinha e faz um pedido, Zack! — disse Dean, se pondo de frente para mim com as velas acesas.

Afastei as mãos no rosto e prendi o lábio entre os dentes enquanto olhava as chamas, enchi o peito de ar e encarei os Hunters, um a um, que expressavam felicidade no rosto.

Eu poderia pedir pela paz mundial, pelo fim dos bilionários, pelo meu time de futebol favorito parar de perder, mas não... ao menos naquele momento, tudo que desejava era que os Hunters nunca acabassem.

Fechei os olhos e soprei as velas.

Eles eram a minha família. Eu sobreviveria a qualquer coisa, mas nunca viver sem eles.

— Obrigado, gente. Vocês quase me mataram, poderiam ter levado um tiro!

Monster riu e bateu no meu ombro.

— É, a gente sabe, mas preferimos correr o risco. — Arqueou a sobrancelha e deu uma piscadinha.

Terminei de secar os olhos e fui para perto da mesa onde Dean estava apoiando o bolo, que apesar de pequeno pareceu pesado. Ele começou a cortar os pedaços.

— O bolo é azul por conta do seu cabelo. Gostou, Shadow? Eu quem dei a ideia — Peter comentou, enquanto separava os pratinhos e garfos.

— Sim, adorei. Onde arrumaram um bolo azul?

— Não arrumamos um bolo, eu fiz o bolo. Massa de baunilha e recheio de chocolate, o azul é glacê — respondeu Dean, terminando de colocar as fatias sobre os pratos e me entregou o primeiro pedaço.

— Então deve estar uma delícia — Zero comentou. — Peter teve a sorte de morar com você, já que ele mesmo não frita um ovo.

— E você faz algo? Aposto que é sua mamãe que prepara sua comida, você ainda mora com ela! — Ghost alfinetou de volta.

Dei uma risada com os dois que continuaram a implicar um com o outro e me sentei no sofá com o prato em mãos. Dei a primeira garfada e mastiguei devagar olhando para frente, notei que a televisão estava desligada, provavelmente eles não queriam que eu visse as notícias.

Na verdade, toda a sala de tons cinza e preto estava decorado de forma que me distraísse, com balões azuis grudados nos cantos da sala, um jogo de letras na parede escrito Feliz Aniversário, além do bolo e copos descartáveis sobre a mesa com refrigerantes.

Monster se jogou ao meu lado e passou um dos braços sobre o meu ombro.

— E aí, como você está?

— Bem.

— Não, não, cara. Como você realmente está? É... Depois de tudo o que aconteceu ontem e com esse cara mascarado por aí.

Soltei o ar devagar.

— Sobre ontem, tenho que superar que não terei aquela mesma chance de novo. Foi frustrante e onde tudo deu errado, mas... ao menos não nos pegaram e a polícia sequer está perto de nós na investigação. O ruim é que Hilbert Harper vai usar o ocorrido como uma narrativa pra promover sua campanha.

— Shadow, foi melhor assim. Aquele tiro tomaria uma proporção muito maior e... — Zero começou.

— Não sei se quero te ouvir falar — interrompi-o.

— Eu já te pedi desculpas!

Taehyun abaixou o olhar e se afastou do sofá para comer seu pedaço de bolo na mesa, junto de Peter.

Admito que não estava de grosseria com ele apenas pelo que aconteceu, mas também por ter o ego ferido ao vê-lo com outros caras, descontava a minha raiva sem mencionar o fato, porém ele deve ter percebido que eu estava amargo por conta disso.

Na verdade, acho que todos perceberam.

— O Zero tem razão. E não coloque a culpa da falha somente nele, já que interromper o seu tiro foi ideia de todos nós, em consenso — disse Dean em bom tom, do outro lado da sala, atrás da mesa. — Foi melhor assim, Shadow. Acredite, só quisemos te proteger.

— Não, vocês protegeram o Spencer! Aquele merda tem que pagar pelos crimes de alguma forma! — Levantei do sofá.

— Você corria o risco de morrer, levando um tiro da polícia antes mesmo de ser preso, não valeria a pena! Os Hunters não devem matar ninguém. Esqueça um pouco esse homem, você está obcecado por ele há um ano! — Monster elevou sua voz e percebi o quão marcado se tornou seu rosto.

— Não estou obcecado por ele, estou cansado! Cansado de vivermos nessa merda de realidade, onde esses caras vivem acima da sociedade, fazem o que querem e não pagam por seus crimes... quero dizer, na verdade pagam, e muito. Isso é justo? — Abri os braços. — Porque pra mim não parece, já que se os crimes têm um preço, então a justiça só existe para os pobres.

— Não, não é justo, e a gente sabe disso..., mas temos que colocar os pés no chão. O sistema é forte demais para mudarmos sozinho, Zack, fazemos apenas o que podemos e o que está ao nosso alcance. — Dean se aproximou de mim. — Não arrisque sua vida por isso. Se um deles tomar um tiro vai parar no melhor hospital, se você tomar um tiro... capaz de sangrar na caçamba da polícia até morrer.

Inspirei profundamente e soltei o ar devagar. Aquele assunto fazia meu coração acelerar, o sangue ferver e uma vontade de gritar em resposta à angústia pela minha indignação. Eu perdi meu pai para homens poderosos e nada aconteceu, nem mesmo o caso foi investigado pela polícia, ele era apenas mais um.

Eu quase fui morto por um homem poderoso... e seria apenas mais um, enquanto quem me matou pagaria pela sua inocência para sair impune.

Era aquilo que me indignava, a impunidade, que acontecia sempre e sempre e ninguém se movia para mudar aquela realidade.

E eu não queria admitir isso, mas Dean tinha razão.

Me joguei sobre o sofá e suspirei.

Por não ter música na festa, um silêncio pairou entre nós cinco, o clima se tornou estranho depois da breve discussão, eu acabei com o meu próprio aniversário.

— É... Shadow, sobre o homem que usou a sua máscara para cometer alguns crimes, o monitorei durante a tarde e ele não postou mais nada desde então. Deve ter sido algum idiota tentando ser notado por nós. — Peter comentou, desviando o assunto.

— Isso é bom. Ainda assim, preciso que mapeiem para mim os lugares que ele passou e quais contas usou para espalhar os vídeos. Se ele aparecer de novo, irei caçá-lo — falei.

— Certo.

— Tá, galera, mas agora não vamos nos preocupar com essas coisas, beleza? É o seu aniversário, Zack, hoje é dia só de curtir! — Logan falou, erguendo seu copo de refrigerante.

Taehyun ligou a TV e conectou seu celular a ela, colocou uma música agitada para a festa e começou a dançar, sem olhar para mim. Logan terminou de comer seu bolo e se levantou para dançar também.

Dei um sorriso de lado.

Apesar do meu susto e do conflito, a festa foi bem legal. Terminamos a noite comendo alguns salgadinhos, conversamos besteiras e eu até tentei balançar um pouco o corpo, ainda que não levasse muito jeito para isso.

Quando passou das 23h, Zero se aproximou de mim, com o olhar tímido e ombros retraídos. Aquele jeito contido não combinava com ele, a culpa o deixou assim... e a forma que eu o tratei também. Zero costumava ser mais agitado, engraçado, barulhento e sexy, e naquela noite não o vi sendo nenhuma daquelas coisas, na verdade, ele disse poucas palavras.

Eu não gostei de vê-lo assim, senti um arrependimento em ter sido tão duro com ele.

— Zack, será que você pode me levar pra casa? O Monster vai sair com uma garota depois da festa e eu nã...

— Posso.

Um sorriso discreto surgiu em seu rosto.

Ao término da festa, cada um foi para o seu canto, Logan pegou seu carro para o seu encontro, Peter e Dean foram se deitar e eu subi na minha moto com Zero na garupa. Ele agarrava tão firme a minha cintura, que incomodava, mas como sua casa ficava próxima, aguentei o desconforto até chegarmos nela.

Passei pelas diversas casinhas iguais pelo condomínio até subir a rampinha em seu jardim e estacionar em frente à onde ele morava. Uma casa pequena, de dois andares, com pintura clara e arquitetura bem simples.

Taehyun era o mais novo dos Hunters, tinha seus 22 anos, filho de coreana com americano e morava com a mãe. Ela não sabia que ele cometia crimes, Tae dizia que trabalhava em home office numa boa empresa e que nós, os Hunters, éramos seus colegas de trabalho.

Quase sempre sua mãe o esperava na porta quando ouvia o som de uma moto ou carro parando em frente à casa, mas naquela noite, Zero me explicou o porquê de ela não ter aparecido.

— Você quer entrar um pouco? Minha mãe não está em casa hoje, foi ajudar a minha avó com a mudança — disse ele, após retirar o capacete e colocá-lo sobre o guidão da moto.

— Eu não sei, acho melhor eu ir — Eu sabia que aquilo não era um convite para tomar um café ou comer biscoitos, porque Tae usou seu típico tom de voz baixo e malicioso para falar aquela frase, principalmente dando ênfase no fato de que a mãe não estava.

— Tem certeza? — Aproximou-se, de forma que nossos peitorais se uniram. Seu olhar, antes inocente e retido, direcionou-se para mim de forma indecente.

— Tenho.

Engoli em seco.

Taehyun levou a mão à minha nuca.

— Um beijo de despedida então? Só um.

Confirmei com a cabeça e deixei que ele chegasse mais perto, grudando nossos lábios. Quando sua língua se forçou contra a minha boca, tive a certeza que me permiti cair em um golpe.

Minha respiração se tornou mais pesada e levei as mãos à cintura dele, apertando-a, apoiei na moto, deixando que ele jogasse mais seu corpo contra o meu.

Tae subiu uma das mãos que estava na minha nuca até os meus cabelos e os envolveu, então os puxou de forma que minha cabeça se inclinou para trás. Fui beijado no pescoço, cheguei a arrepiar e o meu pau latejou. Logo a outra mão se pôs sobre o volume da minha calça, massageando-o.

— Taehyun...

— Vamos entrar? — Ele insistiu.

Eu perdi aquela batalha, fui seduzido. O olhar tímido e comportamento retido foi apenas uma armadilha, que me fez cair feito um patinho.

Entramos na casa sem nem mesmo acender as luzes, nos guiamos apenas pela iluminação da lua e dos postes da rua que passavam pela janela aberta. Os beijos entre nós dois continuaram até chegarmos ao sofá, onde ele se jogou de frente para mim, já retirando a calça e a camisa.

Também desfiz da parte de cima da roupa, mas para as calças eu apenas desci o zíper, abaixei o cós e expus a minha ereção. Eu estava melado e latejando tanto, que temia acabar com tudo antes mesmo de começarmos.

Zero se sentou sobre o sofá e prendeu o lábio entre os dentes ao me ver aproximar de seu rosto. O olhar que me lançou era safado e cínico, ele sabia que me tinha à mercê.

Apoiei a mão em seu queixo e apertei firme as bochechas dele.

— Você não presta...

Recebi um riso baixo.

Dei dois tapas na cara dele, que estalaram, logo o agarrei pelos cabelos e o trouxe para perto da minha virilha.

— Não era isso aqui que você queria? — Empunhei o pau e o bati contra seus lábios. — Agora quero te ver engolir tudo.

Tae abriu a boca e expôs a língua, ele lambeu apenas a cabeça enquanto me encarava com seus olhos enegrecidos de tesão. Quando começou a chupar, cheguei a revirar os olhos ao sentir o calor de sua boca e em como ele salivava.

Taehyun começou a se masturbar enquanto tentava me colocar por inteiro na boca, chegou a engasgar duas vezes ao me sentir bater contra sua garganta.

Gemi baixo e apoiei a mão sobre os cabelos dele.

— Vou te ajudar com isso... respire apenas pelo nariz — falei antes de começar a mexer os quadris. Aos poucos me movimentei para foder sua boca, indo cada vez mais fundo.

Zero apertou os olhos lacrimejantes e as vibrações de seus gemidos contidos deixou tudo ainda mais intenso.

Afastei-me dele, que deixou que um fio de saliva escorresse. Sua respiração estava intensa, ofegante, e o olhar ainda sedento.

— Me fode — pediu, enquanto ainda se tocava.

Concordei e me curvei para beijá-lo, deitei seu corpo sobre o sofá e, ainda com nossos lábios juntos, o masturbei. Afastei nossas bocas para beijar sua pele, primeiro, o pescoço, onde o marquei com um chupão.

Depois, desci a boca para seu peitoral, deixando meus rastros por ali também, até alcançar seu mamilo enrijecido, que na primeira mordiscada o fiz gritar.

— Shadow! Vai com calma.

Acatei seu pedido. Rondei seu mamilo com a língua antes de chupá-lo enquanto ainda o tocava. Taehyun era bem sensível ali, o que levava seus gemidos a se tornarem mais manhosos.

— Ali... ali na última gaveta da cômoda, abaixo dos papéis tem camisinha e lubrificante — A urgência ficou explícita em seu tom de voz.

Saí de cima dele para pegar o que ele pediu, rasguei o pacote e vesti a camisinha, então passei lubrificante em cima e nos dedos. Tae estendeu a mão para que eu passasse o gel sobre os dedos dele também.

Zero ficou de joelhos no sofá, de costas para mim e se inclinou sobre o apoio, arrebitando o rabo. Dei o primeiro tapa em sua bunda, que o fez saltitar de susto, mas então ele rebolou discretamente pedindo por mais.

Desferi outro tapa, e mais outro, até que sua pele se tornou vermelha e com as marcas das minhas mãos. Com os dedos lubrificados os esfreguei contra sua entrada e os enfiei lentamente.

Tae estremeceu com o toque e arfou.

Permaneci num movimento devagar de vai e vem para prepará-lo para mim, então me coloquei atrás dele e me forcei a entrar. Ele gemeu alto e suas unhas curtas arranharam o sofá.

Apoiei as duas mãos na cintura dele e comecei sem pressa e enquanto nossos quadris se chocavam, senti um calor no peito, lembrei do sentimento flamejante e amargo que estava sobre ele antes. Aumentei o ritmo.

Levei a mão aos seus cabelos e os puxei com raiva, ele se empinou mais sobre o sofá e as estocadas se tornaram ainda mais intensas.

Taehyun quase gritou.

O puxei para mudarmos de posição e o coloquei deitado de frente para mim. Usei uma das mãos para segurar a parte posterior de sua perna enquanto a outra coloquei em seu pescoço, apertando bem as laterais.

Primeiro, Tae arregalou os olhos em surpresa, depois prendeu o lábio entre os dentes e começou a se masturbar enquanto eu o penetrava fundo e privava sua respiração.

Ele percebeu que eu estava descontando o sentimento no nosso sexo, e gostou disso.

Taehyun revirou sutilmente os olhos e arqueou as costas ao chegar ao seu ápice. Afastei a mão de seu pescoço e notei como os meus dedos marcaram sua garganta. Coloquei ambas as mãos em suas pernas para ser mais rápido, eu estava quase lá.

Quando me aproximei para beijá-lo, senti seu toque no final das minhas costas, com os dedos lubrificados que tentaram escorregar mais para baixo.

Me posicionei sobre ele, de um jeito que o permitisse entrar. Assim que seus dedos me penetraram, gemi baixo entre o nosso beijo e o ritmo das estocadas diminuíram.

Eu estava sendo duplamente estimulado.

O suor se formava entre meus cabelos e a minha respiração ficou ainda mais curta. Minha pele parecia entrar em combustão e meus músculos se enrijeceram quando estava prestes a gozar.

Pressionei as pálpebras firmes e um gemido menos contido escapou assim que terminei. Meu corpo permaneceu sobre o dele, que me acariciava as costas.

Ergui o olhar para Zero, que sorriu.

— Estou perdoado depois de você descontar a sua raiva na minha bunda?

Aquilo me fez rir.

— É, acho que está sim... — Mordisquei o lábio — Tae... O que vai ser da gente?

Ele franziu as sobrancelhas.

— Como assim? A gente fode de vez em quando, mas continuamos a ser isso... amigos.

Soltei o ar forte e me afastei de seu peito. Sentei-me sobre o sofá e cruzei os braços enquanto ele permaneceu deitado e de olhar tranquilo.

— Então quer dizer que pra você sou e serei sempre apenas um pau amigo?

— Zack, eu não quis dizer isso.

Ele se sentou para que seu olhar ficasse à altura do meu.

— Foi literalmente o que você acabou de dizer. Taehyun, eu não quero ter que ficar te dividindo com outras pessoas, não quero ter apenas alguém pra foder e depois voltar para a solidão em casa. E-eu... eu quero algo mais, queria uma companhia, alguém pra construir uma relação. — Recolhi os lábios e descruzei os braços.

Recebi um terrível olhar de pena.

Eu odiava que me encarassem assim, com esse olhar de que precisa de ajuda, de que é digno desse sentimento tão triste. Mas foi assim que ele me olhou e ainda levou a mão sobre a minha como forma de aumentar o seu consolo.

— A questão é que eu não quero isso. Eu amo você, Zack, mas como amigo. Tem o lance do sexo e tal, sinto tesão em você, mas eu não consigo evoluir isso pra paixão e acredite, eu tentei, até porque você seria um ótimo namorado. — Seu rosto se inclinou sutilmente para o lado. — Só que eu não consigo, não sou capaz de entregar o que você precisa porque estamos em fases diferentes, entende?

Afirmei com a cabeça e deixei que um suspiro escapasse.

— Compreendo o que quer dizer. — Apertei a mão dele e o encarei. — Se é assim, não podemos mais ter isso. É doloroso pra mim beijá-lo, acariciá-lo e saber que outros fazem o mesmo, que não vou acordar na cama ao seu lado no dia seguinte, que...

— Eu já entendi. Você não consegue ser casual comigo e tá tudo bem. Torço para que encontre alguém que te faça muito feliz, Zack, você merece isso.

— Então... Só amigos?

— Não pode rolar nada mesmo? Nem um boque...

— Tae!

Ele riu e ergueu os ombros.

— Tá legal. Só amigos.

Naquela noite, uma nova relação foi estabelecida entre Taehyun e eu, que deixamos de ser amigos com benefícios para voltarmos a ser apenas amigos, não daria certo. Não dormimos no mesmo lugar, eu fiquei na sala enquanto ele, no quarto.

Na manhã seguinte eu sequer pude tomar um café, pois a mãe de Zero estava voltando para casa, então fui quase expulso por ele, que desesperadamente tentava ajeitar tudo antes dela chegar.

Enquanto caminhava pelo jardim para pegar a minha moto, senti o celular vibrar algumas vezes. Ao puxar para ver as notificações, havia uma mensagem de um número desconhecido e alguns anexos.

Arqueei a sobrancelha e senti o corpo gélido. Mensagens de desconhecidos dificilmente eram algo bom.

Quando abri o SMS e vi as fotos, precisei me apoiar na moto. Tudo girou e meus pelos se arrepiaram. Arregalei mais os olhos, não pude acreditar no que estava vendo.

A imagem era escura, mas foi tirada da janela de Taehyun, onde eu estava por cima dele e ele com seus dedos em mim. Além de fotos minhas na floresta e dentro de casa.

Não havia mensagem, as fotos por si só já eram uma ameaça.

Eu só não sabia ainda de quem.

MEU MAIOR FÃ

ZACHIARY SMIRNOF

— Merdaaaa! — gritei tão forte que senti os pulmões queimarem e a garganta arder.

Eu revirei o sofá, empurrei a mesinha de centro da sala, puxei o tapete, subi na bancada da cozinha, abri os armários e quebrei alguns pratos, coloquei a casa de cabeça para baixo buscando por câmeras escondidas que foram implantadas na minha casa. Achei três e as destruí com um martelo.

Sabia que não estava ficando louco, os sons na minha casa não poderiam ser coincidência, alguém entrou...e quem o fez era não só bom em perseguir sorrateiramente, como em manipular imagens.

Como eu não percebi que as imagens das câmeras de segurança tinham cortes?

Andei de um lado para o outro dentro da casa com uma pistola em mãos, quando menos percebi, estava caminhando em círculos por minutos.

— Eu não deveria ter saído da floresta, eu não tinha que ter me exposto... ele me encontrou, me encontrou... — murmurei umas três ou quatro vezes a mesma frase.

Entrei em pane, gritei de novo e me sentei no chão, recolhi os joelhos para perto do corpo. Acreditei que o maior motivo da minha fuga da Rússia enfim havia me encontrado, que falhei na minha própria segurança, que em breve seria um homem morto.

— Não, não deve ser ele. Eu fiz muitos inimigos, pode ser qualquer um, principalmente alguém contratado pelo Spencer.

Escutei o som de um galho do lado de fora e arregalei os olhos. Apontei a arma para a janela e só ao ver o passarinho bater as asas para longe da árvore que soltei o ar que sequer sabia que prendia.

Abaixei a pistola e deitei as costas no piso de madeira. Encarei o teto com algumas marcas de infiltração e as luzes penduradas que balançavam discretamente com o passar do vento que entrava pela brecha da minha janela.

A cada dia sentia a minha sanidade se deteriorar, alguém queria me enlouquecer e estava conseguindo. Às vezes preferia desistir, permitir que fosse encontrado e que me matassem de uma vez, então me lembrava dos rostos dos Hunters, eu os envolvi na minha ideia, os guiei para comprarem uma briga que idealizei, tinha por dever protegê-los. É isso que bons líderes fazem, cuidam de sua equipe.

Senti a vibração do celular no piso perto do sofá e rastejei até ele. Assim que olhei para a tela vi as notificações no grupo dos Hunters.

— Será que eu deveria contar a eles o que tá acontecendo? — murmurei, antes de abrir as mensagens. — Não, não. Esse é um problema meu, devo resolver sozinho.

Desbloqueei a tela e meus olhos se tornaram maiores ao ver a quantidade de informação que me foi passada. Peter e Logan enviaram as imagens e vídeos novos do homem cometendo vandalismos em meu nome, o copiador postou tudo nas redes. Dean me entregou todos os dados dos lugares por onde ele passou, testemunhas e quais eram as câmeras de rua próximas dos locais.

Era para eu me preocupar, para arrancar os cabelos na unha, entrar em combustão de raiva, mas não, sorri. Abri um sorriso tão largo que poderia alcançar as orelhas tal qual o gato de Alice.

— Eu vou te pegar, desgraçado — disse entredentes. — Você quer a minha atenção? Vai ter.

Masked Guy

Quer que eu encontre onde esse cara mora?

Monster

Agora ficou fácil de pegá-lo, não? Ele só vaga pelas mesmas três áreas de Manhattan e pelas câmeras das ruas dá pra saber os trajetos que ele faz.

Shadow

Não, eu vou resolver isso sozinho. Ele quer me tirar da toca... e conseguiu, porque irei atrás dele.

Levantei do chão, joguei o celular sobre o sofá e fui até as escadas que davam em direção ao meu quarto. Enquanto subia os degraus sentia as pernas tremerem, meu sangue borbulhava e o coração estava agitado, mas daquela vez, não era de medo. Eu estava com sangue nos olhos e pode parecer insanidade o que irei admitir agora, mas... aquela sensação de caçada me excitou. Uma euforia preencheu meu peito em meio a raiva.

Fui até o meu computador e abri as telas para avaliar todos os dados enviados pelos Hunters. Meus olhos captavam cada detalhe, todas as ruas, onde ele sumia, onde aparecia, quais eram os horários.

Puxei a gaveta da mesinha em busca de um papel, folheei os rascunhos de panfleto e documentos até encontrar uma folha grande o bastante para anotar tudo.

Mapeei os detalhes e ao olhar para a folha, entreabri os lábios e uma gargalhada escapou.

— Esse filho da puta é esperto.

Havia um padrão. O meu copiador se apresentava nos mesmos horários e sempre gravava os vídeos em três pontos diferentes do mesmo bairro, Chinatown. Esse padrão não foi por descuido, foi intencional, ele se aproximava das câmeras de rua, tudo que facilitasse sua localização... O ladrão de identidade quis ser notado por mim, desejou que eu fosse atrás dele. E conseguiu.

Arrastei a cadeira para trás, longe do computador e levei a mão aos cabelos, afastando-os do rosto. Inclinei a cabeça para cima e sorri. Eu pretendia fazê-lo sufocar no próprio sangue quando o pegasse, poderia até não tirar sua vida pela misericórdia, mas o deixaria internado por um tempo. De fato.

Não sabia exatamente o que aquele canalha queria além da minha atenção, porque se quisesse me matar, teria conseguido e não foi por falta de oportunidade, ele já me viu distraído e despreparado diversas vezes.

O impostor tinha um pouco de sadismo em si, ele quis me torturar psicologicamente, quis me ver enlouquecer, e talvez até tenha dado risadinhas enquanto me observava revirar a casa inteira e andar em círculos com uma pistola em mãos.

— Eu vou te pegar... a brincadeira acabou pra você. Acabou!

Permaneci a tarde inteira sentado naquele quarto, revendo cada detalhe, todos os passos... arquitetando como iria pegá-lo de surpresa ao invés de me pôr em uma armadilha. Eu não estava lidando com alguém idiota, até mesmo o roubo da minha máscara foi arquitetado, fui observado desde antes e não sabia.

Com o cair da noite vesti uma blusa preta de gola alta, calça preta, coturno, peguei uma faca e a prendi no tornozelo como medida de emergência, guardei a pistola na cintura, prendi os cabelos, pintei de preto os arredores dos olhos para que meu rosto ficasse ainda mais escondido para os outros e peguei a minha máscara reserva.

Havia guardado outras duas máscaras de palhaço, elas tinham o rosto branco, boca vermelha com sorriso largo, pinturas diagonais de azul nos olhos e tufos de cabelos verdes nas laterais. Eu gostava da figura do palhaço, o que muitas vezes se demonstrava como engraçadinho, era uma figura crítica, desde a época da realeza se faziam presentes incomodando e denunciando os excessos da nobreza em tom de piada.

Desci as escadas com certa pressa e de coração ansioso, peguei o celular que estava no sofá e deixei a casa naquela mesma bagunça. Subi na moto e vaguei pela mata, desviando das armadilhas que plantei, em direção ao centro da cidade.

Naquela hora da noite o trânsito estava menos intenso, até porque eu fazia o sentido contrário ao resto da população que deixava o centro da cidade para voltarem do trabalho para suas casas. Faltavam vinte minutos para o meu copiador começar a aparecer, eu precisava chegar antes dele e me colocar num ponto estratégico e apenas aguardar.

Deixei a moto estacionada numa quadra antes da Chinatown e desembarquei ainda de capacete e chaves da moto na mão. Não poderia retirar o capacete antes da hora, senão revelaria a máscara.

A rua principal estava movimentada, cheia de turistas que se deslumbravam com os enfeites pendurados nos fios, placas de iluminação chamativa, além das diversas lojas de lembrancinhas vermelhas e cheiro inebriante de comida asiática.

Observei em volta e notei que em alguns pontos havia mais policiamento, não sabia se os oficiais estavam por ali por ser uma área de grande movimento ou pela popularidade do meu copiador ter ficado maior. Ao que parecia, eu não deveria ser o único a querer pegá-lo.

Entrei em um dos becos escuros e de imediato me arrepiei de susto com um casal que esfregava na parede úmida e suja de uma loja. Creio que eles se apavoraram igualmente, porque a mulher arregalou os olhos e puxou a saia para baixo com rapidez, enquanto o homem pôs seu casaco sobre os ombros dela e a guiou para fora do beco.

Ali, em meio às sombras, retirei o capacete para enxergar melhor por detrás da máscara. Agachei próximo de uma poça e olhei para o celular a fim de ver a hora, faltavam 2 minutos para que ele começasse suas ações. Ali aguardei.

Aguardei.

Passaram-se vinte minutos.

Aguardei.

Passaram-se quarenta.

Olhei para as redes sociais e o grupo dos Hunters e nenhum sinal do impostor. Optei por ser paciente, mesmo que minhas pernas doessem de ficar nesse jogo de, em pé e agachado, e o cheiro de urina do beco me enjoasse.

Esperei mais e notei que conforme o passar do tempo as ruas se tornavam cada vez mais vazias.

— Seu merdinha cadê você agora, hã?! — murmurei entredentes.

Ouvi um barulho atrás de mim, um frio subiu a espinha e olhei para trás rapidamente.

Era só um gato de rua revirando a lixeira.

Soltei o ar pesado em alívio e verifiquei de novo a hora e as redes sociais. Nada.

E assim gastei duas horas esperando por algo que não veio, ele me fez de idiota.

Pelo visto não sou tão inteligente quanto acredito ser.

Desisti. Coloquei de novo o capacete na cabeça e deixei aquele espaço escuro para refazer o meu caminho, iria para casa, pretendia tomar um banho frio, me dopar de alguma coisa para dormir e no dia seguinte arrumar a bagunça que causei.

Naquela hora, a caminhada até onde estava a minha moto era perigosa, nem mesmo os policiais estavam mais por ali depois que o movimento da rua se reduziu.

Bastou que eu cruzasse a esquina para que escutasse um grito estridente. Retirei o capacete, arregalei os olhos e virei o rosto para trás, e então lá estava ele, o homem com a máscara de palhaço. Saiu da loja com uma sacola de dinheiro nas mãos.

O impostor me viu. Assim que os nossos olhares se cruzaram por detrás das máscaras, foi como se o tempo parasse por segundos e a atmosfera se tornou densa, deixando os movimentos mais lentos.

Ele soltou a sacola de dinheiro no chão e eu puxei o celular.

Quando o mascarado deu as costas, disparei atrás dele com a câmera em mãos gravando parte da fuga.

— Aquele é o homem que tem se passado por mim! Todos os vídeos que vocês viram nos últimos dias não sou eu! — falei, gravando parte da minha máscara antes de guardar o aparelho.

O mascarado entrou em Chinatown pela rua principal e eu o segui. Passei esbarrando em algumas pessoas que estavam pelo caminho, ele derrubou uma bancada de bugigangas para me desacelerar. Pulei pela bancada, tropecei, mas me mantive firme.

Eu queria puxar a arma para tentar acertar um tiro em uma de suas pernas, mas havia testemunhas.

O impostor entrou num beco, ali vi a minha oportunidade.

Enquanto o homem corria, parei e puxei a arma, apontei e inspirei fundo antes de puxar o gatilho.

Merda.

Ele passou para a rua seguinte antes de eu conseguir atirar. Acelerei o passo para tentar alcançá-lo.

Meus pulmões queimavam, as pernas coçavam com tanto esforço, e apesar de sentir o suor escorrer pela roupa e uma certa tontura, dei tudo de mim, estava disposto a pegá-lo naquela noite.

Assim que passei para a rua seguinte, o vi abrir uma porta pequena na lateral da rua escura e entrar. Fui atrás, ao abrir a porta ouvi gritos e agitação, estreitei os olhos devido à claridade forte e azulada da cozinha do restaurante chinês.

O copiador passou jogando pratos para cima. Quase me queimei com uma panela de algo flambado. Passei ileso pelas portas moles da cozinha e cheguei no restaurante, onde algumas pessoas se protegeram e berraram ao me ver correr com uma arma em mãos.

Estava tudo uma merda, me expus demais, mas naquele momento não havia mais volta.

Ele saiu do restaurante e eu fui logo atrás.

Caralho, esse merdinha não cansa de correr?

Estávamos fora de Chinatown e eu passava tão rápido pelos lugares que sequer percebi em que bairro fui parar àquela altura. Meu alvo entrou em um prédio meio velho e amarronzado, com algumas fitas de interdição na frente e eu o segui.

Assim que passei pela porta que tocou um sino anunciando minha entrada, desacelerei.

O lugar era escuro, as poucas coisas que pude enxergar foram devido às luzes da rua que adentravam pelos vidros quebrados do prédio. Haviam algumas lonas empoeiradas em cima dos objetos que pareciam estatuetas, brinquedos e antiguidades. Não mexi nos plásticos para saber o que tinha por debaixo deles.

O cheiro de mofo e naftalina eram fortes.

Fixei meus olhos no meu alvo que parecia enfim se cansar, pois seus movimentos estavam menos ágeis. Ele entrou numa porta aos fundos.

Fiquei com a arma em mãos e dei passos lentos, ouvindo o *renk* que o piso de madeira velha fazia cada vez que eu caminhava, denunciando onde eu estava.

Passei pela brecha da abertura da porta sem sequer tocar nela e então meus olhos se tornaram maiores ao perceber que estava em uma sala de espelhos que mais parecia um labirinto.

É uma armadilha.

Antes de dar mais um passo, pensei se deveria seguir em frente com aquilo. Seria matar ou talvez morrer tentando, porque eu duvidava muito que teria oportunidade de estar tão perto assim do meu copiador.

Inflei os pulmões e soltei o ar devagar avaliando a minha própria imagem multiplicada nas paredes espelhadas.

Foda-se.

Segui para o corredor à frente, mantendo o pisar leve e os olhos atentos. Apontei a arma esperando que ele aparecesse tentando me pegar de surpresa. O homem sumiu, permaneceu em silêncio, mas eu sabia que ele estava ali dentro.

— Não era isso que você queria? Que eu viesse atrás de você? Fez tudo para chamar a minha atenção e agora que a tem fugiu?! Apareça, não vou morder! — provoquei.

Segui para o corredor seguinte do labirinto de espelhos e me vi em diversos tamanhos distorcidos. Ali a luz era mais fraca, piscava algumas vezes.

Andei um pouco mais até que ele apareceu na minha frente. Atirei.

A bala rompeu o espelho, deixando diversos fragmentos ao chão. Olhei para trás rapidamente e apontei a arma de novo, o homem sumiu.

Uma gargalhada ecoou pelo espaço. Eu me arrepiei, foi como se reconhecesse aquele riso.

É ele?

O maldito estava se divertindo com aquilo.

Caminhei novamente para frente, o mascarado apareceu, mas antes que eu pudesse puxar o gatilho, fui pego por trás e derrubado, minha arma deslizou pelo piso para longe de mim.

O homem tentou me golpear, dei-lhe um chute que o afastou e me virei de barriga para baixo para rastejar até a pistola, mas fui agarrado pelas pernas e puxado com toda força.

Rolamos no chão. Um tentando tirar a máscara do outro. Encolhi as pernas para pegar a faca no tornozelo, mas o canalha foi mais rápido e segurou meu punho, subiu em cima de mim e pôs meus braços ao lado da cabeça.

Senti as artérias pulsarem no pescoço ao tentar fazer força para tirá-lo, contudo seu peso e esforços pareciam ser o dobro do meu.

Assim que ele soltou um dos meus punhos para tentar pegar minha máscara, fechei a mão livre e acertei seu rosto com tudo. O impostor vacilou e permitiu que eu virasse a posição, ficando por cima.

Levei as mãos à borda de sua máscara, meu coração batia forte para revelar o rosto que me atormentou, entretanto, as pernas dele se prenderam na minha cintura e ele virou seu peso sobre mim.

A partir dali eu sabia que não conseguiria ganhar numa luta corporal com ele, precisava da arma ou da faca.

Dei-lhe uma cotovelada que me soltou e levantei cambaleando para ir até a pistola, mas fui pego novamente por trás, dessa vez, pior, um de seus braços se prendeu ao redor do meu pescoço.

Fui trazido para o piso e imobilizado pelo seu braço e suas pernas ao redor da minha cintura. Ele me sufocava, apertando firmemente e como um amador, comecei a me debater.

Seu rosto se pôs contra os meus cabelos e escutei sua puxada funda de ar.

Eu não tinha mais forças, meus movimentos se tornaram letárgicos e a visão embaçada. Antes de perder a consciência, senti o incômodo no couro cabelo de ter uma mecha de cabelo arrancada.

Assim que abri os olhos de novo, estava sozinho. Ele se foi.

Eu sentei no piso e inspirei fundo, levei a mão aos cabelos e passei os dedos pela área dolorida. Ergui-me, com um sentimento de ridículo, patético em ter subestimado tanto o meu adversário.

A minha arma continuava no mesmo lugar, ele sequer a levou, a máscara ainda estava em meu rosto. Guardei a pistola e deixei o prédio empoeirado.

Era madrugada naquela hora, não havia mais quase ninguém lá fora, apenas alguns moradores de rua e trabalhadores noturnos retirando o lixo. Levantei a máscara e caminhei sentindo o corpo doer em algumas partes.

Recolhi os ombros e abaixei a cabeça, deixando que os fios azuis cobrissem parte do meu rosto.

Estava morrendo de vergonha de mim mesmo. Eu me senti um idiota em ter deixado o meu esconderijo e me exposto, em ter errado um tiro, em ter entregado meu coração pra alguém que não o queria, em ter tido a casa invadida... Um idiota, um babaca, um fraco em ter caído na porra de uma armadilha.

E o pior, era que não havia mais volta. Eram as consequências dos meus atos, deveria encará-las como tal.

Quando cheguei perto da minha moto notei um bilhetinho em cima dela e algo preso ao papel. Peguei a folha e arregalei mais os olhos a cada passada pelas letras. Nela estava escrito:

"Foi divertido, espero que tenha uma próxima vez. Assinado, seu maior fã.

ps: gostava mais dos seus cabelos loiros."

Uma mecha de cabelo minha estava presa ao papel, justamente uma mecha da época em que eu tinha os cabelos não tingidos.

Senti o ar faltar, eu me apoiei na moto para evitar a tontura.

— É ele... Ele me encontrou.

A FUGA DA RÚSSIA

ZACHIARY SMIRNOF

As minhas pálpebras não me obedeciam. Apesar de a mente se tornar desperta, o corpo continuava amolecido, dolorido e sonolento, tive que lutar contra mim mesmo para conseguir realizar um simples ato de abrir os olhos.

Eu havia me dopado de remédios na noite anterior para conseguir dormir sem interrupções, sem vozes me dizendo para vigiar, sem os meus ouvidos escutando quaisquer barulhos. Se fosse para morrer dormindo, ótimo, a dor seria menor.

Sentei na cama e apoiei os pés na madeira fria. Passei a mão pelo peitoral desnudo e os dedos pelo pescoço, ainda tinha uma marca meio arroxeada na minha pele dada ao sufocamento. O meu celular continuava na bancada do computador próxima da cama, a tela se acendia com algumas notificações.

Eu não queria olhar, não queria me surpreender negativamente com um merdinha russo manchando a minha imagem, contudo precisava ver do que se tratava. A minha curiosidade foi maior e me fez levantar, pegar o aparelho e desbloquear a tela.

Não havia mais imagens novas do meu impostor, apenas mensagens dos Hunters preocupados comigo depois de eu ter postado o vídeo esclarecendo que aquele homem não era eu e a perseguição. Sumi depois disso, por muitas horas.

Era 15h quando acordei e eles estavam sem respostas desde o fim da noite anterior.

Eu

Boa tarde, galera. Não precisam se preocupar, estou bem.

Ghost

Você conseguiu pegar o cara?

Zero

Tá mesmo tudo bem? Você sumiu, Shadow!

Eu

Eu consegui alcançá-lo e dei uma surra nele... acredito que não voltará a fazer o que estava fazendo. E estou bem, apenas estava cansado e dormi até tarde, fiquem tranquilos.

Soltei três mentiras de uma vez só. Eu não dei uma surra, tomei e muita. Ele com certeza voltaria a fazer o que estava fazendo porque sabia que iria atrás dele. E bem? Eu estava exausto, esgotado físico e psicologicamente, poderia estar tudo, menos bem.

Apesar de eu não gostar de mentir para a minha equipe, foi necessário, porque eu sabia o nível de perigo com o qual estava me envolvendo, deveria omitir os fatos para protegê-los. Ele saber da minha proximidade com Zero já era arriscado o bastante, precisava me afastar.

Eu tinha noção que a partir do momento em que ele me encontrou, não haveria mais paz. Nightmare me seguiria, infernizaria a minha vida como forma de me punir e eu só poderia acabar com isso agora cortando o mal pela raiz, fugir deixou de ser uma opção.

Apoiei-me na parede para descer as escadas, minhas pernas estavam trêmulas, moles, quase não sustentavam o corpo de tanta angústia e medo. Foi doloroso para mim pensar em tudo o que aconteceu, o motivo de eu ter deixado a Rússia.

Há seis anos, fazia pouco tempo que retornei do exército e fiquei para ajudar meu pai com seu mercadinho. Usualmente eu o pegava resmungando sozinho ou madrugando sentado na poltrona de casa, fumando seu cigarro e vendo as contas.

O negócio dele não estava lá essas maravilhas, principalmente porque era inverno e os fornecedores dele encareceram os preços devido à época ruim para as plantações, mas o que mais o preocupava não eram as contas vencidas em si, e sim a merda dos mafiosos vagabundos que iam toda semana na loja cobrar a sua grana.

Os Korschei eram conhecidos por seus métodos de tortura, eram violentos, perseguidores e como um polvo tinham tentáculos por toda a Rússia, então era difícil fugir deles.

Ao ver meu pai com dificuldades resolvi trabalhar fora para tentar ajudar a manter as contas e dar parte do dinheiro para a máfia. Mal tínhamos para comer e ainda deveríamos dividir o valor que ganhávamos.

Era um caminho sem saída. Se fossemos até a polícia, havia um infiltrado dos Korschei por lá, se exigíssemos aos políticos que cumprissem sua campanha, desapareceríamos em pouco tempo porque... adivinhem? Tinha um Korschei por lá.

Aquilo começou a alimentar uma revolta em mim, a sensação de impunidade e impotência.

E eu tentei, juro que tentei salvar a nós dois, mas em um dia eu retornei para casa do trabalho e não vi o meu pai, era tarde da noite, sendo que ele costumava fechar às 18h. Foi então que tentei ligar e ele não atendeu.

Dizem que temos cinco sentidos, porém eu acredito que tenhamos seis, sendo o sexto a intuição. Naquele momento em que a chamada caiu em caixa postal eu me arrepiei, percebi que algo estava errado.

Subi na minha moto e fui rápido até o mercadinho, o lugar estava isolado com fitas e os policiais tentavam afastar a população curiosa que tentava se aproximar da cena do crime.

Os vidros estavam estraçalhados, as laranjas jogadas no chão e pisoteadas, as paredes manchadas com respingos de vermelho, esburacadas com marcas de tiro, e meu pai em um saco preto.

Aquela foi a maior dor que senti na minha vida, nenhuma outra dor física se equiparou. Minhas cordas vocais pareceram se romper com meus gritos e o peito tinha um peso tão grande que esmagava o meu coração.

Foi a primeira vez que senti a amargura da injustiça.

Meu pai foi assassinado pela máfia e nada aconteceu depois, o caso ficou perdido num limbo até ser arquivado. A partir dali eu percebi que não poderia mais andar certo, seguiria as leis dos errados, traçaria o meu próprio caminho e arriscaria a minha vida para vingar o meu pai, para tentar, ao menos, deixar algo no mundo que não fossem apenas ideias.

Sabia que seria difícil mudar as coisas, mas desacreditava ser impossível.

Foi então que adotei um codinome chamado Rich-Eater e usei os conhecimentos que adquiri na época em que fiquei na área de inteligência do exército Russo para começar a atuar nos cibercrimes, com o tempo aprendi mais e mais, e logo não estava só invadindo câmeras, roubando dados e espionando, mas sim começando a mexer na área financeira.

Afetei banqueiros exploradores, expus lavagem de dinheiro de políticos corruptos, coloquei na mídia os crimes arquivados para que voltassem a julgamento, inclusive o de meu pai.

Passava horas e mais horas dos meus dias online, trancafiado no meu quarto. A cada ação bem-sucedida eu me sentia orgulhoso em fazer a diferença, logo comecei a chegar em patamares cada vez mais altos e perigosos.

Com isso, consegui afetar a máfia Korschei. Desviava lucros, atrapalhava os planos de estratégia e cheguei a me corromper vendendo informações à máfia rival, Bratva. Aquilo quase ocasionou um banho de sangue.

Minha jornada de crimes cibernéticos na Rússia começou a ruir quando surgiu um outro atuante na área virtual, que se denominava Nightmare. Eu não sabia nada sobre ele, na verdade, ainda não sei sua verdadeira identidade, contudo desde que ele começou a me perseguir virtualmente e desarmar os vírus que eu enviava, poderia afirmar que era algum subordinado da máfia para proteger os Korschei de mim.

Mesmo com um adversário à altura, permaneci com os ataques, achei que estar por trás de uma tela me protegeria. Ledo engano.

Era uma manhã de verão quando saí na rua como um cidadão comum e inocente para comprar um pão. Apesar de achar que estava no anonimato, tentei andar atento olhando aos arredores até que notei que um carro preto de vidro completamente escuro andava devagar numa distância pequena de mim.

Eu acelerei o passo, o veículo acelerou também. Ali percebi que estava fodido.

Comecei a correr para tentar encontrar um lugar seguro. Era muito cedo, a maioria das lojas ainda estavam de portas arriadas e haviam poucas pessoas nas ruas. Meu coração batia rápido e a respiração era insuficiente.

Bastou que virasse a esquina para ser derrubado com algo batendo forte contra a minha cabeça.

Assim que recuperei a consciência, a primeira coisa que fiz não foi me mexer, não foi erguer as pálpebras, mas sim notar a música baixa que tocava ao fundo. Arrepio-me até hoje com esse som.

Ritchie Valens cantava baixinho, sua voz saía da rádio do carro num tom amedrontador e romântico.

You're mine
and we belong together

Yes, we belong together
For eternity

Abri os olhos sentindo a cabeça doer e o corpo balançar sutilmente com a viagem. Meu corpo estava inteiramente amarrado com uma corda vermelha, o laço circundava as minhas coxas, mantendo as pernas abertas, apertava meus pulsos e os nós roçavam contra o abdômen.

Fechei um dos olhos devido ao sangue que escorreu pela minha pálpebra, inflei os pulmões e gritei alto, gritei tanto, que senti a garganta em chamas. O homem ao volante calmamente aumentou o volume da música e virou o seu rosto mascarado para mim.

— Sua voz é bem gostosa, mas você está atrapalhando a música, docinho. Pode gritar o quanto quiser, ninguém por aqui vai te ouvir.

A máscara era vermelha, com uma expressão assustada e chifres, um demônio, combinava bem com ele.

— Por que está fazendo isso comigo?

— Não se faça de desentendido, você sabe muito bem com quem mexeu e a confusão que causou. — A língua dele batia contra os dentes fazendo um som de *tik tik tik* em reprovação ao meu comportamento. Sua voz era meio diferente, estranha, como se esforçasse para disfarçar seu timbre.

Estremeci e pressionei os dentes. Era alguém da máfia, era o Nightmare, admito que apesar de parecer meio óbvio que em algum momento isso aconteceria, eu não esperava, não esperava ser sequestrado, muito menos imaginava o que viria depois.

Quero dizer, imaginava que morreria, mas não o que aconteceria antes disso.

— Para onde está me levando? — perguntei.

— Meu Deus, como você é curioso. Não pode apenas aproveitar a viagem?

Ele abriu parte do vidro traseiro do carro, que permitiu que o ar entrasse e bagunçasse os meus cabelos. Direcionei o olho para cima a fim de ver parte da paisagem e eram apenas árvores.

Por isso o meu sequestrador estava tão tranquilo em relação aos meus berros, porque estávamos provavelmente no meio de lugar nenhum.

Um nó se formou em minha garganta antes de fazer aquela pergunta, mas precisava sanar essa dúvida, engoli com muito esforço, sentindo a saliva descer com dificuldade e falei de uma vez só.

— O que pretende fazer comigo?

— O que acha que farei com você? — Seu tom de voz saiu leve, como se estivesse brincando comigo. Ele virou o volante e começou a desacelerar o carro.

— Sei que vai me matar. Disso eu tenho a certeza.

Ele parou o veículo e virou o rosto para trás. Seus olhos deslizaram por mim, desde o primeiro fio de cabelo arrepiado no topo da cabeça à ponta dos meus pés.

— Hum... talvez. — Retirou o cinto de segurança e saiu do carro, ele deu a volta.

Assim que a porta que estava atrás da minha cabeça se abriu, estreitei o olho aberto com a claridade. Nightmare colocou as mãos nos meus ombros e puxou metade do meu corpo para fora do carro, mas antes que pudesse cair ao chão, ele me pôs em seus braços, apoiando meu peso em seu ombro.

Olhei em volta e vi apenas árvores e mais árvores, uma estrada de terra e então a casinha pequena de madeira para qual ele estava me levando. Pensei em mordê-lo para ser solto, mas o máximo que conseguiria fazer seria rolar no chão ou rastejar feito minhoca. Era ineficaz e poderia irritá-lo, piorando as coisas.

Ao entrarmos na casa, o espaço era ainda menor, vazio, cheirava a madeira molhada e ferrugem. De móvel tinha apenas uma cadeira no centro da sala, um balde cheio d'água e algumas ferramentas presas à parede como martelos, serrotes e furadeiras.

Observei o sangue seco espalhado pelo chão, era um abatedouro, um local de tortura.

Meu olho se arregalou e senti o coração acelerar, batia tão rápido que achei que ele ouviria. Fui posto sentado sobre a cadeira e ele colocou as mãos na cintura me olhando por um tempo.

Suas mãos estavam enluvadas, a roupa preta cobria até o pescoço, não havia nada que desse para identificar quem estava por detrás da máscara.

Ficamos em silêncio e eu me esforcei muito para conter a tremedeira. Não queria demonstrar medo ou fraqueza, ainda que estivesse em condições totalmente desfavoráveis.

— Se você me soltar, se me deixar ir... eu nunca mais irei mexer com os Korschei. Na verdade, até esquecerei que um dia já estive nesse.... — Rondei o olho pelos arredores, enquanto outro se mantinha fechado devido ao sangue que continuava a escorrer. — Nesse buraco. O que acha, hein?

Tentei dar um sorriso amigável.

Que patético, ele já deve ter ouvido essa proposta milhares de vezes.

O homem permaneceu quieto me encarando, mexeu no bolso e tirou de lá um pano preto.

— Agora entendo o porquê do chefe Vladmir ter ficado tão obcecado por você — falou, enquanto dava passos lentos na minha direção. — É inteligente, foi o único que conseguiu mexer com a soberania dos Korschei... e ousado até em fazer isso sozinho. — Ouvi sua risada baixa por detrás da máscara. — Ele vai ficar muito feliz em saber que peguei o motivo de suas dores de cabeça.

Ele levou o tecido aos meus olhos e me vendou. A partir dali minha respiração ficou incontrolável, eu hiperventilava. Eu queria que a dor fosse uma só, que fosse breve, que me matasse sem mais delongas.

— Por favor, seja rápido! — Acabei por pensar alto demais.

— Rápido? A diversão nem começou e você já quer acabar com ela?

E então senti o calor de sua língua contra minha pele. Ele lambeu o meu rosto, limpando o sangue e trouxe minha cabeça para perto de seu peitoral, enterrou o nariz nos meus cabelos e puxou o ar forte.

— Você tem um cheiro tão peculiar... — Seus dedos se entremearam em meio as minhas madeixas e ouvi o som de uma tesoura. — Promete que deixará os Korschei em paz? — O timbre forçado disse docemente.

Não respondi.

— Hein?! — Ele gritou tão colado ao meu ouvido que doeu. — Promete que vai sumir da porra da internet e ninguém mais vai saber da sua existência? — A voz se tornou mais agressiva.

— Prometo...

— O que disse?

Recebi um tapa tão forte no rosto, que me fez virar a cara para o outro lado. A pele queimava e ficou difícil de conter a tremedeira.

— Eu prometo! Eu prometo que vou sumir!

— Mesmo? Porque se eu te encontrar fazendo isso de novo, não te farei apenas se arrepender, mas matarei qualquer pessoa que se aproxime de você. Você será o responsável pela morte de inocentes. — O ar quente que saía a cada palavra dita contra o meu ouvido abafava a minha audição.

— Prometo! Por favor, eu juro que vou sumir!

Escutei o som de algo se arrastando pelo chão para perto, era o balde.

— Sim, você vai sumir.

E então a última coisa que eu me lembro antes de perder a consciência pela segunda vez foi ter sido afogado naquela água fria e salgada diversas vezes.

Meu corpo foi deixado na beira de uma estrada movimentada e algumas pessoas pararam para me ajudar.

Eu não entendi o porquê de o mafioso ter me deixado vivo, se foi por piedade ou porque ele queria que eu tivesse como castigo carregar o trauma que ele me causou naquela tarde pelo resto da vida.

Até tentei lidar com a rotina por alguns dias, mas qualquer mísero barulho que escutasse eu me arrepiava, tive pesadelos, não conseguia mais andar na rua sem sentir a pele suar frio. Foi então que decidi que a Rússia não me pertencia mais, não estava seguro ali, principalmente porque desde que entrei para os cibercrimes, não consegui retornar aos empregos comuns.

Eu fugi. Fui para os EUA, mudei de codinome para Shadow e descumpri a promessa de que não mexeria mais com os Korschei, porque, ao que parecia, eles estavam envolvidos com Spencer Johnson e ao atentar contra Spencer, sem saber cutuquei um vespeiro.

Mas daquela vez não teria como fugir novamente, iria enfrentar. Entraria em seu jogo, descobriria a real identidade de Nightmare para cortar o mal pela raiz.

SHADOW É O MEU VÍCIO

DOMINIC IVANOV

Desde a primeira vez em que senti, nunca mais me esqueci daquele cheiro. Sua pele tinha um aroma peculiar que se entremeava ao perfume amadeirado que ele usava, já os cabelos eram cítricos, com cheiro de laranja ou limão, não conseguia identificar bem, mas eu gostava.

Aliás, tudo em Zachiary Smirnof me interessava. Seu cheiro, a textura de sua pele, mas, sobretudo, suas habilidades e inteligência... talvez não tão inteligente assim, já que teria que ser burro o bastante para desafiar uma das maiores máfias russas, mas ele tinha coragem, eu admirava isso.

Zachiary surgiu na minha vida como um desafio. Através do codinome Rich-eater ele articulou ações contra a máfia Korschei e os associados à máfia, os empresários e políticos que tinham envolvimento com a nossa organização. Aquilo deixou o meu pai enlouquecido por semanas, a cada três palavras uma era sobre o anônimo da internet que atrapalhava suas ações. Foi a única pessoa que vi receber tanta atenção dele.

Eu me senti na obrigação de pegá-lo, mostraria ao meu pai que era útil e digno de suceder ao seu lugar na hierarquia, eu quem deveria me tornar o próximo Chefe, não meu irmão Nikolai. Em segredo iniciei uma jornada no submundo da internet, aprendi tudo o que precisava para caçar Zachiary, aquilo se tornou a minha diversão, a adrenalina que tomava o meu peito em ir atrás dele feito um predador.

Quando consegui identificá-lo, o observei por duas semanas para rastrear cada passo seu. Eu poderia pegá-lo no terceiro dia, quando o vi sair de manhã para ir à padaria, um caminho que ele traçava nos mesmos horários. Porém, o que era para ser somente uma observação de caça, se tornou algo maior. Queria saber tudo sobre ele... porque, ao mesmo tempo em que queria destruí-lo e levá-lo como um troféu ao meu pai, também desejava tomar o seu lugar, ser alguém como ele, audacioso, que é tão destrutivo, que pode dizimar seus opositores sem sujar as mãos.

Eu queria acabar com ele.

Eu queria ser ele.

Eu queria torturá-lo e fazê-lo pagar por mexer com a minha família.

Eu queria possuí-lo em minhas mãos para fazer o que quisesse.

Eu queria seus cabelos, sua pele para sentir aquele cheiro...

E de todas as coisas possíveis que eu desejava em relação a Zach, nenhuma envolvia matá-lo. Tirar sua vida acabaria com a minha diversão, não teria mais aquela fonte de adrenalina e ninguém estava a altura para substituí-lo.

O dia em que o sequestrei ainda era fresco nas minhas memórias. Eu me recordo de estar eufórico quando o coloquei no carro. Durante o caminho pensei nos elogios que receberia do meu pai nessa captura, em como seria honrado na máfia por isso.

Mas ao observar seu corpo trêmulo pensei que, caso o assassinasse ou entregasse ao meu pai, a minha jornada teria um fim, perderia a minha obsessão e inspiração, então o deixei ir.

O que foi uma falha da minha parte, deveria tê-lo mantido em cárcere.

Cometi o erro uma vez de deixá-lo escapar. Rich-Eater mudou de codinome para Shadow e fugiu de mim por cinco anos, os anos mais longos que passei, buscando outras pessoas para serem minha distração, mas nenhum rival se equiparava. Finalmente, reencontrei-o em minha viagem para os Estados Unidos, durante o processo de expansão do poder dos Korschei. Estávamos eu, meu irmão, o cão dele, Alexander, alguns homens de confiança e meu tio, o subchefe.

Vi-o novamente enquanto estava no topo de um prédio fazendo a segurança de Hilbert Harper. Reconheci, ao longe, aquele corpo e os binóculos me permitiram ver seu rosto antes de ele cobri-lo com a máscara. Fiquei eufórico.

O destino traçou nossos caminhos novamente; era para acontecer. E, desta vez, não o permitiria mais se livrar de mim.

E lá estava eu, mais uma noite à espreita, na caça. Daquela vez, dentro de sua cabana, esperando que ele voltasse para casa. Caminhei devagar pelo seu quarto, um armário estava trancado com cadeado, provavelmente tinha armas lá... Mas as gavetas abarrotadas estavam entreabertas, deixando algumas peças de roupa quase escaparem.

Puxei a gaveta e tirei de lá uma camisa dele, aproximei do nariz... tinha um aroma forte de sabão em pó e amaciante. Coloquei a roupa de volta no lugar e mexi em mais algumas peças, a maioria de suas blusas, calças e meias tinham outros cheiros que não fosse o dele.

Tirei o celular do bolso e olhei a localização dele através do vírus que inseri em seu dispositivo. Shadow estava próximo da floresta, em pouco tempo estaria ali. Guardei o celular e olhei para trás, então vi sobre sua cama algumas roupas jogadas, incluindo sua cueca.

Me aproximei devagar, sentindo a pulsação se tornar mais intensa. Peguei a peça íntima e levei até o nariz, estava usada, ali tinha o seu verdadeiro cheiro. Pressionei o tecido contra o rosto e inspirei fundo, soltei o ar pesadamente em alívio.

Cheirei novamente e senti o pau latejar. Eu não esperava aquela reação.

Dobrei a cueca e a guardei no bolso.

Quando pensei em conferir sua localização, escutei o som da fechadura sendo destrancada no primeiro andar. Não teria como sair dali naquele momento sem ser visto de imediato. Abaixei a máscara, me deitei no chão e me arrastei para debaixo de sua cama.

A porta abriu lentamente em um rangido. Enxerguei suas botas caminhando sem pressa pelo quarto, a respiração audível... Foi como se ele estivesse avaliando o ambiente.

Meus músculos se tornaram tensos. Eu me escondi em um lugar óbvio demais e Shadow já estava em alerta, precisava sair dali rápido para pegá-lo antes que o contrário acontecesse, porque eu não pretendia matá-lo, mas ele o faria se tivesse a chance.

Conforme os pés dele se aproximavam da cama, eu arrastei meu corpo mais para trás. Um passo, um arrastar, um passo, um arrastar... até que, quando notei que ele parou, me preparei para sair do outro lado da cama.

No momento em que ele se agachou, eu saí debaixo da cama, saltei sobre o colchão e rolei em cima dele. Zachiary chegou a puxar a arma e disparou um tiro próximo ao meu ouvido, que me causou um zunido tão forte, que quase cheguei a bambear.

Ainda em cima dele, segurei em seu braço, mantendo-o para o alto a fim de tirar a pistola de sua mão. Ele ergueu o rosto à altura do meu braço e fincou os dentes. Ainda que a mordida tenha sido sobre o tecido preto de algodão da camisa, senti perfurar parte da pele.

Gritei de dor e dei-lhe uma cabeçada. A máscara protegeu o meu rosto, mas o impacto do golpe nele fez com que ele recaísse a cabeça no piso e soltasse a arma para levar as mãos à testa.

Me arrastei pelo chão para pegar a pistola, assim que peguei a arma, ele chutou minha mão para me desarmar, mas agarrei firme a apontei para ele. Shadow não se rendeu, levantou-se rapidamente e fugiu do quarto.

Ele com certeza deveria ter outras armas pela casa além de seu armazém do quarto. Fui atrás dele, descendo os degraus com pressa.

Dei um tiro próximo dele para tentar pará-lo, mas Shadow sequer se assustou com a possibilidade de ser atingido, correu em direção à cozinha.

Quando o vi puxar a gaveta de madeira e pegar um facão, desacelerei os passos. Apontei a arma para seu rosto, queria fazê-lo se render a mim, queria que ele permitisse que eu tivesse dele absolutamente tudo.

A mão que antes segurava firme no cabo, começou a tremular discretamente. Com lentidão andei em sua direção e ele pisava para trás, recuando, até que parou próximo ao fogão.

— Que merda você quer?! — gritou.

Aquela pergunta era a mais difícil de responder. Não sabia como sintetizar que queria capturá-lo de novo para mostrá-lo como um troféu à minha família, mas também queria assumir sua identidade, ou que desejava tê-lo para mim, cada parte dele... contudo, vê-lo livre também era uma diversão, eu amava persegui-lo, gostava da sensação de caça que ele despertava de mim, aquela adrenalina de enfim estar com alguém à altura.

Shadow não era do tipo que ajoelhava e chorava por piedade, ele tentava resistir ou negociar. Zachiary fugia, lutava e procurava dominar a situação. E aquilo era o que me deixava ainda mais obcecado.

De todas as respostas que eu poderia dar, escolhi a mais simples e sucinta.

— Você.

Aos poucos a mão que segurava a faca inclinada na minha direção abaixava.

— Então venha me pegar. Você venceu.

Dei um passo para frente e ele não se moveu. Então mais um, e mais um... eu me aproximava e Shadow permanecia estático, na mesma posição até que, ao chegar mais perto ele agachou rapidamente e tentou fincar o facão no meu tornozelo.

Pulei para trás a tempo, a lâmina passou raspando pela minha bota e perfurou o cano de gás da cozinha. Ele me encarou desafiador e correu para fugir pela porta dos fundos.

Meu coração acelerou com o susto e permaneci parado por poucos segundos, sem reação, até que fui atrás dele.

Assim que passei pela porta, não o encontrei. Vasculhei os olhos pelo espaço escuro da floresta. Com muito esforço enxerguei apenas as árvores, alguns pássaros sobrevoando as folhas e o lago ao fundo, que refletia a luz da lua.

Andei mais um pouco, colocando o mínimo de peso sobre os pés a fim de não fazer barulho para buscá-lo, mas não teve um sinal de movimento sequer.

Zachiary desapareceu.

Mantive a arma apontada para frente e devagar comecei a rodear a casa. Os únicos sons audíveis eram os da natureza, nada mais.

Ali eu o perdi, seria impossível encontrá-lo em meio à mata na escuridão. Terminei de dar a volta na casa, com os ouvidos atentos para não ser surpreendido e entrei novamente na cabana pela porta da frente.

O ambiente exalava um cheiro forte de gás, e então ouvi a voz dele me chamando em direção à cozinha.

— Ei! Está procurando por mim?! — Zachiary gritou.

Atravessei a sala e ao chegar aonde ele estava, o encontrei apoiado com as costas na bancada, com um cigarro intacto nos lábios e um isqueiro na mão. Seus olhos, tão escuros, estavam estreitos e me encaravam com um tom provocativo.

Parei de me aproximar. O odor de gás empesteava o ar de tal forma que se ele acendesse aquele isqueiro, levaria a casa para os ares. Tudo explodiria, inclusive ele.

— Não sabia das suas tendências suicidas — falei.

— Eu posso até ir para o inferno com isso, mas vou te levar junto. — Zach trouxe o isqueiro a altura da boca. — Venha, dê mais um passo.

Aquilo fez com que o canto dos meus lábios se erguesse sem eu perceber e todos os pelos do meu corpo se arrepiaram.

Porra.

Apesar de sustentar o olhar desafiador, sua respiração estava acelerada de nervosismo. Zachiary poderia até estar blefando, mas ele não era tão previsível assim, possivelmente estava disposto a matar a nós dois. E eu jamais pagaria para ver.

Permanecemos nos encarando por um tempo, imóveis.

O ar se tornava cada vez mais tóxico.

Dei dois passos para trás.

— É exatamente isso que gosto em você... Boa jogada, Rich-eater. Quero dizer, Shadow.

Andei de costas até deixar a cozinha e então me virei para sair da casa. Dei uma última olhadela antes de passar pela porta, não fui seguido, tudo que ele queria era se livrar de mim.

Nos veremos de novo.

Atravessei a floresta com cuidado pelo caminho seguro para desviar das armadilhas e cheguei até a estrada onde meu conversível preto estava parado.

Retirei a máscara, as luvas pretas, a camisa gola alta e passei a mão pelos cabelos raspados que cresciam. Antes de ligar o carro, ouvi uns barulhos vindos do porta-malas. Olhei para o meu próprio reflexo pelo retrovisor e virei o rosto de lado para ver a cicatrização da tatuagem que fiz na lateral da cabeça, onde os cabelos já cresceram em cima. O desenho ficou perfeito, combinando com as tatuagens que eu tinha no pescoço e desciam para o peitoral.

De novo o barulho no porta-malas. Chutes e chacoalhares.

— Fique quieto ou vou te apagar de novo seu merda! — gritei.

Girei a chave na ignição e pisei no acelerador para a mansão onde a minha família estava. Durante o caminho escuro pela estrada distante até chegar ao centro de Manhattan, notei que o celular ainda estava desligado, ao ligar vi as quatorze ligações perdidas de Nikolai.

Bufei, receoso em retornar a chamada.

Nikolai era meu irmão mais velho, tínhamos apenas cinco anos de diferença, eu 28 e ele 33. E apesar de termos o mesmo sangue, não éramos nada parecidos, a começar pela aparência, onde Niko puxou ao pai com os cabelos escuros, rosto mais quadrado, personalidade inflexível, séria demais, silenciosa demais... E visão ruim, ele não enxergava nada sem seus óculos.

Já eu era o oposto. Diziam que eu lembrava minha mãe, não cheguei a conhecê-la por ela ter falecido no meu parto, mas pelas fotos que vi dela... é, tínhamos sim muitas semelhanças físicas, os cabelos loiros, os olhos claros e estreitos, o rosto mais alongado e queixo marcado, porém, em questão de personalidade, não puxei nem meu pai, nem mesmo a minha mãe.

Eu não tinha o comportamento retido dos dois, não conseguia conter as emoções, não fazer barulho, não causar sujeira, jamais fui capaz de ser um exemplo de homem como Nikolai, e isso me rendeu muitas cicatrizes das quais cobri com tatuagens. A maioria das feridas foram feitas na infância e adolescência, meu pai deixou de levantar a mão para mim depois que atingi os 21 e fiquei maior do que ele ou meu irmão mais velho.

Antes mesmo de pensar em ligar de volta para Niko, assim que cheguei no centro da cidade o celular tocou. Atendi e coloquei no viva-voz, estreitei os olhos porque sabia o que viria.

— *Onde você se meteu? Você não matou o cara, né? Eu preciso dele vivo, Dominic, vivo, porra!*

— Nikolai, calma. Estou a caminho com o Senador, tive apenas que dar uma parada para resolver algo.

— *Uma parada? Você demorou duas horas! Era pegar o homem e trazê-lo até aqui. Você... Tocou nele?*

— Apenas o suficiente para colocá-lo no porta-malas.

Escutei o seu respirar forte do outro lado da linha.

— *Eu te disse que o quero vivo e consciente! A gente precisa dele entendendo o que temos a dizer. Olha, se você o torturou... eu juro, juro que...*

— Cala a boca, Nikolai. Não sou o seu cão, muito menos um idiota. Eu só o apaguei para conseguir colocar no porta-malas, ele não ficou ferido, inclusive tá se mexendo ali dentro — Olhei para o retrovisor.

Ele desligou sem nada a acrescentar.

O ar saiu pesado dos meus pulmões. Acelerei, atravessando alguns sinais vermelhos e amarelos para ir com urgência à mansão, assim que cheguei ao condomínio de casas, não precisei me identificar na portaria, o homem já conhecia a placa do carro.

Pisei no freio à medida que me aproximava do casarão branco de dois andares e grades pretas, repletas de homens de terno. Abaixei os vidros para ser reconhecido pelos guardas quando passava e segui portões adentro, atravessei o jardim e cheguei até a garagem.

Quando desembarquei do carro, Nikolai e seu cão Alexander, um homem de meia-idade, bigodão, pele discretamente bronzeada e algumas cicatrizes no rosto e o meu tio, o representante da máfia Korschei nos Estados Unidos, já me aguardavam no gramado com alguns homens armados.

— Onde você estava?! — Meu tio elevou a voz. — Você só tinha uma missão, Dominic! E demorou esse tempo todo?

— Como se ele soubesse fazer algo certo — Meu irmão comentou.

— Cale a boca! — gritei para Nikolai e olhei para meu tio com calma. Ele lembrava o meu pai, tinha olhos esverdeados, pele pálida e os cabelos escuros com alguns fios grisalhos estavam sempre penteados para trás com gel. — Eu precisei fazer uma outra coisa, mas o Senador está aí, ileso e bem, no porta-malas. — Apertei o botão que abria a parte detrás do veículo.

Os nossos soldados seguiram para pegar o homem que estava amarrado e amordaçado na traseira do meu carro.

A minha família havia fechado um trato com o candidato à prefeitura de Nova York, Hilbert Harper, ele seria a nossa porta de entrada para aumentar a influência e poder dos Korschei nos Estados Unidos, facilitaria a aprovação de licitações, teríamos acesso a projetos antecipados, além de receber parte de obras superfaturadas. Para isso, precisávamos não apenas protegê-lo e cuidar de seus financiadores, mas também converter inimigos. O Senador preso no carro tinha grande influência e oposição a ele.

— Vamos entrar, o Hilbert ainda nos espera na sala de jantar — Nikolai disse. Deu as costas para mim e seguiu em direção à entrada da casa.

Os nossos homens desamarraram o político, mas o mantiveram amordaçado e o guiaram para dentro da mansão também.

Segui atrás deles, com as mãos juntas às costas, ao lado do meu tio. De vez em quando recebi olhares desconfiados dele, até que, assim que passamos pelo salão que ecoava nossos passos, ele resolveu me questionar.

— Onde você estava?

— Eu já disse, precisei...

Ele parou de andar e estreitou os olhos para mim.

— Acha que não sei que está tramando algo? Saindo por aí a noite, não dando localizações, dispensando segurança...

— Eu fui atrás de puta. Não preciso de seguranças para ir caçar boceta. Pronto, é essa resposta que você queria? — Ergui a sobrancelha.

Meu tio chegou a erguer a mão para mim e eu apenas fechei o punho e os olhos, aguardando o golpe. Naquele momento, ele lembrou meu pai, realmente os irmãos tinham alguma similaridade.

Apesar de ameaçar, não me bateu, aproximou-se mais de mim e fincou o dedo no meu peitoral, pressionando firme.

— Ir atrás de mulher com uma máscara? Com faca, armas... cordas?! Eu não sei exatamente que merda você está fazendo, Dominic, mas pode ter certeza de que se você, de alguma forma, trouxer exposição para a nossa família... — as gotículas de saliva tocaram meu rosto. — Eu mesmo irei matá-lo.

Prendi a respiração.

Assim que ele deu as costas para mim, apressou o passo em direção a sala para onde levaram o político. Nikolai estava encostado na porta de madeira com um meio sorriso, o subchefe, nosso tio, sussurrou algo para ele antes de entrar.

Respirei fundo e caminhei para onde teria todo o acordo, mas fui impedido pelo meu irmão, que entrou na minha frente.

— Você tá fora hoje.

— Como assim fora? Eu preciso participar dos negócios da família! É o meu direito! — Rangi os dentes.

— Ordens do subchefe.

Ele andou de frente para mim e deu uma risadinha enquanto me encarava e estreitava as duas portas antes de fechá-las.

Fechei o punho e dei um murro na madeira. Aquilo fez minha pele arder e cortar nos nós dos dedos, eu sangrei, mas a porta envernizada permaneceu intacta.

Atravessei o salão de piso de porcelanato bem encerado e subi a escadaria de madeira escura que dava para o meu quarto. A cada passo eu sentia meu sangue ferver em ódio e frustração.

Nikolai sabia o quanto eu queria tomar o lugar de Chefe, mas ele também desejava a sucessão, o tempo todo gostava de se provar mais digno que eu, afinal, o favoritismo do pai ele já tinha.

Nikolai pouco apanhou, Nikolai nunca foi trancado em armários como castigo, Nikolai jamais teve uma cicatriz, Nikolai ganhou um cão bem cedo, afinal, ele era precioso demais para sofrer qualquer perigo, precisava de um soldado 24h ao seu lado. Desde adolescente ele era convidado a ficar nas salas de negociação, como se tudo o preparasse para o cargo.

Mas eu queria mostrar que também tinha chance, que era capaz, inteligente e estrategista.

Abri a porta do quarto e a fechei com força. Olhei para os móveis, o armário grande em frente a cama, a escrivaninha no canto com um notebook apoiado, algumas coisas jogadas sobre a cama forrada com lençóis beges... eu queria destruir tudo, quebrar o quarto inteiro, contudo apenas fui até a cama e me joguei sobre ela.

Meu corpo afundou no colchão e olhei para o teto. Inspirei fundo e soltei o ar devagar, precisava espairecer a cabeça, não podia fazer muito barulho, chamar atenção para a minha raiva.

Fechei os olhos e relembrei de horas antes, do quão perto estive de pegar Zach novamente, de domá-lo. Apalpei o bolso da calça e senti o volume do tecido que havia guardado, sua roupa íntima.

Levei o pano até o nariz e puxei o ar com intensidade. Aquele aroma, o seu cheiro tão peculiar... Aquilo fez meu pau pulsar.

Cheirei mais um pouco e a mão livre apoiei no abdômen, escorreguei os dedos pela pele mais para baixo até chegar ao botão da minha calça, abri e desci o zíper para poder me tocar, eu estava duro e úmido.

Inspirei com força e me senti latejar mais. Comecei a me masturbar enquanto pressionava sua roupa sobre o rosto.

Naquela hora, quando pensei na minha obsessão, nada mais importou. Foi como se eu fosse transportado para outro momento.

Gemi baixo e aumentei a velocidade dos toques.

E então percebi que talvez eu não estivesse apenas querendo capturar o Shadow, não apenas domá-lo, me apossar dele... Eu queria me apropriar de todas as esferas de sua vida, de seu corpo...

Eu queria foder Zachiary Smirnof.

SOZINHO E ISOLADO

ZACHIARY SMIRNOF

Desde que Nightmare reapareceu, as noites de sono se tornaram ainda piores. Acordava diversas vezes de madrugada, às vezes dormia em pé com uma arma em mãos, andei pelas árvores na escuridão para espalhar mais armadilhas pela floresta e me isolei.

No meu celular havia diversas mensagens dos Hunters, eu não os respondi há dois dias, não consegui me concentrar em mais nada que não fosse a minha segurança e nos reparos da casa dos estragos que nós causamos. Sim, nós, porque eu mesmo cheguei a destruir algumas coisas ou revirar móveis.

Estava enlouquecendo e não poderia contar a ninguém. Não queria que os rapazes se preocupassem, muito menos gostaria que eles entrassem no radar do meu pesadelo, deveria deixá-los seguros, fora de perigo, porque estar ao meu lado os tornaria alvos, e Nightmare poderia até não me matar, mas ele decerto os machucaria ou mataria para me atingir e eu não suportaria passar pelo luto de novo.

Eu tinha que dar um jeito de resolver aquilo sozinho, de descobrir sua real identidade e de matá-lo sem deixar rastros. Sabia que ele pertencia à máfia russa, os Korschei, e que estavam na cidade, mas não conseguia imaginar onde iria encontrá-lo e como faria isso sem que eles viessem me caçar ou ter o risco de levar um tiro no processo, já que homens poderosos sempre são cercados por seguranças armados.

— Verme desprezível... — resmunguei, carregado de revolta, enquanto cortava cebolas para o jantar e refletia sobre o ocorrido há dois dias.

Quase explodi a minha casa, estava disposto a matar a nós dois e acabar com tudo, mas ele recuou, e agradeço por Nightmare não ter sido ainda mais insano e me instigado naquele suicídio em dupla, porque quando a adrenalina passou, só consegui sentar no chão e chorar.

Por mais que meu corpo e a minha mente não aguentassem mais, teria que ser forte, resistir, era o meu dever tentar permanecer vivo para proteger a minha família... Os Hunters. Eles precisavam de mim. E apesar do meu sumiço parecer negligência, posso afirmar que não passava de cuidado, e um sacrifício, porque a cada mensagem ignorada o meu peito doía.

Eu estava imerso no mais profundo silêncio em casa, apenas o som da faca batendo contra a tábua de madeira era ouvido. Na verdade, eu também escutava, distante, o barulho das folhas mexendo lá fora com a ventania.

A quietude foi rompida com um grito agudo que pareceu vir da floresta.

— Merda!

Alguém foi fisgado por uma das minhas armadilhas.

Coloquei a faca na cintura, deixei a cozinha, passei pela sala onde peguei a minha arma, uma lanterna e sai. Logo que me deparei com a escuridão, parei em frente a porta de casa para esperar que a minha visão se adaptasse ao ambiente.

Não adiantou de muita coisa, mas conseguia ver o mínimo do caminho iluminado pela luz lunar. Evitei acender de imediato a lanterna porque pretendia ver antes de ser visto, no escuro a minha presença passaria despercebida.

Caminhei devagar dentre as árvores, com atenção para não cair nas minhas próprias armadilhas. O barulho das folhas secas no chão denunciava onde a minha vítima estava, o som de movimento se intensificou conforme eu chegava perto.

Todos os pelos do meu corpo se arrepiaram, eu só não sabia se era devido ao frio que sentia por conta do vento bater no meu abdômen descoberto ou de medo. Talvez fosse os dois, afinal, não sabia o que esperar.

Apesar do receio do que encontraria, também torcia para que ao ligar a lanterna encontrasse o meu perseguidor preso à minha armadilha.

Cheguei mais perto, meu coração intensificou as batidas a ponto de eu poder ouvi-lo.

Enxerguei a movimentação de mais de uma pessoa, eram três, um deles estava pendurado.

— Parados aí! — gritei com a arma apontada e liguei a lanterna.

Puxei o ar de susto.

— Zack? Amigo... o que aconteceu com você?

Foi a primeira coisa que Logan falou ao ver meu rosto à meia luz.

Todos os Hunters estavam ali, Logan, Taehyun, Dean e... Peter, que estava preso na corda, de cabeça para baixo, com o olhar assustado e rosto avermelhado.

— Não aconteceu nada — falei, caminhando em direção onde Peter estava pendurado, puxei a faca da cintura e cortei a corda. Antes que ele caísse no chão, foi segurado por seu namorado.

— Não aconteceu nada? Shadow, você colocou armadilhas novas no caminho até a sua casa — disse Dean.

— E não responde a gente há dois dias! Achamos que tivesse acontecido o pior... — Tae comentou.

— E o seu rosto... você já tinha olheiras antes, mas cara... parece acabado agora. — Logan se aproximou ainda mais de mim, a luz da lanterna mostrou seu rosto contraído em pena.

O ar se tornou difícil de puxar, em poucos segundos me tornei ofegante, não era para eles estarem ali, não era para sequer falarem comigo até que eu resolvesse o problema.

Olhei para os lados e apontei a lanterna em volta a fim de ver se conseguiria enxergar outra presença além de nós cinco. Aparentemente não havia ninguém.

Suspirei.

— Tem... — Senti a saliva descer arranhando pela garganta. — Tem algo que preciso contar a vocês. Vamos só sair daqui, está bem? Me sigam com atenção.

Se eles ainda tinham alguma dúvida de que algo poderia estar errado comigo, o estado da minha casa terminou de me denunciar. Móveis com remendos, sofá com traços de costura dos rasgos, janelas trancadas e com uma madeira atravessada para bloquear a passagem, caso o vidro fosse quebrado...

Dean, que estava acostumado a me visitar com mais frequência, não conseguiu disfarçar, ele apoiou as mãos na cintura e rodou os olhos pelos cantos da sala.

— Vocês querem alguma coisa? — Encolhi os ombros e franzi as sobrancelhas. — Um café...

— A gente quer é que você desembuche logo — Logan foi direto, passou por mim e sentou-se no meu sofá com os braços estendidos sobre o apoio.

— Tem a ver com a noite do seu aniversário? — Taehyun sugeriu.

— Quê? Não, você... não, não tem nada a ver com isso.

— O Spencer mandou alguém te matar? — Peter sentou ao lado de Logan.

Dean não criou uma hipótese sobre o que poderia ter acontecido, acredito que tenha sido porque ele já sabia que fui encontrado pela pessoa da qual eu fugia, visto que aumentei as armadilhas e refiz o caminho seguro pela floresta até a minha casa. Ele, o Masked, decorou de cor o trajeto e o porquê de tantas medidas de segurança.

Fui até o centro da sala, frente ao sofá e fiquei de pé. Cruzei os braços frente ao corpo, apesar de não querer envolvê-los naquela situação, não dava mais, eles precisavam de uma explicação.

— Primeiramente eu quero pedir desculpas a vocês por preocupá-los, mas eu preferi sumir porque não queria colocá-los dentro do meu problema, para o bem de vocês, para protegê-los. — Aliviei os pulmões. — Eu sou caçado por mexer com uma das maiores máfias russas, os Korschei, há anos. Inclusive esse foi o maior motivo de eu ter fugido de lá. A questão é que fui encontrado... — Meu pé começou a bater no chão incontrolavelmente. — E sei o que o meu caçador é capaz de fazer. O homem que se passava por mim era ele... Nightmare, foi tudo arquitetado por ele para chamar a minha atenção e me fazer ir atrás, acabei me expondo além do que deveria e agora a situação saiu do controle.

— Você sempre tentou nos proteger, Zack... está na hora de fazermos o mesmo — Dean se aproximou de mim.

— Não precisava ficar se escondendo que nem toupeira, podia pedir a nossa ajuda, né! — Zero se manifestou.

— Eu me afastei justamente porque não quero que vocês se envolvam! Que parte não entenderam? — Abri os braços e senti o coração se comprimir. — Por que acham que vim morar aqui? Que coloquei armadilhas no caminho? Que me protegi tanto? Vocês não têm ideia do que pode acontecer e eu não vo... — a voz falhou, como se um nó amarrasse a minha garganta, os olhos arderam. — Eu não vou me permitir passar pelo luto de novo. — Abaixei os braços e tentei conter as lágrimas que embaçavam a minha visão. — Vocês são a única família que eu tenho agora. Jamais me permitiria arriscar perdê-los.

Enquanto eu falava, notei a expressão descontraída de Zero ser reduzida, Monster contraiu os lábios e Ghost abaixou a cabeça. Masked terminou de romper o espaço entre nós dois e me abraçou.

Envolvi os braços fortemente em torno do meu amigo. O sentimento era tão grande e pesado, que foi como se meu peito estivesse esmagado, sentia dor física só em pensar na possibilidade de me ver sem eles, de continuar para sempre sozinho, de ser incapaz de proteger os que amava.

— Imagino o seu desespero, Shadow... mas acredito que o fardo seja demais para carregar sozinho — Dean murmurou próximo ao meu ouvido, afastou-se e me encarou de perto. — Nos deixe ajudar.

— Eu vou resolver isso sozinho. Já sei que ele pertence aos Korschei e que estão na cidade, basta encontrá-lo... descobrir a identidade dele e tirar a sua vida.

— Tem algo que possa identificá-lo? A gente pode não te ajudar diretamente, nos expondo como pediu, mas... de longe, pesquisando e procurando online. — Peter quase não falava, ficava em silêncio na maior parte do tempo, mas quando dizia algo, eram boas colocações e sua voz era sempre tão meiga e baixa, que até mesmo as piores ideias pareciam dar certo.

— Não, não tem. Ele sempre usa máscara, luvas, roupa que cobre o corpo inteiro... eu precis... — Fechei a boca por alguns segundos, quando lembrei da carta que ele deixou pra mim, o papel que guardei junto da minha mecha de cabelo. — Eu conseguiria identificá-lo pela letra. Ele me deixou uma carta, isso é tudo que tenho.

— Pra isso você teria que se aproximar e recolher assinatura de todos os mafiosos pra conseguir reconhecer. Acho meio difícil. — Zero ergueu os ombros. — Melhor armar uma emboscada.

Monster balançou a cabeça.

— Que tal tentar se aproximar das pessoas certas? Tem uma boate de Stripper no centro de NY, que fica na zona neutra...

— Como sabe que é zona neutra? — Dean questionou.

— Porque é onde eu participo dos rachas. Os homens mais ricos da cidade injetam muita grana nas apostas, então para conseguirem ver o resultado com os próprios olhos não pode ter conflito, logo... a zona é neutra. — Logan ergueu os ombros. — E aí, depois das corridas a maioria deles vão para as boates.

— E no que isso vai me ajudar? — Torci os lábios.

— Que muitos são velhos e pagam em cheque devido aos valores altos do consumo. Cheques tem assinaturas. Você pode tentar entrar disfarçado de garçom...

— O Nightmare me conhece, ele sabe o meu rosto. Caso me veja, vai descobrir de imediato que estou atrás dele. — Balancei a cabeça em negação enquanto pensava. Levei a mão aos cabelos, jogando-o para trás. — Ou... bem, como eu já sei que ele é um Korschei e conheço alguns dos rostos dessa máfia, você pode me levar até eles e o resto eu vejo como fazer.

Masked estreitou o olhar para mim.

— Tenta stalkear os que você tem mais suspeitas. Se não reconhecer pela letra, pode reconhecer pela voz, a forma de andar, as roupas... não é muito difícil se você fizer um bom trabalho de perseguição e observação.

— Disso o Dean entende muito bem — Peter disse, arrancando uma risada de nós cinco.

Apesar da sugestão duvidosa vir de um stalker, ele tinha razão. Se eu não reconhecesse meu perseguidor pela letra, com certeza outra coisa o denunciaria e eu seria capaz de pegá-lo no ato se estivesse sempre à espreita esperando por seu deslize.

Ergui o canto do lábio.

— Monster, amanhã me mande o dia, horário e local da próxima corrida. Eu vou à caçada.

— Graças a Deus o Shadow que eu conheço voltou! Não aguentava mais esse chorão no lugar dele! — Zero disse.

— Cale a boca! — Ri baixo.

— Ao invés de te mandar o local, venho te buscar.

— Então está resolvido. Vamos sim te ajudar, mas a distância... ou sem sermos vistos. — Dean colocou a mão sobre o meu ombro e o apertou. — Mas se ignorar a gente de novo, eu mesmo vou me dar ao trabalho de te matar.

— Eu amo vocês, rapazes — falei.

— Own, ele sendo carinhoso é tão fofinho... — Tae se levantou do sofá para se aproximar de mim. — Abraço coletivo dos Hunters!

Ninguém se manifestou, até que Peter, o membro mais recente, veio para me abraçar e os outros também se juntaram.

Não poderia escolher uma família melhor.

INDO À CAÇADA

ZACHIARY SMIRNOF

Conforme a lua se posicionava no céu, meu corpo vibrava, o sangue fervia, feito um lobisomem a se transformar. Apesar da comparação ridícula, eu e um lobisomem tínhamos algo em comum, porque ambos esperavam a lua cheia para ir à caçada.

Eu estava com a minha roupa preta, cabelos desbotados presos num coque, arma na cintura e mochila nas costas, na estrada deserta próxima à floresta esperando pela minha carona. A minha companhia daquela noite seria o Monster, o plano seria eu acompanhá-lo na corrida para tentar identificar um Korschei entre os apostadores ou pelos arredores da zona neutra.

O som chegou antes do carro, de longe escutei o barulho da música alta que fazia os meus músculos estremecerem. O Porsche preto se aproximou com as luzes baixas e parou perto de mim, o vidro desceu devagar e revelou o rosto sardento e sorriso brilhante de Logan, ele estava de blusa branca, corrente fina de ouro e argola pequena em apenas uma orelha, algo estava diferente nele.

— Gostei do visual — comentei.

Seus cabelos crespos estavam cortados nas laterais e mais altos em cima com um tom tingido de loiro. Ele riu e passou a mão na cabeça.

— Quis dar uma mudada pra essa corrida de hoje. — Piscou. — Depois eu raspo tudo. Entra logo, Russinho, não posso me atrasar pra corrida.

Sentei no lado do carona e de imediato olhei para o banco traseiro.

— O Zero não vem, se quer saber — falou, com os olhos fixos no caminho e engatou a marcha.

— Que surpresa ele não estar junto, vocês são tão grudados para sair à noite. — Abri a janela e coloquei um dos braços apoiado na porta. O vento gélido soprava meus cabelos e meus ouvidos palpitavam com o hip-hop alto que vinha da rádio do carro.

— É que geralmente quando a gente sai junto, rola bebedeira e tal... — Ele arrastou o lábio entre os dentes.

Ergui a sobrancelha e o encarei de lado.

— E aí vocês ficam? Por isso que ele não veio? Por que estou junto? Se esse for o caso, eu...

— Ficar com o Zero? — Riu. — Não me odeio a esse ponto. Com todo respeito, Shadow. — Assim que descemos até a cidade e chegamos num sinal vermelho, Monster virou o rosto para me encarar, com as sobrancelhas franzidas. — É que quando o Tae bebe, gosta de ficar com algumas pessoas, então ele não queria que você visse, além do mais...

Bi Bii Biii

Logan recebeu uma série de buzinadas por ainda estarmos parados. Engatou a marcha e voltou a olhar para frente enquanto pisava firme no acelerador.

— Eu tô sabendo que vocês terminaram recentemente e ele quer te dar tempo de se recuperar emocionalmente, daí vocês dois aqui... Ficaria climão, sabe?

— Não teria climão nenhum porque não me importo mais. A gente não tinha nada sério antes e terminamos o que nem começamos. — Ergui os ombros e levei o polegar entre os dentes. Encarei a mim mesmo no reflexo do retrovisor. — Além disso, estou preocupado demais em tentar pegar o cara que me perseguiu por anos.

— Entendo.

— E você? Tá ficando com alguém?

— Ficando com algumas, assumindo nenhuma.

Girei os olhos e o encarei de canto.

— Agora entendo por que você e Tae se dão tão bem. Não tem interesse em... sei lá, formar uma família, ter alguém fixo?

— Claro que tenho, mas não agora, agora tenho outras prioridades. Além disso, já tenho uma família pra cuidar, tenho que me dedicar a proporcionar um futuro para eles agora. — Sua expressão se tornou mais séria e concentrada no caminho.

Logan era de Detroit antes de vir para Nova York, onde ele foi membro de uma gangue, era o piloto de fuga deles, até quase ser fichado por isso. Depois de sair, ele sabia que seria perseguido pelo seu passado, que até se tornaria alvo, então, para proteger sua família, saiu da cidade e se concentrou nos crimes cibernéticos, que apesar de serem arriscados, ele poderia se esconder por trás da tela.

Logan foi pai muito cedo, não que ele realmente tivesse filhos, mas era o mais velho de uma família de cinco irmãos de uma mãe solo e adoecida. Ele se responsabilizou desde cedo em proporcionar o melhor para os seus irmãos, cuidou deles, os protegeu e escondeu sua vida de crime até bem antes de tudo desandar.

Depois, ainda que a distância, se preocupa em enviar dinheiro para eles e um fundo para a faculdade de sua irmã mais nova, Zoe, a única menina.

Assim que entramos em um túnel, ele acelerou um pouco mais, porém dois carros de cores chamativas, um verde e outro laranja, passaram por nós em alta velocidade, feito balas disparadas.

Arregalei os olhos e Monster enlargueceu o sorriso, abaixou seu vidro e colocou a mão para cima, com o punho fechado.

Ele gritou de adrenalina e mais carros passaram disparados com seus sons altos, tons vibrantes e alguns cheios de garotas no banco traseiro.

— Estamos chegando — falou. — Bem-vindo à terra sem lei.

E a área onde estávamos realmente parecia uma terra sem lei. Eu não prestei atenção no caminho, sequer sabia para onde fui levado, mas nunca vi algo semelhante desde que pisei nos Estados Unidos.

O crime parecia bem confortável ali. Havia homens com bandanas, com as armas marcando sob a blusa, outros mais afastados, de roupa preta e um pessoal de vestimenta semelhante por perto, que deveriam ser mafiosos.

Além disso, os carros chamativos e velozes faziam manobras arriscadas e havia uma plateia eufórica para ver, mulheres de roupa bem curta e saltos enormes que se apoiavam nos vidros dos carros...

— Quais as chances da polícia chegar aqui? — perguntei.

Logan deu de ombros.

— Sei lá, acho que nenhuma. Se eles aparecerem será só pra receber o dinheiro pra ficarem fora do caminho e sair... — Conforme chegamos em uma pista cheia de gente, que ficava numa área de prédios meio abandonados, ele desacelerou e me encarou. — É a zona neutra, Shadow. Aqui os apostadores só querem ganhar sua grana e apreciar o entretenimento da corrida e pagam muito, muito caro pra isso. Por isso a polícia não se mete.

Recolhi os lábios.

— Entendi.

Assim que seu carro parou em frente a uma marcação branca no chão, algumas pessoas se aproximaram do Porsche e acenavam para Logan, alguns gritavam por ele, empolgados, contudo, eles não o chamavam de Monster ou de Logan, mas sim de Relâmpago.

— Chegamos no seu destino, caçador. — Piscou, com um sorrisinho. — Não vai vestir uma máscara antes de sair do carro?

— Não. Ele já sabe o meu rosto, fora que uma máscara por aqui chamaria mais atenção do que sem, então é só eu contar em ver sem ser visto, obrigado por tudo, Monster. Quero dizer, Relâmpago.

Ele riu e fechou o punho para mim.

— Conte comigo, Shadow. Fique vivo.

Juntei o punho fechado no dele e o encarei.

— E você vença a porra dessa corrida.

Monster sorriu antes que eu pudesse desembarcar do carro, bastou que eu batesse a porta para que ele saísse e fosse cercado por gente, principalmente mulheres. Coloquei as mãos nos bolsos e dei uma última olhada para trás antes de sair em direção à área mais próxima de onde ficavam os apostadores.

Os homens de poder não eram muito difíceis de identificar, sempre estavam cercados de outros caras, que se vestiam de forma semelhante, falavam pouco e andavam meio torto devido às armas escondidas nas suas cinturas.

Eu sabia que não conseguiria chegar bem perto deles, que ficavam na área mais alta, onde poderiam ver todo o circuito, porém fiquei a espreita da área vip a fim de tentar reconhecer alguém.

Os rostos dos principais Korschei eu conhecia: Vladmir Ivanov, o chefe, que era o patriarca da família, Dmitry, irmão de Vladmir, o subchefe, os filhos de Vladmir que eram Nikolai Ivanov, o mais velho, Dominic Ivanov e também tinha o guarda-costas pessoal de Nikolai, Alexander e mais alguns homens abaixo na hierarquia, que eu acreditava não serem o Nightmare.

Para mim, Nightmare poderia ser Nikolai, Dominic ou Alexander, já que Dmitry era velho demais pra correr atrás de alguém por tanto tempo. Ou talvez eu estivesse errado e não fosse nenhum deles, mas só conseguiria saber se tentasse me aproximar e ver sem ser visto, porque nenhum crime é tão perfeito a ponto de não deixar vestígios.

Uma agitação começou na área da pista, a plateia gritava e uma mulher sexy, com cabelos escuros abaixo da cintura, boina e minissaia, trajando botas de salto foi para o meio da pista com uma bandeirinha vermelha erguida.

Os carros aqueciam seus motores sem saírem do lugar, uma tensão pairou sobre o ambiente, por um segundo a agitação foi mutada, os gritos foram contidos, apenas o barulho dos carros prontos para acelerar era ouvido.

E quando a bandeira foi abaixada, eles aceleraram soltando fumaça e a plateia correu atrás.

O carro de Monster não foi o primeiro a sair, mas o seu *drift* na curva foi tão preciso, que ele conseguiu ultrapassar o que disparou antes. Fiquei tão entretido com a corrida, que por um minuto esqueci o motivo de estar ali.

Afastei minha atenção da pista para me ater às pessoas, em especial aos rostos dos apostadores. Ainda não havia reconhecido ninguém da família Ivanov ou membro dos Korschei.

A corrida teve seu fim, Monster teve o carro cercado por uma multidão. Ele comemorou sua vitória com o punho erguido e recebeu uma taça de champanhe. Fiquei feliz por Logan ter vencido, ele realmente era bom no que fazia e mereceu.

Na área dos apostadores, alguns homens se lamentaram e xingaram, enquanto outros comemoravam e abriam suas mãos, balançando os dedos para receber sua grana.

A organização começava a se desmanchar e assim os apostadores iam cada um para seu lado. Meus olhos se mantiveram atentos, até que, ao passar por mim dois homens de ternos pretos e tatuagem de uma caveira coroada na mão, escutei sua conversa breve, que não teria nada de relevante se não fosse uma coisa... O inconfundível sotaque Russo.

Estiquei o canto do lábio e virei o rosto para os homens. Esperei que eles caminhassem na frente antes que eu começasse a segui-los.

Qual a probabilidade de haver outros russos de terno, com marca de identificação que não pertencesse à máfia? Para mim, nenhuma, era algo certeiro.

Os mafiosos andavam despreocupados com as mãos nos bolsos por aquele quarteirão mal iluminado e de estruturas abandonadas. Meu coração batia forte, a respiração estava acelerada e uma das mãos apoiada na cintura para que eu me preparasse para atacar a qualquer momento, pois apesar de eles não parecerem sequer notar a minha presença, acreditei que talvez estivesse sendo atraído para uma emboscada.

O ar só voltou a entrar nos meus pulmões sem dificuldade quando parei em frente ao prédio de tijolos com iluminação vermelho neon, com alguns cartazes de garotas na frente e um segurança de quase dois metros, careca, e muito mal-encarado, na porta.

— Esse deve ser o bar que o Monster mencionou... — murmurei.

Os meus alvos passaram pela porta sem empecilhos, já eu, quando fui tentar entrar, fui impedido pela mão do brutamontes.

— Identificação.

Eu sabia que ele não estava pedindo a minha identidade. Aquele não era um bar de stripper qualquer, era algo vip, as melhores mulheres para os que podiam pagar mais caro.

— Bóris Petrova. Nikolai Ivanov disse para nos encontrarmos aqui — falei, com toda confiança do mundo.

Nem precisei de muito esforço, meu sotaque russo era convincente o bastante. O segurança me encarou com a sobrancelha erguida e eu sustentei o meu olhar convicto.

A porta foi aberta para mim.

A música era alta e envolvente, as luzes baixas e vermelhas e o ar tinha um aroma diferente, uma mistura de fumaça de charuto e perfume doce, tudo criava uma atmosfera erótica, o espaço transbordava luxúria, aquele sim era digno de ser chamado de inferninho.

As mesas eram bem separadas umas das outras, havia cadeiras centrais e bancos acolchoados de canto, no centro um palco com passarela e uma barra de pole dance. A casa de stripper estava cheia, os homens falavam alto, fumavam e bebiam enquanto mantinham seus olhos atentos no palco vazio, que era a única área bem iluminada.

Rodei minha visão por cada canto dali, buscando pelos russos que estavam na corrida, mas o que encontrei foi ainda melhor. Perto do bar, pegando dois copos de bebida estava Dominic Ivanov, seu rosto estava diferente do que eu me lembrava e ele estava ainda mais alto também.

Dominic tinha o rosto rígido e bem demarcado, cabelos loiros raspados, olhos estreitos e claros, além do corpo coberto de tatuagens até onde pude ver... pescoço, mãos, lateral da cabeça... Só não consegui ver além daquilo porque seu terno cobria o peitoral e braços.

Que homem enorme, não me lembrava do Ivanov mais novo ser assim.

As batidas em meu peito se intensificaram, não sabia se deveria continuar nas sombras ou tentar chegar mais perto a fim de ouvir algo que viesse dele, qualquer migalha de informação. Fiquei estático, alguns caras chegaram a esbarrar em mim quando passaram.

Ele se afastou do balcão para carregar as bebidas, o acompanhei apenas com os olhos e então os homens se agitaram quando a cortina atrás do palco se abriu e quatro mulheres apareceram para dançar. As mãos repletas de notas de dinheiro se ergueram imediatamente.

Dominic entregou o drink para seu irmão, Nikolai, que estava sentado numa das poltronas vermelhas. O irmão mais velho estava com uma expressão séria e concentrada, a lente de seus óculos refletia a beldade que roubou sua atenção.

Uma latina de cabelos longos e bem escuros, com corpo curvilíneo e lingerie vermelha retribuía o olhar para ele durante seu rebolado.

O irmão mais novo, no entanto, não pareceu tão interessado na apresentação. Seus braços estavam cruzados e as pálpebras abaixadas até a metade dos olhos, deixando clara a sua pouca vontade em estar ali. Além disso, um de seus pés batia no chão, não de uma forma que seguisse o ritmo da música, mas sim freneticamente. Ele estava ansioso.

Me aproximei do bar e ergui o dedo.

— Boa noite, o que vai querer, senhor?

Apoiei a mão debaixo do queixo e olhei para os Ivanov.

— O mesmo que meus patrões, Nikolai e Dominic. — Voltei a atenção para o barman bigodudo.

— Gin e Tônica, então.

Afirmei com a cabeça.

Permaneci no bar para disfarçar, enquanto a apresentação ainda acontecia, até que as dançarinas começavam a descer do palco para irem até seus clientes, e apesar da mulher de pele amarronzada e calcinha vermelha ser muito requisitada, seu olhar e atenção eram voltados exclusivamente para Nikolai. Ela retirou os óculos dele antes de sentar em seu colo e levar um tapa forte na bunda.

Prendi o lábio entre os dentes e afastei os olhos por sentir o rosto quente.

Dominic se afastou de seu irmão, colocando-se no banco ao lado. Uma loira chegou para dançar nele, e o príncipe da máfia russa até permitiu que ela se esfregasse, porém ele não encostava um dedo sequer nela. Sua visão desinteressada se concentrava mais no ambiente do que na moça.

Fiquei de tocaia no bar a noite inteira, até a hora em que os dois se levantaram para ir embora. Nikolai tirou a parte de cima de seu terno para cobrir a moça que estava ao seu lado, ficando apenas de blusa branca, calça e suspensório. A mulher abotoou os botões do terno, cobrindo seu corpo.

Os dois irmãos, a mulher e os outros dois russos que vi na corrida foram para a saída e eu esperei um tempo até ir atrás.

Ao deixar a casa de Stripper, lidei com o ar gélido da madrugada e uma brisa leve. Me escondi na pilastra do prédio.

Dois carros pretos estavam parados quase em frente ao lugar. O cão de Nikolai, um homem muito mal-encarado com cicatrizes no rosto estava do lado de fora, ele abriu a porta para que o Ivanov mais velho entrasse junto de sua mulher no banco de trás e se pôs no banco da frente. Já Dominic entrou no outro carro junto dos outros dois russos que segui.

Tentei me ater as placas dos carros, mas aquilo não era o suficiente, precisava saber para onde eles iriam. Comecei a andar rápido conforme os carros davam partida, cheguei a correr, mas sem sucesso.

Um homem de moto fazia uma entrega no prédio próximo de onde eu estava.

— Ei! Ei! — falei alto, me aproximando dele.

O entregador arregalou os olhos para mim, abaixou o visor do capacete e montou na moto.

— Eu só queria uma carona! — gritei.

— Chama um Uber! — O motoqueiro colocou o pé no pedal.

— Te pago uma quantia alta para seguir um carro.

Ele olhou para mim e ergueu o visor.

— Não tenho outro capacete.

— Não tem problema. — Cheguei mais perto, sentindo o coração bater rápido. Estava prestes a perder os carros de vista. — Vai me levar ou não? Pago 100 dólares! Topa?

Tentei normalizar a respiração, mas só de falar estava ofegante.

— Sobe aí.

Montei na moto do desconhecido, e agarrei firme em sua cintura, apontei para frente e pedi para que ele seguisse discretamente os carros pretos cujas placas eu havia decorado.

O entregador acelerava, ultrapassava sinais vermelhos e desviava dos veículos pesados que atrapalhavam o nosso caminho até o meu alvo. A ventania em meu rosto estava tão forte com a velocidade, que o coque em meus cabelos começou a se desmanchar e permitiu que as mechas esvoaçassem.

Nosso trajeto teve fim quando nos aproximamos de um condomínio de mansões, de muros altos, dos quais os carros passaram portões adentro. Fiquei a observar de longe em frente a qual número de casa os veículos parariam.

— É a quarta mansão do lado esquerdo... — murmurei.

Desembarquei da moto, paguei o entregador e continuei parado ali, com certa distância para não ser notado.

Coloquei as mãos nos bolsos e olhei aos arredores pensando em como faria para me aproximar mais, porém sem me expor tanto. Entrar ali seria impossível.

Comecei a andar para frente e puxei o celular para anotar todas as informações que colhi a noite. O nome do bar que eles frequentavam, as características físicas da concubina de Nikolai, o endereço do condomínio, placa dos carros...

Caminhei até parar em frente a um hotel branco semelhante a um castelo de mais de doze andares que ficava em frente ao condomínio de mansões. Ergui a sobrancelha e o canto do lábio.

Eu já imaginava que aquele quarto de hotel me custaria caríssimo, não só pela localidade, mas pela estrutura, luxo e pelo andar do qual eu estava. A visão era privilegiada para o condomínio de mansões.

Me aproximei da janela e tirei os binóculos da mochila que carregava, então os levei aos olhos e consegui ver o jardim da casa, os carros parados e o quarto do segundo andar que estava de janelas abertas e luz acesa.

Dominic se aproximou da janela, ele estava sem camisa, tirando a minha dúvida se seu corpo realmente era todo tatuado e sim... era. O peitoral grande e abdômen muito bem definido também estavam cobertos com os desenhos.

O príncipe da máfia passou a mão pelos cabelos raspados enquanto olhava para a janela com uma xícara em uma das mãos.

É, aquele quarto me custou bem caro, mas valeu a pena.

Muito a pena.

ÀS VEZES EU QUERIA MEU IRMÃO MORTO

Dominic Ivanov

Eu estava em um silêncio tão profundo, que conseguia ouvir minha própria respiração. Encarei meu irmão sentado à frente, comendo frutas cortadas em cubinhos no café da manhã, enquanto eu mexia na amarelada e gelatinosa gema do ovo. Cutuquei mais uma vez com o garfo, rasguei a fina película para deixar que a gema escorresse pelo prato com bacon e torradas. Estava sem muita fome, minha mente era perturbada por tudo que acontecia ao meu redor.

Meu tio me afastou das atividades da máfia por conta do meu comportamento, devido aos atrasos, os sumiços, as mortes sujas demais... Meu mau comportamento deu brecha para que Nikolai mostrasse serviço, se fizesse digno da sucessão na organização.

Meu irmão sabia o quanto eu queria aquilo e tudo que fazia para agradar ao nosso pai, receber mais serviços e ser incluído dentro dos Korschei, portanto fazia questão de esfregar suas conquistas no meu rosto sempre que possível. Apesar de termos o mesmo sangue, ele não parecia um irmão mais velho.

Nikolai pouco me protegeu, nunca me ensinou nada, na verdade, era o contrário. Eu quem cuidava dele na escola, o protegia dos valentões, ensinei a dar o primeiro soco, eu que pegava as coisas que ele não alcançava, porque apesar de ser mais novo, era maior, mais forte.

Um dia eu o amei, mas Niko se amargou tanto conforme crescia que com o passar dos anos, o meu amor fraterno se tornou ódio, em alguns dias eu sonhava acordado, imaginava o que aconteceria se o tirasse do meu caminho.

Os pensamentos de matar Nikolai eram cada vez mais recorrentes.

E, naquela manhã, enquanto remexia os ovos com um garfo, tentava controlar aquelas ideias que se tornavam cada vez mais latentes. Meu coração batia acelerado sem eu fazer esforços, o corpo inteiro vibrava, cheguei a agarrar mais firme no metal frágil do talher.

O som de sua mastigação, a forma que ele passava a mão nos cabelos perfeitamente alinhados para trás com gel. Eu sentia que poderia empurrar todas aquelas comidas que estavam à minha frente e subir na mesa para enfiar o garfo em seu pescoço.

A boca secou, passei a língua pelo lábio.

Ele deixou de mastigar, seus lábios passaram a fazer outro movimento, como se formasse palavras...

— Dominic! — Ele estalou os dedos à altura dos meus olhos.

Engoli a saliva com dificuldade.

— O que foi?

— Não tá vendo que tô falando com você? — Arqueou as sobrancelhas.

— Desculpe, eu... Eu estava pensando em outra coisa.

Notei seu discreto revirar de olhos. Tudo que eu falava parecia ser idiota, algo burro, ruim...

— Você está estranho esses dias, ontem, na boate sequer tocou na mulher que sentou em você. Que merda tá acontecendo? Deixou de gostar de boceta? — Um sorriso lento se abriu.

Eu não sabia se a pergunta era real ou alguma piadinha, mas de qualquer forma, sequer meus lábios se estremeceram.

— Que merda está acontecendo? — Minhas mãos tremeram. Dei um soco na mesa que fez os copos e talheres trepidarem.

Nikolai chegou a arregalar os olhos de susto, mas logo voltou a sua expressão soberba.

— Eu achei que ao virmos para a América, as coisas mudariam, que eu poderia participar mais da organização na ausência do pai, mas nada mudou! Eu continuo sendo afastado, descartado ou escondido feito um monstro!

— Domi... irmãozinho... — Sua mão se estendeu sobre a mesa para tocar a minha, mas a afastei e fechei o punho. — Mas você tem o seu papel, a sua participação... Que é lidar com quem nos deve, quem atrapalha os nossos planos...

— Ser o carrasco. Eu só sirvo para matar, é isso? — Deixei que uma risada escapasse e me joguei sobre a cadeira, com as pernas abertas. — Um Chefe sequer suja as mãos, ele manda, os outros obedecem, ele lida com os negócios, o dinheiro, faz as transações com os associados... sabe quem faz o papel do trabalho sujo? Os soldados, a categoria mais baixa, sendo que eu sou a porra de um Ivanov! Eu me ponho em risco o tempo inteiro, me exponho sozinho, enquanto você mantém as mãos enluvadas em salas de reuniões e com um cão pra proteger o seu rabo.

Nikolai levou o dedo médio aos óculos enquanto me encarava e os empurrou para cima do nariz.

— Eu sou o mais velho, Dominic. Essa é a ordem da sucessão, não precisa ter inveja de mim.

— Não é... não é inveja. — Suspirei e voltei a me concentrar no meu café da manhã. Precisava tentar comer, não me deixar ser consumido pela raiva.

Nikolai jamais entenderia, ele sabia desde sempre o que era ser tratado como prioridade, de ser criado para a liderança, protegido feito uma joia rara. Meu pai nunca tocou um dedo nele, já eu, a qualquer deslize ganhava uma nova cicatriz, acho que meu pai me odiava.

Em alguns momentos, quando pensava na infância, refletia se, caso minha mãe fosse viva, as coisas seriam diferentes.

— Tudo bem. Olha, vou deixar você lidar com os associados hoje, está bem? Te darei alguns convites para entregar, faremos uma festa na mansão, financiada pelo Spencer, para garantir alguns votos para o Hilbert Harper...

— Por que se importam tanto com o Hilbert?

— Porque ele na prefeitura facilitará as licitações das nossas obras, teremos acesso aos projetos futuros de construção civil para poder comprar os lotes antes de serem valorizados… Além de que, a Cosa Nostra e seus associados estão apoiando o Donald Jones em sua campanha. A derrota dele será a nossa também. — Nikolai garfou um pedaço de banana.

Por que ele não come a banana feito alguém normal?

— Certo. Que horas posso fazer isso? Porque à noite tenho um compromisso.

Ainda que eu soubesse que a minha perseguição à Zach abalaria ainda mais a minha situação com a organização, não conseguia evitar, era difícil de controlar... Estava obcecado nele, na adrenalina que a caçada me provocava.

Os vícios são criados como forma de escape da realidade, um momento de prazer para sair das situações sufocantes. O meu pai ficava bêbado para desestressar, o tio usava cigarro, meu irmão corria atrás de prostituta, e eu, meu vício era caçar Zachiary Smirnof.

— Bem, acredito que os convites possam ser entre...

— Dominic, preciso que faça algo para mim.

A voz do meu tio ecoou pela cozinha. Eram 9h da manhã e ele já vinha soltando fumaça pelas narinas, seu cheiro de tabaco era forte, como se ele tivesse já tragado dois cigarros antes de aparecer e seu rosto estava inteiramente contraído, ressaltando suas rugas mais profundas.

Aquilo não era bom.

— O que aconteceu, tio? — Nikolai se precipitou em perguntar.

— O que aconteceu?! Essa merda aqui!

Ele jogou o celular no centro da mesa. Ao inclinar o pescoço para ver a notícia, estava lá em letras garrafais a compra de todos os lotes da área que a nossa família pretendia comprar, que era bem onde teria um projeto da prefeitura, que valorizaria o quarteirão inteiro.

Ergui o olhar para o meu tio. Nikolai arqueou as sobrancelhas e suspirou.

— Merda... alguém vazou a informação para a Cosa Nostra — Meu irmão coçou a nuca.

— E o que quer que eu faça? — perguntei.

— Que pegue o arquiteto do projeto e o faça falar. Preciso saber para quem ele vendeu a informação ou se ele mesmo falou. — Cruzou os braços. — Independentemente de você obter resposta ou não, o quero morto.

Mais um trabalho sujo.

— Por que não pede para algum soldado ir fazer isso? Hoje eu iria falar com os associados sobre a...

— Porque você é o melhor pro serviço. — Colocou a mão sobre meu ombro e me chacoalhou. — Além do mais, um soldado o faria correr antes de conseguir se aproximar, já um Ivanov com sorriso amigável pode parecer alguém apenas disposto a renegociar.

Apesar de a frase dele parecer um convite, uma proposta, sabia que não tinha como negar, ou seria visto como incompetente mais uma vez.

Soltei o ar devagar e juntei os braços ao peitoral.

— Pode me passar o endereço.

Assim que terminei de tentar engolir todo o café da manhã e deixar metade no prato, subi para a minha suíte para tomar um banho e me arrumar para o trabalho sujo, porém precisava me vestir de forma não tão agressiva para que não fizesse o arquiteto fugir.

Vesti uma blusa branca de botão e a coloquei por dentro da calça social preta, sapato de bico fino, relógio caro no pulso... Me encarei no espelho do armário, parecia apresentável, um bom moço, apesar das tatuagens agressivas e uma expressão rígida que eu não conseguia me livrar.

Guardei um sedativo no bolso da calça, peguei uma maleta em que coloquei uma blusa preta, uma furadeira, alicate e outros pertences.

Até mesmo passei um perfume antes de sair, parecia mais que iria a um encontro em um restaurante do que cortar um homem em picadinhos ainda vivo.

Desci as escadas com certa pressa e fui até a garagem, próximo ao meu carro estava meu tio, com braços cruzados.

— Quando terminar o serviço, me envie uma foto.

Franzi a testa.

— Não confia em mim, subchefe Dmitry? — Ergui o canto do lábio.

— Apenas protocolo, sobrinho. — Afastou-se da porta do carro.

Entrei, coloquei o cinto e dei a ré para sair da garagem, assim que o olhei pela última vez pelo retrovisor e notei que ele estava de costas, ergui o dedo médio.

Acelerei para fora do condomínio e próximo aos portões percebi o mesmo carro velho acinzentado que estava por ali quase todas as manhãs. Desacelerei e abri o vidro.

Encontrei com aquele homem de rosto quadrado e bem definido, pele escura, barba e bigode bem aparados e os cabelos crespos raspados, ele trajava uma blusa branca apertada demais para seus músculos e uma fina corrente de ouro no pescoço. Seu rosto enrugou de desagrado ao me ver e eu sorri.

— Bom dia, oficial Oliver Carpo. Hoje está muito quente para você ficar nesse carro, não acha?

Aquele maldito policial estava na cola da minha família, mas não havia muita coisa que ele pudesse fazer, afinal, quase todos os seus colegas estavam comprados, inclusive o rapaz mais jovem ao volante.

O homem de meia idade resmungou e virou o rosto para o outro lado.

Gargalhei e acelerei rumo ao bairro de Upper East Side, uma área nobre em Nova York, com casas bonitas e cercado por natureza.

Era 11h da manhã, o fluxo de carros naquela hora era baixo e o trânsito menos ruim do que nos outros dias. Uma das coisas que eu mais detestava naquela cidade era o trânsito, Nova Iorquinos deveriam gastar mais tempo no trajeto do que em seus destinos.

Liguei para o arquiteto pelo painel do carro.

A primeira ligação falhou.

A segunda ligação demorou e caiu.

A terceira ele atendeu.

— *A... alô?*

— Bonjour, Pierre Bordeau. Aqui é o Dominic Ivanov, o motivo do meu cont...

— *S-senhor Dominic me desculpe! Me desculpe! Eu juro que...*

— Calma, calma. Eu só quero conversar... ver uma outra proposta de projeto para nós... um almoço talvez. — Desacelerei para passar pela guarita do condomínio de casas, sequer precisei me identificar, apenas abaixei o vídeo e encarei o porteiro.

Ele sabia quem eu era.

A cancela se levantou para que eu passasse.

— *Poxa, não vai dar, hoje não estou em casa...*

Parei em frente ao seu casarão de madeira e o enxerguei no andar de cima, na área grande de vidro, rodando de um lado para o outro de roupão vermelho enquanto falava ao celular.

— Estou te vendo no salão. Pierre, não me faça esperar.

O arquiteto virou para frente e de longe pude ver sua expressão assustada. Ele ergueu a mão lentamente e acenou.

— *Vou destrancar as portas. Pode me encontrar no segundo andar.*

Estacionei o carro, peguei minha maleta de couro e deixei o veículo para caminhar pelo grande jardim de flores amarelas.

A casa do arquiteto era de madeira escura e brilhante, repleta de vidraças translúcidas que denunciavam o seu lado exibicionista.

Ao entrar, reparei que a decoração era inteiramente minimalista. Poucos móveis, os que tinha eram pretos e alguns detalhes vermelhos, como poltronas, tapetes, eletrodomésticos de última geração...

O arquiteto francês de bigodão, corpo fino e frágil e poucos cabelos aloirados na cabeça apareceu no alto da escadaria da sala de sua casa, com roupão, sorriso no rosto e braços abertos.

— Dominic Ivanov! Suba, suba...

— Não podemos almoçar na sua cozinha? — Olhei para o lado. A cozinha era ampla e com mesa grande para seis pessoas.

Ele hesitou por um momento. Franziu as sobrancelhas rapidamente, mas logo voltou a sorrir.

— O que você quiser, príncipe.

Pierre desceu as escadas e veio me cumprimentar com um beijo no rosto, mas me afastei e apenas estendi a mão para que ele a apertasse. Ele fedia a cigarro e bebidas.

O arquiteto a apertou, meio sem graça, e deu as costas pra mim em direção a cozinha.

— Como eu disse ao telefone, vim aqui para discutirmos uma nova proposta de projeto, já que a Cosa Nostra comprou a área antes mesmo de ser anunciada — falei, enquanto o seguia. Apoiei os braços sobre o balcão.

— Ah, sim, sim, claro... — Ele passou a manga do roupão pela testa, que não estava molhada de água, mas de seu suor. Pierre puxou a cadeira para a bancada e se sentou à minha frente. — Sinto muito por isso, não sei como aconteceu, mas tenho diversos projetos para os Korschei.

Fiquei em silêncio o encarando.

Sua respiração se tornou acelerada.

— Não sabe? — Abaixei o tom de voz.

O arquiteto secou de novo o rosto. Ele suava cada vez mais, sua pele começou a se avermelhar.

— Na...não, eu...

— Calma, fique tranquilo. Me dê uma taça de vinho tinto e vamos conversar.

— Certo. Desculpe, senhor...

Ele se afastou, foi até a geladeira e pegou uma garrafa, colocou a bebida na taça e me entregou.

— Você não vai beber comigo? — Arqueei a sobrancelha e bebi o vinho.

— Sim, sim, claro que vou.

Quando Pierre deu as costas, peguei a droga e coloquei no meu copo. Mexi a bebida com o dedo até que qualquer resquício desaparecesse.

Ele voltou para a bancada com a sua bebida.

— Isso aqui não é vinho tinto.

— Sim, é sim, senhor.

— Jamais que isso seria. — Inclinei a taça para ele. — Chegou a beber isso aqui alguma vez?

O arquiteto pegou a minha taça e deu dois goles. Bateu a língua contra o céu da boca e assentiu com a cabeça.

— Creio que o gosto talvez não seja dos melhores, mas é tinto. Se preferir posso pegar outra marca...

Bufei e dei de ombros.

— *Argh*, esqueça o vinho. Enfim, vamos falar sobre negócios...

Notei que enquanto conversávamos, os olhos de Pierre ficavam cada vez mais pesados, ele balançava feito um pêndulo, de um lado para o outro.

Um lado para o outro.

Até que caiu no chão.

Dei um meio-sorriso. Tirei da maleta uma corda, a furadeira, pregos e um alicate, os dispus sobre a bancada.

Arrastei seu corpo até a mesa de madeira, coloquei-o sentado, amarrei seu tronco e estiquei seus braços sobre a mesa, passei uma corda pelos pulsos, de forma que o prendesse tanto à cadeira quanto à mesa, com as mãos estiradas.

Caminhei por sua casa até a sala ampla e pouco decorada, então liguei a televisão e aumentei o volume ao máximo para que ninguém escutasse seus gritos, retornei até a cozinha, parei frente ao arquiteto e cruzei os braços aguardando que ele recuperasse a consciência.

Não demorou tanto tempo para que seu rosto expressasse sinais de vida, ele bebeu pouco do sedativo.

Ao abrir os olhos e tentar se mover, suas pálpebras se retraíram e as pupilas se tornaram menores. Por impulso Pierre gritou, mas eu estava precavido.

— Você sabe que ninguém vai vir te socorrer, não sabe? — Sorri.

O homem começou a estremecer por inteiro, a cadeira chegava a ranger discretamente. Os olhos enormes logo se tornaram brilhantes pelas lágrimas que escorreram pelas bochechas avermelhadas.

— Por favor, Dominic, não faça isso comigo, por favor... Eu não sei o que aconteceu!

— Como a Cosa Nostra soube do projeto?

— Eu não sei, não contei a ninguém além dos Korschei, eu juro!

Bufei.

— Não tenho o dia todo... — Fui para perto dos instrumentos que coloquei sobre a bancada. — Como estou de bom humor hoje, vou permitir que você escolha, querido. Alicate ou furadeira?

— Senhor, por favor, eu juro, eu juro que não contei nada a ninguém!

— Hum... furadeira então.

— Não! Não, não, por favor, não!

Seus pés batiam no chão desesperadamente e ele se balançava tentando se soltar à medida que eu me aproximava com a furadeira em mãos, a empunhei com a lâmina para o alto.

— Vou perguntar uma última vez... como a porra da Cosa Nostra soube do projeto?

— *Inu si, inheu* — Choramingou palavras incompreensíveis. Acho que ele quis dizer que não sabia.

— Ah, não sabe? — Franzi as sobrancelhas.

Pierre afirmou com a cabeça.

Liguei a furadeira e a lâmina começou a rodar, o arquiteto se balançou freneticamente conforme a lança se aproximava de sua pele. A perfuração em seu polegar arrancou dele gritos que me doeram os ouvidos.

O sangue jorrava sobre minha blusa branca e as lágrimas em seu rosto desceram violentamente. Parei de pressionar o botão quando percebi que a profundidade chegou em seu osso.

— Esse foi o primeiro dedo, tenho ainda mais nove para romper todos os ligamentos. — Aproximei o rosto dele e ergui o canto do lábio. — Dê o nome. Só isso que eu preciso, de apenas um nome. Para quem você vendeu a informação sobre o projeto?

Ele demorou para me responder, o choro amarrou suas cordas vocais de tal forma, que Pierre mal conseguia falar.

— Responde, porra! — gritei.

— Senhor, por favor, eu juro, não vendi a informação a ninguém. Só vocês sabiam do projeto... só...

Interrompi sua frase com o som da furadeira. O pobre homem voltou a se esgoelar e a urina desceu por suas pernas, então levei embora mais um de seus dedos, destroçando a carne com a lança giratória até os ossos.

— Você tem mais uma chance.

Àquela altura, até mesmo meu rosto estava sujo com alguns respingos e o corpo quente. Meu sangue borbulhava de raiva, porque sabia que talvez sairia dali sem respostas.

— Eu sei que não vai acreditar em mim, então me mate de uma vez, por favor..., mas não faça mais isso...

— Se você sabe que vai morrer, então por que não me dá logo a merda do nome?! — Bati forte contra a mesa.

— Porque eu não tenho! Eu não contei nada a ninguém!

Bastou que eu ligasse a furadeira para que ele voltasse a gritar. Aquilo era uma batalha perdida, e eu só estava gastando o meu tempo com um inútil, enquanto poderia estar atrás de Shadow. Não o vi há dias, seu cheiro na roupa que roubei não era mais tão latente, eu precisava de mais.

Olhei para o canto da bancada e vi o faqueiro, desliguei a furadeira, coloquei-a sobre a mesa e fui conferir as facas, peguei a maior e mais afiada. Aquele homem já sofreu demais, um golpe certeiro no pescoço seria o bastante.

Assim que me aproximei, o arquiteto fechou os olhos, apertei mais o cabo da faca e com apenas um golpe certeiro e profundo no pescoço a lâmina rompeu sua artéria.

Minha blusa branca se tornou vermelha.

Saí de perto do corpo, abri a blusa e a tirei, acendi o forno, joguei a roupa lá dentro, lavei o rosto na pia e fui até a mala que trouxe para pegar a camisa preta.

Deixei a casa sem muita pressa, não tirei merda de foto alguma, meu tio saberia da notícia pelos jornais ou investigação da polícia. Entrei no carro e bati a porta, perdi tanto tempo ali dentro que quando saí eram 14h e meu estômago roncava.

Eu deveria ir para casa comer, falar do caso, mas antes precisava ir até a floresta, necessitava encontrar Shadow.

A minha obsessão não fazia mais ações online, sequer deixou rastros para trás, não conseguia localizar seu celular, não haviam mais câmeras para que eu o vigiasse. Meu peito apertava só em pensar na possibilidade de ele ter escapado de novo.

Iria ao inferno se preciso para buscá-lo, mas jamais permitiria que ele sumisse da minha vida novamente. Zachiary era o meu prêmio, a minha inspiração, a minha obsessão, ele era meu, meu, meu. Portanto nunca se livraria de mim.

Evitei ir para sua casa pelo caminho da trilha, porque era óbvio demais e depois de ele ter quase matado a nós dois, decerto aumentou as armadilhas. Estacionei o carro do outro lado do lago, onde pude ver de longe sua casa.

Tirei os sapatos e entrei nas águas para atravessar por ali, era o percurso mais curto e mais improvável.

Ao chegar do outro lado coloquei os sapatos com os pés úmidos e andei atento pela mata. As janelas pareciam estar protegidas por madeiras, precisava arrombar a porta para entrar, ainda que talvez fosse surpreendido com um tiro vindo dele.

Andei para trás e corri para dar o primeiro chute.

A porta balançou.

Dei mais um.

A porta envergou.

No último ela se abriu.

Entrei devagar em sua sala, as coisas estavam remendadas, algumas meio reviradas, havia poeira se depositando em alguns móveis, aquilo não era normal, Shadow nunca deixava sua casa suja.

Caminhei em silêncio por ali, o cheiro era de algo velho, de casa abafada... como se fosse abandonado.

Só depois de vasculhar todos os cômodos que constatei o que não queria: Zachiary fugiu.

DE TOCAIA

ZACHIARY SMIRNOF

Eu estava obcecado.

O que era para ser apenas uma missão se tornou algo maior, passei três dias inteiros sentado em frente à janela do quarto de hotel com os binóculos, vigiando cada passo, tentando reconhecer todos os rostos, anotando qualquer detalhe que meus olhos atentos vissem, mas que a mente cansada deixaria passar.

A minha rotina se alternava entre sair da cadeira, ir comer algo ou tomar banho, voltar para a cadeira, até mesmo dormir sentado eu dormia. Os Hunters me mandaram vídeos novos de Nightmare se passando por mim e voltando a vandalizar a fim de chamar a minha atenção. Ele percebeu o meu sumiço e quis que eu fosse atrás dele, mas eu não cairia nessa de novo.

Algumas coisas que aprendi sobre os Ivanov durante esse tempo foi: eles recebiam muitas visitas, principalmente de políticos ou empresários, sabia que era alguém importante devido aos seguranças ou secretárias que acompanhavam.

Dmitry gesticulava muito e saía de casa para fumar no quintal e gritar ao telefone ao menos quatro vezes ao dia.

Nikolai quase não deixava a mansão sem seu cão, Alexander. Inclusive, a relação deles era um tanto peculiar... Quando saíam à noite, quase sempre o cão o trazia cambaleando para casa, torto de bêbado. Eles conversavam com muita proximidade no alto da mansão, como se trocassem segredos e sempre que Nikolai estava com sua concubina, Alex também estava junto.

Um pensamento um tanto pervertido me rodeou, confesso. Às vezes eu me questionava se até mesmo para Nikolai trepar, Alexander deveria estar junto.

Por último, Dominic. Quanto mais eu o observava, mais poderia afirmar que ele era o Nightmare. Dominic não tinha um cão, ele sempre saía de carro sozinho, deixava a casa com uma blusa e retornava com outra, às vezes voltava acompanhado com alguém em seu porta-malas ou carregando sacos pretos que pingavam sangue.

Nikolai não respeitava a privacidade de Dominic, invadia seu quarto algumas vezes e os dois discutiam próximos à janela. Sempre que o mais velho dava as costas, Dominic socava alguma coisa e esfregava os olhos.

À noite, o Ivanov mais novo costumava a admirar a paisagem pela sua janela antes de ir para a cama, às vezes eu tinha a impressão de que ele me olhava de volta, mas deveria ser impossível me ver, principalmente quando eu ficava de tocaia em meio as cortinas e luz apagada.

Apesar de tudo apontar para Dominic e Nightmare serem a mesma pessoa, precisava ter alguma prova, a total certeza, o que significava que deveria me aproximar.

Pela manhã meu celular vibrou, ao olhar a notificação, era mensagem no grupo dos Hunters.

Zero

Como você está, Shadow?

Monster

Mande notícias, Russinho.

Ghost

Conseguiu encontrar alguma pista? Aquele cara não cansa de fazer merda se passando por você, devemos mesmo continuar permitindo isso?

Eu

Oi, rapazes. Estou bem, tô hospedado em um lugar seguro e sim, já imagino quem seja o meu perseguidor. Ele percebeu a minha ausência também, por isso voltou a tentar chamar a minha atenção, peço que continuem sem reagir às provocações dele.

Masked Guy

Mas você tá precisando de algo? Quer que eu envie alguma coisa...

Afastei a atenção do celular para a janela e levei os binóculos aos olhos. Havia uma movimentação diferente na casa, mais pessoas entravam e saíam, Alexander estava ao lado de fora da mansão, com uma mão no bolso e a outra segurando um cigarro, enquanto Nikolai estava no quarto de seu irmão, falando algo com ele e entregando alguns papéis.

Eles vão sair. Que papéis são esses?

Eu precisava segui-los, tinha que perder o medo de me aproximar ou desperdiçaria a chance de assassinar Nightmare.

Dean era o que morava próximo de onde eu estava, com a moto ele chegaria rápido ao bairro.

Afastei os binóculos, fechei as lentes e o guardei na mochila, peguei o celular e abri a mensagem em particular com Masked Guy.

Eu

Dean, tá ocupado? Preciso muito de uma carona!

Masked Guy

Não, não tô ocupado. Aconteceu algo?

Eu

Te conto no caminho, venha agora!

Enviei o endereço a ele e comecei a me arrumar às pressas. Peguei as embalagens de comida espalhadas pelo quarto e juntei para jogar no lixo, pulei em uma perna só enquanto tentava colocar a calça e vestir a camisa ao mesmo tempo.

Torci para que eu fosse mais rápido que eles. Não poderia perdê-los de vista, tinha que ser ligeiro e discreto, feito uma raposa prestes a pegar sua presa.

Eu pretendia voltar para o hotel depois, então não fechei a minha estadia ainda. Deixei a mochila sobre a cadeira, peguei a carteira para colocar no bolso, arma na cintura, amarrei os cabelos, trajei um boné a fim de disfarçar os fios azuis e saí do quarto.

Desci as escadas rapidamente. Havia combinado com Dean de ele me pegar na esquina próxima ao condomínio das mansões.

Assim que deixei o hotel, estreitei os olhos e parei de andar de imediato. Fiquei tanto tempo à meia luz que a iluminação do sol irritava meus olhos, pressionei as pálpebras e estreitei a visão até que me acostumasse à claridade de novo.

Inspirei fundo, abaixei a cabeça e apertei o passo pela calçada.

No caminho, recebi algumas mensagens de Masked, ele já estava chegando perto do nosso local de encontro.

Por favor, que não tenham saído ainda, que não tenham saído...

Repeti meus pensamentos feito um mantra.

Ainda era cedo, quase 10h da manhã, algumas lojas já estavam abertas e o movimento baixo. Quando passei pela rua de comércio e virei à esquina encontrei com a moto de Dean parada e ele montado em cima dela.

O visor de seu capacete foi erguido, mostrando seu rosto parcialmente coberto, ele tampava o nariz e a boca com uma máscara devido a sua cicatriz no rosto.

Atravessei a rua para ir de encontro a ele e um sorriso surgiu em meus lábios.

— Para onde você quer ir?

— Quando você chegou, viu alguma BMW blindada passar por aqui? A placa é FK...

— Não.

Soltei o ar aliviado e andei até o poste que me entregava a visão dos portões do condomínio de mansões logo à frente. Nenhum movimento ainda.

Olhei para Masked.

— Quando esse carro que falei passar por aquela porta, precisamos segui-los com discrição. Creio que sei quem é o meu perseguidor, suspeito do Ivanov mais novo, Dominic, porém eu preciso ter a certeza de que...

— Por que não mata logo os dois irmãos? — Sua sobrancelha subiu.

Dean Hunter costumava ser alguém bem inteligente e de boas ideias, mas naquele momento ele disse a coisa mais burra que já ouvi na vida.

— Sim, para depois eu, você e todos serem assassinados em seguida. Não dá para fazer as coisas de qualquer jeito! Além do mais, os Korschei estão envolvidos com muita gente, entre eles o Spencer, então mesmo que eu não pegue o Nightmare, preciso saber mais sobre o que tá acontece...

Calei a boca quando escutei o ranger dos portões pretos que abriram logo à frente, me escondi atrás do poste e fiquei a observar. Era um dos carros dos Korschei, mas o que Nikolai costumava andar.

— Depois eu falo. Eles estão saindo agora! — Montei na moto de Dean e segurei em sua cintura.

Ele abaixou o visor do capacete, esperou alguns segundos de distância e acelerou para começarmos a perseguição.

Eu estava sem capacete, corria o risco de me foder caso sofresse um acidente, o que tinha alta chance de acontecer, já que Masked acelerava sem dó e cortava muitos carros. Apertei ainda mais forte meus braços em seu entorno e pressionei as pálpebras devido à ventania e o medo.

— Zack, você tá me esmagando!

— Foi mal... — Tentei afrouxar os braços.

Ele começou a desacelerar conforme o carro à frente chegava em seu destino, uma cafeteria meio vintage, com cores tons pastel verde menta e rosa claro, bem no estilo anos 60.

— Você quer que eu te deixe aqui e vá embora ou fique junto?

— Não precisa ficar, você e Peter devem ter outros compromissos.

Dean parou a moto no outro lado da calçada, distante do carro dos mafiosos. Avistei Alexander sair do carro primeiro, com sua roupa preta e blusa marcando a arma na cintura, ele olhou em volta, inclusive para mim e Dean e esperou alguns segundos antes de abrir a porta para Nikolai.

Mais um homem saiu do carro e o motorista também, os quatro entraram na lanchonete.

Estreitei os olhos, poderia afirmar que aquilo ali não era só porque Nikolai sentiu vontade de comer o lanche, deveria ter algo a ver com os papéis que vi serem entregues a Dominic.

— Shadow. — Meu amigo estalou os dedos para que eu voltasse a atenção a ele. — Não tenho compromissos agora, inclusive Pete já está avisado de que posso demorar.

— Não, Dean, tá tudo bem... a partir daqui eu assumo, até porque não sei por quanto tempo eles vão continuar ali dentro ou se vão para outro lugar. — Desci da moto e apoiei a mão no ombro dele. — Eu disse a vocês que essa missão era minha, e mais do que pegar o meu perseguidor, posso conseguir informações bem valiosas para os Hunters... Os Korschei têm contato com muita gente poderosa.

— Certo. Se cuida, e se precisar de mim pode me chamar de novo.

Masked bateu nas minhas costas antes de partir com a moto. Permaneci do outro lado da rua, encarando a estrutura verde menta com grandes vidraças. Os mafiosos não estavam perto delas, devem ter ido para os fundos da lanchonete.

Inspirei fundo e soltei o ar devagar, sentindo a ponta dos dedos gélidos, estendi o pé para dar o primeiro passo, contudo antes que eu pudesse atravessar, vi outro homem suspeito caminhando pela calçada, com sua roupa social preta de gravata vermelha e um cara bigodudo e grande ao seu lado, que deveria ser um segurança. Eles entraram na lanchonete.

Esperei mais alguns minutos, tomei coragem, atravessei a rua e entrei.

Busquei manter a naturalidade em ir até o balcão, fingindo ser apenas mais um cliente qualquer. Apesar de tentar passar despercebido, pela visão periférica, notei o olhar feroz de Alexander, cão de Nikolai, que apoiou uma das mãos na cintura, onde escondia sua arma, enquanto a outra pôs sobre o banco em que seu protegido estava.

Ao lado deles havia outros dois homens na mesa dos fundos e o cara bem-vestido que vi passar pela porta também acompanhado de um brutamontes, estava de frente a eles.

— Bem-vindo à Jacks and Rocks, posso anotar seu pedido? — A atendente loira com franja cacheada e roupinha de garçonete vintage abriu um largo sorriso.

Eu queria me concentrar na movimentação, mas tinha que manter o disfarce.

Estreitei os olhos para o quadro de preços preso à parede e mordi o lábio.

— Hum... eu quero... um café preto sem açúcar e... acho que... — Enquanto eu falava, a mulher permaneceu estática e atenta com o papelzinho e caneta em mãos. — Um waffle? É, quero um café e um waffle.

Ela escreveu e me avisou que iria preparar e levar o pedido. Saí de perto do balcão e peguei no celular para fingir conversar com a minha esposa inexistente sobre o meu filho também fictício enquanto caminhava próximo à mesa onde a reunião acontecia.

Sentei do outro lado, longe o bastante para ser seguro e perto o suficiente para tentar captar informações.

O olhar do cão permanecia atento em mim e eu fingia rir e conversar na ligação enquanto brincava com o guardanapo esperando o meu waffle. Alexander só deixou de me ver como uma ameaça quando Nikolai empurrou a xícara de café para ele e disse algo.

Assim que a garçonete trouxe o meu pedido, comecei a comer enquanto meus ouvidos ficavam atentos ao assunto.

O homem que vi entrar junto de um guarda-costas era um senador, eles conversavam algumas coisas que não consegui compreender direito, porque seus tons de voz permaneciam baixos, feito sussurros, mas pela leitura labial pude perceber que envolviam o nome de Hilbert Harper. O mais relevante, consegui captar, uma festa aconteceria na mansão dos Ivanov, no sábado.

Enxerguei Nikolai entregar o envelope ao político e apertar sua mão.

Então esses são os papéis que foram dados a Dominic... convites. Eu preciso arrumar uma forma de entrar nessa festa.

Alexander se inclinou e sussurrou algo no ouvido de Nikolai, que fez com que ele lançasse um olhar repentino para mim e mexeu nos óculos. Meu peito se apertou e o corpo ficou frio, até mesmo para engolir o pedaço de waffle foi difícil.

E se Nikolai for o Nightmare? Merda, ele vai me reconhecer... esse boné não foi o suficiente.

Tentei manter a calma e permanecer como estava.

Somente quando Nikolai deu de ombros que pude soltar a respiração que sequer notei que prendi.

Quando a reunião acabou, todos os homens se levantaram da mesa e deixaram a lanchonete juntos, o dinheiro da conta ficou sobre a mesa com uma gorjeta tão grande que fez a garçonete pular de felicidade.

Olhei para as janelas e os vi entrar no mesmo carro e partir.

Eu não os seguiria mais dali, porque peguei a informação que precisava.

Pedi a conta, deixei o dinheiro e me levantei da mesa. A minha tarde pelas lojas do bairro seria longa, porque eu já imaginava como iria me infiltrar naquela festa, só precisava do traje correto.

DENTRO DO ARMÁRIO

DOMINIC IVANOV

Desde que Shadow desapareceu, eu perdi a minha cabeça. Só pensava em capturá-lo o tempo inteiro, cheguei a ir em rodoviárias e aeroportos, rastreei a lista de passageiros dos últimos dias, visitei a cabana outras vezes, até mesmo me passei por ele usando a máscara de palhaço para chamar a sua atenção, mas nada teve efeito, recebi o mais profundo silêncio.

Eu me questionei se esse sumiço realmente foi uma fuga ou se eu ultrapassei os limites de sua sanidade a ponto de tê-lo feito tirar a própria vida. Se a segunda hipótese fosse real, eu jamais me perdoaria por isso. Porque saberia que não encontraria outro igual, ninguém chegava aos pés de ser um adversário intrigante, forte, inteligente como ele.

Shadow não podia morrer, não antes de eu possuí-lo, de pegá-lo ou de exibi-lo como um troféu à minha família e receber o mérito por pegar o homem que quase destruiu os Korschei há 5 anos. Aquele seria um feito que Nikolai nunca conseguiria superar. Meu pai ficaria muito orgulhoso.

Já que nenhuma das minhas estratégias teve efeito em fazer o coelhinho sair da toca, eu optei por algo mais extremo. E ali estava eu, no camarote da boate em um sábado à noite, olhando para a minha próxima vítima.

Taehyun White, um americano filho de mãe coreana, que tinha o corpo coberto de tatuagens, uma energia extrovertida e um dia já teve o coração de Shadow. Ele dançava com seu amigo, Logan Snyder, conhecido como Monster.

Os dois estavam próximos e rodeados de pessoas na pista de dança, que seguiam seus ritmos sincronizados a batida da música ensurdecedora e luzes irritantemente ofuscantes.

Meus olhos se fixaram em Taehyun, ou como os outros o chamam, Zero. Eu esperava que ele fosse para o bar, que assim teria a oportunidade de batizar sua bebida e levá-lo comigo, Shadow sairia de onde estivesse quando eu enviasse as imagens para ele.

Quando Zero se desprendeu de seu amigo vi o meu momento de entrar em ação. Esbarrei pelos outros corpos no camarote enquanto me dirigia com pressa às escadas. Agarrei no corrimão e comecei a descer os degraus quase correndo, até que, no penúltimo, senti o celular vibrar.

Parei onde estava, puxei o celular e olhei a tela. A mensagem do meu irmão me fez arregalar os olhos.

Nikolai

Onde você está? Alguns convidados já estão a caminho da festa!

Merda.

Estava tão concentrado em arrumar uma forma de chamar Shadow para mim, que esqueci do horário da festa com os associados. Guardei o celular no bolso e atravessei a pista de dança, enquanto eu andava para a saída notei um olhar de Monster, que durou poucos segundos sobre mim.

Ao abandonar a balada dei de encontro com o frio da noite. Eram 21h, a festa estava programada para às 21h30. Eu não pretendia ter ficado tanto tempo na balada, era para ser rápido, dopar Zero, colocá-lo no porta-malas e ir para o meu compromisso, mas perdi muito tempo pelo fato de Taehyun estar acompanhado a todo momento de Logan.

Atravessei a rua, ainda bem movimentada do centro de Manhattan, virei a esquina e cheguei até o estacionamento onde meu carro estava. Entrei e acelerei até a mansão, durante o caminho continuei a receber mensagens de Nikolai.

Nikolai

Você já está chegando? Acabei de receber os primeiros convidados.

21:10

Se você estragar tudo eu vou contar para o pai o que anda fazendo!

21:15

Dominic eu vou te matar! Você é um merda! Não sabe fazer nada certo! RESPONDE A MINHA MENSAGEM, CARALHO!

21:20

Entre sinais fechados e vias engarrafadas eu olhava para a tela do celular com as mensagens e ria. Nikolai era muito certinho, qualquer coisa que saísse de seu controle ou estivesse fora do alcance era motivo para ele perder a cabeça. Sempre foi assim.

Se eu fizesse o que ele não gostava, contava ao nosso pai e ele me batia. Se algo que ele fizesse desse errado, a culpa era sempre minha. Nikolai não aceitava erros, não tolerava atrasos, era um insuportável.

Assim que me aproximei dos portões da mansão, eles se abriram para mim e entrei, a cada metro que passava meu rosto se aquecia e a cabeça doía. Sabia que iria ser recebido por Nikolai aos nervos e teria que ser forte o bastante para não acertar seu rosto com os óculos e tudo.

Enquanto eu chegava na garagem, avistei Niko andando de um lado para o outro enquanto seu cão estava estático fumando um cigarro.

Bastou que eu batesse a porta do carro para ele se aproximar com as sobrancelhas franzidas e punhos fechados.

— Dominic! Você perdeu a cabeça? Onde estava?

Cruzei os braços.

— Por que todo esse desespero? O buffet não está pronto?

— Porque o subchefe nos encarregou de cuidar da festa e recepcionar os associados. A família deve estar toda presente aqui para o começo da confraternização! — Bufou e passou a mão pelos cabelos rígidos de gel para trás.

Olhei em volta e não vi Dmitry.

— O nosso tio não está aqui.

— Ele está se arrumando, coisa que você deve fazer agora... — Contraiu os lábios e me olhou de cima para baixo.

Ergui as mãos.

— Certo. Estarei pronto logo, calma, faltam ainda dez minutos para os convidados chegarem.

— Não faltam ainda, faltam apenas! Apenas dez minutos! — Ele se aproximou de Alexander e tirou o cigarro de seus lábios para levar aos dele, o que fez com que o cãozinho arregalasse os olhos.

— Posso arrumar um cigarro novo para você, meu senhor — disse, calmo e em tom apaziguador, vendo os chiliques de seu mestre.

Enquanto me afastava, o ouvi tossir com a fumaça da nicotina e resmungar sobre mim.

"Inútil, não sabe fazer nada direito, babaca... sequer merecia estar aqui."

Quando abri a porta da mansão, encontrei com a belíssima decoração no salão principal, branca e dourada, com mesas fartas de petiscos, uma torre de champanhe e garçons andando de um lado para o outro.

Meu tio desceu as escadas soltando fumaça pelas narinas, literalmente. Seu rosto estava avermelhado e ele apertou o cigarro enquanto caminhava na minha direção fazendo muito barulho.

— Que roupas são essas? Cadê o seu terno, Dominic?! Faremos a cerimônia de abertura para os associados em dez minutos! Nikolai não te avisou?!

Revirei os olhos com discrição e passei por ele para subir os degraus.

— É, ele avisou sim. Estarei pronto em dez, quero dizer, em cinco! Cinco minutos. Pode me aguardar lá fora, tio.

Pelo tom que Dmitry falou comigo, pude perceber o quanto ele descontaria a minha irresponsabilidade em Nikolai, os gritos que deixei de ouvir ao subir as escadas seriam despejados nele.

E sinceramente? Eu não estava nem aí. Niko merecia.

Eu já tinha deixado a roupa da festa dos associados separada antes de sair atrás do amigo de Shadow. Enquanto eu me arrumava próximo à janela, do alto vi os carros chegando e os nossos soldados instruindo os motoristas.

Apertei o nó da gravata, espirrei um perfume e deixei o quarto às pressas. Corri para chegar ao lado de fora, onde estavam em ordem Dmitry, o subchefe, Nikolai, o brigadir, Alexander, cão de Nikolai e eu tomei o meu lugar, o último, o de carrasco, executor, um trabalho baixo.

Meu irmão me olhou de canto e seus lábios gesticularam um "você me paga".

Dei um meio sorriso e levei ambas as mãos para frente do corpo, enquanto avistava a chegada dos primeiros associados, dois empresários bilionários, Spencer Johnson e Jacquin Laurent, e três políticos.

ZACHIARY SMIRNOF

A ponta dos meus dedos ainda estava gélida, o peito apertado e os músculos tão rígidos que chegava a sentir dor. Eu realmente consegui entrar na mansão dos Korschei. Meu coração batia rápido e o ar entrava em meus pulmões com dificuldade.

— Ei, ei, novato! Você esqueceu de encher as outras taças da bandeja! — Um dos garçons estalou os dedos para mim e apontou para a bancada da cozinha. — Eles já vão permitir a entrada dos convidados, os drinks devem ser servidos assim que eles entrarem! Anda, anda!

— Desculpe, estou indo... — respondi, assentindo com a cabeça. Cocei o buço devido a pinicação que o bigode falso dava em minha pele e ajeitei a touca na cabeça antes de ir servir as bebidas.

Após sair da lanchonete no dia anterior, passei a rastrear todas as empresas de festas da região mais próxima, procurei saber datas de disponibilidade, tipos de serviços, tudo até localizar qual delas estaria presente na grandiosa festa da máfia russa.

Foi um trabalho longo, mas consegui acertar na empresa e me disfarcei de garçom para me infiltrar na equipe.

Apesar de estar de boné, fui observado por Nikolai e Alexander, então me precavi incrementando o disfarce com um bigode e touca. Também para que, caso Nightmare estivesse na festa, eu conseguisse passar ileso para descobri-lo antes de ser encontrado.

Assim que peguei a bandeja repleta de bebidas olhei pela janela da cozinha, que dava a visão de parte da área frontal da casa e a visão era assustadora. Diversos homens de terno, todos no mesmo tom, azul escuro, a maioria com mais de meia-idade, alguns claramente armados, outros mais discretos, aglomerados, escutando o discurso do Subchefe dos Korschei.

Atrás dos homens estavam as acompanhantes, as mulheres belíssimas de vestidos brilhantes e que apesar de longos, não tinham nenhuma modéstia, pois os decotes eram ousados e chamativos. A maioria delas tentou ficar estática ouvindo o discurso, outras se inclinavam para cochichar algo enquanto olhavam os irmãos Ivanov.

O som dos fogos anunciou o início do evento, o DJ colocou a música de abertura e a movimentação na cozinha começou em direção ao salão.

Os portões do inferno foram abertos.

Meus supostos colegas de trabalho começaram a zanzar pelo salão oferecendo as bebidas assim que os convidados entravam e eu permaneci estático próximo à escadaria com o bandejão em mãos observando os rostos ali presentes.

Um senador indiciado por corrupção; o ex-chefe do departamento de polícia de Manhattan, que acobertou o caso de estupro coletivo feito por seus colegas de trabalho; ex-candidato a prefeito que encomendou assassinato de uma parlamentar da oposição e ele... o bilionário pedófilo, Spencer Johnson.

A maioria deles expostos pelos Hunters, mas que continuavam impunes pelo sistema. A mídia jogava para debaixo do tapete, o dinheiro comprava a imagem de "cidadão de bem"... O dinheiro realmente era poder. Aquilo me frustrava, admito, era difícil nadar sempre contra a corrente e saber que poderia morrer tentando mudar algo que jamais se alteraria.

Apesar da minha consciência às vezes pedir para desistir, apenas surrupiar o dinheiro deles e ir embora, algo em mim ainda flamejava, o peito ardia com o sentimento obscuro de raiva.

Eu queria poder fechar os portões daquela mansão e atear fogo em todos. Isso poderia até não acabar com a impunidade, mas eu me sentiria satisfeito em pensar que seria menos uma corja no mundo.

Menos uma? Não, menos várias.

Fui empurrado levemente no ombro pelo garçom que trabalhava na empresa de buffet, ele fez sinal para mim com a cabeça para que eu me movesse e servisse os convidados.

Fixei meus olhos em Spencer e comecei a andar em direção a ele, meus dedos pressionavam firme a bandeja fria, os dentes rangiam e a pulsação no meu pescoço era intensa. Eu sentia que poderia quebrar um daqueles copos em seus olhos, fazê-lo engolir cada caco de vidro... eu o mataria.

Eu estava tão perto dele, tão perto de tentar matá-lo novamente.

Minha respiração se acelerou, mas bastou que eu desse mais um passo para que um homem alto com seus braços marcando no terno apertado tampasse a minha visão e me tirasse do transe.

Dominic Ivanov colocou seus dedos sobre uma das taças da minha bandeja e me encarou atentamente.

Prendi o ar.

Que merda eu estava fazendo? Atacar o Spencer em meio ao exército dos Korschei? Sou apenas uma ovelha em meio aos lobos aqui.

O Ivanov mais novo levou a taça aos lábios e bebericou, ainda parado na minha frente.

Será que ele me reconheceu? Dominic é o Nigthmare?

— Nos conhecemos de algum lugar? — sua voz saiu grave e baixa.

Eu estava sufocado, a sensação que havia no meu peito era pesada, como se esmagasse e o coração batia tão rápido que senti como se fosse pular do peito.

Engoli em seco e tentei mascarar meu tom de voz, apesar do sotaque russo.

— De outros buffets, senhor.

Chutei. Sequer sabia se houve outras festas ou não, pressionei mais forte a bandeja e tentei manter a expressão de paisagem, apesar de meus músculos tremularem perante aquelas íris azuladas.

Ele passou a língua pelo lábio e franziu discretamente a sobrancelha, mas antes de poder dizer algo, foi puxado pelo ombro por Nikolai que estendeu um braço até a minha bandeja e pegou uma taça.

— Dominic, tem algumas convidadas querendo falar com você, vem!

O Ivanov mais velho deu empurrõezinhos em seu irmão na direção de algumas mulheres e depois deu meia volta, bebeu uma taça inteira numa golada só e pegou mais duas.

Àquela altura eu estava quase certo de que Dominic era o Nightmare, mas também suspeitava de Alexander. Nikolai foi descartado da minha hipótese depois de se mostrar indiferente o bastante à minha presença.

Eu estava no lugar certo, só precisava de uma desculpa para sair do salão principal e ir para os outros cômodos em busca da prova que me desse a resposta exata. Poderia ser algo escrito à mão ou talvez conseguisse encontrar a máscara.

A festa continuou e eu tentei manter o disfarce servindo os drinks até que todos estivessem bêbados o bastante para não notarem a minha ausência.

Olhei para o alto e no andar de cima, onde ficavam os quartos, tinha um homem, um, não, dois. Vigiando e andando de um lado para o outro... eu precisava de uma boa desculpa para subir.

Rodei com a bandeja vazia pelo salão e fui até a cozinha para pegar mais bebida enquanto pensava no que fazer.

Olhei fixamente para o líquido amarelo e borbulhante da taça.

Banheiro. Deve ter mais um banheiro ali em cima, posso dizer que os debaixo estão ocupados e preciso usar o banheiro...

Voltei para o salão.

Talvez se eu sujar o meu uniforme seja uma boa desculpa. E vou aproveitar a oportunidade.

Entreguei mais algumas bebidas. Olhei de canto para os Ivanov e notei uma morena agarrada ao pescoço de Nikolai enquanto uma loira se prendia a Dominic, ambas falavam alto e riam. O cão estava próximo de seu mestre, sóbrio e atento aos arredores, já o Subchefe, Dmitry, conversava com um grupo de homens, entre eles Spencer e Hilbert Harper.

Essa é a minha chance.

Com poucas taças na bandeja fui até o grupo de homens poderosos e quando me aproximei para entregar uma bebida a Spencer, tropecei propositalmente, derramando bebida em nós dois.

Uma taça caiu no chão e chamou a atenção no salão, junto do grito de Dmitry.

— O que pensa que está fazendo, huh?! — Virou-se para Spencer que tentava secar o terno com guardanapos. — Irei demiti-lo imediatamente.

— Mil perdões, senhores, eu... eu posso ajudar a limpar! — Franzi as sobrancelhas no maior coitadismo e peguei um guardanapo para esfregar a blusa de Spencer, de forma que ele sentisse o tecido queimar seu peitoral.

Ele deu dois passos para trás se afastando de mim e levantou as mãos.

— Está tudo bem, tudo bem, Dmitry, foi um acidente. — Passou a mão pelo peito. — Vou ao banheiro e já volto.

Tentei esconder um sorriso, agachei no chão para pegar os caquinhos enquanto pedia mil perdões para o anfitrião.

— Senhor, desculpe, de verdade. Por favor, não me demita! Eu preciso desse emprego, os meus filhos, eles... eles...

— Chega disso, pode ficar na festa. Limpe essa bagunça e saia da minha frente.

Passei papéis pelo chão para secar e me levantei com a bandeja cheia de pedaços de vidro.

— Certo, muito obrigado, senhor, não vai se decepcionar mais! Tem algum outro banheiro que eu possa usar? Não queria servir aos seus convidados com a blusa cheirando a bebida assim...

Dmitry revirou os olhos e passou a mão pelos cabelos, jogando-os para trás.

— Tem um no segundo andar, terceira porta à esquerda. Não demore, não quero que falte nada para meus convidados.

Assenti com a cabeça, atravessei rápido o salão e entreguei a bandeja com caquinhos para outro garçom, então comecei a subir as escadas que davam para o andar em que havia os quartos.

A cada passe de degrau meu coração acelerava e as mãos estavam tão frias que mal sentia a ponta dos dedos. Bastou que eu pisasse no corredor daquele andar para um dos soldados dos Korschei me parar.

— A entrada aqui é vetada.

O homem mal-encarado, grande e de cicatriz no rosto cruzou os braços à minha frente, enquanto o outro alternava seu olhar entre mim e o salão.

— Foi o senhor Dmitry que permitiu que eu subisse para limpar a roupa e continuar a servir seus convidados. O outro banheiro está ocupado.

Ele estreitou os olhos para mim e puxou da cintura um rádio pequeno para confirmar a informação com o outro soldado que estava no andar debaixo com o subchefe. Após Dmitry afirmar, a passagem me foi dada.

— Obrigado — falei baixo e cordial.

Andei pelo corredor em direção onde ficava o banheiro, porém, ao invés de seguir para a porta indicada por Dmitry, comecei a rodar as maçanetas dos quartos que encontrava.

O primeiro estava fechado, tirei um cartão do bolso do terno para tentar abrir a porta, até consegui empurrar a maçaneta, mas havia outra tranca. Passei para a próxima porta, usei o cartão para destravar, abri e entrei.

Era um quarto minimalista, em tons de cinza e preto, com cama de casal, abajur próximo à cama, sem janelas. Tinha uma suíte e dois armários, em que um estava marcado com o nome "Nikolai" e o outro "Cão".

Ao que parecia, o Ivanov mais velho sequer dormia sozinho, era protegido até mesmo em seu quarto.

Abri a gaveta da cômoda do abajur para buscar por pistas. Havia algumas fotos polaroids de Nikolai com uma mulher morena, a mesma mulher que vi no clube de stripper, além de camisinhas, lubrificante e outros documentos que ao passar os olhos me pareceram irrelevantes.

Fui até os armários, vasculhei as roupas e as gavetas. Nada.

Não tinha muito tempo a perder, deixei o quarto, fechei a porta e fui para o próximo.

A porta se abriu para o cômodo que estava de luz acesa e encontrei com a enorme janela ao fundo. Aquele era o quarto que eu sempre via pelo hotel, pertencia a Dominic Ivanov.

O quarto dele era um pouco mais cheio de coisas do que os de Nikolai e seu cão. Havia além dos armários uma escrivaninha com notebook, alguns quadros, gaveta com cadeado... comecei a busca.

No momento em que abri as portas do armário, que ficavam de frente para sua cama, escutei alguns barulhos vindos do corredor. Falação, risadas, passos.

Minha pulsação saiu de ritmo, arregalei os olhos e observei em volta o que fazer, estava cada vez mais perto.

Pensei em entrar debaixo da cama, mas poderia ser visto assim que alguém abrisse a porta.

Merda, merda, merda.

Olhei para o fundo do armário, empurrei ao máximo as roupas que tinham ali e me joguei para dentro. Bastou que eu fechasse as portas para que alguém entrasse no quarto.

Levei uma das mãos sobre os lábios e nariz para abafar minha respiração e fiquei a observar a movimentação pela fenestra das duas portas. Era Dominic, ele entrou no quarto com a loira aos beijos, de forma que seus lábios ficassem manchados com o batom vermelho.

Arregalei mais os olhos, sem reação.

Ele a colocou contra a parede e puxou com brutalidade o bojo de seu vestido, permitindo que seus seios grandes saltassem da roupa. A mão de Dominic rodeava seu mamilo e o apertava, a mulher estremeceu.

O Ivanov desceu seus lábios para o pescoço dela e depois ao peito, chupando-o e mordiscando, a mão livre ele usou para colocar embaixo de seu vestido, movia devagar os dedos. Aquilo a fazia pressionar as pálpebras e gemer baixo.

Eu sabia que não deveria olhar, mas não consegui tirar a visão da cena. Meu rosto ardia e o corpo aos poucos se aqueceu. Fechei os olhos, mas os sons manhosos da mulher me fizeram querer espiar.

Fiquei desnorteado, por um momento aquilo me fez perder o foco.

Quando voltei a observar, os dois estavam seminus. Ele apenas de cueca preta, com o volume chamativo que marcava sua ereção, e ela só de calcinha branca de renda. Dominic a deitou sobre o colchão e puxou a calcinha para o lado pondo seu rosto entre as pernas dela.

O Ivanov esfregou com cuidado a língua em seu clitóris enquanto a dedava, o que fez a moça arquear as costas e apoiar a mão em seus cabelos.

Senti minha calça se apertar. Meu pau latejava com a cena. Prendi o lábio entre os dentes e o corpo estremeceu.

Não era para eu estar ali, não era para ver aquilo, muito menos sentir desejo, mas foi inevitável.

E naquele momento eu fiquei em dúvida se queria estar entre as pernas dela ou recebendo um oral dele. Talvez os dois.

Dominic a virou de costas e puxou seus quadris de forma abrupta para a beirada da cama, colocou uma camisinha e a penetrou. Quando ele entrou, a mulher gemeu ainda mais alto, Ivanov deu um tapa forte em sua bunda e enroscou a mão em seus cabelos, puxando-os enquanto estocava.

Pressionei mais forte meus dedos contra a boca para me calar enquanto a outra mão passei a alisar minha ereção contida. Eu estava dolorido de tesão.

Fechei os olhos para tentar me tirar daquela cena, mas os barulhos de ranger de cama, gemidos e quadris se chocando não me permitiram.

Quando olhei novamente, Dominic havia colocado ela de frente e apertava com firmeza seu pescoço enquanto metia forte.

Uni mais as pernas e encolhi o corpo tentando conter as sensações que sentia.

— Zach... — Ele murmurou.

Ele murmurou o meu nome?!

Dominic chamou o meu nome e foi a primeira pessoa a abreviá-lo de forma correta, Zach, não Zack.

Arregalei os olhos. Dominic estava de pálpebras abaixadas enquanto a fodia e ela, tão sufocada que até mesmo os gemidos saíam com dificuldade.

O Ivanov a calou com um beijo quando ela gozou e pouco depois ele reduziu seu ritmo. Quando o sexo acabou, ambos puseram suas roupas e saíram do quarto, deixando seus cheiros no ar.

Saí do armário e junto comigo algumas roupas caíram ao chão. Olhei para o volume presente na minha calça e mordi o lábio. Apesar da cueca úmida, eu não podia me aliviar naquela hora, tive que pensar em coisas diversas para voltar o foco e a ereção sumir.

Me agachei para pegar as roupas que caíram para guardar quando uma peça me chamou a atenção.

Uma cueca.

Quando estive no exército, eu mandei costurar meu nome nas minhas cuecas para que não as perdesse, e mesmo quando saí de lá, mantive o costume de deixar minhas iniciais nas roupas. E naquele momento em minhas mãos estava uma cueca com as iniciais Z.S.

Nightmare roubou uma peça de roupa minha quando invadiu a minha casa.

Nightmare é Dominic Ivanov.

A VINGANÇA

ZACHIARY SMIRNOF

Eu estava disposto a não apenas matar Nightmare, mas extrair dele tudo o que podia antes do *grand finale.*

A morte para Dominic Ivanov seria pouco comparada aos danos que ele me causou. As perseguições, o sequestro que sofri, os riscos que me coloquei... tudo o faria pagar. Além disso, o Ivanov também retia informações muito valiosas para mim sobre os seus associados. Em especial, Spencer Johnson.

Eu precisava saber onde ficava a tão secreta ilha do Spencer, por onde ele levava as meninas traficadas, para quem enviava os convites, todos os detalhes.

A captura de Nightmare uniria o útil ao agradável.

Depois que deixei o quarto de Dominic na festa, desci as escadas e voltei ao meu trabalho de garçom, fiquei zanzando pelo salão com a bandeja até que as pessoas começassem a ir embora e antes mesmo de a festa terminar, eu me retirei.

Fingi que iria guardar as bebidas que sobraram na dispensa e me escondi na garagem escura. Abaixei em meio aos dois carros ali parados, um conversível preto e outro de grande porte e me arrastei para debaixo do veículo mais alto.

Precisei ficar atento o tempo inteiro para não morrer ali, caso alguém decidisse sair de carro de madrugada.

Durante os dias que passei observando a mansão pela janela do hotel, notei que Dominic era o que mais saía da casa, sempre com seu conversível preto com todos os vidros escuros levantados. Ele certamente apareceria na garagem em algum momento, eu só teria que ser paciente o bastante.

Estava exausto, meu corpo doía pedindo descanso e as pálpebras estavam pesadas. Com o silêncio da casa adormecida cheguei a fechar os olhos para cochilar, a respiração se tornou leve e o chão frio nem mesmo parecia mais tão incômodo.

Acordei no susto quando escutei passos descoordenados entrando na garagem, a porta que dava para a área interna da casa estava entreaberta, deixando o espaço discretamente iluminado. Enxerguei quatro pés, arrastei o corpo para perto da beirada do carro a fim de ver se era Dominic e de quem ele estava acompanhado.

Infelizmente, não era o Dominic, mas seu irmão e o cão.

— O que você queria que eu te ajudasse a pegar na garagem, senhor?

Nikolai se virou para Alexander em meio à escuridão e deu um sorriso com o lábio inferior preso entre os dentes, os olhos meio caídos e roupa bagunçada revelaram seu estado de embriaguez. Ele levou sua mão entre as pernas de seu Cão e apertou seu íntimo.

— Isso aqui.

Nikolai tentou aproximar o rosto para beijar seu subordinado, mas ele deu um passo para trás, interrompendo o toque.

— Achei que já tivesse se aliviado com as convidadas dos seus associados. As mulheres não te deixaram satisfeito o bastante, senhor? — A voz do cão saiu carregada de cinismo.

O Ivanov mais velho riu brevemente e cruzou os braços.

— O que foi isso?... Está com ciúmes?

Nikolai rompeu o espaço pequeno entre os dois para colar seu peitoral no de Alexander, com os punhos fechados e respiração tão forte que pude escutar de onde estava.

— Pare com essa merda e se ponha no seu lugar de cão!

Alexander agarrou os cabelos de Nikolai, próximo à nuca e os puxou com tanta força, que seu mestre inclinou a cabeça para trás.

— Se eu me puser no meu lugar de cão, quem vai ser o homem que vai te botar no seu lugar de puta?

Nikolai gemeu baixo.

— Cale a boca...

— Cala a boca você. Ajoelha. — Deu dois tapas no rosto de Ivanov, de forma que bagunçou seus óculos.

Recolhi os lábios ao ver Nikolai ser obediente ao seu subordinado, ele se ajoelhou em frente a ele, então Alexander mexeu na fivela de seu cinto, desceu o zíper e expôs seu pau, rígido e pulsante, o cão bateu com ele no rosto de seu mestre antes de fazê-lo se engasgar ao enfiá-lo em sua garganta.

Virei o rosto para o outro lado. Eu já tinha visto uma cena íntima horas antes, não estava disposto a desvirtuar do meu objetivo de novo. Fechei os olhos e levei as mãos aos ouvidos para tentar abafar os sons molhados que Nikolai fazia ao chupar Alexander.

Ergui as pálpebras novamente no susto quando a lataria sobre mim se moveu de forma abrupta. Nikolai foi jogado contra o carro e sem querer deixou escapar um gemido, que foi contido com rapidez.

Os movimentos que Alexander fazia ao foder seu mestre me causaram angústia. O metal sobre minha cabeça se movia de forma violenta, e apesar de os dois tentarem conter seus barulhos, os sons dos quadris se chocando era indiscreto.

Eu sabia que Nikolai andar com seu cão para todo canto que fosse havia algo. Aquela não foi a primeira vez deles.

Quem diria que o homem que comandava exércitos durante o dia, gostava de obedecer a um subordinado à noite.

Eu não me lembro bem que horas acabou ou como, na verdade, sequer havia percebido que adormeci, só notei ao abrir os olhos com o som do ranger da porta dos fundos da cozinha que dava para a garagem e a voz de Dominic Ivanov.

— Eu sei, tio, será um trabalho rápido, não se preocupe — Assim que ele bateu a porta, abaixou o tom de voz. — Vá à merda.

Comecei a me arrastar para sair debaixo do carro quando notei sua aproximação do veículo e o barulho do destravamento das portas. Agachei entre os dois carros, tirei do bolso um lenço e o vidro pequeno de clorofórmio, embebi o pano com a substância e comecei a contornar a lataria a fim de pegar Nightmare desprevenido.

Iria desmaiá-lo e levá-lo embora rapidamente, mas no momento em que cheguei mais perto, ele se virou e agarrou meu pulso.

Dominic passou o pé pelas minhas pernas para que eu caísse, tombei já o puxando para baixo.

Rolamos no chão, ele chegou a levar a mão à cintura para pegar a arma, mas afastei seu braço com o joelho.

— Você vai se arrepender disso! — Ele gritou, enquanto tentava me imobilizar, envolvendo suas pernas nas minhas.

Consegui me virar, subi em cima dele e levei uma das mãos com o pano embebido ao seu rosto e pressionei forte, sustentando por alguns minutos. Nightmare inalou, mas conseguiu reagir, puxando meu braço. Contudo aquele foi seu último movimento, pois segundos depois perdeu a consciência.

Respirei aliviado em ter conseguido apagá-lo. Precisava ser rápido em sair com o carro dali antes que outra pessoa aparecesse na garagem.

Ainda no colo de Dominic, passei a mão por seu peitoral buscando por algo que ele escondesse. Nada.

Meus dedos deslizaram por seu abdômen até chegar à cintura, retirei sua arma e celular, então saí de cima dele e apalpei suas pernas. Havia uma faca guardada no tornozelo, terminei de desarmá-lo.

Peguei as chaves do carro, abri as portas e arrastei o corpo dele até o banco de trás, joguei-o lá, retirei a camisa dele, a usei para atar suas mãos e deixei o pano embebido com a substância em seu rosto. Bati a porta, entrei e me sentei frente ao volante.

Assim que abri o portão da garagem, meus olhos se estreitaram com a luz do sol da manhã, havia dois homens parados ali em frente. Meu coração disparou, senti o suor gélido escorrer pelas costas e engoli em seco enquanto pisava no acelerador devagar.

Os vidros estavam fechados como sempre Dominic deixava. Eles me deram passagem.

Consegui tirar o carro da garagem, olhei pelo retrovisor para a visão de Dominic ainda adormecido e soltei o ar em alívio.

Uma parte já foi.

Me afastei da mansão, porém ao chegar nos portões, um dos Korschei armado ergueu a mão para que eu parasse.

Parei o carro.

Ele começou a contornar o veículo e veio até a minha porta, deu dois toques no vidro e sinalizou para que eu abaixasse o vidro.

— Senhor, o subchefe pediu para lhe entregar isso... — Ergueu a mão com um envelope.

Puta merda.

Meu corpo se enrijeceu por inteiro, fiquei estático, frio, com a respiração curta e a pulsação acelerada.

— Senhor? — Ele bateu no vidro de novo.

Mais homens se aproximaram do carro.

— Senhor?

Um outro veículo tinha acabado de passar pelos portões, que em breve se fechariam de novo.

— Senhor?

Era agora ou nunca.

Engatei a marcha e pisei fundo no acelerador. Pneu cantou e os tiros bateram contra a lataria blindada.

Os portões estavam quase se fechando, passei por tão pouco, que arranhou o carro. Pelo retrovisor vi os soldados Korschei entrando em um carro alto para me seguir.

Àquela hora da manhã já havia uma boa movimentação na rua, os carros buzinavam e os motoristas xingavam, furiosos, conforme eu cortava os veículos e fechava cruzamentos.

O outro carro estava atrás de mim, eles quase me alcançaram, o carona abaixou o vidro e pôs parte do corpo para fora para atirar.

Os vidros não quebraram, mas começaram a se rachar com o impacto das balas.

Meu coração parecia querer pular do peito naquela hora, as coisas não estavam saindo como o esperado.

Virei a esquina e eles viraram junto, derrapei ao entrar na contramão e arrastei a lataria toda do carro pela parede, alguns pedestres se jogaram para dentro de lojas para não serem atropelados.

Escutei as sirenes e enxerguei as luzes vermelhas e azuis.

A polícia apareceu, mas por sorte, não estavam apenas atrás de mim, e sim dos Korschei também.

Acelerei para tentar despistar. Percebi uma rua estreita à frente, onde o carro de grande porte dos soldados, nem da polícia conseguiria passar, mas o que eu estava sim.

Fui com tudo contra o beco, que rasgou toda a tinta das laterais do carro a ponto de soltar faísca quando eu atravessava rapidamente.

Ao chegar ao outro lado, mexi na tela de bordo do veículo para encontrar o caminho para casa dali. Mapeei o endereço e segui.

Somente ao perceber a estrada deserta e a paisagem composta apenas por árvores, que pude soltar o ar, respirei devagar ainda sentindo a palma das mãos úmidas e a dor no peito.

Cheguei perto de casa, saltei do carro, fui até o banco de trás e puxei o corpo de Dominic pelos braços. Ele era muito pesado, o arrastei pelas folhas e galhos que arranhavam sua pele até chegar na minha cabana.

A porta foi arrombada, mas as coisas estavam ainda como havia deixado. Bagunçadas, remendadas e com um pouco de poeira. Enruguei o nariz, não gostava de ver o meu lar daquela forma.

Larguei o corpo do meu pesadelo no chão e fui pegar uma cadeira de madeira da cozinha, trouxe até o centro da sala e o coloquei sentado sobre ela, apanhei uma corda e juntei seu tronco à cadeira, soltei seus pulsos que estavam presos com a camisa e optei por imobilizá-los com um laço.

Parei para olhá-lo por um tempo e cruzei os braços ao vê-lo. Seus lábios avermelhados estavam entreabertos, o rosto com expressão tranquila e o corpo, que era todo tatuado, com alguns arranhões e pouco sujo de terra.

Eu me vi ali, anos antes. Contudo eu estava acordado e implorando por misericórdia, aquilo foi humilhante, desejei que ele passasse por tudo que senti.

Fui até a cozinha e peguei um balde, apoiei sobre a pia e o enchi d'água. Arrastei mais duas cadeiras até o centro da sala e coloquei as duas em frente a Dominic, uma perto para apoiar o balde e a outra à distância para eu vigiá-lo.

Sentei na cadeira e cruzei os braços esperando que ele acordasse, eu sabia que não deveria demorar muito, já que o efeito do clorofórmio não durava tanto.

Assim que notei seus primeiros movimentos do despertar, levantei-me para andar devagar até ele, cantarolando a música que me assombrava.

— *You're mine... and we belong together...*

Dominic abriu os olhos, meio desnorteado, sua cabeça se movia com lentidão.

— *Yes, we belong together... for eternity.* — Apoiei a mão em sua nuca. — Bom dia, querido.

Assim que recuperou totalmente a consciência, Dominic arregalou os olhos para mim e, antes que ele dissesse algo, empurrei sua cabeça contra a água no balde, afogando-o.

As bolhas de sua respiração afobada na água faziam o balde transbordar. Puxei seu rosto para fora da água e o afoguei novamente.

Fiz isso três vezes, até que ele começasse a tentar se debater.

— Implore! Implore por misericórdia, vai! — gritei.

Nightmare tossiu água e me encarou com o olhar estreito. Sua respiração estava ofegante. Aos poucos um sorriso desafiador apareceu em seu rosto.

— Está gostando de brincar de caçador, docinho?

Aquilo fez o meu sangue borbulhar de raiva, senti o rosto quente e o corpo estremecido. Puxei a arma da cintura e dei-lhe uma coronhada na cara, que o fez fechar um dos olhos por alguns segundos.

Mesmo com o arroxeado que se formou na lateral de sua órbita, Dominic riu baixinho e virou seu rosto para mim.

— Parece que você finalmente me encontrou. — Sorriu.

— Eu não ficaria tão feliz assim na sua condição... — Apoiei o cano da arma contra sua bochecha. — Enquanto você está aos sorrisos e risinhos, estou pensando no que farei com você… em como vou te fazer sentir tudo que passei.

— Eu tenho uma sugestão do que você pode fazer comigo... dá pra acontecer no sofá, na bancada da cozinha... até mesmo comigo amarrado aqui nessa cadeira. Basta ser criativo. — Dominic prendeu o lábio entre os dentes e me olhou da cabeça aos pés.

— Cale a boca! — Coloquei um pé entre suas pernas e arrastei o cano da pistola para perto de seus lábios.

Por mais que eu falasse firme e o machucasse, Nightmare sequer se permitia demonstrar medo, pelo contrário, ele parecia querer me levar ao limite cada vez mais.

Dominic abriu a boca e expôs a língua, lambeu o cano da arma com erotismo enquanto me encarava, selou seus lábios ao redor do metal e moveu a cabeça discretamente para frente, tentando engolir um pouco mais. Ele chupou a pistola com desejo e um olhar provocante.

Senti o coração acelerar e algo pulsou. Aos poucos meu rosto foi tomado por uma onda de calor, engoli em seco, sem reação.

— Você é... louco.

Puxei a arma de sua boca, que veio junto de um fio de saliva e me afastei dele, dando dois passos para trás.

A minha vingança não saiu como o esperado, Dominic não reagiu como eu queria. Parei para pensar no que faria com ele, como iria torturá-lo ou extrair informações que precisava antes de matá-lo.

— Pense rápido em como vai se divertir comigo antes de ser morto, Shadow. Acha que os Korschei não vão notar a minha ausência e vir me buscar?

— Eles não sabem onde você está.

— Será que não sabem? — O canto de seu lábio se esticou.

Senti o bolso vibrar, então puxei o celular que estava nele, era o celular de Dominic e o número ligando estava com o nome de Dmitry. Meu corpo gelou e a boca ficou seca, desliguei o celular e o coloquei no bolso.

— Se você for bonzinho e obediente eu posso pedir pela sua misericórdia. Quem sabe assim você não morra ou apanhe até esquecer de quem você é.

Ri baixo.

— Você não é tão esperto quanto acha, Nightmare. — Eu me aproximei dele. — Eu posso eliminar esse problema te matando e jogando a culpa em outra máfia ou na polícia depois, vocês têm diversos inimigos mesmo.

— E o que te impede de fazer isso, hum? Me mata, vai.

— Porque você ainda tem muito o que me oferecer antes de morrer. Quero todas as informações sobre os associados da minha lista, principalmente de Spencer Johnson.

— Pois então que me mate logo, prefiro ser assassinado ao dar informações em troca de misericórdia.

— Tem certeza?

— Sem dúvidas.

Sorri de canto e rompi totalmente a distância entre nós dois. Colei minha testa na dele, o ar quente de sua respiração saía com intervalos cada vez menores.

— É o que vamos ver.

PRIMEIRO DIA DE CÁRCERE

ZACHIARY SMIRNOF

Dominic Ivanov não dava o braço a torcer. Eu o afoguei e o ameacei diversas vezes a fim de que ele me levasse a sério e falasse tudo que eu queria ouvir, mas não, Nightmare era esperto demais. Ele sabia que ao falar que sua máfia viria buscá-lo, criou um conflito na minha cabeça.

Eu tive que andar sobre a linha tênue de tentar aterrorizá-lo o bastante para me vingar e fazê-lo falar, mas de não ferir tanto sua integridade física, para que, caso os Korschei realmente aparecessem, eu conseguisse escapar ileso ou ter misericórdia por não quase matar o filho do Chefe.

Estava exausto, tenso, com medo. Passei a noite dormindo sentado na cadeira em frente ao Nightmare e pela manhã, resolvi arrumar as coisas enquanto ele ficava parado olhando para o nada, cantarolando ou dando risadinhas.

Deus, como eu queria poder matá-lo de uma vez.

— Será que tem como você ao menos me levar ao banheiro? Não consigo mais segurar!

Ouvi seu grito enquanto estava na cozinha preparando torradas para comer. Voltei para a sala com uma xícara de café em mãos e o pratinho com as torradas lambuzadas de geleia, eu me sentei de frente para ele e dei a primeira mordida.

— Posso pegar um balde vazio.

— E você vai ao menos soltar as minhas mãos para isso ou vai ser caridoso o bastante em segurar o meu pau? — Ele deu um sorriso malicioso e estendeu os pulsos amarrados.

Rangi os dentes e revirei os olhos.

— Acho que deixarei você se apertar mais um pouco.

— Tudo bem, se é assim... vou molhar o chão da sua sala. — Olhou para baixo. — É uma boa madeira, pena que o cheiro de urina deve ficar impregnado.

Bufei e coloquei a caneca e o pratinho no chão, ao lado da minha cadeira, levei as mãos ao rosto e esfreguei a pele, enquanto pensava no que fazer. Joguei os cabelos para trás e o encarei.

— Eu vou te levar ao banheiro, de pé você consegue usar as mãos mesmo com os pulsos amarrados. Se tentar qualquer movimento... irei atirar em você. Entendeu? — Levantei de onde estava e me aproximei dele, puxei a arma da cintura e cheguei o rosto mais perto.

As íris azuladas de Dominic refletiam a minha imagem e seu olhar dissimulado de alguma forma me dizia que talvez eu me arrependeria daquela decisão. Ele não me respondeu de imediato.

— Entendeu?!

— Não precisa gritar, docinho. Já entendi e agradeço a sua gentileza. — Sorriu.

Aquele sorriso me irritava. Desde o primeiro momento em que ele despertou, sorriu e riu, como se estivesse sentindo prazer na situação miserável em que se encontrava.

Peguei uma corda para amarrar seus tornozelos e soltei o laço que o prendia à cadeira, deixando-o apenas de mãos e pés atados. O ajudei a se levantar e Dominic foi na frente, em direção ao banheiro, pulando, enquanto eu apontava a arma para ele.

Vê-lo andar feito uma lebre me fez esboçar um sorriso.

Assim que chegamos ao banheiro, apoiei meu corpo na porta e fiquei a observá-lo. Ele se pôs de frente para o vaso e antes de abrir as calças olhou para mim.

— Você vai ficar aí vendo? É sério?

Ergui os ombros.

— Tenho que garantir que não vá tentar nada contra mim ou arrumar uma forma de se soltar.

Ele riu brevemente e desceu o zíper.

— Boa desculpa para ver o meu pau.

Não que eu nunca tivesse visto antes, mas ele não precisava saber disso. Tentei me concentrar em seu rosto enquanto ele urinava.

— Shadow... como você descobriu que eu sou o Nightmare? Aliás, como entrou na minha garagem?

— Eu estudei você e sua família durante dias, invadi a festa dos associados e me escondi na sua garagem por saber que você sempre saía de carro a mando da máfia. — Cruzei os braços.

Ele balançou e pulou até a pia, o ajudei abrindo a torneira enquanto ele esfregava as mãos no sabão. Deixei que ele passasse na frente para voltarmos para a sala, fui atrás com a arma apontada o tempo inteiro.

— Sabe, Zachiary... — disse, ao se sentar. — O que mais me interessa em você é isso. Você é esperto, desafiador, corajoso até. Eu gosto disso.

Ouvir meu nome não abreviado sair de sua boca me incomodou, pareceu que éramos íntimos.

— Não me chame de Zachiary — falei, enquanto envolvia a corda em seu corpo, prendendo-o à cadeira.

— Tudo bem, docinho.

— Não me chame de docinho também. — Afastei-me dele para voltar a sentar na cadeira que ficava em frente à sua, peguei minha xícara de café e as torradas e dei mais uma mordida.

— Isso eu infelizmente não posso deixar de fazer, do-ci-nho.

Mastiguei, encarando-o fixamente. Dominic alternava seu olhar entre os meus lábios e o prato de torradas, ele deveria estar faminto depois de mais de doze horas sem comer.

— Nightmare... por que você me procurou por tanto tempo? Eu falei que não mexeria mais com os Korschei e não o fiz, sumi da Rússia por sua causa e ainda assim você retornou para me atormentar quando me encontrou aqui. Por quê? — Apertei os dedos mais forte contra a xícara.

— Porque antes eu queria te levar feito um troféu para o meu pai, exibir a captura do único homem que já desafiou os Korschei e nos afetou de fato. Nem mesmo a Bratva desestabilizou os nossos negócios daquela maneira. — Umedeceu os lábios. — Acreditei que ao te entregar, seria enfim reconhecido e valorizado na organização, porém... não consegui fazê-lo, porque me tornei viciado na adrenalina que só você foi capaz de me proporcionar. Fiquei obcecado em saber mais sobre você, seguir cada passo... talvez até mesmo tomar o seu lugar. A figura do Shadow detém poder sem nem mesmo carregar um sobrenome, sem precisar liderar um exército de homens.

— A figura do Shadow detém poder? — Soltei uma risada breve pelo nariz e rodei os olhos pelo espaço. — Olhe em volta...alguma coisa aqui simboliza poder?

— Você acha que mobilizar uma parte da população a protestar e tirar das sombras os segredos mais obscuros daqueles que estão no topo não é poder?

Respirei profundamente e balancei a cabeça em negação.

— Se fosse, Spencer estaria atrás das grades. Ou morto. Mas não, ele cometeu crimes horrendos e está por aí, solto, vivendo em sua mansão, comendo o que gosta e levando mais garotas inocentes para sua ilha de merda. Tudo sob a proteção da mídia, de seus amiguinhos políticos e dos Korschei. Sabe por quê? Porque ele tem dinheiro. Isso é poder. — Coloquei a xícara sobre o prato vazio e apoiei a louça no chão.

— Se você já está convencido de que só o dinheiro é poder, então por que continua tentando lutar contra? — Inclinou o rosto para o lado.

— Porque ainda que eu não mude todo um sistema, quero fazer a diferença. Tentar deixar um legado é o que me motiva a sair da cama todas as manhãs, então, mesmo que para ao menos quatro pessoas eu ajude em algo...

— Já fará a diferença.

— É. — Esbocei um sorriso, mas logo fechei o rosto. — E pra isso eu preciso saber a localização exata da ilha do Spencer, e o nome de outros três contatos ocultos da lista dele. Aposto que vocês têm uma pasta contendo todas as informações dos seus associados.

Ele deu uma risadinha.

— Claro que temos, me dê algo para comer que te conto uma das informações. — Mexeu os pulsos. — E tem como afrouxar um pouco mais isso aqui? Está me incomodando.

Eu me levantei da cadeira e fui até ele, coloquei as mãos sobre o nó e apertei ainda mais, seu rosto contraiu discretamente com a dor.

— Ou eu posso te dar mais uma coronhada e você me passa as informações. O que acha, hein?!

Seus lábios se contraíram em um bico.

— Acho que uma torrada é melhor.

Bufei e o empurrei discretamente, comecei a caminhar em direção a cozinha.

— Você vai me trazer as torradas?! Põe bastante geleia!

Meus pés batiam com força contra o chão. Eu não estava acreditando que ele realmente me convenceu a alimentá-lo. Peguei as torradas e coloquei para esquentar, abri a geladeira e separei o pote de geleia.

Enchi as torradas com a geleia, da forma que ele queria. Naquele momento pensei que, se Nightmare não era motivado a falar sob violência, talvez eu conseguiria fazê-lo me entregar as informações perante uma persuasão.

Uma vantagem eu tinha sobre ele, sabia de sua obsessão por mim, então bastava jogar com as armas que me foram entregues.

Voltei com a comida e o vi abrir um sorriso orgulhoso, acho que ele não acreditava que eu realmente iria preparar algo para alimentá-lo.

— Obrigado. Será que tem como você desamarrar apenas os meus braços para eu comer?

— Não será necessário, eu vou alimentar você, mas... — Quando me aproximei da cadeira, passei uma perna para o outro lado e me sentei em seu colo. — Apenas se falar o que preciso.

Ao me ter sentado sobre ele, notei sua respiração mais acelerada e a forma que seu olhar se alternava entre o prato e o meu corpo.

— Onde se localiza a ilha?

Dominic prendeu o lábio entre os dentes, em silêncio.

Movi os quadris em seu colo, ele arfou e fechou os olhos.

— Hein?

— Pelo que eu sei, a ilha não é exatamente uma ilha. É apenas o nome do lugar, e se localiza aqui mesmo em Nova York.

Ergui o canto do lábio e peguei uma das torradas e levei à sua boca. A primeira mordida fez com que alguns farelos caíssem em seu peitoral, a segunda sujou o canto de seus lábios com a geleia, antes da terceira afastei o restante da torrada e coloquei no prato.

— Pera aí, eu te dei uma informação, por que você não vai me dar a torrada inteira?

Usei o indicador para limpar o canto de sua boca e levei o dedo aos lábios, chupando a geleia.

— Porque você não me deu o endereço.

— Se você me soltar, posso até mesmo te levar ao Spencer pessoalmente.

Dei uma risada curta.

— Você sabe que isso não vai acontecer.

Ele ergueu os ombros.

— Então não terá mais nada de mim. Já te dei uma informação e não vou ficar aqui para sempre, faz horas do meu sumiço, com certeza já estão em busca.

— Tudo bem, se já estão chegando, acredito que você vá conseguir ficar sem comer até o resgate. — Ajeitei os quadris em seu colo.

Nightmare deu um sorriso de canto.

— Você aprendeu a jogar sujo. — Inclinou o queixo para cima. — Quer mais informações? Eu te dou, mas, primeiro, saia de cima de mim e me dê o último pedaço da torrada.

— Por que você não me quer mais em seu colo?

Eu me esfreguei nele novamente e aos poucos seu volume se tornou rígido abaixo de mim. Dominic prendeu o lábio entre os dentes e arfou, movimentei os quadris mais um pouco e admito que aquilo me fez pulsar também.

Ele fechou os olhos, apertando bem as pálpebras.

— Porra, Zach...

Continuei roçando minha bunda contra sua ereção.

Merda, era apenas para provocá-lo, mas estou gostando disso...

— Tá legal, tá legal, eu te dou o endereço, mas pare com isso.

Saí de seu colo e levei uma das mãos à frente do corpo para tentar disfarçar a minha excitação.

— Ótimo. Sou todo ouvidos. Qual é o endereço da ilha do Spencer?

Ele riu baixo e fixou os olhos na minha ereção muito mal escondida.

— Pelo visto essa tortura não foi apenas para mim, não é? — Subiu lentamente o olhar até o meu rosto e passou a língua pelo lábio.

Dei-lhe um tapa na cara, cujo som chegou a ecoar pela sala e segurei em seu queixo. Aproximei meu rosto do dele, a ponto de nossos lábios quase se encostarem. Trocamos respirações quentes e ofegantes.

— Fala logo essa merda que estou perdendo a paciência — disse entredentes.

Um sorriso desafiador apareceu em seu rosto.

— Saiu de seu personagem sedutor, docinho? Na próxima vez me chupa, quem sabe assim eu não te dê mais informações.

Larguei seu rosto e me afastei dele, o ouvi gargalhar em ter conseguido me tirar do sério. Dominic era difícil, insano, parecia inquebrável e eu não tinha ideia do que mais fazer com ele.

Pensei em aguardar mais um dia para ver se os Korschei apareceriam em sua busca, caso ninguém viesse ou cercasse a floresta, o mataria e sumiria com seu corpo.

Ele literalmente levaria consigo as informações para o túmulo.

A CAÇADA

ZACHIARY SMIRNOF

Foram horas, dias, não sei, cuidando e vigiando Nightmare.

Eu perdi a noção de quanto tempo se passou, mas de uma coisa eu estava certo, os Korschei não faziam ideia de onde Dominic Ivanov estava e eu poderia fazer o que quisesse com ele sem sofrer consequências.

A distância entre as nossas cadeiras já não era tão grande assim, estávamos cada vez mais próximos, um de frente para o outro. Abri mais as pernas e puxei a fumaça do vape enquanto o encarava.

Apesar de Nigthmare estar visivelmente cansado, assim como eu, ele não dava o braço a torcer, nenhum dos dois cedia. Seu olhar se alternava entre o meu rosto e meu abdômen descoberto, passou a língua pelos lábios e rompeu o silêncio que nos rodeava.

— No que está pensando?

— Em como vou matar você... — Coloquei a bota entre suas pernas e pressionei o calcanhar em seu íntimo. Dominic se mexeu discretamente, onde as veias de seus braços se tornaram saltadas. — Pelo visto os Korschei não vêm mais. Você foi abandonado, esquecido, largado à própria sorte comigo.

— E por que vai me matar?

— Porque já me vinguei e sem as informações você não me é mais útil, mas se resolver falar eu posso te dar uma chance... — Esfreguei o pé entre suas pernas e o vi arfar, Dominic prendeu o lábio entre os dentes e seu olhar se fixou no meu de forma tão predatória, que sequer poderia imaginar o que ele faria comigo caso estivesse solto.

— E morto serei menos útil ainda, porque jamais vai conseguir o que quer. — Inclinou a cabeça para o lado. — Acha que já não fui torturado antes? Fizeram coisas piores comigo e não abri o bico, não vai ser com você me dando tapinhas e provocações que vai me fazer falar, mas podemos fechar um acordo.

— E por que eu faria um acordo com você? — Soltei a fumaça lentamente pelo nariz.

— Porque seria mais vantajoso, porém, como todo acordo, deve ser algo de mão dupla, você faz algo por mim e eu por você. — Ergueu o canto do lábio.

A expressão de Dominic se mostrava maliciosa ainda quando suas falas não se referiam a perversões.

— Estou ouvindo. — Guardei o vape no bolso da calça.

— Quero que me liberte e volte comigo para a mansão Ivanov, finja que te contratei como meu cão e me ajude a tomar o poder de Nikolai. Assim, eu te levo sem empecilhos à ilha de Spencer Johnson, diversos associados vão para lá, então pra você será como matar vários coelhos com uma cajadada.

Ergui a sobrancelha.

— Eu? Ser o seu cão?

— Você já está agindo como uma cachorra, não deve ser tão difícil. — Um sorriso maldoso apareceu em seus lábios. — Vai se sair bem.

Pressionei a bota contra seu pau, esmagando-o, aquilo o fez gemer baixo.

— Nem pensar. — Levantei da cadeira e abri os ombros, senti meu corpo estalar. Eu já não estava aguentando mais dormir sentado naquela cadeira fria e desconfortável. Afastei-me em direção a cozinha quando notei um vibrar no bolso, era mensagem no grupo dos Hunters.

Masked Guy

Shadow, como você está? Não deu sinal de vida há dias.

Ghost

Faz um tempo que não realizamos as ações, quem será nosso próximo alvo?

Monster

Parceiro, fala alguma coisa, sentimos sua falta.

Franzi as sobrancelhas e meu peito se apertou. Eu também sentia saudades deles, de conversar todos os dias, de nos unirmos para afetar nossos alvos juntos, de dar risada e sairmos de vez em nunca. Acabei tendo que me afastar deles por um tempo maior do que queria, mas era para o bem de todos, para protegê-los.

Apontei a câmera para Dominic amarrado, tirei a foto e enviei no grupo.

Zero

Meu Deus, Shadow, não sabia desses seus fetiches.

Masked Guy

Esse é o Nightmare?

Monster

CARALHOOOO

Eu

Obrigado pelas lembranças, Hunters. Estou bem e sinto saudades.

Zero

Ownnn, olha ele sendo fofinho com a gente!

Ghost

Que bom, Shadow!

Eu

Acredito que talvez eu demore um pouco mais para voltar à ativa. Sobre as ações, vou deixar o Masked no comando durante a minha ausência, quero que saibam mais dos envolvidos na campanha do Hilbert Harper, ele não está sendo patrocinado apenas pelo Spencer, mas também rodeado de outros homens influentes. Quero saber quais são os projetos e os interesses desses outros na campanha dele, inclusive, ele é associado à máfia russa.

Masked Guy

Certo.

Eu

Agora tenho que voltar a ficar off. De qualquer forma, me mandem as notícias que irei ler assim que tiver tempo.

Monster

Fique bem, Shadow.

Zero

Se cuida, Smurf.

O apelidinho dado por Tae me fez soltar a risada pelo nariz.

Liguei o fogo e fui preparar uma sopa, cortei os legumes, as carnes, preparei o caldo. Estava tarde, a noite quase caindo. Eu pretendia matar Nightmare e ver como me livraria do corpo, mas apenas no dia seguinte, porque naquela hora, tudo que eu pensava era em descansar.

Apesar de ele ser o meu cativo, eu não consegui deixá-lo com fome por tanto tempo, alimentei-o algumas vezes durante o cárcere. Lembrava da minha adolescência, na loja do meu pai, quando não conseguíamos vender o estoque de comida e ele me pedia para jogar fora o restante, muitas vezes alimentos bons, apenas com alguns machucados, manchas ou enrugados.

Eu escondia alguns dos alimentos e ao invés de jogar na lixeira, dava para bichos de rua e uma moça com seus dois filhos que quase sempre passavam por lá. Ela pegava os alimentos rejeitados como se fossem seu bem mais precioso e os agradecimentos eram tantos que eu não sabia como reagir, porque não era dinheiro, não eram bens materiais, era apenas... comida. Algo essencial para viver, o que todos deveriam ter acesso.

Fui privilegiado em ter comida na mesa desde o meu nascimento, então não imaginava como seria morrer de fome, provavelmente uma das mortes mais dolorosas, lenta… nem mesmo meu pior inimigo deixaria morrer assim.

Coloquei em duas tigelas a sopa. A minha comi apoiado na bancada da cozinha, assoprando o caldo quente enquanto deixava a porção de Dominic esfriar. Assim que terminei de comer, apoiei a mão na cerâmica da tigela dele, estava morna, peguei uma colher e voltei para a sala.

Um sorriso discreto se formou em seu rosto. Sentei de frente para ele.

— Eu fiz sopa com carne e alguns legumes. Tem batata, cenoura, abobr...

— Você é gentil até mesmo com quem quer torturar e matar? — Riu baixo.

— Não deixar você morrer de fome é ser gentil?

— Bem, pra mim é. Se eu tivesse um prisioneiro, a última coisa que me importaria seria se ele sentiria fome ou não. — Arqueou as sobrancelhas.

— E se fosse eu o seu prisioneiro? — falei, enquanto mexia a colher no caldo.

— Por que você acha que seria diferente se você fosse o meu prisioneiro?

— Porque você já me sequestrou antes. E teve misericórdia. — Enchi a colher e levei até seus lábios, ele abriu a boca e comeu.

Fechou os olhos por alguns segundos, parecendo apreciar o sabor da comida.

— Bem, se você fosse o meu prisioneiro, eu também alimentaria você, te daria um banho, até mesmo deixaria dormir em uma cama. — Abriu a boca para mais uma colherada.

— Perguntei se eu fosse o seu prisioneiro, não seu namorado. — Alimentei-o.

Ele riu baixo.

— E você acha que eu precisaria te deixar amarrado para te manter em cárcere? — Deu um sorriso malicioso.

— Não sei se você é inocente ou burro o bastante em me subestimar dessa forma.

— Te subestimar? Não, de forma alguma. Pelo contrário, eu te admiro, muito, porque para mim ninguém foi desafiador o bastante para chegar à sua altura, eu só... acredito no meu potencial.

Meus lábios estremeceram.

Eu não queria sentir como se precisasse de aprovação de alguém, mas aquele elogio fez o meu rosto se aquecer, resolvi mudar de assunto.

— Está boa a sopa?

— Muito. — Abriu a boca para mais um pouco.

Eu esvaziei a tigela alimentando Nightmare, que na última colherada deixou que parte do caldo ficasse na borda de seus lábios. Inclinei meu corpo para perto dele e usei o polegar para limpar o canto de sua boca.

Seus olhos me encararam de um jeito diferente, o azulado que refletia minha imagem não estava com sua típica forma maldosa, desafiadora, estava... doce, terna.

Minha pulsação aumentou de repente. Tive que me afastar, saí de perto dele para levar a tigela até a cozinha, joguei a louça na pia e me apoiei sobre a bancada.

Não, nem pensar. Ele é o homem que me fez sair do meu país, que me atormentou por anos, que me fez me isolar dos Hunters e que pretendo matar amanhã.

Inspirei o ar devagar e exalei na mesma velocidade enquanto recolocava a cabeça no lugar.

Eu estou isolado por muito tempo, isso foi só um segundo de carência que acabou. Acabou.

Deixei a cozinha para ir até o banheiro, tirei as roupas e entrei no chuveiro, permitindo que a água quente relaxasse os meus músculos. Lavei os cabelos, que a cada limpeza desbotava a tinta azul.

Sequei o corpo, enxuguei as madeixas e enrolei a toalha na cintura para deixar o banheiro. Ao menos naquela noite me permitiria dormir na cama, nem que fosse por apenas duas horas, meu corpo implorava por descanso.

Assim que ele me viu, umedeceu os lábios e seus olhos me devoraram.

— Isso faz parte da tortura? Porque te ver desse jeito sem poder tocar...

Segurei um sorriso e continuei a andar para perto da escada.

— Você é ridículo. — Apoiei o primeiro pé no degrau e olhei para ele, me certificando de que estava bem amarrado. — Vou colocar as roupas e já volto.

Subi as escadas sem pretender descer tão cedo. Não avisei para ele que tiraria um cochilo para que não lhe desse tempo de pensar em qualquer coisa, porque, ainda que estivesse amarrado, eu não duvidava nem um pouco o que ele era capaz de fazer.

Tirei a toalha, coloquei um samba-canção preto e me joguei sobre a cama. Estava tão exausto que só de fechar os olhos adormeci.

Meu cansaço era tão grande que sequer consegui sonhar, foi uma total escuridão, um vazio. Despertei no susto com um som estrondoso vindo do primeiro andar, meu coração disparou, deixei a cama com as pernas trêmulas e a respiração acelerada.

— Merda... — resmunguei. Ou os Korschei conseguiram chegar à minha casa ou Nightmare fez algo. Qualquer uma das hipóteses era ruim e perigosa para mim.

Abri o meu armário de armas e peguei uma pistola, coloquei a munição e abri a porta do quarto lentamente, apesar de não querer fazer barulho, o ranger da madeira me denunciou.

Estava tudo escuro no primeiro andar, e o silêncio era tanto que pude escutar o som do ar que saía por minhas narinas em curtos intervalos.

Apoiei as costas na parede e com a arma destravada comecei a descer devagar os degraus. Pelo apagão eu já descobri que não eram os Korschei, foi Nightmare, aquilo era típico dele.

Eu tentava não tremer, mas minhas pernas pareciam querer enfraquecer a qualquer segundo, estremeciam por inteiro. Precisava ir até o interruptor próximo da porta, que ainda se encontrava fechada.

Quando alcancei o primeiro andar, apontei a arma para todos os cantos, feito um louco.

— Se tentar algo eu atiro em você! — gritei, sem resposta. — Dominic! Saia de onde está e podemos nos resolver com calma.

Não, não teria calma, sabia disso quando se tratava dele. E acredito que ele também sabia, porque permaneceu em silêncio, escondido.

Mesmo com a visão adaptada ao breu, não vi sequer sua silhueta, andei devagar até o interruptor e acendi a luz. Somente com a claridade pude notar a cadeira quebrada e as cordas no chão.

Merda!

Bastou que eu levantasse a cabeça e desse um passo para frente, pra que fosse agarrado por trás. Dei dois tiros para o alto ao ter meus braços segurados, joguei o corpo para frente, fazendo com que Nightmare rolasse e caísse no chão.

Tive o calcanhar puxado por ele, e caí, a arma parou próxima a minha cabeça.

Tentei me armar de novo, mas ele segurou meu tornozelo e me levou para longe da arma. Chutei seu rosto, mas não fui solto.

Rolamos no chão, trocando golpes.

Nightmare me colocou de barriga para baixo e subiu nas minhas costas, tive os braços contidos para trás com uma mão só, enquanto a outra ele pressionou meu rosto contra o piso.

Aproximou-se, entremeando o nariz entre os meus cabelos e respirou fundo, arrastou o nariz até minha orelha e sussurrou.

— Você deveria ter me matado quando teve a chance.

Todos os pelos do meu corpo se arrepiaram.

— Dominic, espera... a gente pode entrar em um acordo.

— Achei que você tinha dito que não teriam acordos. — Saiu de cima de mim e rapidamente pegou a arma, sequer deu tempo de eu terminar de me levantar. Tive a mira apontada para a minha cabeça. — Você é um péssimo mentiroso, docinho.

Eu estava com os joelhos e mãos apoiadas no chão, na mínima menção em me mexer, ele deu um tiro próximo a mim. Todos os meus músculos se enrijeceram e senti a garganta fechar. Permaneci na posição humilhante.

— Dominic... — A saliva doeu para engolir, de tão seca que a boca estava. — Você não está pensando direito.

— Será mesmo? — Inclinou a cabeça de lado e sua expressão maliciosa voltou a tomar o rosto. — Você fica ótimo nessa posição, sabia? Com esse rabo empinado, totalmente submisso...

— Vá à merda — disse entredentes, sentindo o rosto queimar.

Ele passou a língua pelos lábios, como se deliciasse com a visão, aproximou-se um pouco mais.

Eu precisava mantê-lo distraído ou que ele chegasse perto o bastante para conseguir tentar desarmá-lo.

— Não sei se percebeu, mas você não está em condições de agir de forma malcriada assim. — Ergueu a sobrancelha.

— E o que você pretende fazer agora? Me matar? — O canto do meu lábio se esticou.

— Talvez. — Deu mais um passo.

— Uma pena, porque poderíamos fazer tantas coisas... — Devagar sentei sobre as pernas, permanecendo ainda ajoelhado. Vi o momento em que seu pomo de adão subiu e desceu, ele pensou na proposta.

— Você é cínico, dissimulado...

Chegou ainda mais perto, só mais um passo e eu conseguiria tentar tomar a arma dele.

— E?

— E eu gosto disso. Porque consigo notar quando esse seu jogo de sedução não é real. — Nightmare terminou de romper o espaço entre nós e agarrou em meus cabelos com tanta firmeza, que tive que me conter.

Quando ele aproximou o rosto, dei-lhe uma cabeçada e busquei desarmá-lo, mas Dominic segurou firme na pistola e deu dois tiros. Tentamos um conter o outro, mas ele era difícil de vacilar.

Ao ver que não conseguiria tirar a arma de suas mãos, olhei em volta para pensar rápido no que fazer. Empurrei ele para frente e corri em direção à porta, fugi em meio à escuridão com os pés descalços pela mata.

O vento gélido da noite batia em meu peito e esfriava a pele que fervia pela adrenalina. Escutei mais dois tiros, agachei e fui para perto de um tronco de árvore.

— Isso, fuja! A caçada me dá ainda mais tesão! — A voz que transbordava insanidade ecoou pelos galhos.

A artéria pulsava forte no pescoço e o coração batia tão rápido, que chegava a doer no peito. Agarrei firme no tronco e parei para prestar a atenção no som que as folhas faziam quando ele se movia.

— Eu vou te tirar da toca, coelhinho! — Ele deu mais um tiro, que foi longe de mim.

As pontas dos meus dedos estavam frias e o ar difícil de entrar nos pulmões. Olhei em volta, enxergando apenas o que a luz da lua me permitia. Escutei seus passos ainda mais próximos, precisava sair dali, era perto demais da cabana.

Deitei de barriga no chão e comecei a rastejar devagar para fazer menos barulho possível. Precisava ir para a árvore mais a frente, que ficava na área de mata densa, ali estaria menos exposto.

— Coelhinho, cadê você?!

Mais um tiro, aquele parou no lago.

E então outro, que bateu perto de onde eu estava. Recolhi os lábios para não gritar e arregalei os olhos.

Paralisei por um instante até que o corpo percebesse que não fui atingido. Nightmare deveria enxergar menos do que eu no escuro, porque ele não me viu.

Apesar de a mente medrosa querer me fazer ficar parado, o corpo se movia pela sobrevivência. Rastejei mais um pouco, arranhando a pele pelos galhos ao chão e olhei para trás, continuava imperceptível.

— Quanto mais tempo eu demorar para te encontrar, pior vai ser para você! — Sua voz ecoou.

Parei de me mover para escutar os seus passos.

Ele não andou mais.

Eu não me movi enquanto Nightmare não se mexeu.

As folhas eram esmagadas ao longe, ele se afastou.

Aproveitei a brecha para tentar rastejar ainda mais rápido, até que a outra bala atingiu a árvore à frente, o estouro me fez fechar os olhos devido aos estilhaços de madeira.

Os passos começaram a acelerar.

Rápido.

Mais rápido.

Fui encontrado.

Eu me levantei e comecei a correr, tentei me agachar atrás de um tronco, mas Nightmare atirou nele, dois disparos.

Ele veio na minha direção, deixei o esconderijo para fugir.

— Não adianta mais tentar correr, eu vou pegar você!

Meus pulmões queimavam, a respiração era tão acelerada que a visão chegava a se embaçar algumas vezes. Minhas pernas estremeciam, a sensação era de que eu iria cair a qualquer momento.

Nightmare estava perto.

E mais perto.

Eu acreditei que se me esforçasse mais conseguiria escapar, porém ele me pegou pelos cabelos e me puxou para si.

Antes que ele pudesse levar a arma ao meu pescoço, segurei em seu punho e tentei desarmá-lo, Dominic passou o pé pelas minhas pernas, fazendo com que eu caísse e o puxei pela calça. Rolamos pelas folhas.

A arma se perdeu.

Tentamos um subir no outro até que depois de tanto rolar caímos da parte alta da mata até a que ficava perto do lago, ele subiu na minha barriga e segurou meus punhos ao lado da cabeça.

Ambos estavam ofegantes.

Naquela parte da floresta, a luz lunar que as águas do lago refletiam deixavam o ambiente menos escuro, pude me ater ao rosto de Dominic. Ele não estava com uma expressão ameaçadora como eu esperava encontrar, seus olhos ficaram menos desafiantes, com um brilho maior.

Eu não me movimentei mais, deixei de reagir e seus dedos apertaram menos os meus punhos.

Nos encaramos por um tempo, até que ele aproximou seu rosto.

Chegou bem perto.

Mais um pouco.

Quando nossos narizes se tocaram, os lábios também encostaram.

Senti os murros do coração no peito e a minha reação de imediato foi morder forte seu lábio, a ponto de sentir o gosto metálico na boca.

Dominic se afastou, levou o dedo ao sangue que escorreu para seu queixo e me encarou, com as sobrancelhas franzidas. Sorri em resposta e inclinei o pescoço para frente.

Por incrível que pareça, eu quis aquele beijo.

Ele voltou sua boca à minha, onde o sabor ferroso se entremeou à saliva. Suas mãos deixaram de apertar os meus braços, uma ele apoiou nos meus cabelos enquanto a outra se fixou em meu pescoço.

Dominic pressionou os dedos contra a minha pele, de forma que me enforcasse durante o nosso beijo. Eu me senti pulsar.

Apesar de trocarmos respirações aceleradas, nossas línguas se esbarravam com lentidão. Coloquei uma das mãos sobre a dele, para que apertasse mais forte. Assim ele o fez. A pressão em meu rosto aumentou e o desejo também.

Aos poucos seu quadril se esfregava sobre mim e o fino tecido da única peça de roupa que eu usava me permitiu sentir o quão duro ele estava também.

Nightmare afastou sua boca da minha para sussurrar no meu ouvido com a voz abafada.

— Eu quero acabar com você... — Puxou os meus cabelos próximos à raiz.

Virei o rosto de lado para encará-lo.

Eu estava perdendo o limite, a noção, aquilo era loucura.

Contudo, não podia negar, o desejo reprimido me fez arriscar e naquele momento tudo que eu desejava era que ele me destruísse.

Passei a mão pelo seu abdômen e apertei sua ereção, ainda escondida pela calça.

— Faça — disse entredentes. — Acabe comigo.

O canto de seu lábio se esticou em malícia. Voltamos a nos beijar, então sua boca desceu pelo meu pescoço, onde ele me marcou e depois para o peitoral, seus dentes cravaram contra a minha pele em uma mordida que me fez gemer de dor.

Levei as mãos à sua cabeça, apoiando nele. Nightmare mordiscou e chupou todo o meu abdômen até chegar à única roupa que eu usava, sem me despir, esfregou seu nariz no tecido e respirou fundo antes de lentamente puxar a samba-canção para baixo.

Minha ereção saltou, pulsante e úmida. Eu estava com tanto tesão, que o pré-gozo saiu antes de ele me tocar.

Dominic me masturbou sem pressa e passou a ponta da língua na cabeça, arrepiando-me por inteiro antes de engolir o meu pau. Gemi baixo e levei uma das mãos ao rosto enquanto o encarava.

O olhar compenetrado e lascivo se fixou ao meu, e vê-lo por aquele angulo enquanto me chupava me fez delirar.

Ele salivava muito, eu fodia sua garganta deslizando com facilidade. Dominic afastou a boca, deixando que um fio de saliva escorresse e trocou a mão que me masturbava, enquanto a outra, melada, usou para esfregar entre as minhas pernas.

Dobrei os joelhos.

Seus dedos rodearam a minha entrada até que me penetrou. Antes, eram apenas dois, depois, mais um.

Dominic estocava com os dedos e eu gemia baixo enquanto ele me olhava com desejo e satisfação. Seu lábio se prendeu entre os dentes e o volume na calça era mais perceptível.

— Chega disso e me fode logo! — falei e fechei um dos olhos conforme ele aumentava o movimento das mãos.

— Estou te preparando.

— Eu não sei mais o quanto vou aguentar...não quero gozar antes de sentir o seu pau.

Ele sorriu orgulhoso em me ouvir falar aquilo, em querer tê-lo em mim. Nightmare parou de me tocar, segurou nas minhas coxas e ergueu mais os meus joelhos, afundou seu rosto na minha bunda e me lambeu ali.

Sua língua estimulava e molhava a minha entrada. Dominic se afastou um pouco, abriu o botão da calça e desceu o zíper.

Seu pau era grosso, cujas veias se destacavam e a cabeça pulsava. Ele usou a saliva para tentar lubrificar um pouco mais e se esfregou antes de me invadir.

A cada centímetro penetrado eu me contraía e meu gemido se tornou menos contido. Era dolorido, mas de um jeito bom.

Dominic deu a primeira estocada. Fechei os olhos e pressionei as pálpebras firme, meu corpo todo se enrijeceu.

— Tá doendo muito? — Eu não esperava, mas houve preocupação em sua voz.

— Continua... — A palavra quase não saiu.

Então ele meteu mais uma vez, mais forte, e mais... até que os sons de nossos quadris se batendo ecoassem pelas árvores.

Sua mão parou sobre o meu pescoço, pressionando firme os dedos para me fazer perder o ar enquanto ele me fodia. Segurei com ambas as mãos em seu punho.

Meus gemidos saíam engasgados e as pernas estremeciam.

— Vira de costas que quero te comer olhando esse rabo. — A mão que me enforcava subiu até meu rosto e deu dois tapas.

Concordei.

Ele se afastou para que eu me colocasse de quatro, empinei os quadris e logo ouvi o estalo de seu tapa forte. E outro. E mais outro.

Dominic me bateu tanto, que minha pele ficou ardida, fui puxado pela cintura com brutalidade, cuspiu para que a saliva facilitasse e voltou a me penetrar com violência.

Senti-lo quente e pulsando em mim me fez transbordar de prazer. Minha respiração se tornou ainda mais desregulada e os gemidos altos, apoiei a testa na grama e levei uma das mãos à minha excitação para me tocar.

Eu me sentia chegar ao limite, as pontas dos dedos formigavam e o coração parecia querer sair do peito. Antes que eu pudesse gozar, Dominic me puxou pelos cabelos e trouxe as minhas costas ao seu peitoral, deixando-me apenas de joelhos.

Sua mão se apoiou no meu rosto e o virou para o lado a fim de que pudesse beijá-lo.

Seu ritmo se reduziu e ele me tocou. Gemi entre seus lábios e todos os meus músculos se espasmaram quando me derramei entre seus dedos.

Ele voltou sua mão para minha cabeça e empurrou meu rosto ao chão. Permaneceu pressionando minha cara contra a terra enquanto suas estocadas se tornavam cada vez mais intensas.

Dominic latejou forte e o ouvi gemer antes de sentir o primeiro jato quente dentro de mim. E mais outro, e outro, ele gozou tanto que chegou a escorrer para fora. E então largou os meus quadris.

Fiquei deitado de bruços, meu corpo permaneceu em êxtase por um tempo. Os músculos estremeciam, as ondas de calor ainda perambulavam por mim e a pele ardia.

Dominic colocou as mãos na minha cintura e me virou de barriga para cima. Um sorriso maldoso estampava sua face suada e exausta.

— Vamos fazer um acordo ou não?

O CÃO

ZACHIARY SMIRNOF

Em alguns momentos eu duvidava da minha insanidade, em outros, poderia afirmar que estava louco, como naquele dia em que caminhava de mochila nas costas ao lado do homem que me perseguiu por cinco anos.

Nightmare e eu entramos em um acordo que supostamente beneficiaria os dois. Supostamente porque, seria melhor se eu pudesse exterminar os Korschei, o que era uma missão difícil, quase impossível, por eles serem como um polvo, com tentáculos por todo lado. Porém, me juntei a um Ivanov pela facilidade de pegar um dos meus principais alvos, o homem que estava na minha mira desde o último ano, Spencer Johnson.

E eu ajudaria Dominic a dar um golpe em seu irmão.

Que bela família.

Eu andava um pouco mais devagar do que ele e com dificuldade por conta da assadura que a noite anterior me proporcionou. Nightmare me encarou de canto algumas vezes e exibiu um meio sorriso, claramente orgulhoso do estrago que causou.

Ao chegarmos em seu carro caindo aos pedaços, ele colocou as mãos na cintura e seus lábios se contraíram em um bico.

— Que merda você fez? Destruiu o meu carro!

— Isso não teria acontecido se seus homens não tentassem me impedir de te levar. — Joguei as chaves para ele e dei a volta, abri a porta do lado do carona e me sentei com cuidado, deixei que a mochila ficasse sobre meu colo.

Dominic riu baixo.

— Eu não deveria ter pegado tão pesado com você... — Mordiscou o lábio e girou a chave para aquecer o motor. — Na próxima serei mais carinhoso, prometo.

Revirei os olhos com discrição e direcionei o rosto para a janela.

— Não vai ter uma próxima vez.

Ele ficou em silêncio por alguns segundos.

— Por que não?

Encarei-o pelo canto do olho.

— Porque foi algo que não deveria ter acontecido.

— Jura? — Arqueou a sobrancelha. — Porque pra mim pareceu que você queria muito que acontecesse quando implorou para me ter dentro desse rabo.

Senti o rosto quente e fechei os olhos por pouco tempo, tentando manejar a sensação de vergonha que senti de mim mesmo.

— Rolou por um alívio de tesão, apenas.

Seu rosto inteiro se contraiu e ele inclinou a cabeça para o meu lado.

— É isso que eu sou pra você, docinho? Um alívio de tesão?

Coloquei a mão em seu rosto e o afastei de perto de mim.

— Dirige logo antes que eu mude de ideia. — Cruzei os braços.

Dominic engatou a marcha e pisou no acelerador para sairmos da floresta. Enquanto ele dirigia, ligou o celular e o colocou no console próximo ao painel do carro. O aparelho não parava de vibrar, eram inúmeras, tipo, centenas de mensagens e ligações.

O Ivanov olhou de relance para a tela e apesar de tentar disfarçar sua expressão de preocupação, notei como ele estava tenso, porque aquilo significava que seu retorno repentino depois de três dias seria algo suspeito.

— Qual será a desculpa absurda que você vai inventar pra justificar isso? O sumiço repentino depois de uma perseguição e do nada voltar para a mansão com um cão?

Ele contraiu os lábios de lado, com a visão fixa na estrada. O dia estava amanhecendo, aos poucos o céu alaranjado nos permitia enxergar a paisagem das árvores e animais pelo caminho.

— Essa é uma pergunta difícil.

Dei uma risada breve e apoiei a mão abaixo do queixo.

— Arquitetou todo um plano para golpear o irmão e não pensou na base de tudo? Que decepção, Nightmare, achei que fosse mais esperto do que isso.

— Na verdade, eu ainda não arquitetei bem o plano de como vou tomar o lugar de Nikolai. — Recolheu os lábios.

Aquilo fez o meu queixo cair. Levei as mãos ao rosto e o esfreguei enquanto suspirava intensamente.

— Meu Deus, você está me levando para a morte.

Dominic levou a mão sobre a minha e acariciou o meu dorso, deu seu típico sorriso malicioso.

— Fica tranquilo que não vai acontecer nada com você, docinho. Até chegarmos lá eu terei pensado em algo.

Recolhi a mão para o peito, interrompendo seu toque.

— Isso é inacreditável — murmurei.

Naquele momento repensei sobre a decisão de deixar de matá-lo. Porém, apesar de estar na minha lista, Dominic Ivanov facilitaria muito a minha aproximação aos meus outros alvos, já que a maioria dos nomes sujos eram associados ou aos Korschei ou a Cosa Nostra.

Enquanto estávamos no caminho, Nightmare permaneceu em silêncio, com os olhos atentos no percurso e mordiscando os lábios. Seu peitoral se inflava devagar, como se tentasse controlar a respiração para se tranquilizar.

Assim que chegamos na cidade, encaramos o trânsito do horário de pico. O carro preto estraçalhado chamou a atenção por onde passava, e apesar de eu ter noção de que o vidro escuro escondia o meu rosto, coloquei os cabelos frente aos olhos.

Quando chegamos em frente aos portões de seu condomínio, meus músculos se contraíram e o sangue congelou, lentamente virei o rosto para Dominic. Ele engoliu em seco e respirou audivelmente.

Os portões rangeram ao abrir. A cada metro percorrido, minhas batidas se aceleravam, a artéria inchou no pescoço.

Não demorou muito os homens de preto com armas nas mãos apareceram apontando a mira para nós. O Ivanov parou o carro e deixou que eles se aproximassem, primeiro, os passos dos soldados Korschei eram lentos, ariscos, depois de perceber a falta de reação, foram rápidos e violentos. Um dos homens deu socos no vidro e gritou algo.

Dominic abriu devagar a janela, o que fez com que o homem cheio de atitude perdesse a pose rapidamente.

— Senhor? O que aconteceu? — Sua expressão era de confusão, ele abaixou um pouco mais para ver quem estava no lado do carona.

— Não interessa. Abram passagem, preciso chegar em casa — Dominic demonstrou sua autoridade de príncipe da máfia sem sequer alterar o tom de voz, apesar de eu saber que ele estava tão tenso quanto eu.

Os homens deram passagem e o carro avançou, passou pelo jardim até a garagem. Em frente à entrada estava Dmitry, com um braço sobre o peito e a outra mão segurando seu pitoco de cigarro, nem tinha mais o que ele tragar ali, mas insistia em fumar até o último pedaço.

O Ivanov mais novo deixou o carro, rodeou o veículo e abriu a porta para mim. Saí do veículo sentindo um frio na barriga e o corpo gélido, enquanto caminhávamos em direção a Dmitry, notei o olhar em chamas para seu sobrinho.

— Está louco?! Perdeu a cabeça, seu merda?! — Aproximou-se, batendo os pés firmes no chão. — Onde você se meteu, hein? Sumiu por três dias! — A palma de sua mão foi erguida, ela estava para se chocar com força no rosto de Dominic, que segurou o pulso do subchefe firmemente.

Dmitry pareceu tão cego de ódio, que sequer notou a minha presença ali.

— Eu errei, tio, admito. — Aos poucos Dominic afrouxou os dedos do pulso de seu tio.

O subchefe puxou o braço e deu um passo para trás, jogou a guimba de cigarro no chão e esfregou a sola do sapato de bico fino em cima. Resmungou e me encarou com estranheza, seus olhos se concentraram mais em meus cabelos.

Voltou a atenção para Dominic.

— Onde você esteve? E quem é ele?!

— Eu estava sob uso de algumas drogas, meio confuso e tive que tirar um tempo pra mim. — Ele colocou as mãos nos bolsos. — E esse cara aí quem me ajudou a recuperar a consciência e voltar para casa.

— Sou Bóris Petrova, senhor — falei, dando um passo à frente com a mão estendida.

Dmitry franziu as sobrancelhas com o meu sotaque russo e olhou para a minha mão.

— Bóris foi tão gentil que decidi que o queria por perto, ter alguém para me ajudar nas tarefas, então eu mesmo o nomeei como o meu cão.

O Subchefe riu e o canto de seu lábio se esticou, numa expressão estranha de desprezo.

— Não acho que você precise de um cão, e sim de juízo.

— E por que Nikolai merece ter um cão desde os dezoito anos e eu não? Eu me arrisco mais do que ele.

Dmitry recolheu os lábios e me olhou de cima para baixo.

— Bóris? Hum, parece mesmo nome de cachorro. — Deu as costas para nós dois e sinalizou com os dedos para que seus soldados o seguissem.

Dominic disfarçou um sorriso e me encarou de canto, retribuí a expressão dele. Apesar do aparente contragosto do tio, ele pareceu aceitar a desculpa mal contada de seu sobrinho, acredito que aquele tipo de atitude rebelde era típica de Dominic, por isso haviam mais esporros do que questionamentos.

Com a mochila nas costas adentrei na mansão Ivanov, daquela vez não como um espião e sim como residente temporário. Os cômodos eram tão grandes, que mesmo com a presença dos soldados circulando e os móveis refinados, pareciam vazios.

Eu me senti pequeno dentro daquela casa. Dominic fingiu me apresentar os cômodos da mansão e então subimos as escadas para o segundo andar.

— Em qual quarto eu vou ficar? Queria deixar as minhas coisas arrumadas... — comentei, enquanto andávamos pelo corredor.

— Em qual quarto? — Ele arqueou a sobrancelha e parou em frente a uma porta bem conhecida por mim, girou a maçaneta e abriu para seu quarto. — Você vai dormir aqui comigo.

Bufei e entrei no cômodo, observei em volta, larguei a mochila sobre a cama e abri as cortinas.

— Dormir na mesma cama com você? — O olhei sobre o ombro. — Nem fodendo.

— Cães e mestres dormem juntos. Você sabia disso, não sabia?

— Sim, mas...

Na verdade, não, eu não sabia. Para mim, Nikolai e Alexander dormiam na mesma cama por treparem e não pela relação hierárquica de cão e mestre.

— Então não tem o que questionar. — Dominic fechou a porta e se apoiou nela.

— Mas é diferente. Eu dormiria na mesma cama sem preocupações se nunca tivesse transado com você. — Virei o corpo totalmente para ele e abri os braços.

— Então seu medo de se deitar comigo é de bater a vontade de foder de novo? — Aos poucos seus lábios foram tomados pelo sorriso malicioso.

— Não foi isso que eu quis dizer e você sabe bem! — Apontei o dedo para ele. — Dominic, a nossa relação agora é estritamente profissional, um acordo, só. Depois disso, acabou, cada um vai para o seu lado e deixa o outro em paz.

Ele levantou as mãos em rendição e lentamente andou até mim, a cada passo que ele dava em aproximação, eu recuava, recuava, até que não deu mais.

As pontas dos nossos pés se juntaram e o rosto dele estava tão perto que pude sentir o calor de sua respiração.

Prendi o ar.

— Tudo bem, apenas um acordo. Mas se você acha que vou dar uma de solidário e dormir no chão porque você se recusa a dividir a cama, esqueça, se for para alguém dormir no chão, feito um cachorro, esse alguém será você, Bóris, o cãozinho. — Sorriu brevemente e deu um passo para trás.

— Certo. Eu não me importo. Já me deitei em lugares piores.

Dominic passou a língua pelo lábio enquanto me encarava e concordou com a cabeça. Nossa conversa foi interrompida por um bater forte na porta, que antes era apenas um toque, depois, três seguidos.

Pelo revirar de olhos que Dominic deu, ele sabia quem estava por trás da porta.

Andou devagar até ela e a abriu com apreensão. Sem sequer pedir licença, Nikolai invadiu o quarto com uma expressão nada acolhedora, seu rosto estava avermelhado, a mandíbula bem-marcada e ele retirou os óculos para poder falar com seu irmão.

— Como você pôde ignorar a própria família por três dias?! — Empurrou Dominic. — Seu merda! A gente achava que você estava morto ou foi sequestrado pela Cosa Nostra e agora você reaparece de repente com uma desculpa esfarrapada de que precisava de um tempo? Um tempo de que, hein?! — O empurrou mais uma vez. — É por isso que você não cresce na organização, Dominic, por conta das suas irresponsabilidades!

O Ivanov mais novo o empurrou de volta.

— Não, Nikolai, não é por esse motivo que não cresço na organização e você sabe disso! — Colocou o dedo entre os olhos de seu irmão. — E se continuar me xingando dessa forma eu vou quebrar a sua cara.

— Quebrar a minha cara por estar com raiva em ter me preocupado com você? — Nikolai deu um passo para trás e colocou os óculos.

— E desde quando vocês se preocupam comigo, hum? Se fosse esse o caso, não me mandariam para as tarefas mais arriscadas, não me colocariam na linha de frente feito um soldado, muito menos desamparado, sempre sozinho, enquanto você tem um cão para andar de carro e viver enfurnado em um escritório. No máximo sai pra um puteiro de vez em quando e vem me falar de preocupação? — Soltou uma risada curta.

Nikolai direcionou a atenção para mim com um olhar frio e cortante. Sem dizer uma palavra, me avaliou por alguns segundos.

Senti o peito se apertar, com receio de ser reconhecido de alguma forma.

Seu olhar retornou para o irmão mais novo.

— E quem é esse homem no seu quarto?

— Dmitry não te contou?

— É o seu namoradinho? — Sua voz saiu em tom cínico e o canto do lábio se ergueu. — Além de irresponsável virou um viado agora?

Pelo visto Dominic não sabe que Alexander e Nikolai tem um caso.

— Bóris é o meu cão. Cadê o seu? — Dominic não respondeu a provocação.

— Está com a Vanessa na piscina. — Nikolai voltou a me encarar de lado. — Onde você o conheceu?

— Não interessa. — Dominic abriu a porta do quarto e ofereceu o corredor ao irmão. — Agora sai do meu quarto.

O Ivanov mais velho deixou o cômodo andando de costas, sem tirar a atenção de nós dois, sua expressão de raiva durou pouco tempo, voltou a ser estática, marmorizada, como se recuperasse seu estado quase linear de humor.

— Vai ter uma reunião agora, seria importante que você estivesse presente. — Fixou os olhos em mim. — Sem o cão.

Enfim saiu.

Suspirei e me sentei na cama.

Dominic me olhou sobre o ombro e assentiu com a cabeça para me passar segurança.

— Fique aqui e não saia, está bem? Não fale com ninguém, se questionarem, diga que tem ordens do seu mestre para responder apenas a mim. Certo?

— Certo.

— Já volto.

PAREDES FINAS

Dominic Ivanov

O meu retorno para casa foi turbulento, repleto de questionamentos, falsas preocupações e abarrotado de desconfianças, não apenas de mim, mas principalmente de Zachiary, que assumiu a identidade de Bóris Petrova.

Nikolai não estava desatento, durante o dia anterior, jogou alguns olhares para o meu cão e arranjou desculpas mal formuladas a fim de ouvir nossas conversas e estar por perto, somente à noite, após o jantar que ele descansou. Foi para seu quarto com a prostituta que o embebedava e nos deixou em paz.

Meu tio também não deu o braço a torcer tão facilmente, fez algumas perguntas à Zach, principalmente relacionadas à Rússia por conta de seu sotaque. E ele conseguiu responder todas, sem sequer estremecer a voz.

Eu estava andando em uma linha fina e sabia que precisaria me esforçar o dobro para demonstrar segurança à família, a fim de afastar todas as desconfianças que pairavam sobre mim e o meu cúmplice.

Ao fim de noite, quando terminei o banho, fiquei deitado sobre a cama enquanto Zachiary estava dentro da suíte se preparando para dormir também. Olhei para sua camisa usada, deixada sobre a mochila. Arrastei meu corpo para perto da roupa e a peguei, levei ao nariz e inspirei fundo.

Fechei os olhos ao sentir o rosto se aquecer com seu cheiro. Seu aroma era único, inebriante, excitante, que me fazia querer mais e mais dele.

Escutei o destravar da porta e rapidamente coloquei a camisa onde estava e me afastei para o meio da cama, retomando a pose descontraída. Encarei-o de canto e travei a mandíbula ao vê-lo somente de toalha na cintura, com os cabelos escorrendo água pelo peitoral e o tecido fino marcava suas melhores partes.

Zachiary disse diversas vezes que não queria mais nada comigo, porém se não me queria mais... por que continuava a me provocar? Aparecer daquele jeito para mim não era nada menos que o puro sadismo de me fazer desejar algo que não podia possuir.

Ele sabia o quanto eu queria dominá-lo, tê-lo, consumi-lo por inteiro e usava dessa arma para me castigar.

Zach agachou para abrir a mochila e pegar suas roupas enquanto eu não conseguia afastar a atenção dele, sua visão se encontrou com a minha quando ele se levantou com as vestimentas em mãos.

— O que tá olhando? — perguntou.

— Você faz isso de propósito. — Estreitei os olhos e inspecionei seu corpo da cabeça aos pés.

Sua risada curta saiu pelo nariz.

— Estou acostumado a tomar banho sozinho em casa. Apenas esqueci de levar as roupas para o banheiro. Imagino que deva estar habituado às pessoas fazerem tudo por você e para chamar a sua atenção, mas não é o meu caso. Só estou aqui porque temos um acordo, não se esqueça disso.

Sua resposta me fez ranger os dentes. Ele deu as costas para mim e voltou para a suíte.

Soltei o ar pesadamente e peguei os panos para que ele arrumasse a cama no chão, com a mínima esperança de que Zach desistisse dessa ideia, mas ele foi orgulhoso e insistente. Dispôs os lençóis no piso de um jeito que ficasse minimamente confortável e se deitou sobre eles, de costas para mim.

Desgraçado...

Esbocei um sorriso e me virei para o lado oposto ao dele a fim de dormir também.

Na manhã seguinte, quando abri os olhos, percebi que Shadow estava sentado ao lado da minha cama me observando. Assim que teve noção de que eu havia acordado, desviou o olhar do meu.

— Bom dia... — falei, preguiçoso e me espreguicei. Sentei na cama.

— Bom dia. — Shadow afastou os cabelos do rosto e me encarou. — A sua família costuma acordar cedo?

— Tá perguntando por conta do café da manhã? As empregadas colocam a mesa bem cedo. — Apoiei os pés no chão. — Estava me esperando para poder comer? Você é o meu cão, essa casa é sua também.

— Não me sinto seguro aqui. — Ele se levantou e amarrou os cabelos em um coque.

— Você está sob a minha proteção, Shadow. Ninguém além de mim pode encostar a mão em você.

— Pela maneira que seu tio disparou perguntas ontem, ele não parece me ver como alguém da casa. — Aproximou-se de mim e abaixou o tom de voz. — Sua família desconfia da minha presença e do seu retorno repentino, sabe disso.

Levei a mão aos cabelos dele e coloquei sua mecha rebelde, que insistiu em ficar fora de seu penteado, atrás de sua orelha.

— E nós vamos agir normalmente e cumprir as tarefas por um tempo, até que se esqueçam disso. — Deixei a cama e passei por ele, ao apoiar a mão na maçaneta, olhei para trás a fim de saber o porquê de Shadow não estar me seguindo.

Zachiary colocou uma arma na cintura e estava arrumando um jeito de esconder a pistola, sem que marcasse na roupa. Arregalei os olhos.

— Por que você vai armado para um café?!

— Nunca se sabe.

Trocou a blusa cinza de seu tamanho por uma preta mais larga e deu de ombros quando se deparou com a minha expressão ainda incrédula. Apesar do absurdo, imaginava que nada do que dissesse faria com que ele mudasse de ideia.

Zachiary era desconfiado feito um gato de rua arisco e parecia sempre tentar se antecipar a qualquer evento, ainda que a chance de algo fora do comum acontecer fosse mínima.

Deixamos o quarto juntos e do segundo andar pude ouvir a televisão propositalmente alta. Meu tio tinha esse costume de exagerar no volume quando assistia algo que acreditava ser importante para todos.

Não só isso, seus palavrões carregados ecoavam pelo salão. Zach e eu nos entreolhamos com as sobrancelhas erguidas.

A notícia falava sobre a pesquisa das eleições para a prefeitura e Hilbert Harper, o nosso associado, caiu três pontos. Ele estava perdendo apoio e a derrota de Hilbert seria uma condenação à expansão de poder dos Korschei.

Shadow e eu chamamos a atenção ao chegarmos na mesa de café. Nikolai estava sentado frente às suas frutas picotadas em pedacinhos, com Vanessa de roupão vermelho em seu colo e seu cão ao lado, comendo em pé.

Meu irmão tentava apaziguar nosso tio, que de café da manhã consumia apenas um café preto e um cigarro. A casa fedia por conta dele.

— Achei que depois da reunião dos associados, Hilbert subiria nas pesquisas — falei, pegando meu lugar à mesa, em frente ao meu irmão.

— Era o esperado. Eu não consigo imaginar o que aconteceu. — Nikolai levou o polegar entre os dentes, mordiscando a unha.

Zachiary ficou de pé ao meu lado, encarando Alexander que retrucava seu olhar analítico e tenso. Puxei a cadeira e dei dois tapinhas na almofada.

— Bóris, sente-se ao meu lado para o café.

Zach não acatou a minha frase como um pedido, mas sim feito uma ordem. Sentou-se imediatamente e desviou a atenção do cão de Nikolai para mim.

— Como quiser, Senhor. — Consegui reconhecer a acidez em seu tom de voz e notei seus lábios estremecerem discretamente, contendo um sorriso.

— Eu posso apostar que isso tem a ver com o informante. — Dmitry rangeu os dentes. — Enquanto não encontrarmos quem está entregando os nossos esquemas para a Cosa Nostra, ficaremos para trás!

Meu tio deu um soco tão forte na mesa, que as louças estremeceram e Vanessa saltitou no colo de Nikolai com o susto.

— Estou trabalhando arduamente para encontrar o traidor, tio. — Meu irmão disse.

— Tenho uma ideia de como podemos fazer isso — falei.

— Eu não quero ouvir uma palavra sua. Depois do que você fez conosco não tem o direito de opinar em nada da organização. — Dmitry jogou o resto de seu cigarro dentro da xícara quase vazia de café.

— Não é como se um dia eu já tive esse direito.

Meu tio ergueu o dedo para que eu me calasse e inclinou o corpo sobre a mesa, na minha direção.

— Porque até então você não fez nada que te colocasse na posição de opinar, tem que fazer por onde para subir na hierarquia e não é com esse jeito de adolescente rebelde que vai conseguir isso. É preciso responsabilidade e compromisso, execute os trabalhos como deve e tenha paciência para progredir. — Deu dois toques na mesa e recuou, acomodando-se na cadeira.

Sempre que eu questionava o meu cargo na organização era a mesma ladainha, o mesmo discurso meritocrático, quando, na verdade, eu sabia que não era assim, que não conseguiria subir nunca enquanto tivesse o meu irmão na frente. Éramos os dois herdeiros diretos do comando dos Korschei, mas apenas ele foi escolhido pelo nosso pai para ser preparado desde o início de sua vida para isso, enquanto eu fui completamente rejeitado, feito um bastardo.

— Eu estava pensando no que podemos fazer para remediar essa situação, desacelerar os números — Nikolai rompeu o breve silêncio na mesa.

— Não vamos desacelerar número algum, vamos fazê-los recuar, dar um recado ao candidato associado a Cosa Nostra de que ele escolheu o caminho errado. Sem mortes para não recair sobre o Hilbert Harper, apenas um... susto. — Os dedos ansiosos de Dmitry o fizeram bater a xícara contra a mesa repetidas vezes. Olhou para mim.

Parei de tomar o meu café, cruzei os braços e elevei a sobrancelha.

— Você quer que eu me ponha em uma missão suicida contra a máfia rival?

— Não será contra a máfia rival, será contra um de seus associados. Donald Jones não fica acompanhado de segurança a todo momento.

— É, eu imagino que pelo menos para ir ao banheiro ele não tenha companhia mesmo.

Vanessa soltou uma risadinha, que foi cortada imediatamente ao se deparar com o olhar de reprovação de Nikolai.

— A reunião que tive com alguns dos associados na última festa foi bem produtiva. Consegui algumas informações valiosas sobre o candidato rival, diversas delas, e uma que me pareceu bem interessante foi a sua presença assídua a um clube de acompanhantes todas às sextas-feiras. Sozinho.

— Sozinho, tio? — Arqueei a sobrancelha. — Eu duvido muito, principalmente à essa altura da candidatura.

— As fontes que tive foram bem confiáveis. O clube é discreto e fica fora de Nova York, em Newark, isso deve dar uma sensação de segurança a ele. — Levou a mão aos cabelos. — Uma tarefa simples com apenas dois homens será algo efetivo e sem chamar a atenção de quem não queremos.

— Dois homens? — Enruguei a testa.

— Você e o seu cão. — Inclinou o pescoço para Zach, que mastigava devagar seu pedaço de waffle. — Pelo que ele me contou ontem, farão uma ótima dupla.

Meu tio afastou a cadeira, que rangeu alto e irritante. Ele se levantou e empurrou a xícara com resto de cigarro dentro para o meio da mesa.

— No caso teremos uma semana para organizar a tarefa, certo? — Shadow perguntou.

— Uma semana? — Dmitry soltou a risada curta pelo nariz e lentamente um sorriso apareceu em seu rosto. — Não podemos sequer perder horas, quem dirá uma semana. Vocês terão que cumprir nessa sexta.

— Mas hoje é quinta-feira e o clube fica em outra cidade! — Levantei a voz.

Meu tio ergueu o braço e olhou para o relógio em seu pulso.

— São dez e meia da manhã, daqui para Newark, considerando o trânsito, vocês devem levar no máximo umas duas horas de viagem. Se chegarem de viagem na cidade essa noite, terão toda a manhã e tarde da sexta-feira para se articularem.

— É pouco tempo — retruquei.

— Considero o bastante, não estou mandando matá-lo e sumir com o corpo, muito menos trocar tiros com toda a Cosa Nostra. O que quero de você é que pegue o homem desprevenido e dê o recado, assuste-o. — Sua mão fria e repleta de anéis se apoiou sobre meu ombro, ele o apertou. — Confio no seu potencial.

Assim que deu as costas para mim, um de seus homens lhe entregou o casaco e eles seguiram em direção ao salão, inflei os pulmões para gritar ao vê-lo se afastar.

— Mas e o endereço?! Os horários?!

Dmitry parou de andar e olhou pra mim sobre o ombro.

— Daqui a vinte minutos as informações estarão todas em seu celular. Assim que terminar o café, faça as malas.

Vanessa, Nikolai e Alexander se retiraram da mesa em silêncio. Nikolai nunca dava uma última palavra depois que Dmitry ordenava algo, tinha medo de que qualquer coisa que dissesse fosse interpretada como desordem pelo Subchefe.

Zachiary e eu ficamos sozinhos à mesa e nos entreolhamos. A expressão em seu rosto era indiferente, sem medo, aceitou sem mais questionamentos o trabalho que lhe foi dado. Diferentemente de mim, Shadow não parecia ter dificuldade em seguir ordens quando deveria.

— Pronto para viajar para Newark?

Quebrei o silêncio, aguardando por um comentário sobre a tarefa. Que não veio.

Um sorriso discreto apareceu em apenas um canto de seus lábios.

— Vai ser bom conhecer um lugar novo.

Shadow e eu passamos o resto da tarde arrumando as malas, para roupas e itens pessoais foram poucas coisas, a bagagem da ação nos deu mais trabalho. Tivemos que escolher as armas que usaríamos e os acessórios, em uma bolsa coube duas pistolas com silenciadores, cordas, facas, canivetes e os suportes para esconder as armas sob as roupas. Por último jogamos na mala as máscaras, a de palhaço que eu tinha semelhante à dele e a outra demoníaca vermelha.

Ao cair do sol, partimos. Devido ao meu carro estar destruído e chamar muita atenção pelos buracos de bala, pedi para um dos soldados levá-lo à oficina enquanto eu tomava a BMW X1 preta e blindada para seguir viagem. Os vidros estavam fechados, o ar-condicionado ligado e a voz baixa que saía do programa de rádio nos informando sobre o trânsito.

Tivemos o desprazer de sair em horário de grande fluxo, onde a cidade se esvaziava conforme a noite caía.

Zach estava ao meu lado com seu cinto de segurança e ambos os pés sobre o banco. Ele observava com calma as luzes ofuscantes dos faróis e os olhos escuros pareciam perdidos, seu corpo estava presente, mas a mente não.

— No que está pensando? — falei.

Seu peitoral se movimentou devagar e o rosto desviou a atenção para mim.

— Nos meus amigos.

— Sente saudades deles?

— Eu me sinto preocupado com eles... não temos nos falado muito, então não consigo saber se as coisas estão dando certo, se eles estão bem de verdade. — Suspirou.

— Se for por minha causa, não vou te impedir de falar com eles. — Sem tirar os olhos das ruas, tateei o console do carro e peguei meu celular, desbloqueei e joguei em seu colo. — Manda mensagem.

— Não é apenas por sua causa. — Ele colocou meu celular de volta no lugar. — Enquanto eu estiver com você, não sei os rumos que vamos seguir, e acredito que as pessoas que encontraremos pelo caminho são muito perigosas, portanto, não quero arriscar. Prefiro morrer a colocá-los em perigo por minha causa.

Quando o sinal vermelho ordenou a parada, aproveitei aquele instante para me ater ao rosto de Shadow, que me encarou de volta.

— É bem nobre da sua parte se arriscar no lugar de seus amigos.

— Porque eles não são apenas os meus amigos, são a minha família.

Sorri discretamente e engatei a marcha assim que a luz verde se acendeu.

— Espero que eles retribuam o carinho e dedicação que tem por eles.

— É recíproco. Eu não os considero tanto assim atoa, a maioria de nós temos apenas uns aos outros, então nos protegemos, preocupamos e cuidamos. É assim que as famílias funcionam.

— Ou deveriam funcionar.

Zach colocou as mechas atrás das orelhas.

— Eu não consigo entender porque sua família te trata desse jeito, como você, ainda sendo o filho do Chefe, recebe ordens para se arriscar sozinho e é quase que... renegado.

Ergui os ombros e virei o volante ao ver a placa verde e desbotada da entrada de Newark, estávamos chegando na cidade e eu procuraria uma estadia não muito distante do Clube que iríamos invadir.

— Talvez porque eu não corresponda às expectativas ou seja disciplinado como o Nikolai, apesar de que meu pai desde sempre se preocupou e cuidou mais dele do que de mim, mesmo quando era só uma criança... — Apertei firme o couro do volante e pressionei os dentes, meus olhos se concentraram na estrada escura. — Quando tudo que precisava era de colo, de atenção... e o único momento em que meu pai verdadeiramente olhava para mim era quando precisava me punir. Não tenho memória alguma de nós dois juntos, com um momento bom de pai e filho... mas lembro quase sempre dos castigos, ainda que eu tenha tatuado em cima das marcas para tentar esquecer.

Quando olhei para Shadow, notei suas sobrancelhas franzidas para mim e os lábios entreabertos. Meu peito doeu e senti vergonha ao perceber que ele estava com a expressão que eu mais detestava ver, a de pena.

Eu me arrependi em ter falado tanto, em expor algo que não queria, que me fazia parecer alguém fraco.

Um silêncio angustiante preencheu o carro, nem mesmo os ruídos baixos da estação de rádio sem sinal foram capazes de romper aquela atmosfera.

— Sinto muito, Dominic. Imagino que...

— Não sinta nada. Não quero sua pena. — Olhei-o de canto. — Esqueça tudo o que acabei de dizer, está bem?

Ele se calou por instantes, sua garganta se movia e os lábios estremeceram como se tentasse encontrar palavras para articular o que queria dizer. Mas pelo visto desistiu, pois toda a frase saiu numa palavra de encerramento de assunto.

— Certo.

Continuei a dirigir, aquela cidade era calma, com alguns edifícios ainda acesos, pessoas circulando nas ruas e estabelecimentos noturnos começando a abrir. Nos aproximamos do bairro em que pretendia ficar.

Um clima estranho ainda nos circundava.

Pelo caminho olhei para os prédios com atenção, parecia difícil achar um lugar para ficar pelos arredores.

— Não tem um hotel nesse bairro? — Shadow perguntou, estreitando os olhos.

— A gente pode pegar um motel barato por aí para ficar....

Recebi uma encarada de canto.

— Motel barato?

— Pode ser um motel caro se você preferir. — Devagar abri um sorriso sugestivo.

Ele fechou os olhos brevemente e retomou a atenção para a rua.

— Nada de motéis, vamos encontrar um hotel, uma pousada, o que seja... e dormiremos em quartos separados.

Levantei uma das mãos.

— Tudo bem, nada de dividir cama.

Veremos até quando isso vai durar.

Depois de muito rodar pela cidade, enfim encontramos um prédio cinza de pintura desbotada e painel neon vermelho com a palavra HOTEL, onde o T e o L estavam apagados. Era um pouco distante do clube que atacaríamos e não parecia algo tão confortável, mas deveria servir.

Tinha que servir, na verdade.

Coloquei o carro no estacionamento ao lado, destinado para clientes do hotel, Shadow e eu desembarcamos arrastando as malas e estava expresso no rosto de Zach o quanto ele desejava que tivesse os dois quartos disponíveis, porque, caso todos estivessem ocupados, seríamos obrigados a pegar um motel. Ou dividir a cama.

Para a minha infelicidade, aquela merda de lugar estava tão vazia que pudemos escolher o andar e os quartos.

E assim paramos no terceiro andar, em dois quartos pequenos, que eram separados por uma finíssima parede de gesso.

A PRIMEIRA NOITE

DOMINIC NANOV

Aquela era a primeira noite naquele muquifo de hotel que o Zach insistiu para que ficássemos, já que ou era aquilo ou dividir a cama em um quarto de motel. Deus, como eu queria que fosse a segunda opção.

Eu não era uma pessoa muito exigente, mas tudo naquele lugar me fazia enrugar o nariz. A começar pelas paredes vermelho pálido e descascado, piso de madeira não vernizada, as roupas de cama em tom bege desbotado, o ventilador de teto que rodava muito mal, a janela difícil de abrir, uma cama rangia com qualquer movimento mínimo e...

— Nem mesmo a merda do gás do chuveiro funciona nesse lugar?!

Bufei de raiva e tomei banho com a água fria da forma que estava. Deixei o chuveiro com a toalha enrolada na cintura, terminei de me secar e coloquei um calção de cetim para me deitar. Como Shadow se comprometeu a organizar as armas em seu quarto para arquitetarmos o plano amanhã, não tive outra coisa a fazer senão descansar.

Afofei o travesseiro, deitei sobre aquele colchão não tão macio e soltei o ar com lentidão enquanto olhava as hélices do ventilador que trabalhavam preguiçosamente.

Apesar de me sentir cansado, não conseguia relaxar para adormecer, pensava o tempo todo sobre a possibilidade de a tarefa dar errado, não apenas isso, mas colocar Zachiary em risco junto comigo. Rangi os dentes só em imaginar o que faria caso alguém o machucasse.

Ninguém além de mim deveria encostar no que era meu, e Zachiary Smirnof me pertencia. Talvez ele ainda não soubesse, mas eu me comprometi a marcá-lo de forma que todos os outros saberiam.

Fechei os olhos por instantes e inspirei devagar tentando dormir. Fiquei atento ao meu redor, escutei o barulho dos carros passando na rua, do céu trovejando e o ranger do ventilador, até que um som me chamou a atenção, era baixo, abafado, discreto.

As paredes finas me permitiram ouvir Zach... gemer. Ele estava gemendo!

Levei uma das mãos à parede, como se pudesse senti-lo e pressionei mais firmemente as pálpebras. Tentei me conter e pensar em outras coisas ao sentir o corpo se aquecer, mas a quietude da noite tornava os seus sons muito audíveis.

— Pare, Shadow... — murmurei. A respiração ficou acelerada.

— *Domi...*

Ele gemeu o meu nome.

Zach gemeu o meu nome, era em mim que ele pensava enquanto se tocava. Aquilo fez o meu pau pulsar, arrastei uma das mãos pelo abdômen para dentro do calção e comecei a me masturbar devagar.

Meu corpo borbulhava de tesão, eu pingava pré-gozo e latejava tanto que chegava a doer.

Os seus sons se tornaram mais indiscretos.

— Não faça isso comigo, Zach...

Acredito que ele ouviu, porque imediatamente se calou.

Abri os olhos. Meu coração batia rápido e o corpo estremecia, fiquei em silêncio ansiando escutá-lo um pouco mais, porém ele não emitiu mais som algum.

Sentei na cama. O ar entrava e saia dos meus pulmões com intervalos curtos, o corpo estava prestes a suar. Sem pensar muito, deixei o meu quarto às pressas para bater na porta de madeira ao lado.

Dei três batidas nervosas.

Silêncio.

Bati de novo.

Silêncio.

Dei dois murros e um chute.

— Quem é? — Pelo seu tom de voz eu percebi o quão cínico ele estava.

— Abre essa porta, Shadow.

— Aconteceu algo? — perguntou, escutei sua voz alta próxima à porta, mas ainda sem girar a maçaneta.

Dei três toques de novo.

— Abre logo essa p...

Então eu encontrei com seu rosto. Os cabelos ainda estavam úmidos, mas o corpo quase seco, a toalha se prendia a sua cintura, marcando a quase ereção e o rosto estava tomado por um tom rosado.

Seus olhos se tornaram maiores quando se depararam comigo afobado daquela maneira.

— Posso ajudar?

Deu um passo para trás. Entrei em seu quarto sem pedir licença e reparei em volta, na mesa de vidro próxima à janela estavam dispostas as pistolas, facas, cordas... a cama estava de lençóis bagunçados, com a marca de seu corpo molhado e o travesseiro escondia bem mal um tubo de lubrificante.

Retomei a atenção para ele e empurrei a porta, fechando-a.

— Eu escutei você — falei.

Sua mandíbula se tornou marcada e notei o momento em que ele começou a ofegar discretamente.

— Não entendi.

Dei um passo à frente e levei a mão ao seu rosto, onde a ponta dos meus dedos tocaram sua nuca e o polegar se apoiou abaixo de seu queixo, cheguei o rosto mais perto. O ar quente que saía de suas narinas me arrepiou.

— Você chamou o meu nome.

Ele me encarou convicto.

— Chamei. — Fez com que nossos narizes se encostassem. — Eu chamei o seu nome enquanto me masturbava porque a nossa foda foi boa, mas isso não quer dizer que eu queira ter algo com você.

— Por que insiste nisso? — perguntei entredentes. Meu coração batia tão forte no peito, que sentia a pressão.

— Ainda pergunta? — Arqueou a sobrancelha. — Você me sequestrou, fez fugir do país e me isolar, passei noites sem dormir direito por sua causa. Você é um bandido, um louco, uma pessoa detestável que representa tudo que eu quero destruir.

Um sorriso incontrolável apareceu em meus lábios, cheguei ainda mais perto e sussurrei contra sua boca.

— E você acha que é um herói? Um homem procurado pela polícia, um terrorista, homicida, que rouba pessoas e acha que faz justiça agindo pela própria moral. Aos olhos da polícia e da maioria da sociedade você é tão bandido quanto eu.

Nós trocamos respirações.

— Não somos iguais. Não sou ruim como você.

Ri baixinho e arrastei meus lábios por sua pele.

— Não é ainda — sussurrei.

Lambi seu rosto devagar. Ele estremeceu e colocou a mão sobre a minha nuca, seus dedos pressionaram forte, fincando as unhas mal cortadas.

— Saia daqui — a voz saiu estremecida.

Zachiary era um homem que sabia ser convicto no que queria, era firme, assertivo, jamais do tipo que enfraquecia a voz e, naquele momento, o seu timbre me deixou saber que ele não me queria longe realmente, era apenas seu orgulho falando.

Trouxe seu corpo para mais perto, nossas virilhas se esfregaram. Ele estava tão duro quanto eu.

— Quer que eu saia? Peça mais uma vez. — Deslizei o nariz por seu pescoço e inspirei fundo, seu cheiro me enlouquecia, me fazia pulsar.

Fechei os olhos e grudei os lábios em sua pele, sugando a ponto de marcá-lo.

Uma arfada profunda escapou e suas unhas deslizaram pela minha vértebra. O arranhão na coluna me fez arrepiar.

— Ainda estou dolorido da última vez.

Subi o rosto de seu pescoço para encará-lo. Os lábios estavam inchados, as maçãs do rosto ainda mais avermelhadas e sua expressão rigidamente séria.

— Não vou te machucar dessa vez. — Toquei sua boca rapidamente. — Confie em mim.

Nos encaramos por um tempo. Os olhos muito escuros de Zach se alternavam entre o meu olhar e a minha boca, a respiração estava mais rápida e eu ansioso pela resposta que veio em forma de beijo.

Sua língua se arrastou pela minha lenta, porém intensa. Seu corpo fervia e o meu igualmente quente, como se entrássemos em combustão.

Ele apoiou na minha cintura e suas mãos deslizaram para dentro do meu calção. Zach apertou minha bunda e eu joguei meu corpo contra o dele, pressionando-o contra a parede.

Nossos corpos se esfregavam à medida que nossas bocas se arrastavam. Sem desprender de nosso beijo intenso e urgente, puxei sua toalha e a joguei longe, eu queria senti-lo por inteiro, que nada estivesse entre nós.

Shadow interrompeu nosso beijo com a respiração ofegante. Ele me encarou enquanto se ajoelhava à minha frente. Lentamente desceu meu calção e a minha ereção saltou à altura de seu rosto.

Eu estava muito excitado, sua mão deslizou com facilidade, latejava tanto que tudo que desejava era me afundar nele e fazê-lo gemer meu nome cada vez mais alto.

Fui beijado na virilha, Zach arrastou o nariz pelos meus pelos baixos antes de lamber o meu pau da base à cabeça e colocá-lo na boca. Engasgou-se antes de me engolir.

Apoiei a testa na parede e arfei, enrosquei a mão em seus cabelos e puxei forte os fios. Ele gemeu enquanto me chupava.

Guiei sua cabeça e aos poucos movi os quadris para foder sua garganta.

Porra.

Estava tão quente e molhado que senti que poderia chegar ao limite só com sua boca, mas eu não queria deixar que aquilo acontecesse. Precisava invadi-lo, fundir nossos corpos e gozar tanto dentro dele, a ponto de ver escorrer por suas pernas.

O peguei pelos cabelos e o joguei na cama que rangeu alto.

Zach arregalou os olhos para mim e seu corpo se contraiu.

— Dominic...

Apesar da euforia e me sentir dolorido de tanto tesão, precisava me acalmar, desacelerar, prometi não o machucar.

Curvei meu corpo sobre ele e arrastei meu nariz pelos seus cabelos, cheirando-o. Deixei um beijo no canto de sua boca e o encarei.

— Desculpe.

Ele assentiu com a cabeça, dobrou os joelhos e segurou as pernas afastadas. O olhar era permissivo, seus lábios estavam avermelhados e o rosto igualmente corado, seu pau melava o abdômen de tão excitado que ele estava.

Parei por instantes para observá-lo daquela maneira, com a melhor visão, tão entregue a mim, seu corpo dizia que eu era seu dono sem precisar pôr em palavras.

Olhei para as cordas que estavam sobre a mesa e o canto do meu lábio se ergueu com a ideia. Voltei a atenção para ele.

— O que está esperando? — Zach perguntou, impaciente.

— Quero amarrar você.

Seus olhos se tornaram maiores.

— O que?

— Permita que eu te amarre, que te farei gozar muito no meu pau. Posso? Não vou fazer nada que você não queira. — Arrastei o lábio entre os dentes.

Shadow concordou.

Fui até a mesa e peguei as cordas e coloquei no canto do colchão, agarrei em seus tornozelos e o puxei para a beirada da cama, virei-o de costas e ele colocou os braços para trás. Comecei a amarrá-lo, fiz os nós para prender seus pulsos, os braços juntos ao corpo e as pernas dobradas e afastadas.

— Eu me sinto exposto. — Zach estremecia e seu pau pulsava.

Sorri com malícia.

— Você está exatamente como eu queria. Completamente vulnerável a mim.

Suas sobrancelhas se franziram.

— Dominic, olha, se você fize...

— Você vai fazer o que? — perguntei, enquanto alisava seu corpo com a ponta dos dedos. Ele estava arrepiado. — Está de mãos e pés atados. — Ri baixo. — Relaxe, está bem?

Eu me debrucei sobre ele para beijá-lo, intenso, quente, porém sem pressa. Passei meus lábios por seu pescoço, depois seu peitoral, onde beijei e suguei, marcando-o, iria deixar seu corpo repleto de marcas minhas.

Estimulei seu mamilo com a ponta da língua e ele gemeu baixo, tentou se mexer, mas os nós o apertaram ainda mais. Comecei a chupá-lo ali e deslizei minha mão até sua ereção para masturbá-lo.

— Domi... — a voz estremecida sequer conseguiu completar meu nome.

Rocei meus dentes em seu peito e o mordi. Ele gritou, mas não me pediu para parar, continuei a explorar seu corpo com a boca, deixando diversos beijos e chupões por ele, até chegar à sua virilha.

Eu pulsava só em vê-lo melado e estremecido daquele jeito por minha causa. Lambi seu néctar antes de colocá-lo na boca, primeiro, chupei apenas a cabeça e aos poucos comecei a engoli-lo.

Eu salivava ao tê-lo preenchendo a minha boca, e os sons molhados me deixaram ainda mais excitado.

Os gemidos de Zach se tornaram mais baixos, manhosos, e mesmo amarrado seu corpo dava sinais do prazer, tremulando e fervendo.

Deixei de chupá-lo para descer mais a boca até seu cuzinho, que contraiu ao receber a minha língua.

— Dominic... — A respiração dele se tornou mais acelerada.

Afundei meu rosto em sua bunda, lambendo-o e o estimulando com a língua. Eu queria continuar a chupá-lo por muito mais tempo, porém meu pau latejava tanto, que o sentimento de urgência em fodê-lo me consumia.

Deixei uma marca arroxeada da minha boca, próximo de sua entrada.

Meu sangue borbulhava, o coração estava tão acelerado que era como se eu pudesse escutá-lo bater.

Peguei o tubo de lubrificante e passei na minha ereção, então o puxei pelos tornozelos mais para a borda da cama e me posicionei entre suas pernas.

Esfreguei devagar o pau contra seu cuzinho, sem penetrá-lo, apenas para fazê-lo ansiar por mim. Shadow fechou os olhos, com as sobrancelhas discretamente franzidas e arfou, até que seus quadris se moveram com dificuldade.

Ele me encarou com os olhos brilhantes e pedintes, silenciosamente implorando para que eu entrasse.

Quando comecei a invadi-lo, um gemido engasgado saiu com dificuldade. A cada centímetro que entrava, seu corpo contraía e seus lábios se estremeciam.

Montei sobre ele e comecei a me mover sem pressa.

Minha imagem refletia em suas íris mais escurecidas pelo tesão. Nos encaramos enquanto eu me mexia devagar, acabei por me perder em seus olhos, foi como se uma pressão esmagasse meu peito e o calor se tornasse ainda mais intenso.

Zach prendeu o lábio entre os dentes a fim de se conter e o suor escorreu pela minha nuca.

— Eu queria poder tocar em você agora... — a voz dele saiu baixa e rouca.

— Sua boca ainda pode tocar na minha. — Aproximei o rosto.

Estoquei com mais intensidade e seu gemido invadiu o nosso beijo, ele sequer conseguiu continuar a me beijar enquanto eu o fodia, devagar, mas forte.

Seu rosto se contraiu e os dedos dos pés se estalaram de tanto que retraíram.

A cama rangeu mais alto, coloquei a mão em seu pescoço para enforcá-lo, pressionando bem as laterais.

— Isso... eu estou quase...*ah* — disse com dificuldade. — Me faça perder o ar, quero sufocar.

À medida que seu rosto se tornava cada vez mais vermelho, seu tesão se elevava na mesma medida.

Peguei o travesseiro que estava abaixo de sua cabeça e coloquei sobre seu rosto, apoiei ambas as mãos, sufocando-o com o pano e aumentei a pressão das estocadas. Seu corpo contido começou a se contrair.

Ele estremecia, tentava se movimentar.

Em certo momento pareceu desesperado pela falta de ar.

Até que, sem usar as mãos, gozou.

Afastei o travesseiro e ele puxou o ar como se voltasse à vida, encarou-me com os olhos arregalados e a expressão assustada depois formou um sorriso malicioso.

Meu coração batia cada vez mais acelerado, uma sensação de formigamento se iniciou na ponta dos meus dedos, eu estava quase lá.

Fui mais forte e os seus gemidos mais altos me fizeram chegar ao ápice. Eu me despejei dentro dele, que estremeceu ao sentir os jatos.

Gozei tanto que ao sair, a minha porra escorreu por sua bunda.

Parei para observá-lo, completamente marcado, com minhas mãos, meus dentes, minha boca... havia rastros meus em cada pedaço de sua pele. Tudo que demonstrava que aquele cão tinha dono.

Tirei as amarras dele, que se sentou na cama, discretamente desnorteado e alisou os pulsos.

— Por um momento achei que você fosse me matar sufocado.

— Talvez, mas não antes de você gozar.

Ele riu e balançou a cabeça em negação.

Levantei da cama e vesti o meu calção.

— Obrigado pela noite, nos vemos amanhã, Zach...

Eu iria embora, mas Zachiary colocou a mão sobre meu pulso e me segurou. Encarou-me com as sobrancelhas franzidas.

Ele me pediu para ficar.

VOCÊ ESTÁ EXATAMENTE COMO EU QUERIA, TOTALMENTE *VULNERÁVEL* A MIM.

NOITE DE TERROR

ZACHIARY SMIRNOF

Pela primeira vez em muito tempo tive uma boa noite de sono. Apesar de a missão ser um motivo de ansiedade, Dominic me distraiu o bastante para não pensar nisso, passamos a noite anterior conversando na cama depois do sexo, tomamos um banho rápido juntos e nos deitamos. É, eu permiti que ele se deitasse junto comigo, optei por confiar nele e ao abrir os olhos no dia seguinte tive a certeza de que não cometi um erro.

Ao menos não daquela vez.

Dominic Ivanov e eu deixamos as nossas desavenças de lado para firmar um trato que beneficiaria os dois e para isso em algum momento eu precisaria confiar, já que passaríamos muito tempo juntos. Ele me teve completamente vulnerável na última noite e se comprometeu em fazer tudo o que afirmou que faria.

Suspirei, meio embriagado de sono, e percebi algo rígido contra minha bunda e um peso sobre minha cintura, o braço dele estava ao redor do meu corpo, prendendo minhas costas ao seu peito, e seu rosto afundado em meus cabelos.

Segurei em seu pulso a fim de afastá-lo, mas no mínimo movimento Dominic me apertou ainda mais forte e inspirou fundo, esfregando-se em mim.

— Bom dia, Docinho... — Deixou um beijo na minha nuca que me arrepiou e seu braço parou de me prender, a mão que me segurava passou a alisar a parte baixa do meu abdômen, bem próxima à virilha.

Pisquei algumas vezes e me virei de frente para ele.

Os olhos claros de Dominic eram ainda mais bonitos de perto, pareciam o azul de um céu limpo pela manhã. Seus lábios aos poucos abriram um sorriso.

— Pare de me chamar de Docinho. — Sentei na cama e passei a mão pelos cabelos, jogando-os para trás. — Que horas são? — Olhei para ele.

Escutei sua risada de satisfação em me provocar, seu corpo se esticou pela cama até a cômoda ao lado e pegou o celular.

— Dez e quinze.

— A gente precisa ir logo tomar o café da manhã, eles encerram o café às 11:30, esqueceu?

Deixei a cama e fui cambaleando até o banheiro, quando me apoiei na pia e prestei atenção à minha imagem no espelho, meus olhos quase saltaram para fora.

Como não reparei isso antes? Que merda...

Eu estava inteiramente marcado. Dominic deixou arroxeados pela minha pele, desenho de suas mãos e mordidas por todo o meu corpo, minha mão estremeceu, coloquei-a sobre a testa e fechei os olhos por alguns segundos.

O tesão nos faz cometer coisas inimagináveis. Nightmare, seu desgraçado...

Ao abaixar a mão do rosto, vi sua silhueta atrás de mim pelo reflexo do espelho, com seu típico sorriso malicioso e um olhar carregado de orgulho pelo que fez com o meu corpo.

— Na próxima vê se não faz isso de novo. — Apontei para os roxos. — Terei que andar de gola alta por um bom tempo por sua causa.

Sua sobrancelha se levantou.

— Vai ter próxima?

— Vai... — Virei de frente para ele e apoiei as costas na pia. — E você será o passivo.

Sua expressão confiante nitidamente desapareceu, por mais que ele tentasse voltar a sustentar o sorriso no rosto.

— Por que eu serei o passivo? Eu não te machuquei ontem.

Porque eu quero te dar o troco.

— Acho que seria bom você experimentar... — Cheguei mais perto de seu rosto e sorri. — Prometo que vou te comer bem gostoso.

— Certo. — O canto de seu lábio se ergueu. — Vou confiar em você.

— Agora vamos nos apressar para tomar o café e depois vamos repassar o plano. — Virei novamente para o espelho e peguei a escova de dentes.

Dominic e eu nos arrumamos e descemos para tomar o café da manhã do hotel. Por ser um lugar de pouca qualidade, havia opções bem restritas, o café estava aguado, o bolo bem seco e os bacons duros.

A mesa onde as comidas estavam dispostas era pequena e coberta apenas por um tecido branco com algumas manchas do tempo, o refeitório era bem iluminado com janelas grandes, as paredes eram beges e o piso escuro, as mesas e cadeiras todas brancas de plástico.

Meu parceiro me encarou com os olhos estreitos enquanto comia, como se quisesse me matar por eu ter escolhido ficarmos naquele hotel apenas para dormirmos em quartos separados. O que não adiantou muito, já que no final das contas acabamos dividindo a cama da mesma forma.

Olhamos ao redor durante a refeição, bem atentos, a fim de saber se não estávamos sendo seguidos ou observados, e até então ninguém parecia suspeito. Tinha poucas pessoas presentes aquela hora, três famílias e um casal, apenas. Ainda assim, nos mantivemos em silêncio até que conseguíssemos voltar para o quarto.

Quando retornamos, passamos a tarde organizando as armas e repassando os dados, o nome do clube, quem eram os donos, que horas o candidato costumava a chegar... víamos as fotos, as localizações, cada pequeno detalhe.

— Acho que chamaremos muita atenção se entrarmos mascarados — Dominic disse, sentado sobre a cama enquanto colocava munição nas pistolas.

— Mas você não pode entrar com o rosto limpo dessa forma, vão te reconhecer — respondi, afiando uma das facas.

— Posso usar um boné e óculos escuros.

— A noite? — Levantei a sobrancelha. — É, nem um pouco suspeito.

— E o que você sugere? — Parou de mexer com as armas e as colocou sobre o colchão.

Peguei a foto do clube e os prints do entorno do lugar, que tirei do satélite do Google Maps. Coloquei o dedo sobre uma das imagens.

— Que entremos pela porta dos fundos. Ao lado do clube há um beco com porta lateral que dá pra um lixão. A gente arromba e entra por ali mascarados, rendemos quem estiver pelo caminho, sem ferir ninguém e pegamos o candidato.

Dominic umedeceu o lábio e me encarou em silêncio, sua expressão estava distante, provavelmente refletindo sobre a ideia.

— Não ferir ninguém? Impossível. Os seguranças de lá ficam armados, não vão nos deixar pegar um cliente vip sem consequências.

— Tá, então... a gente pode até ferir, mas sem matar. E apenas por defesa.

— Sem matar? — O canto de sua boca se esticou.

— Sem. Matar. O subchefe disse que é apenas para darmos um recado ao Donald, acredito até que a invasão e um tiro de raspão seja o suficiente para assustá-lo.

— Por que quer tanto evitar mortes? Sequer parece que deseja matar Spencer Johnson.

— Porque desejo a morte apenas pra quem a merece. Os seguranças e as mulheres do local vão estar apenas cumprindo seu trabalho, fora os outros clientes que não tem a ver... não quero gente inocente sendo ferida. Por isso sem mortes e o ataque aos seguranças apenas em caso de defesa — Afirmei.

— Tudo bem... — Ele pegou a pistola e inclinou o corpo na minha direção, o cano da arma encostou abaixo do meu queixo e seu tom de voz se reduziu. — Mas se eu pegar o merdinha associado a Cosa Nostra, não vou apenas dar um tiro de raspão. Quero torturá-lo a ponto de se lembrar do porquê jamais deveria ter se metido com o lado errado.

Estreitei o olhar para ele e coloquei a mão sobre a dele, pressionando mais forte a arma contra a minha pele.

— Faça o que quiser com ele então, não me importo. Esse cara é envolvido com a máfia, deve ser tão sujo quanto. — Arrastei a outra mão pela cama para pegar a faca. — Você não precisa me ameaçar pra isso, até porque... — Inclinei o corpo em sua direção e coloquei a lâmina contra sua virilha. — Não tenho mais medo de você.

Um sorriso malicioso e lento se abriu em seu rosto.

— Não tem? — Chegou ainda mais perto, a ponto de eu sentir sua respiração. — Deveria.

É, talvez eu realmente devesse. Ele é louco.

— Não tenho por que, se quisesse me matar já teria feito.

Dominic deu uma risada breve e se aproximou mais, recuei.

Ele chegou mais perto, e eu me distanciei a ponto de encostar a cabeça no travesseiro e tê-lo por cima de mim, com a arma ainda colada em meu pescoço e a minha faca pressionando seu íntimo.

— Há tantas coisas piores que posso fazer com você ao invés de te matar.

Retribuí o olhar predatório.

— E posso afirmar que você não faria nenhuma delas.

Seu meio sorriso mostrou apenas a ponta de seu canino, aquilo foi a última coisa que vi antes de fechar os olhos quando ele se aproximou para um beijo.

A arma que estava contra meu pescoço deslizou pelo meu peitoral mais para baixo, arqueei as costas com a sensação do metal passando pela minha barriga, todos os meus pelos se arrepiaram ao ter a pistola contra o meu íntimo.

Dominic usou a arma para me estimular enquanto a sensação de calor aumentava conforme o roçar de nossas bocas.

Arrastei a faca de sua virilha pelo seu abdômen, ele estremeceu e gemeu baixo durante o beijo.

Quando nos afastamos, encaramos um ao outro, de um jeito desafiador e atrativo. Meu coração batia acelerado e a respiração ofegante mal acompanhava o ritmo.

Voltamos a nos beijar, daquela vez, de maneira mais voraz, intensa, em que uma de suas mãos agarrou com força os meus cabelos.

Nosso caso era viciante. Apesar de ser insanidade me envolver com Nightmare, sabia que não conseguiria mais parar, ele me dava uma sensação boa, acelerada, que me fazia querer mais e mais.

E aquilo me fez entrar em conflito, porque sabia que seria algo que jamais levaria para frente, já que, quando tudo acabasse, cada um seguiria seu caminho, como foi o acordo.

Ele fazia parte do que eu tentava combater, nunca daria certo. Não deveríamos nos misturar.

Interrompi o beijo, empurrando-o discretamente.

— Chega. Vamos voltar ao plano... temos pouco tempo — falei e me sentei na cama, coloquei a faca no canto do colchão e usei o dorso da mão para limpar os lábios.

— O que aconteceu? — Suas sobrancelhas se franziram discretamente.

— Nada. — Encarei-o, tentando sustentar a face plácida. — É só que não podemos perder tempo, qualquer erro nessa tarefa pode ser fatal.

— É, você está certo. — Dominic pigarreou e passou a mão pelo calção, tentando disfarçar a ereção.

Terminamos de elaborar todo o plano e separamos as armas que levaríamos nas bolsas para a ação. Com o cair da noite vestimos as nossas roupas pretas que cobriam braços, pernas e pescoço, luvas, botas e os suportes para as armas.

Deixamos o quarto e descemos pelas escadas a fim de passar o mais rápido possível pelo saguão, apertamos o passo até o carro e só ao bater a porta e acionar as travas que abrimos a bolsa para nos armar.

Meu coração estava acelerado, a respiração forte, uma adrenalina tomava conta do meu peito. Olhei para Dominic, que estava focado no caminho, ligou os faróis e pisou fundo no acelerador.

Jamais me imaginei trabalhando para a máfia, muito menos a máfia que foi responsável pela morte de meu pai, contudo depois de cada sacrifício há uma grande compensação, e aquilo valeria a pena. Não apenas por conseguir pegar Spencer Johnson e outros porcos, mas também por me infiltrar na organização feito um vírus em seu sistema, descobrir cada detalhe e me voltar contra eles depois.

Direcionei a atenção para o rosto de Dominic.

É, acho que a minha história com Nightmare não terá fim após o nosso trato.

Ele me encarou de volta.

— No que está pensando?

— Nada — respondi de imediato.

— Como assim nada? — Sua sobrancelha subiu. — Está ofegando sem sequer sair do lugar. — A mão pesada agarrou minha coxa. — Não precisa se preocupar com a ação, eu vou te proteger.

— Não estou preocupado com a ação, apenas... ansioso. — Voltei o olhar para a janela. — Acho que é normal se sentir assim.

— É, acredito que seja.

Apoiei o queixo sobre a mão, enquanto passávamos pelas ruas escuras e pouco movimentadas daquele bairro de Newark, em Nova Jersey. Os bares estavam começando a encher e os comércios começavam a abaixar as portas de metal.

— Dominic...

— Sim?

— Quando você matou pela primeira vez? — Encarei-o. — E como se sentiu?

— A primeira vez? — Seu lábio se prendeu entre os dentes, ele não me olhou de volta, permaneceu atento ao caminho. — A primeira vez foi acidental, durante uma briga de escola para proteger Nikolai, eram três moleques do último ano que roubaram seus óculos e caçoaram dele enquanto ele tentava pegar, feito um bobo. Lembro até hoje que saí da aula de artes e ao ver a cena senti o corpo tão quente e estremecido, que reagi sem pensar muito, bati em dois, que correram, mas o terceiro ficou. Eu subi em cima dele e o soquei, soquei até que seu rosto se deformasse... uma movimentação se formou ao redor e ainda que os gritos fossem altos, pareciam distantes. Eu estava surdo pela ira e completamente viciado na sensação de despejo da raiva, o sangue dele escorria, minhas mãos se feriam, mas não consegui parar, só quando fui puxado de cima. — O canto de seu olhar pairou em mim. — E foi tarde demais.

Engoli em seco.

— Quantos anos você tinha na época?

— Uns treze, ou doze, não lembro direito.

— E como se sentiu? Você... você...

— Eu me senti incrível. — Suspirou e retomou a atenção para as ruas. — Sei que não é essa a sensação que deveria tomar conta de mim, mas tive a sensação de poder fazer tudo, de domar qualquer pessoa. Talvez porque não tive tantas consequências além de levar mais uma surra de meu pai que teve que se desdobrar para pagar tanta gente a fim de comprar silêncio. E você? Quando matou pela primeira vez?

— Em uma missão do exército russo. — Trinquei os dentes.

— E como se sentiu?

— Enjoado.

— Enjoado... — ele murmurou, feito um eco.

Um silêncio longo e tenso permeou o ar, meus músculos estremeciam e a pulsação se elevava conforme nos aproximávamos do clube.

O veículo parou próximo a uma rua deserta que logo a frente havia o beco que dava para a porta lateral do local, Dominic pegou as duas máscaras e entregou a de palhaço para mim, por seguinte trajou a sua de demônio.

Conferi o horário.

— São quase nove, o candidato deve estar chegando agora — falei.

— Estamos dentro do tempo. — A voz por detrás da máscara saiu abafada.

Abrimos as portas do carro com as armas presas ao corpo, Dominic deixou uma pistola com silenciador nas mãos enquanto a outra segurava um pé de cabra.

Parei no meio da rua quando vi um segurança próximo à porta lateral, aquilo não estava planejado.

Nightmare seguiu em frente, ergueu a arma e quando o homem notou sua aproximação, ele deu um tiro certeiro em sua cabeça, que o fez cair imediatamente. Arregalei os olhos e o ácido do estômago veio na garganta.

Puta merda...

Apesar de as minhas pernas travarem no lugar, fiz força para conseguir correr até ele, que sem olhar para trás seguiu caminho, ignorou o cadáver e pôs o pé de cabra apoiado na porta.

Ofeguei, não sabia se pela tensão ou pela corrida.

— A gente não mataria ninguém! — falei apressado e baixo, quase num sussurro.

Ele apoiou o pé na porta, inseriu o instrumento entre o vão para arrombá-la e olhou para mim.

— Desculpe por quebrar a nossa promessa, Docinho, mas não posso arriscar as nossas vidas. Era ele ou nós dois. Agora me ajuda a arrombar essa porta!

— Canalha... — resmunguei e dei apoio, também fazendo força para abrir.

A trava envergou, até que fez um barulho alto e se rompeu.

Lidamos de imediato com a luz forte e fluorescente da cozinha.

Olhos grandes se voltaram para nós, corpos estáticos, talheres foram largados ao chão e na mínima menção de grito, apontei a arma para o rosto do único cozinheiro de roupa preta presente em meio aos homens uniformizados de branco.

— Cala a boca! — falei, apoiei na porta dos fundos aberta e direcionei a pistola para todos. — Saiam agora e em silêncio ou não vou poupar ninguém!

Num movimento sincronizado, os cozinheiros saíram às pressas, lamuriando baixo. Fechei a porta e apaguei a luz da cozinha, deixando somente eu e Nightmare na escuridão.

— Por que apagou a luz? — Ele perguntou.

— Para nossos movimentos não chamarem a atenção. Temos que ser rápidos, em breve a polícia deve chegar, esses cozinheiros não vão manter o bico calado. — Tomei a frente com a arma sem a trava de segurança, não pretendia matar ninguém, mas iria ferir se fosse preciso.

Chegamos ao saguão, que era à meia luz amarela, com paredes escuras de madeira, piso coberto por um carpete vermelho e havia apenas um balcão com uma mulher de vestido preto e coque atrás dele. A recepcionista levou a mão trêmula aos lábios ao nos ver e sua pele se tornou pálida.

Nightmare lentamente ergueu a pistola em direção à sua cabeça. Apoiei a mão sobre a dele.

— Não! Ela vai ficar quieta! — Coloquei a mira apontada para ela. — Você vai ficar, não vai?

Em um quase silencio, se não fosse por seus soluços contidos, e lágrimas nos olhos ela confirmou.

— Se eu ouvir um grito quando saímos, volto aqui só pra te matar — Nightmare ameaçou.

Tínhamos que chegar ao terceiro andar, o andar dos VIP's, onde o candidato costumava a ficar com as melhores mulheres. Havia a escada ao lado do balcão e o elevador no outro canto. Andei em direção ao elevador, quando vi Dominic querer seguir pela escada.

— Vamos por aqui, vai ser mais rápido! — falei.

— Não, eu... eu prefiro ir de escada.

— Vem logo! — Voltei para segurá-lo pelo braço, tentei puxá-lo, mas seus pés se fincaram no chão.

— Vamos de escada. — Estremeceu.

Soltei seu pulso.

— O que houve? O elevador é muito mais rápi...

— Não gosto de lugares pequenos e apertados, eu me sinto mal, uma sensação terrível...agora vamos de escada, não temos muito tempo. — Ele me deu as costas para seguir pelo outro lado do saguão.

Suspirei.

Segui-o pelos degraus escuros. Subimos pela escadaria em espiral, a cada passo a música sexy e envolvente se tornava mais alta e meu peitoral vibrava com o ritmo, meus olhos passaram rapidamente pelo primeiro andar de luzes vermelhas e mulheres de lingerie que dançavam sobre palcos minúsculos.

Após o último lance de escadas, enfim chegamos no andar da porta dourada, que em frente havia um homem de terno e óculos escuros. Ele estava armado e aposto.

Nightmare não pensou duas vezes antes de derrubá-lo, num movimento rápido e silencioso.

Minha pulsação acelerou mais, levei a língua no céu da boca para conter a sensação de enjoo e retraí os dedos. Aquela não foi a primeira morte naquela noite e sabia que não seria a última, matar se tornou algo tão naturalizado para Dominic, que sequer refletia por segundos antes de puxar um gatilho.

Com a adrenalina em seu auge, ele chutou a porta para entrar e eu fui atrás dele.

A partir dali o caos se instaurou e foi como se o tempo desacelerasse, meus olhos se moviam de um lado para o outro, atento a todos os detalhes.

As mulheres gritaram, saíram do colo de seus clientes e correram. O candidato se levantou, com as mãos para cima, de gravata mal amarrada, blusa semiaberta e cinto desatado. Invadimos mais o salão de luz vermelha que piscava.

Dominic puxou a outra pistola e deu dois tiros, um no peito do segurança que se aproximou e o outro pegou de raspão no braço do político, que caiu no chão.

Um outro segurança veio para cima, no ponto cego de Domi, apontei para ele e atirei em uma de suas pernas.

Os clientes começaram a se jogar no chão ou tentar fugir, pisoteando uns aos outros. O berro de dor do candidato ecoou pelo salão que aos poucos se esvaziava, o nosso trabalho ali estava feito, mas Nightmare não pareceu estar satisfeito, ele andava em passos pesados e rítmicos na direção do nosso alvo, que se arrastava pelo chão.

Dei cobertura.

Ele guardou uma das armas e puxou a faca.

Minha respiração ofegou, os olhos se tornaram maiores, senti o suor frio escorrer por dentro da roupa.

Um silêncio dominou o espaço, ou talvez eu só não conseguisse ouvir mais nada, até aquele barulho... o *trim* que o elevador fez.

As portas de metal se abriram e de lá saíram quatro homens igualmente mascarados, com armas apostos. Um deles apontou para Dominic, mirei, inspirei fundo e atirei, daquela vez, para matar.

A bala estourou no peitoral do primeiro, que caiu.

Nightmare se jogou para trás do sofá e eu me agachei em meio às mesas. As balas começaram a voar, as plumas das almofadas pairaram pelo ar, as garrafas de vidro do bar atrás de nós se estouraram, deixando estilhaços coloridos por toda parte.

Meu corpo fervia, a artéria pulsava intensamente no pescoço e apesar da sensação iminente de perigo, eu não senti medo, senti... algo motivador.

Rolamos pelo chão e alternamos os nossos passos entre nos esconder e subir o rosto para tentar atirar.

Nightmare acertou mais um, na cabeça.

O salão se tornou um cenário de guerra.

— Vamos fugir pela escadaria! — falei.

Ele concordou. Nos arrastamos dentre mesas e destroços pela escuridão para tentar fugir, um dos homens se aproximou e apontou para mim, deitei com as costas para baixo e atirei nele, daquela vez, sem ser em pontos vitais.

Então vi uma luz brilhar próxima a mim, o som ensurdecedor e o gemido alto de dor de Dominic. Ele foi atingido.

Eu me levantei do chão quando o homem mirou nele mais uma vez e me joguei sobre ele, o tiro estilhaçou a janela ao fundo.

Desarmei o homem esmagando seu punho com a bota e rolamos no chão, trocando socos e chutes, desmascarei seu rosto, que mostrava o bigode espesso e olhos e cabelos bem escuros. Ele tentou puxar a pistola de mim, mas foi interrompido com um golpe na cabeça de um extintor de incêndio.

Eu me levantei e me afastei do homem imediatamente, então Dominic gritou e mesmo ferido deu mais um golpe no crânio, que foi tão forte que pude ouvir o estalo. E foi seguido de outro, e mais outro, onde o sangue respingou em sua máscara e os olhos do cadáver pularam para fora.

Levei a mão para baixo da máscara a fim de abafar os lábios e reduzir a sensação nauseante que me tomou. Dei um passo para trás e mais outro, eu iria fugir, não só da situação, mas dele.

O som dos ossos se quebrando me angustiavam e os miolos espalhados pelo chão eram absurdamente chocantes. Desviei a atenção para o salão, todas as coisas quebradas, pessoas escondidas...e então o elevador, cuja luz começou a piscar, indicando que subia mais alguém.

— Dominic, vamos sair.

Ele continuou alucinado, espalhando mais sangue.

— Dominic, vamos sair...

A cabine já estava passando pelo segundo andar. Puxei Dominic pela gola da camisa com toda a força que tinha, tirando-o de seu transe de insanidade.

— Vamos sair agora! — gritei.

Trim.

As portas do elevador se abriram.

Mais homens da Cosa Nostra entraram e nós saímos pela porta dos fundos, que dava acesso à escadaria. Descemos rápido, Dominic dava alguns grunhidos de dor pelo caminho e começou a deixar rastro de sangue pela escada.

— Aguenta mais um pouco, Domi, estamos quase lá!

Saímos às pressas pela porta dos fundos que dava no beco, corremos até o carro e eu abri a porta detrás para que ele se jogasse sobre os bancos a fim de relaxar o músculo afetado pelo tiro.

Tomei a direção do carro, engatei a marcha e acelerei cantando pneu.

Enquanto dirigia o mais rápido que podia, olhei algumas vezes para Dominic, ele tirou a máscara do rosto e começou a pressionar o abdômen.

— Tá tudo bem? Acha que devemos ir para um hospital?

— Nada de hospitais, vai ser o primeiro lugar que vão nos procurar. Vamos para o hotel. — Sua voz estava frágil e a expressão de sofrimento me fez sentir pena.

A garganta estava tão seca, que tive dificuldade para engolir a saliva. Meu coração batia tão forte que chegava a doer no peito, olhei-o pelo retrovisor.

— Não se preocupe, Domi... eu vou cuidar de você.

NOITE DE CONFORTO

ZACHIARY SMIRNOF

A noite foi conturbada. As imagens não paravam de passar na minha cabeça, o crânio sendo esmagado, o tiro em Dominic, o ataque à boate, o desespero em dirigir um carro em fuga que levava tiros.

Consegui despistar os homens da Cosa Nostra, passei em uma farmácia para comprar o necessário e levei Dominic de volta para o hotel, pingando sangue, coloquei-o na cama e rasguei sua camisa com uma tesoura para poder ver com clareza a ferida.

Passei um anestésico tópico depois de limpar a ferida para reduzir o incômodo das agulhadas da sutura. Ele agarrou meu ombro e grunhiu, pressionando firme as pálpebras. Todo o seu corpo se estremeceu.

— Não precisa fazer isso, eu posso me suturar, me dê a linha!

— Cale a boca. Não tem como você fazer isso sozinho.

— Já fiz antes.

— Não interessa. Fique quieto.

Dominic rosnou de dor.

— Devagar, Zach...

— Estou tentando te causar o mínimo de dor, vai acabar logo, Domi, prometo.

Dei o primeiro ponto e passei a gaze a fim de ver se sairia mais sangue, nada, sinal de que foi superficial, um raspão, a bala não penetrou, muito menos atingiu alguma estrutura nobre. Continuei a suturar a ferida, meu ombro estava dolorido de tanto que ele pressionava e seus músculos se contraíram por completo.

Em meio ao sofrimento ele sorriu discretamente.

— Eu gosto quando você me chama de Domi.

Ergui o olhar em direção ao seu. Sequer notei que havia abreviado seu nome.

Terminei a sutura, fiz um curativo e guardei os instrumentais dentro da bacia com álcool. Peguei o remédio com um copo de água que estava sobre a bancada e entreguei em suas mãos.

— Para que isso? — Sua sobrancelha se levantou.

— Para dor. Toma logo.

Por sorte ele foi obediente, ingeriu o analgésico sem mais questionamentos. Deitei ao seu lado na cama e ali permanecemos em silêncio por um tempo, fiquei a encarar o teto, porque toda vez em que olhava para Dominic, lembrava dele triturando a cabeça de um homem com um extintor.

— Acho que a fonte do seu tio não era segura. A Cosa Nostra estava por lá, mesmo sendo em outra cidade eles garantiram a proteção de seu associado... isso já era esperado.

— A fonte não seria burra o bastante em dar uma informação falsa que nos mataria. Na verdade, acredito que vazaram sobre a ação… tem um informante dentro dos Korschei. — Escutei sua respiração forte.

— É, essa hipótese parece mais correta. — Umedeci os lábios antes de entrar no assunto que me incomodava. Mantive minha atenção no teto, cujo ventilador girava devagar e rangendo. — Dominic... por que você fez aquilo com o extintor de incêndio?

— E eu deveria deixá-lo tentar te matar? — Virou-se de lado lentamente para me olhar de forma direta.

— Poderia matá-lo com um tiro, você estava armado. Não precisava fazer sujeira.

— Não precisava fazer sujeira... — Sua risada escapou pelo nariz. — Você falou como o meu irmão agora. Eu estava com raiva. Raiva de ter sido atingido, raiva de tudo estar dando errado e, principalmente, por ele ter tocado em você. Zach, olhe pra mim...

Engoli em seco e me mantive atento para o teto.

— Olhe para mim! — Sua mão agarrou firme em minha mandíbula e virou meu rosto para ele. Encarei-o, seus olhos estavam escurecidos. — Escute o que irei dizer... ninguém toca em você e sai ileso. Ninguém. E se você quer misericórdia, trate de matá-los antes de mim, porque não faz meu tipo uma morte sem o mínimo de sofrimento a quem merece.

Apesar de termos algumas semelhanças, Dominic diversas vezes ressaltava as nossas diferenças. Ele deve ter crescido em um espaço tão violento ou foi condicionado a isso, que parecia sentir prazer na morte, no ato de tortura, de destruição... como se parte de sua humanidade tivesse sido perdida.

E confesso que aquilo me amedrontava. Mesmo sem intenção, o jeito insano e obcecado de Dominic Ivanov às vezes ainda me fazia temê-lo.

— Certo. — Pisquei lentamente.

Sua mão deixou de apertar o meu rosto para deslizar para a lateral do meu pescoço, seus dedos repousaram em minha nuca e me acariciaram ali. Aos poucos seus olhos se tornaram brilhantes e os lábios estremeceram, como se estivesse tentando formular uma frase que não queria sair.

— De qualquer forma, obrigado por me acompanhar na ação hoje e, principalmente, por... — Um nó pareceu se formar em sua garganta, a respiração se tornou ofegante e o rosto avermelhado. — Por cuidar de mim.

Mesmo na penumbra, notei com clareza seus olhos serem transbordados por lágrimas que ele pareceu estar lutando muito para que não escorressem.

Soltei o ar devagar e coloquei a mão em seu rosto.

— Claro que eu iria cuidar de você, Dominic. Estamos juntos nessa.

Ele fechou firmemente as pálpebras e uma lágrima escapou, escorreu por sua bochecha e encontrou meus dedos como obstáculo. Seu corpo se tornou trêmulo, jamais o vi daquela maneira... frágil.

E não era de dor.

Cheguei mais perto dele e o envolvi em meus braços, sua cabeça se apoiou em meu peito e sua respiração que estava curta, tornou-se mais lenta, espaçada e calma, apesar de as lágrimas tímidas ainda descerem dos olhos.

Acariciei suas costas com a ponta dos dedos em silêncio, permitindo que ele se extravasasse.

— Essa foi a primeira vez que alguém fez algo por mim, que se importou verdadeiramente comigo. Sempre fui eu por mim mesmo, tive que aprender cedo a me proteger porque ninguém o faria, e nos momentos de dor, de angústia, de doença... precisei ter forças para passar por tudo sozinho.

Pressionei meu rosto contra seus cabelos quase raspados, para que ele não me visse franzir o rosto com pena.

Apertei seu corpo ainda mais forte, Dominic gemeu baixo de dor por conta do ferimento. Aliviei o toque, mas me mantive unido a ele. Seu corpo estava quente, a respiração lenta e meu coração reagiu à situação batendo rápido.

Nightmare não parecia ser alguém vulnerável, mas o rosto por detrás da máscara, por mais que tentasse esconder suas cicatrizes, às vezes deixava algo escapulir. Ele detestava saber que alguém o viu assim, que eu o vi assim, contudo suas lágrimas me disseram que chegamos em um ponto do qual ele se sentiu confortável o bastante para me deixar enxergá-lo além do que queria demonstrar ser.

Seu rosto se afastou de meu peito e nos encaramos. O azul de seus olhos se tornaram mais reluzentes em meio à esclera úmida, trocamos o ar abafado das respirações e aos poucos meu rosto começou a esquentar.

Ele chegou mais perto.

Eu cheguei mais perto.

Nos beijamos, mas daquela vez sem segundas intenções, sem toques maliciosos, as carícias foram de acolhimento e o beijo de carinho.

Apoiei a mão em seu peitoral e senti como as batidas de seu coração contrastavam com a respiração calma, estava tão acelerado que parecia querer fugir do peito.

O restante da noite passamos juntos, presos nos corpos um do outro e adormecemos daquela maneira. Na manhã seguinte despertei com a luz solar entrando pelas janelas cujas cortinas foram recém-abertas.

Dominic estava contraluz, vestido com uma camisa branca de meia manga, com calças pretas e coturno.

— Bom dia, docinho.

Pisquei algumas vezes, sentindo as pálpebras pesadas. Meu corpo estava dolorido, os músculos se enrijeceram tanto com a tensão e a posição imóvel que dormi, que somente pela manhã senti as consequências.

Sentei na cama, passei a mão pelos cabelos arrepiados e olhei em volta em silêncio, tudo estava já arrumado, roupas guardadas, armas escondidas e no meu quarto havia mais de uma mala.

— Que horas são? — perguntei.

— Dez e meia, nós temos meia hora antes de fazer o check-out, não vai dar para tomar café no hotel, mas acredito que você consiga ao menos tomar um banho. Já adiantei as coisas. — Encostou seu corpo na parede e colocou as mãos nos bolsos.

— Ah, sim, claro, claro... serei rápido. — Deixei a cama quase me arrastando e fui direto para o chuveiro de água fria, que sequer tive tempo de colocar para esquentar.

Fiquei pronto em pouco tempo, pegamos as coisas e deixamos o hotel faltando exatos 5 minutos para sermos enxotados. Durante o percurso até o carro, encarei Dominic com o canto de olho algumas vezes.

E ele percebeu.

— O que foi, hein?

— Quer que eu dirija de volta? Já que você...

— Está tudo bem, tomei mais alguns remédios pra dor e troquei a gaze do curativo. Relaxa, não foi a primeira vez que levei um tiro. — Riu baixo e abriu a porta traseira do carro para jogar as bolsas lá.

— Então tudo bem. — Dei de ombros.

No carro Dominic colocou uma música para tocar baixinho e sua atenção se manteve totalmente para a estrada enquanto o celular vibrava sem parar. Olhei de relance para a tela, as notificações eram de Nikolai e Dmitry.

— Não vai atender?

— Pra quê? Para escutar Nikolai de chilique ou meu tio falando merda por conta da ação de ontem? — Arqueou a sobrancelha e desviou o olhar da pista para mim. — Prefiro ouvi-los reclamar apenas uma vez, quando chegarmos na mansão.

— Mas não foi culpa sua. A outra máfia estava ciente, por isso deu errado.

— Eles não vão querer saber. — Trincou os dentes, de forma que sua mandíbula se tornou ainda mais marcada.

Coloquei a sola das botas sobre o painel do carro e cruzei os braços. Dominic era membro da família Ivanov, um herdeiro, príncipe da máfia russa e respeitado por quem o conhecia, contudo, quando se tratava de seus parentes, os outros Ivanov o tratava como se fosse um intruso, um soldado qualquer.

E eu ainda não havia compreendido totalmente o porquê disso. Sua personalidade difícil não me parecia ser motivo suficiente.

— Talvez eles se calem se nós dissermos que arrumamos uma maneira de encontrar o informante.

— Mas nós não arrumamos maneira nenhuma e o informante vai continuar nos fodendo! — Dominic deu dois socos na borracha do volante. — Merda!

Inspirei profundamente e soltei o ar devagar enquanto pensava. Uma coisa era certa, havia um informante e ele estava dentro da mansão, logo todos eram suspeitos. Parei para pensar nas pessoas que estavam na cozinha quando o plano foi dito por Dmitry.

Nikolai, Dmitry, Alexander, a prostituta, dois soldados dos Korschei. Dmitry, na verdade, seria o único descartado, não havia motivos para sabotar o próprio poder. Porém, Nikolai talvez tivesse motivos suficientes.

Ou o cão misterioso. Ou a prostituta. Ou os soldados...

Minha visão caminhava de um lado para o outro enquanto eu pensava no que fazer, até que cheguei em uma conclusão.

— Acho que sei como podemos tentar encontrar o informante. Daremos uma informação falsa, uma informação diferente para cada um que estava presente na mesa do café da manhã, exceto pro Dmitry.

— Como assim?

Encarei-o.

— O informante está repassando tudo para a máfia rival, certo? Se dermos uma informação diferente para cada, o informante irá repassar a notícia falsa e com isso conseguiremos encontrar quem está vazando as informações com precisão.

— Entendi. — O canto de seu lábio se esticou, exibindo os caninos. — Prossiga.

— Podemos dar a mesma informação, só mudar a data. Talvez dizer que... iremos atacar um lugar onde a Cosa Nostra lava o dinheiro, e que isso os afetaria financeiramente. O informante vai repassar e então veremos a segurança ser reforçada lá.

— Sei que eles possuem dois bares com música ao vivo para lavagem de dinheiro, um chamado Bella Note Bar e outro Vivace Vino Bar.

— Certo. Eu repasso para seu irmão que iremos atacar o Bella Note em dois dias e para a mulher, que o ataque será em quatro dias. E irei observar o Bella Note dentro desses prazos para ver se houve alguma movimentação da Cosa Nostra.

— Tudo bem. Irei comentar sobre isso com Alexander, que faremos um ataque ao Vivace Vino em dois dias, e com os outros soldados, três e quatro dias. Vou observar a movimentação no Vivace dentro desse prazo. — Umedeceu os lábios. — Vamos pegar esse merdinha.

Um sorriso discreto apareceu em meus lábios com a ideia. Tinha que dar certo.

— Vamos.

O caminho de volta para Nova York foi longo, repleto de engarrafamentos e sinais fechados, retornamos em um péssimo horário, justo quando as pessoas estavam saindo para trabalhar em turnos da tarde ou deixando seus empregos pela manhã.

Chegamos em frente à mansão. A agitação dos soldados do lado de fora transmitia o nervosismo do subchefe antes mesmo de ele falar algo. Os homens andavam de um lado para o outro, meio sem rumo e Dmitry estava no jardim, fumando um resto de cigarro com uma expressão carregada.

Dominic e eu deixamos o carro e logo veio seu tio em passos apressados para perto de nós, com o rosto vermelho, sobrancelhas quase unidas e uma narina aberta que soltava fumaça, literalmente.

— Eu já sei, já sei! — Domi se adiantou.

— Sabe no que deu aquilo?! Na sua falha?! Passou na televisão sobre um ataque e a culpa caiu em cima do Hilbert, que continua a despencar nas pesquisas! — Bateu o pé no chão e cerrou os punhos.

— Primeiro que o plano foi seu! — Dominic encostou no peito de seu tio e o empurrou para afastá-lo. — Segundo, que tudo teria dado certo se não fosse a porra do informante que tá dentro da nossa casa!

O subchefe se calou por alguns segundos, seus olhos se alternaram entre mim e seu sobrinho. Soltou a guimba de cigarro no chão e arrastou o pé por cima.

— Como pode ter tanta certeza de que o informante está dentro de casa? E se for a minha fonte? — Passou a mão pelos cabelos, jogando as mechas para trás diversas vezes.

— Porque a ordem partiu de você numa mesa de café da manhã, com poucas pessoas reunidas. E, francamente senhor, não acho que sua fonte seja burra o bastante para nos colocar em uma emboscada, já que você sabe a identidade dele — falei.

— Tio, não se preocupe mais com isso. Eu e Bóris arrumamos uma maneira de pegarmos o informante. Prometo que irei livrar nossa família dessa praga.

— E como farão isso? Pode ser qualquer pessoa! — Rangeu os dentes.

— Você vai ver. Por agora, preciso descansar um pouco... — Dominic ergueu a blusa mostrando o curativo e um sorriso torto surgiu em seu rosto. — A noite foi bem difícil. Venha, Bóris! — Ele deu as costas para Dmitry e passou por ele em direção à entrada da casa.

Segui Dominic e ao olhar sobre o ombro, recebi uma encarada desconfiada de Dmitry. Voltei minha atenção para frente. O salão da casa estava pouco movimentado, alguns homens armados andando aqui, outros ali... e o fundo da mansão estava com as portas de vidro abertas, que dava para ver um pouco do céu claro e a movimentação da água da piscina.

— Não sabia que vocês tinham uma piscina.

— É porque nós mal usamos esse espaço dos fundos, mas de vez em quando Nikolai resolve abri-lo quando faz festas particulares... — Apoiou-se no batente. — Ou quando traz Vanessa para cá.

Assim que cheguei na entrada para os fundos, vi o jardim verde enorme, com algumas estátuas espalhadas, uma piscina de mármore no centro e nos cantos algumas cadeiras. Nikolai Ivanov estava sentado em uma das cadeiras ao lado de uma bolsa feminina, sob um guarda-sol, com camisa de manga comprida, óculos escuros e calças de alfaiataria, como se fosse um vampiro. A lente de seus óculos refletia a imagem da moça latina de longos cabelos pretos, biquíni pequeno vermelho e corpo escultural, que nadava de um lado para o outro.

Ao lado de seu mestre estava Alexander, com blusa de botão aberta até o peitoral, calças pretas e pés descalços. Eles demoraram até para perceber nossa presença, porque o Cão alisava o meio das coxas cobertas de Nikolai, chegando perto de sua virilha, assim que nossos olhares se cruzaram, ele interrompeu o toque imediatamente.

Dominic não viu, estava concentrado demais na imagem de Vanessa nadando.

Nikolai cruzou as pernas a fim de esconder a ereção que marcava sua calça, ergueu o rosto para nós dois e abriu os braços.

— Mas que merda aconteceu lá?!

Cruzamos o gramado, pisando na borda de mármore da piscina até nos aproximarmos dos dois.

— Você sabe bem o que houve, o informante abriu o bico. E vamos continuar perdendo enquanto não o encontrar — Dominic respondeu, com as mãos nos bolsos.

Nikolai franziu os lábios e afastou os óculos escuros do rosto.

— É. Estamos perdendo muito com essa desvantagem.

— E é por isso que devemos dar uma resposta para a Cosa Nostra. E fazer com que o informante saiba que estamos em alerta — falei.

O Brigadir mordeu a isca, ele arqueou a sobrancelha e o canto de seu lábio se esticou.

— Tipo o que?

— É confidencial, não posso falar perto de terceiros. — Olhei rapidamente para Alexander, que rosnou feito um verdadeiro Cão e me encarou com amargura.

Nikolai deu dois tapinhas na coxa de seu amante secreto.

— Dê espaço.

Alexander se levantou e respirou audivelmente, Dominic foi rápido em apoiar seu braço no ombro dele e afastá-lo de mim e seu irmão. Sentei ao lado do Ivanov mais velho, que recolocou os óculos e manteve sua cabeça direcionada para frente.

Conforme o combinado, contei a Nikolai que em dois dias atacaríamos o bar da Cosa Nostra, Bella Note e até mesmo inventei como a ação ocorreria. Ao final da conversa, ele abaixou os óculos até a metade do nariz para que eu o encarasse diretamente.

Sua expressão séria e lábios torcidos mostraram que ele não estava completamente convencido.

— Bóris... se esse é realmente seu nome, por que está se importando tanto com os Korschei? — Arqueou a sobrancelha.

Aquilo me pegou desprevenido. Um nó se formou em minha garganta num momento bem importuno.

— Porque nós, russ...

— Não me venha com assunto de patriotismo. Qualquer russo que se preze, ou teme ou detesta os Korschei. Quais são as suas reais intenções aqui dentro? De onde conhece Dominic?

Esfreguei a ponta dos dedos e pisquei algumas vezes me esforçando muito para não desviar o olhar dele.

— Sou o Cão do seu irmão, não devo respostas além do necessário sem a permissão dele. Só estou te contando do nosso plano porque meu Mestre pediu para que contasse a você.

— Bóris, você é bem obediente. Dominic deve gostar disso. Agora, me conte, você é apenas o Cãozinho dele... — Aproximou mais o rosto do meu a ponto de sentir o ar quente saindo de cada palavra pronunciada. — Ou à noite também assume uma posição de puta? — Aos poucos um sorriso malicioso tomou seu rosto.

— Não entendi, senhor. — Uni as sobrancelhas. — Estamos falando de mim ou de você? Porque até onde sei, entre nós dois só há uma pessoa aqui que fica de quatro para um subordinado à noite. Então quem é a puta?

Sua expressão sagaz não se sustentou por muito tempo, a pele pálida tornou-se lentamente avermelhada e o sorriso desapareceu. Sua mandíbula ficou mais marcada.

— Cale a boca. — Ele disse entredentes.

— Fique calmo... — Levei o indicador aos lábios. — Sei guardar segredos. — Pisquei.

A respiração de Nikolai se tornou mais acelerada, e mais, até que ele levantou a mão pra mim e seu golpe só não se concluiu devido a um grito de Dominic.

— Nikolai!

Todos ficaram em silêncio, ninguém se moveu, nem mesmo a mulher na borda da piscina que encarava a nós dois.

Após longos segundos de quietude, Dominic falou.

— Dmitry está chamando na sala de reuniões.

Nikolai me encarou bravo, suspirou e levantou da cadeira para ir até seu irmão, Dominic aproximou o rosto dele no ouvido do outro e sussurrou, pela leitura de seus lábios percebi o seguinte recado "se tocar no meu Cão eu quebro seus dedos."

Bastou que o Brigadir se afastasse para que Vanessa saísse da piscina, ela se aproximou e se sentou onde Nikolai estava, olhou para mim e sorriu.

— E aí Cãozinho, está gostando de ser babá do Diabo? — Ela estendeu a mão. — Prazer, Vanessa Gomez.

Apertei a mão molhada dela.

— Bóris Petrova. — Sorri discretamente. — Não é ruim estar ao lado de Dominic... acredito que seja até melhor do que aturar o irmão dele, não acha?

— Eu discordo muito. — Ela estreitou os olhos e encarou a piscina. — Nikolai é alguém meio difícil às vezes, mimado, mas bem divertido quando está bêbado. Longe da máfia ele sabe ser alguém romântico, amoroso... é outra pessoa, a pessoa por quem me apaixonei. Já Dominic me dá medo, parece ser sempre alguém agressivo e diversas vezes age feito um cachorro raivoso.

Entortei os lábios.

— Dominic não é sempre agressivo. Às vezes ele tem seus momentos de ser uma boa pessoa... — Suspirei. Por um momento relembrei de suas pequenas atitudes de cuidado comigo e quando ele se permitiu ser algo mais que o carrasco dos Korschei.

— E você… se apaixonou por ele?

Deixei uma risada escapar pelo nariz.

— O quê? Não, não... somos apenas Mestre e Cão.

— O que não impede. — Ela mexeu na bolsa ao lado da cadeira e tirou de lá um maço de cigarro, levou um aos lábios e me ofereceu. Aceitei. Vanessa acendeu os nossos cigarros e deu o primeiro trago.

Ela pareceu saber da relação de seu amante com o subordinado.

— E você acha que... o Nikolai também é apaixonado por você?

— Apaixonado é uma palavra muito forte para Nikolai quando se refere a uma pessoa. Nikolai é apaixonado pelo poder, pela máfia, por ser um Korschei... já de mim e de Alexander ele só gosta. — Lentamente soltou a fumaça pelo nariz. — Talvez até um pouco mais dele do que de mim.

— E você sente ciúmes do Alexander?

— Não. Ele é legal, protetor, a voz na consciência de Nikolai... e o sexo com ele junto fica muito mais gostoso. — Ela riu. — Meu Deus, eu nem deveria estar te falando essas coisas. Acho que bebi muito vinho por hoje.

Deixei escapar uma risada baixa.

— Tá tudo bem, eu já sabia. — Cruzei os braços.

— Ninguém pode saber disso, está bem?

Fiz um sinal de zíper na boca.

— Não direi nada.

— Mas e aí, como foi a ação? Deu tudo certo?

— Não. De alguma forma a Cosa Nostra soube da nossa chegada, mas Dominic e eu elaboramos um plano... uma retaliação.

— Hum... e o que seria? Deve ser perigoso, essa organização não parece ser pouca coisa.

— Não sei se posso contar a você. — Virei o rosto para o outro lado, causalmente.

— Ah, conta, vai... — Ela tocou na minha coxa e a acariciou. — Eu te contei um segredo, você pode me contar outro. Sou muito curiosa.

Suspirei e voltei a encará-la.

— Tá legal, mas não conte a ninguém que eu falei.

— Juro.

Dominic e eu passamos o resto do dia espalhando as sementes. Conseguimos repassar a informação única para cada um de nossos suspeitos e à noite, quando nos sentamos na cama, anotamos em um caderno os nomes e os dados repassados para não nos perdermos.

O quarto estava apenas com a luz do abajur aceso. O rosto de Dominic à meia luz carregava uma expressão de alívio.

— Eu acho que esse plano realmente vai dar certo — disse ele.

Concordei e deslizei a mão sobre seu pescoço, com os dedos apoiados na nuca.

— Vai, vai dar certo.

SURPRESA

ZACHIARY SMIRNOF

Ao abrir os olhos, a primeira coisa que me deparei foi com o rosto de Dominic. Ele estava sentado no chão ao lado da cama e um sorriso torto apareceu em seus lábios logo que seu olhar se deparou comigo desperto.

Antes mesmo de ele falar, pude ouvir seu típico bom dia com o apelido que eu detestava, mas que passei a me acostumar.

— Bom dia, docinho.

Resmunguei e afundei o rosto no travesseiro, meu corpo ainda estava cansado, mas tinha que me levantar. Dominic se debruçou sobre mim e inspirou fundo com seu rosto entremeado nos meus cabelos.

Arrastou o nariz até a minha nuca e deixou um beijo ali que me arrepiou.

— Domi... — Minha voz saiu abafada e preguiçosa.

— Levanta logo, comprei algo pra você.

Suspirei e me sentei na cama. Pisquei algumas vezes e passei a mão nos meus cabelos, jogando-os para trás e abaixando os fios arrepiados.

Dominic se levantou e se pôs de frente para mim com uma caixinha preta em mãos. Havia pequenos detalhes dourados espalhados pela caixa, como se fosse algo de grife. Estreitei os olhos e ergui o olhar para ele.

— O que é isso?

— Uma surpresa. — Estendeu o presente.

Ao abrir a caixa, tinha alguns papéis amarronzados protegendo o objeto e então, quando peguei em mãos o acessório, quase rosnei de raiva. Era a porra de uma coleira! Uma coleira de couro, com um pingente dourado com as iniciais D.I sobre o fundo de uma caveira coroada, símbolo dos Korschei.

— Você está de brincadeira comigo? — Elevei a sobrancelha.

— Gostou? — Um sorriso malicioso tomou conta de seu rosto.

— Eu não vou usar isso, Dominic! — Fiz menção a atirar a coleira na parede, mas ele entrou na frente e se debruçou sobre mim.

O corpo pesado dele me imprensou contra a cama e sua respiração se encontrava com a minha. Enxerguei meu reflexo naquelas íris azuis, que pareciam se tornar menores conforme a pupila aumentava.

— Você vai usar a coleira. Isso não é um pedido. Aqui dentro você é o meu Cão e eu seu Mestre, ou se esqueceu do trato?

Estremeci de raiva.

No último dia, Dominic conquistou minha empatia ao demonstrar vulnerabilidade, mas no dia seguinte voltou a ser o mesmo desgraçado de sempre, o cara que testava minha paciência.

— Isso não estava no acordo.

— Muitas coisas não estavam e nós fizemos, não foi?

Apoiei as mãos em seu peito para tirá-lo de cima de mim, mas Dominic fez força para frente, impedindo que eu o afastasse.

— Eu. Não. Vou. Us...

Ele colou seus lábios contra o meu ouvido, seu ar quente me fez estremecer.

— Se você puser a coleira, posso te recompensar hoje... — Lambeu o meu rosto. O rastro molhado e quente levantou todos os pelos do meu corpo.

Eu sabia que entraríamos em um impasse. Nesse sentido, Dominic era idêntico ao seu irmão, um mimado que não aceitava um não, que faria absolutamente tudo para ter o que quisesse.

Ele se afastou um pouco para me encarar, sem sair de cima de mim.

Inclinei o pescoço para chegar mais perto e apenas um canto dos meus lábios se ergueu.

— Quer que eu use a coleira? Tudo bem, eu coloco se você deixar eu te comer.

— Fechado. Já tínhamos combinado isso antes mesmo.

— Mas eu quero hoje. Ho-je.

Sua risada saiu baixa.

— Certo. Ponha a coleira que te deixo me foder hoje.

Não esperei que ele fosse aceitar tão de imediato. A princípio arregalei os olhos, mas depois um sorriso tomou conta do meu rosto. Concordei com a ideia.

Dominic saiu de cima de mim e estendeu a mão.

Eu me sentei na cama, entreguei a coleira para ele e levantei os cabelos, de forma que todo o pescoço ficasse livre. Devagar Dominic atou o acessório no meu pescoço, com suas iniciais, literalmente se pondo como o meu dono.

Deixamos o quarto para o café da manhã e a sensação que tive foi de déjà vu. Todos estavam dispostos à mesa como da última vez que os vi, Nikolai com Vanessa em seu colo em frente a um prato de frutas cortadas em pedacinhos, Dmitry sentado na ponta, com seu rosto magro e cansado com dois soldados ao lado...mas diferente da última vez, Alexander não estava mais de pé, sim sentado ao lado de seu Mestre, uma de suas mãos segurava a xícara, enquanto a outra estava escondida debaixo da mesa.

Tomei meu lugar ao lado de Dominic e logo as empregadas vieram para colocar o nosso café, os sachês de açúcar e jarra de leite. Peguei os bacons que estavam sobre a mesa e um ovo, Dominic optou por torradas.

— Como a nossa última ação teve uma repercussão negativa em Hilbert Harper, hoje teremos uma reunião dos associados no restaurante do Empire State — Dmitry falou, encarando Nikolai.

O Brigadir estava com a mandíbula marcada e o rosto rígido, como se estivesse se esforçando muito para não expressar nada.

— Eu também estou convidado, tio? — Dominic perguntou. Uma de suas mãos segurava uma xícara, enquanto a outra deslizou pela minha coxa para o meio das minhas pernas.

Eu me arrepiei inteiro e tentei fechar as pernas, mas ele segurou em meu joelho e a puxou, afastando-as. A cada deslizada que seus dedos davam em minha pele, meus músculos se enrijeciam com a tensão.

Arregalei os olhos para Domi, que permaneceu com a expressão serena encarando Dmitry. Ele percebeu o meu olhar, pois segundos depois um sorriso discreto surgiu em seus lábios.

— Não, Dominic. Precisamos de alguém da família em casa, na próxima você vai.

— Qual é o seu medo, tio? — Os dedos maliciosos começaram a massagear o meu íntimo, ainda sobre o calção. — Que eu assuste os seus associados feito um monstro?

Eu estava trêmulo, levei a xícara aos lábios e pressionei firme as pálpebras tentando disfarçar. Aos poucos meu corpo se aquecia e a cada movimento de sua mão, eu pulsava.

— De forma alguma, Dominic. É porque essa reunião é mais restrita. Quero apenas evitar problemas. — Levantou as mãos.

— Evitar problemas... certo — Domi respondeu, amargo. Sua mão invadiu meu calção repentinamente.

Saltitei na cadeira e me apoiei na mesa, de forma que a atenção se voltou para mim. Meu rosto, que já estava quente, ferveu e o olhar estreito que Alexander lançou para mim deixou claro que ele sabia o que estava acontecendo debaixo da mesa.

Talvez porque ele fazia o mesmo com Nikolai, que diferentemente de mim, conseguia disfarçar mais.

— Desculpe... o… o café está muito quente, acabei queimando a língua — falei, a fim de dispersar a atenção.

Dmitry continuou falando. A mão de Dominic mexendo. Nikolai respondendo com poucas palavras e eu com a cabeça distante. Mal pude me ater ao assunto mais, tentava tomar o café da manhã enquanto embaixo da mesa eu borbulhava de tesão e latejava tanto que chegava a doer.

Puta merda... porra, Domi.

Segurei a xícara com ainda mais força. Eu estava chegando ao meu limite.

Dmitry se levantou da mesa.

Vanessa deixou o colo de Nikolai para tomar a cadeira do subchefe.

Dominic me masturbou com mais intensidade.

E eu tive um impulso tão forte, que inclinei o corpo pra frente e esbarrei na jarra cheia que caiu na mesa.

O leite foi derramado.

Alexander afastou a cadeira para que o leite espalhado na toalha de mesa não o molhasse.

Dominic deu um sorriso malicioso para mim e tirou a mão melada de dentro do meu calção. Discretamente pegou um guardanapo para limpá-la e as empregadas vieram para arrumar a bagunça na mesa.

Um silêncio constrangedor tomou conta do espaço. Todos nós nos entreolhamos, absolutamente todo mundo percebeu as coisas que estavam acontecendo ali, contudo ninguém teve a coragem de dizer algo.

Até que Nikolai enfim rompeu o silêncio com um pigarreio e se afastou da cadeira.

— Tenho que... falar uma coisa com Dmitry. Vanessa, chamarei um carro para te levar para casa. — Olhou para seu Cão. — Alex, acompanhe-a até a porta, por favor.

Nikolai foi o primeiro de nós cinco a se levantar e deixar a mesa, depois Vanessa e Alexander. Permaneceu apenas eu e Dominic na cozinha, e de vez em quando aparecia uma mulher para retirar a louça da mesa.

— É, parece que hoje a casa será só nossa e um dia de descanso... — Ele estendeu o braço sobre meu ombro.

— Você é um babaca — falei entredentes. — E se alguém nos pegasse? Se o seu tio...

— Justamente essa possibilidade que deixa as coisas divertidas. Relaxa, docinho. Ele só iria perceber se você não conseguisse disfarçar, inclusive, tem que aprender a se conter mais. Sua gozada não foi nada discreta.

Uma risada breve escapou pelo meu nariz.

— Cala a boca. — Virei de lado para encará-lo diretamente e abaixei o tom de voz. — E nós não temos o dia todo de descanso, à noite precisamos ir até os bares da Cosa Nostra verificar se teve algum reforço de segurança pelo suposto ataque, lembra?

— É verdade. Bem, nesse caso, teremos a tarde de descanso então. — Ele sorriu.

As horas passaram rápido e a casa sem os outros Korschei parecia um paraíso, somente alguns soldados continuavam espalhados para proteger a mansão. Dominic foi tomar um banho e eu logo depois, repassamos o plano e paramos na piscina.

O dia estava quente e a água gelada demais. Preferi ficar sem camisa, apenas de bermuda sentado na cadeira debaixo de um guarda-sol, enquanto Dominic nadava de um lado para o outro.

Ele parou na borda que ficava próxima a mim e jogou um pouco de água.

— Não quer mesmo entrar?

Recolhi os lábios e neguei com a cabeça.

— Muito gelada.

— Quer aproveitar uma sauna então? — O canto de seu lábio se esticou.

Eu nunca havia entrado numa sauna antes, até porque ficava receoso em frequentar um lugar com desconhecidos e tão desprotegido. Ali, estaria apenas com Dominic, cogitei que talvez fosse uma boa experiência.

— Tudo bem, podemos ir.

— Certo. Vou preparar a sauna para nós... — Ele saiu da água com apenas um impulso, nu, pegou a toalha que estava sobre a cadeira ao lado e a enrolou na cintura.

Peguei meu celular e o liguei. Na tela haviam diversas mensagens, muitas notificações das conversas dos Hunters, passei os olhos rapidamente pelos assuntos e aparentemente Dean estava liderando bem, guiando os outros Hunters nas ações. Monster e Zero conseguiram informações relevantes sobre os candidatos à prefeitura de Nova York, mas nenhuma que fosse algo que eu já não soubesse.

Entrei no chat.

Eu

Boa tarde, rapazes.

Monster

SHADOW!

Masked Guy

Olha quem voltou.

Ghost

Como você está?

Zero

Que bom que não morreu!!!

Eu

Estou bem. Como vocês estão? Li as mensagens e gostei da forma que está coordenando tudo, Masked.

Ghost

Acho que todos estão bem.

Zero

Pra ficar melhor só com você junto da gente de novo, Russinho.

Masked Guy

Obrigado, Shadow. Sentimos sua falta.

Monster

Quando você volta pra gente, hein?

Eu

Acho que retornarei em breve. Cada dia mais próximo de encontrar o endereço exato da ilha do Spencer e por dentro dos Korschei estou descobrindo algumas informações que nos serão úteis. Por agora preciso me manter afastado para protegê-los.

Monster

E no que deu o lance com o seu perseguidor?

Eu

Estamos nos entendendo. No momento não posso contar muito sobre.

De repente, Dominic tomou o celular da minha mão e abriu a câmera. Levantei de imediato para tentar tomar dele, que gravava um vídeo onde aparecia seu rosto e abdômen nu na frente e ao fundo eu com os braços esticados tentando pegar o celular de volta.

— Hunters, o líder de vocês me pertence agora, mas fiquem tranquilos que ele está sendo muito bem cuidado. — Gargalhou e deu uma piscadela.

Consegui pegar o celular de sua mão, mas foi tarde demais, o vídeo já havia sido enviado.

Masked Guy

Shadow, por que você tá de coleira?

Monster

Mas que porra é essa? SHADOW VIROU CACHORRA?! HAHAHA

Zero

Eita! Tá bem servido, hein.

Eu

Gente, esqueçam disso! Tem um motivo. Volto assim que der, se cuidem.

Deixei o chat, desliguei o celular e encarei Dominic com as sobrancelhas tão tensionadas que pareciam se unir, meu rosto ardia.

— Por que você fez isso?!

— Para eles saberem que você está em boas mãos... — Ele se aproximou de mim e roçou seus lábios em meu pescoço, inspirou fundo e me lambeu. — Agora venha, preparei algo bom para nós dois.

Deixei o celular sobre a cadeira e fui puxado pelo pingente da coleira para os fundos do quintal, em que havia um tipo de casinha branca em que uma fumaça saía de uma das janelas.

Dominic ainda estava só de toalha. Quando abriu a porta da casinha, o vapor saiu, de imediato encontrei a área interna da sauna, toda de madeira, desde o chão até as paredes e bancos. As luzes eram amarelas e intimistas, haviam vidros de óleos no canto da sala e no centro uma caixa de mármore que suportava as pedras quentes.

Domi deu o primeiro passo para dentro e tirou a toalha, jogou-a num canto e me encarou da cabeça aos pés.

— Tire a roupa — ordenou.

Eu estava hipnotizado. Em poucos segundos seu corpo tornou-se brilhante devido às gotículas de suor que se formavam, seu rosto lentamente foi tomado por uma vermelhidão e uma ereção ameaçava aparecer.

Entrei, abaixei o calção e fechei a porta.

Dominic veio de encontro a mim, seu dedo se entremeou na minha coleira e me puxou para perto. Nossos lábios se tocaram, fechei os olhos e apoiei uma das mãos em sua bunda, enquanto a outra estava na nuca.

Ele agarrou meus cabelos, puxando os fios com certa pressão e seus dedos deslizaram para o meio do meu traseiro.

Arfei durante o beijo. O coração esmurrava o peito, um veraneio perambulava sobre a minha pele e eu me senti pulsar. Em pouco tempo nossas ereções encostaram, eu estava tão excitado que assim que agarrei nossos paus com uma mão só, ela deslizou com facilidade.

Dominic gemeu baixo e apertou mais forte a minha bunda enquanto eu masturbava a nós dois.

O vapor fez o calor do meu corpo se tornar ainda maior, o sangue borbulhava de tesão e a pele transpirava.

Sem desgrudar os lábios guiei Dominic até o banco de madeira, próximo de onde estava o vidro de óleo, ele se sentou e abriu as pernas para que eu me encaixasse no meio.

Assim que nos afastamos, enxerguei seu rosto corado e os olhos maiores, a respiração estava curta e as mãos ansiosas chegaram a tremular quando ele pegou no vidro de óleo e o abriu. Derramou o líquido de amêndoas em si mesmo, que escorreu pelo abdômen marcado pelo suor até sua virilha. Seus dedos terminaram de lambuza-lo, e então passou na minha ereção também.

O vidro foi colocado de volta em seu canto e logo as pernas dele subiram, apoiou os calcanhares na borda do banco, bem exposto para mim.

Ele pulsava intensamente e sua entrada rósea contraía com discrição, aquilo era um convite.

— Algum homem já te comeu antes? — perguntei, com um sorriso de canto.

— Zach, não me faça querer fechar as pernas. — Rosnou.

— Então serei o seu primeiro?

— Você me conhece... acha mesmo que eu me abriria para qualquer outro homem? — Estendeu a mão até a minha coleira e me puxou para perto abruptamente. Abaixou o tom de voz. — Agora me foda, antes que eu perca o controle.

Ri baixo e dei-lhe um beijo.

Desci a boca para seu pescoço, o meu toque com os lábios em sua pele o fez estremecer. Então, trilhei beijos até o seu mamilo, enquanto meus dedos continuavam a masturbá-lo. Dominic fechou os olhos e sua respiração acelerada se tornou mais pesada.

Chupei seu peito e mordisquei o mamilo à medida que minha mão desceu de sua ereção mais para baixo, circundei sua entrada lambuzada de óleo, a cada toque ele contraía.

Afundei um dedo devagar. Dominic gemeu baixo e segurou em meus cabelos com mais força, deixei que ele se acostumasse até colocar outro e lentamente o fodi enquanto deixava marcas da minha boca em seu peitoral.

Então meu rosto desceu, e desceu, agachei de frente ao seu pau, que transbordava tesão. Passei a língua por ele inteiro antes de colocá-la na boca, sem deixar de deda-lo por um segundo sequer.

Os gemidos de Domi passaram a ser menos tímidos e seu quadril aos poucos se movia sobre o banco, como se pedisse por mais.

Ergui o olhar para ele, que manteve as pálpebras fechadas firmemente e os lábios trêmulos, seus esforços para se conter eram em vão. Deixei de chupá-lo para lamber da base ao períneo, e então em sua entrada, o estimulei com a ponta da língua.

Dominic levou a mão estremecida aos lábios.

— Zach... vá logo com isso... — Sua voz saiu abafada.

Levantei e empunhei o pau, dolorido de tanto prazer, o esfreguei nele e estava tão gostoso que fechei os olhos e arfei.

Logo, sem pressa, comecei a invadi-lo. Dominic gemeu um pouco mais alto ao me sentir entrar, e a cada centímetro penetrado, me pressionava mais, era bem apertado.

Abri os olhos e ele também. Nossos rostos estavam próximos e suas íris azuis se tornaram um fino aro de cor em volta da pupila dilatada, os olhos brilhavam e os lábios avermelhados entreabertos trocava com os meus, respirações quentes e carregadas de desejo.

Não me movi. Dominic apoiou a outra mão na minha bunda e fez força para me trazer pra ele. Comecei a mexer os quadris, a expressão em seu rosto se tornou menos rígida, as sobrancelhas se franziram e os olhos lacrimejaram à medida que eu estocava com mais intensidade.

Ele gemeu enquanto me encarava e entrelaçou as pernas na minha cintura.

Fechei os olhos e aproximei meu rosto do dele para beijá-lo. Dominic mal conseguia mexer a língua devido aos seus gemidos.

— Agora fica de costas pra mim — falei.

Mudamos de posição, ele se virou e apoiou o rosto contra a parede quente. Deixei alguns beijos na linha de sua vértebra, que o levou a estremecer e então dei-lhe um tapa forte na bunda, que o fez saltitar.

— Zach!

Prendi o lábio entre os dentes, eu estava me deleitando com aquela visão, de Dominic Ivanov entregue e submisso a mim.

Voltei a penetrá-lo, daquela vez, com menos cuidado. Uma das mãos usei para masturbá-lo enquanto a outra apoiei em sua cintura para manter o ritmo.

O som de nossos quadris se chocando ecoava pelo espaço pequeno e se entremeou aos nossos gemidos indiscretos.

Eu suava, joguei a cabeça para trás a fim de afastar os cabelos molhados do rosto durante as estocadas. Meu coração batia ainda mais rápido e Dominic latejava tanto entre meus dedos que não demorou muito para seus jatos serem derramados.

Levei a mão em seu pescoço e o puxei pela garganta, de forma que suas costas se colassem ao meu peito. Meu ritmo se tornou maior.

— Eu vou gozar — anunciei.

— Não... não goza agora... *ah*, eu quero sentir... quero sentir o seu sabor. — A frase saiu com dificuldade.

Deixei de fodê-lo e me afastei, Dominic ajoelhou com a língua para fora e as mãos apoiadas no chão.

Pulsei com mais intensidade, não podia mais suportar. Cheguei perto e me masturbei, era para sair em sua boca, mas gozei não só em sua língua, como também em partes de seu rosto.

Dominic engoliu e lambeu os lábios, logo passou o indicador pelo rosto e chupou o dedo enquanto me encarava verdadeiramente satisfeito.

Eu estava cansado, a respiração ofegava. Sentei no chão ao seu lado e passei o polegar para limpar onde ainda estava sujo nele.

A respiração de Domi estava igualmente acelerada.

Apoiamos os nossos ombros um no outro e permanecemos em silêncio por um tempo, enquanto a sensação de êxtase ainda perambulava pela pele.

— Fica mesmo dolorido depois?

Aquela pergunta repentina me fez rir.

— Um pouco. Depois passa. — Encarei-o. — Até que foi bom hoje termos a casa só para nós. Você realmente não queria ir para o Empire State, queria?

Dominic torceu os lábios.

— Bem, na verdade, eu queria, mas já esperava ser excluído da reunião.

— Mas você sabe que para ir ao restaurante teria que subir de elevador, não sabe? — Arqueei a sobrancelha. — E você tem medo de elevadores, não é?

— Eu não tenho medo de elevador.

— Não? Porque naquele dia, no clube...

— Não. É meio que...— Voltou a olhar para frente, encarou as pedras em brasa. — Sei lá, não gosto de lugares apertados, me dá uma sensação de angústia porque eu lembro de quando meu pai me trancava por horas em um armário vazio para me castigar.

Franzi as sobrancelhas.

— Eu sinto muito — falei. — Vladmir parece ter sido muito duro com você na infância.

— Na infância, na adolescência, em parte da vida adulta... Mas sabe, às vezes acho que mereci. E sem todas as surras, todas as cicatrizes, jamais seria quem sou hoje.

— Um traumatizado?

Ele me encarou.

— Um homem forte, que não teme ninguém, que é capaz de suportar qualquer dor, qualquer tortura. Em alguns momentos eu acredito que meu pai me odeia, outras vezes penso que talvez meu pai tenha me criado assim porque sabia que eu seria um bom assassino, diferentemente de Nikolai, que sempre foi um fraco.

Suspirei.

— Entendo.

Aquela parecia ser uma boa maneira de negar a realidade, apegar-se à esperança de que foi criado feito um animal indesejado propositalmente, por um objetivo maior. Quando, para mim, Dominic era claramente rejeitado.

— E você? Tem algum medo?

— Tenho vários. Alguns deles não posso dizer a você — falei.

— Por que não? — Arqueou a sobrancelha e seu lábio se esticou maliciosamente.

— Porque eu estaria entregando minhas fraquezas a um inimigo.

Ele riu e me empurrou suavemente com o ombro.

— Conte só um então.

— Eu tenho medo de passar pelo luto novamente. De me ver, mais uma vez, sozinho... sem uma família. — Encarei-o, aos poucos a expressão no rosto de Dominic se desfez. — Sua família matou o meu pai.

Um silêncio opressivo tomou conta do espaço entre nós, enquanto seu olhar se tornava melancólico.

— Eu... não sabia disso. Foi por esse motivo que você tentou enfrentar a máfia?

Confirmei.

O meu peito se comprimiu, como se o coração fosse apertado. Dominic se tornou estático, pareceu não saber o que dizer ou fazer, e apesar de ele não saber das minhas motivações contra os Korschei, a culpa o esmagou.

— Zach...

Balancei a cabeça em negação e ergui a palma da mão.

— Eu cacei os Korschei por vingança à minha família e você veio atrás de mim por proteção à sua. Não há dívidas entre nós nesse quesito, mas isso não significa que, futuramente, eu não vá atrás de seu pai ou tente algo contra seu tio.

Calado, Dominic concordou.

Ao olharmos a hora, já era tarde, faltava pouco tempo para que os Ivanov voltassem a ocupar a casa e com o cair da noite teríamos que nos separar rumo as nossas missões para pegar o informante.

Deixamos a sauna e fomos enrolados em toalhas para o quarto, tomamos banho separados e vestimos as roupas pretas, nas bolsas havia poucos itens, somente uma arma, celulares e um binóculos.

Saímos do cômodo pé ante pé, tudo para passarmos despercebidos até mesmo pelos soldados até alcançarmos a garagem. Dominic pegou as chaves dos dois carros, entregou para mim a chave da BMW e ficou com o seu conversível.

Destravei o carro e abri a porta, mas antes que pudesse entrar, ele gritou.

— Zach!

Encarei-o.

— Sim?

— O que acha de sairmos para jantar fora hoje?

Levantei a sobrancelha.

— Tipo onde?

— Eu vou te deixar escolher. Depois da missão a gente se encontra em frente aos portões da mansão, pode ser?

— Combinado. — Pisquei.

Entrei no carro, girei a chave e acendi os faróis. Assim que o portão da garagem se abriu, acelerei e Dominic veio logo atrás, mas quando passamos da rua de seu condomínio, nos separamos. Ele foi para um bar e eu para outro a fim de verificar se houve qualquer mudança na segurança do espaço pertencente à Cosa Nostra.

Naquela hora as ruas estavam menos engarrafadas, o trânsito era suave de contrafluxo. Eu me guiei pelo GPS do painel do carro para conseguir chegar até uma rua que ficava próxima ao bar, estacionei em uma área residencial repleta de árvores, de modo que meu carro ficasse escondido em meio aos galhos e flores.

Caminhei despretensiosamente com a mochila nas costas até a rua seguinte, que era cheia de restaurantes e boates. Fiquei do outro lado da calçada de frente para o bar, por ali não havia lugar algum em que pudesse me esconder, e os binóculos sequer seriam necessários, porque dava para enxergar bem toda a movimentação do outro lado da rua.

Entrei na cafeteria que ficava quase em frente ao Bella Note, peguei uma cadeira e pedi um capuccino. Dali observei.

O bar de fachada de tijolos e placa de madeira era discreto, seus vidros translúcidos denunciavam a movimentação baixa. Havia alguns homens sentados no bar, com roupas de trabalho, poucas mulheres nas mesas parecendo estar em um encontro péssimo... tudo que indicava que era apenas um lugar comum.

Não tinha homens de preto.

Não tinha ninguém de olhar desconfiado.

Nada.

Estreitei os olhos e fui paciente. Esperei um pouco mais.

E mais.

E mais.

Até que concluí que Nikolai não era o informante, porque durante todo o tempo em que fiquei ali não houve uma movimentação de reforço sequer. Paguei o capuccino e deixei a cafeteria.

Durante o caminho de volta para o carro peguei o celular para falar com Dominic. Por não saber se ele poderia atender ligação, preferi deixar uma mensagem.

Eu

Por aqui tudo limpo e normal. Acho que Nikolai não é realmente um informante. E por aí?

Nightmare

Tudo limpo também. Te encontro nos portões? Já vai pensando no restaurante.

Eu

Sim, pode esperar por mim.

Deixei a rua bem iluminada e movimentada dos bares e restaurantes para adentrar na área residencial onde estava o carro. As casas por ali eram todas padronizadas, de um ou dois andares, pintura branca ou marrom, janelas com cortinas fechadas e um jardim capenga.

Os postes de luzes amarelas iluminavam bem, deixando o lugar menos assustador, somente algumas luzes piscavam.

Uma sensação ruim tomou conta de mim. Puxei a mochila para frente e peguei o canivete.

Parei de andar e olhei para trás a fim de verificar a movimentação.

Nada demais, apenas algumas crianças andando de bicicleta, uma mulher passeando com um cachorro e um idoso regando a grama.

Soltei o ar devagar e continuei a andar em direção à área de mata mais densa, em que o carro estava escondido. Destravei o veículo de longe e apertei o passo, a paranoia tomou conta de mim novamente.

Entrei e travei as portas. Coloquei o cinto e respirei devagar para tentar controlar a ansiedade.

Olhei pelo retrovisor e estava tudo certo, coloquei a chave na ignição e girei, então enxerguei um vulto pelo espelho.

Puxei a lâmina do canivete, mas foi tarde demais.

Um homem de máscara preta saiu do banco de trás e levou um pano ao meu rosto. Eu me debati, usei o braço livre para fincar a lâmina em seu braço diversas vezes, com força.

O homem gritou de dor, mas não me soltou.

Esfaqueei-o de novo, e de novo, mas a cada golpe e derramada de sangue a minha visão se tornava mais turva e o corpo mole.

Perdi a consciência e deixei Dominic esperando por mim, que não iria voltar.

AS CONSEQUÊNCIAS

ZACHIARY SMIRNOF

Assim que recuperei a consciência, antes mesmo de abrir os olhos, senti a cabeça doer e ao erguer as pálpebras, minha visão estava embaçada. Os olhos se moviam sozinhos de um lado para o outro, tonto, completamente desnorteado.

Aos poucos minha visão começou a se adaptar e então enxerguei a sala escura, com tinta preta descascada e marcas de mofo dentre os riscos nas paredes, uma luz amarela fraca que balançava feito um pêndulo.

Aparentemente eu estava só, no lugar úmido e pequeno. Tentei me mover, mas os nós que atavam meus braços à cadeira se apertaram e até mesmo os pés estavam atados.

Além da cadeira da qual eu estava preso, havia poucas coisas na sala... uma mesa com uma bateria e grampos de choque, uma barra de ferro, um saco preto e um guincho com uma corda preso ao teto.

Minhas pálpebras retraíram ao perceber do que se tratava, a respiração saiu do meu controle. Comecei a observar em volta com mais atenção a fim de arrumar uma maneira de tentar sair dali ou me proteger.

A pequena porta aos fundos se abriu e por ela passaram três homens de preto, da cabeça aos pés, apenas com as mãos expostas. Seus rostos estavam cobertos por máscaras onde somente os olhos apareciam.

Inevitavelmente tremi e tentei recolher o corpo, porque já imaginava que o que viria a seguir seria doloroso, muito doloroso.

— Quem são vocês? — falei em alto, a fim de abafar o meu medo e transmitir alguma segurança.

Torturadores são como cães de caça, eles farejam o medo e se tornam ainda mais predatórios e agressivos se perceberem que você irá vacilar.

Um dos homens parou, puxou o outro para perto e sussurrou algo. Seus lábios estavam cobertos, então não consegui identificar o que ele disse.

O que pareceu ser o mandante ficou parado próximo a porta enquanto os outros dois se aproximaram de mim.

— Olha! Essa cadela ganhou até uma coleirinha. — O homem gargalhou, enroscou o dedo no couro da coleira e a puxou.

Pressionei os dentes e ergui o olhar para ele, em silêncio.

— Escute aqui, Cãozinho... — O outro disse, estalando os dedos. — Se você for bonzinho a gente pega leve, basta abrir a boca. Agora, conta pra gente... — Chegou mais perto do meu rosto. — Por que deixou de nos repassar as informações? Por acaso tá junto com os Korschei agora?

Arregalei os olhos.

— O quê? Eu não sei do que você está falan...

Antes que eu pudesse terminar a frase, tomei um golpe forte nos ouvidos ao mesmo tempo. Aquilo me causou uma tontura e dor tão grande, que cheguei a gritar. Os olhos quiseram lacrimejar, contudo relutei contra as lágrimas.

— Para de se fazer de desentendido, seu merda! — O que segurava a minha coleira gritou e deu um soco no meu rosto, próximo ao olho. Um zunido ecoou na minha cabeça e senti a pele dolorida começar a se deformar. — Você é o nosso informante e agora está jogando do outro lado!

— Traidor!

— Seu verme!

E mais socos, chutes, tapas e apertões. As vozes se tornaram distantes, nada daquilo fazia sentido. Jamais trabalhei para a Cosa Nostra, não era informante algum, pelo contrário, estava em busca do informante dos Korschei.

Meu corpo inteiro doía, a pele queimava e uma das minhas pálpebras se tornou impossível de abrir de tão inchada que ficou. O ácido do estômago veio até a garganta, eu estava tonto, completamente desnorteado.

A saliva escorria pelos meus lábios junto de sangue e até para falar foi difícil.

— Por... favor... eu não sou o cara... que vocês pro-procuram.

Mas nada do que eu dizia surtia efeito, eles encaravam como uma mentira. Um deles pegou uma tesoura, agarrou a barra da minha camisa e começou a rasgar a blusa enquanto outro trouxe para perto a bateria.

Uni todas as forças que tinha para gritar.

— Não, não, não! Parem! Eu não sou um informante!

Já estava perdendo o controle e não demonstrar medo se tornou ainda mais difícil. Os pregadores foram presos nos meus mamilos e eu no exato segundo me estremeci por inteiro, as lágrimas vieram aos olhos e tentei não as deixar cair.

— Vou fazer a pergunta mais uma vez — O homem mascarado disse, colocando-se de frente para mim, com as mãos para trás, enquanto o outro agachou perto do botão de choque. — Você está com os Korschei agora?

— Sim! Sim, estou com os Korschei. Eu sou o Cão de Dominic Ivanov. — Minha boca se encheu de sangue, cuspi no chão ao lado. — E ser o subordinado de Dominic é o meu primeiro e único contato com qualquer organização.

— Nunca teve contato com outra organização além dos Korschei? E quanto a nós?

Encarei-o seriamente. As lágrimas estavam se secando na minha visão.

— E quem são vocês?

O ouvi respirar forte, indicando que aquela minha resposta foi errada. Seria melhor se eu tivesse chutado.

— Já chega. — Ele se aproximou de mim e segurou firme nas minhas bochechas doloridas para que eu abrisse a boca. Colocou um pedaço de borracha entre meus dentes e fez um sinal com o indicador para o seu assistente.

Arregalei os olhos e logo senti a maior dor da minha vida. O choque percorreu da minha pele aos ossos, os músculos estremeciam e eu apertava firme a borracha que me impedia de morder a língua durante a corrente elétrica.

A visão aos poucos foi se perdendo e a última coisa que vi foi o homem ao fundo dar as costas.

DOMINIC NANOV

Na noite passada eu me senti abandonado. Esperei em frente aos portões de casa, com o coração acelerado e mãos suando, ansioso para levar Zachiary a um jantar. Detestava aquela sensação de euforia que tomava meu peito sempre que o encarava, a necessidade de tê-lo por perto, de sentir o seu cheiro, seu sabor...

Acabei por me tornar mais do que obcecado por ele. Não queria admitir aquilo para mim mesmo, muito menos para Shadow, mas estava, pouco a pouco, me apaixonando. Aquele sentimento que nos faz sentir menores, vulneráveis.

É, acho que a palavra que define melhor a maneira que me senti na noite anterior não foi abandonado e sim vulnerável. Eu esperei por ele dentro do carro, depois saí e encostei na lataria.

Minha família entrou e saiu da casa diversas vezes. Eu esperei.

E esperei.

E esperei, mas ele não voltou.

Minha respiração disparou, entrei no carro imediatamente e acelerei pelas ruas enquanto tentava ligar para o seu celular, que estava fora de área. Para mim era impossível que Zach tenha fugido de mim. Ao menos não daquela vez.

Passei pelas ruas dos restaurantes e bares italianos, meus olhos estavam esbugalhados, frenéticos, a visão atenta e a boca seca. Eu me ative a cada detalhe, a todos os rostos, qualquer movimento suspeito.

Queria descer do carro para entrar nos locais, contudo estava sozinho, numa área da máfia rival. Se o pior acontecesse comigo, não conseguiria continuar a minha busca por Shadow.

Como último recurso, dirigi até a floresta em que ele morava, deixei o carro próximo da trilha e segui o restante do caminho a pé. As folhagens estavam dispostas da mesma maneira de antes, algumas cobriam o solo, mas ainda dava para perceber as marcas dos pneus do meu carro da última vez em que deixamos sua cabana.

Meus passos faziam barulho a cada galho quebrado e folha seca esmagada. Ao chegar na casa de madeira, algumas partes estavam até empoeiradas, as janelas, a porta e, o mais importante, a maçaneta. Aquilo ali indicava que ninguém entrou.

Parei em frente à entrada e fechei os olhos. Inspirei fundo o ar frio da floresta e soltei a respiração lentamente, umedeci os lábios enquanto pensava no que mais fazer.

Talvez ele esteja com os Hunters? E se foi matar a saudade?

Comecei a rodear a casa buscando por algum fio de esperança, qualquer coisa que me dissesse onde Zachiary poderia estar. Coloquei as mãos para trás e prendi o lábio entre os dentes.

Não, caso ele fosse se encontrar com os Hunters avisaria.

Ou talvez não.

Meus pensamentos estavam acelerados, formulando e desmontando hipóteses. Cheguei a acreditar que talvez estivesse exagerando, que ele quis fazer uma surpresa ou entrou em casa sem eu perceber, mil e uma coisas poderiam ter acontecido.

Deixei a floresta pela mesma trilha em que entrei e voltei para o carro, bati a porta e tentei ligar para ele novamente.

Estava desligado.

Acelerei de volta para a cidade.

O corpo inteiro vibrava e mesmo passando pela segunda vez pelos locais anteriores, ainda assim os olhos atentos vasculharam todos os cantos.

Era madrugada quando voltei para a mansão. Passei pelos soldados e entrei devagar no salão. As luzes estavam quase todas apagadas e o silêncio era grande, até que escutei um barulho vindo da cozinha, mais especificamente de talheres.

— *Zach?* — *murmurei.*

Por um segundo o meu peito se encheu de esperança. Andei em passos largos, apressados e discretos até lá. Quanto mais próximo, maior a sensação de euforia, meus olhos se adaptaram à escuridão do caminho.

Assim que cheguei em frente à entrada da cozinha, próximo à mesa onde comíamos, arregalei os olhos com o que vi e parei de me mover no mesmo instante.

Nikolai estava sentado sobre a bancada e Alexander no meio de suas pernas, com uma das mãos dentro das calças do meu irmão. Os óculos de Niko estavam tortos, os cabelos de Alex bagunçados e o beijo tão intenso que sequer perceberam a minha presença.

Deixei que as chaves do carro caíssem no piso de porcelana e o barulho os fez parar imediatamente.

O Cão recolheu a mão, Nikolai fechou as pernas, subiu o zíper da calça e desceu da bancada.

— Dominic, não é o que você...

— Não me interessa — disse, ríspido. — Viram o Bóris?

Nikolai ajeitou os óculos no rosto e passou a mão pelos cabelos rígidos de gel, como se tentasse baixar qualquer fio arrepiado.

— Ele não está em seu quarto? São três da manhã!

— Eu não sei, não fui para o quarto ainda.

— Então trate de conferir antes de fazer perguntas idiotas. — Passou o dedo pelos lábios inchados, limpando os cantos da boca, enquanto Alexander deu as costas para mim e parecia tão tenso que se assemelhava a uma estátua.

Revirei os olhos e me afastei da cozinha.

— Dominic!

Olhei sobre os ombros para trás.

Nikolai mexeu nos óculos.

— Não conte a Dmitry o que viu aqui.

— Pensarei no seu caso.

Retomei o caminho e escutei um último xingamento vindo dele.

Quando a adrenalina deixou o meu sangue, senti o corpo pesado e as pálpebras cansadas. Subi os degraus sem muita pressa, preguiçosamente, e então ao chegar ao meu quarto abri a porta devagar.

— Zach? — perguntei, antes mesmo de entrar.

Não tinha ninguém ali.

O quarto estava como deixamos, com os lençóis desarrumados, algumas roupas espalhadas e a luz acesa. Tranquei a porta e andei até a cama, me sentei sobre o colchão que afundou com o peso do meu corpo, sobre meu travesseiro ainda estava sua camisa.

Deitei e peguei a roupa, levei ao rosto e afundei o nariz no tecido, inspirei forte, seu cheiro continuava ali. Fechei os olhos.

E assim, exausto, mas acalentado pelo seu cheiro, adormeci.

Na manhã seguinte, as pessoas à mesa agiam como se nada estivesse acontecendo, como se não faltasse ninguém.

Nikolai cortava seus pedaços de fruta em cubos ainda menores, Alexander estava numa ponta da mesa, Dmirty em outra e eu de frente para o meu irmão.

Estava tão concentrado em mim, que escutei minha própria mastigação enquanto meus dentes trituravam a torrada com geleia. Nikolai e nosso tio conversavam alguma coisa e de vez em quando o Subchefe direcionava a palavra a mim, mas eu não entendia nada.

Não ouvia nada.

A empregada pôs o prato com um ovo de gema mole à minha frente, junto de garfo e faca.

Ninguém além de mim percebeu a ausência de Zach.

Nikolai de vez em quando me lançava olhares desconfiados de canto e encarava Dmitry logo em seguida, como se estivesse silenciosamente reforçando o pedido de ontem para que eu não contasse o que vi na cozinha.

— Alguém por acaso viu o Bóris? — perguntei.

— Dominic, estou te falando sobre a próxima ação da organização e você nos pergunta sobre o seu Cão? Quem deveria saber onde ele está é você!

Respirei profundamente e comecei a cortar o ovo a fim de me controlar para não dar uma resposta atravessada.

— Ninguém aqui percebeu a ausência dele?

— Por que alguém perceberia a ausência de um Cão? Eles são irrelevantes — Nikolai disse e Alexander abaixou o olhar.

Segurei firme na faca, o metal estava quente.

Irrelevante para você. Zachiary é a única pessoa que me valorizou, que realmente se importava comigo e agora ele desapareceu. Já o perdi uma vez, jamais me permitirei perdê-lo de novo.

— Bóris não é irrelevante. E eu percebi sua ausência, por isso estou perguntando.

— Às vezes ele encontrou um serviço melhor e preferiu ir embora. — Dmitry se levantou com um cigarro aceso em mãos. Os últimos dias foram tão estressantes, que eu o via mais fumar do que comer e a cada dia seu rosto fino se tornava mais magro.

— Eu duvido que ele faria isso — falei.

— Se ele não faria, então depois volta. — Meu tio deu as costas para sair da cozinha e foi seguido por seus dois soldados.

Estremeci, continuei arrastar a lâmina contra a cerâmica do prato.

Nikolai viu nosso tio ir embora e abriu um sorriso malicioso para mim.

— Cá entre nós, Domi. Você está preocupado assim porque havia algo mais entre você e o seu Cãozinho? Se esse é o problema, posso te arrumar outro pra montar em cima.

O ruído da faca arranhando o prato se tornou mais alto.

— Cale a boca.

— Eu acertei? — O sorriso se alargou. — Ou... espera... você não está apenas trepando com seu Cão. Você... se... apaixonou por ele? Por um subordinado?

Alexander se levantou.

O meu sangue ferveu.

As risadas de Nikolai ecoaram pela cozinha.

Minha respiração se tornou acelerada, a visão agitada, a pulsação forte.

Levantei a faca e em um movimento brusco finquei em sua mão com toda a força. O sangue espirrou contra a toalha branca e o grito de Nikolai fez com que Alexander me agarrasse pelos braços.

Se não tivesse sido contido pelo Cão dele, eu teria passado por cima daquela mesa e agarrado o pescoço do meu irmão.

Ele me olhou com os olhos esbugalhados, narinas abertas e rosto avermelhado.

— Seu filho da puta! — gritou.

Puxou a faca num movimento só e trouxe a mão ferida ao peito.

Dmitry apareceu novamente na cozinha, correndo e alternou o olhar entre nós dois.

— Que merda aconteceu aqui?!

Alexander fez mais força para manter os meus braços presos para trás. E eu sentia meu sangue ferver, estava fora de controle.

— Dominic me esfaqueou!

— Mas que porra foi essa, Dominic?! — Meu tio apontou para a saída da cozinha. — Sai daqui. Alexander, leve-o para longe de Nikolai agora.

Sorri.

Eu não resisti, permiti que fosse carregado para fora do cômodo sem dificuldades. Apesar de saber que aquela ação impulsiva teria consequências, a sensação de perfurar a carne de Nikolai me pareceu... satisfatória.

MORTE E VINGANÇA

ZACHIARY SMIRNOF

Eu queria que tudo aquilo fosse um pesadelo, que estivesse apenas tendo uma noite ruim e que abriria os olhos ao lado do corpo de Dominic, com seus braços em torno da minha cintura e segurando uma risada de algo idiota e imprevisível que ele dissesse, mas não.

A dor não me deixou sequer cogitar que aquilo tudo era um sonho.

O gosto metálico na minha língua era constante, as dores nos meus músculos, as feridas na pele, tudo me relembrava de que era real.

Meu corpo estremecia, de frio, angústia e medo. Eu estava completamente nu, amarrado feito um animal, com o rosto contra o piso gélido e sujo e uma bota que pressionava justamente o inchaço de um dos meus olhos.

Com o outro eu ainda enxergava, e muito mal. A visão turva e zonza me permitiu ver o mandante de braços cruzados, sentado de frente para mim, enquanto os outros dois continuavam a me torturar.

Não conseguia mais ouvir as perguntas, que pareciam distantes, e ainda que escutasse, estava quase incapaz de responder. A voz mal saía, eu não tinha mais o controle da mandíbula que insistia em ficar entreaberta devido à língua inchada.

— Você já está perdendo, cadelinha. Esse é o preço de jogar nos dois lados, se fosse apenas o nosso informante, não estaria passando por isso, mas preferiu escolher o lado dos Korschei — disse o que esmagava o meu rosto.

O outro me deu um chute no abdômen, que quase me fez vomitar. Talvez eu teria colocado tudo para fora, mas não havia mais nada no meu estômago, não fui alimentado no tempo em que estive ali. As lágrimas vieram aos olhos, fiz esforço para contê-las.

Ele se agachou ao meu lado e passou o dedo na coleira.

— Pobrezinho, nem mesmo seu Mestre está aqui para te proteger… será que ele está buscando por você? — Pegou nos meus cabelos e agarrou firme os fios, de forma que a raiz doesse. — Você é tão fraco, que sequer serve pra ser um Cão, mas acho que sei porque aquele Ivanov quis te manter por perto... — Deslizou a mão pela minha cintura até o meu traseiro. — Porque além de Cão, deveria ser a putinha particular dele. Não é verdade?

Quando ele fez menção a me penetrar um dedo, tentei me mover, e o homem que pisava no meu rosto chutou a mão dele.

— Para de nojeira. — O escutei suspirar. — Senhor, pelo visto não vamos tirar mais nada daqui. — Ele disse, encarando o homem sentado e mascarado ao fundo.

O mandante se levantou, lentamente veio até mim, agachou para me encarar e passou a mão no meu rosto ferido. Não havia nada em que desse para identificá-lo, senão fosse um curativo no dorso de sua mão.

Eu não me recordava de ele estar ferido no dia anterior.

O mandante mascarado se pôs de joelhos e fez um sinal com os dedos para que seus capangas me colocassem na mesma posição, àquela altura eu já havia desistido de lutar, passei a aceitar que morreria ali.

Ele tirou de seu terno preto uma tesoura, puxou um chumaço de cabelos meus e cortou. E mais um tufo e outro...

Ver os meus fios azuis caírem ao chão terminou de tirar o resto de dignidade que eu ainda tinha, nunca me senti tão humilhado, destruído, desumanizado. As lágrimas se tornaram impossíveis de serem contidas, eu me permiti chorar e até mesmo os meus soluços foram dolorosos.

— Por... por fa... — Eu queria gritar, pedir para que tudo acabasse de uma vez, porém não conseguia falar direito, o que tornava tudo mais angustiante. — Por fa-vor. Me... ma-matem. Me matem.

Dizem que quando se vai morrer, um filme passa diante dos olhos. E, bem, acredito que seja verdade, porque ao ter um saco preto colocado sobre a minha cabeça, foi como se algumas memórias viessem à tona.

As melhores memórias.

"Feliz aniversário, Shadow!" os Hunters sorriam pra mim e cantavam parabéns na minha primeira festa surpresa.

Vi meu pai me acordar com a minha sobremesa favorita e um beijo na testa.

Quando me diverti dançando com os meus amigos em uma boate que jamais pensei que iria.

Os momentos de risada em grupo.

E quando percebi o coração bater de forma diferente ao olhar para Dominic. Foi como se pudesse sentir os seus braços novamente, sua respiração intensa contra a minha pele, a sensação pela primeira vez em ser protegido ao invés de ser o protetor.

Meu corpo sufocado tentava reagir à escassez de ar, mas os membros atados não me permitiram me debater.

Os pulmões doíam, o plástico colabou em minha pele.

A visão se tornou cada vez mais turva. O pulso, fraco.

Os rostos do meu pai, dos Hunters, nossas memórias, passaram rapidamente diante dos meus olhos, mas, a última coisa que vi foi ele. Dominic Ivanov e seu sorriso.

Acreditei que morri e acho que os meus carrascos também, porque se desfizeram de mim.

Meu corpo foi lançado em meio a um matagal, cheguei a recuperar a consciência por alguns segundos ao sentir o frio da terra e a umidade da grama.

Não havia nada em volta, somente árvores e uma estrada de terra.

Um dos meus olhos ainda não abria de tão inchado, com o outro, inspecionei o espaço, mas por pouco tempo. A pálpebra voltou a pesar e eu tive a perda da consciência mais uma vez.

Eu não sei por quanto tempo dormi, mas quando voltei a me recompor, antes de abrir um dos olhos, escutei uma música de fundo, parecia ser um rock antigo, meio dos anos 70, por aí.

It's the time of the season
When love runs high
In this time, give it to me easy
And let me try with pleasured hands...

Depois, senti o cheiro. O ambiente cheirava a incenso de... acho que canela. Uma das minhas pálpebras estava pesada, coberta por um pano e algo gelado em cima, contudo a outra me deixou ver o ambiente.

Eu estava deitado sobre um sofá confortável, enrolado em um lençol de onça. As janelas da casa estavam abertas, mas as cortinas vermelhas bloqueavam parte da luz, a casa tinha uma televisão antiga de tubo logo à frente, estátuas pequenas de entidades espalhadas, quadros nas paredes de pinturas e retratos desbotados pelo tempo, tapete de estampa de zebra...

Onde eu estou?

Senti a boca seca, a garganta estava dolorida e até mesmo para engolir a saliva foi difícil. Tentei me sentar, mas o mínimo movimento me fez gemer de dor, o corpo estava inteiramente ferido, com partes inchadas, machucadas. Permaneci deitado.

O som que fiz levou passos distantes do outro cômodo a se aproximarem. Arregalei o olho e estremeci em apreensão, então diante de mim apareceu uma mulher de pele bem escura, vestido longo e rodado estampado, cabelos presos por um lenço vermelho e rugas que marcaram seu rosto quando ela sorriu.

— Você acordou... — A mulher chegou mais perto e se agachou próxima ao sofá, seu rosto ficou à minha altura. A desconhecida estendeu a mão para tocar em mim e eu me recolhi, trêmulo. — Não vou te machucar. Quer água?

Por mais que quisesse respondê-la, ainda não conseguia falar, era como se minhas cordas vocais tivessem dado um nó, minha mente estava embaralhada.

Afirmei com a cabeça.

— Está sentindo muita dor ainda?

Confirmei mais uma vez.

A senhora torceu os lábios e fez um gesto com a mão para que eu aguardasse, saiu da sala e voltou em pouco tempo com um comprimido e um copo d'água.

— Você tem que tentar se sentar para poder beber ou vai se engasgar. Peguei um remedinho para suas dores. — Parou em frente a mim.

Mesmo com dor até os ossos, fiz um esforço, grunhindo com o incômodo e me coloquei sentado, o pano que cobria minha pálpebra caiu em meu colo junto do saco de gelo. Ela chegou mais perto e apoiou uma das mãos embaixo do meu queixo, enquanto a outra usou para me ajudar a beber água.

Foi como se tivesse passado dias no deserto, a água trouxe uma sensação revigorante, prazerosa, porém o remédio foi difícil de engolir.

Eu não sabia o porquê de a senhora estar me ajudando e não conseguia perguntar, mas de forma não verbal pude agradecer inclinando a cabeça para ela.

A mulher sorriu e se sentou ao meu lado.

— Você gostaria que eu te levasse ao hospital? Quer que chame uma ambulância?

Neguei com a cabeça.

— Há alguém para quem eu possa ligar?

Lentamente afirmei e tentei esboçar um sorriso, mas a pele do rosto estava rígida, inchada e ainda doía muito.

Ela se levantou, pegou um bloco de papel e colocou no meu colo, depois, entregou para mim a caneta. De todas as pessoas do mundo das quais eu poderia pedir ajuda, a primeira que veio na minha cabeça foi ele. Não Dean, não Logan ou Taehyun...

Dominic Ivanov.

A mulher leu o número, pegou o celular que estava sobre a bancada que sustentava a televisão e entrou em contato. Ela se afastou de mim enquanto falava na ligação, tentei prestar atenção na conversa e captei que a senhora deu a minha descrição física e o seu endereço.

Eu fui largado para a morte em outra cidade, na Philadelphia.

Logo ela apareceu na entrada que dava para o outro cômodo e se apoiou no batente. Sorriu.

— O seu marido disse que está vindo te buscar... — Calou-se por instantes enquanto me encarava, estreitou os olhos e arqueou a sobrancelha. — Não foi ele quem te bateu, né?

Marido. Aquilo me fez querer rir, Dominic se identificou para a mulher como o meu marido.

Neguei.

— Ótimo, senão eu chamaria a polícia para ele. Quer comer alguma coisa?

Só de ouvir a palavra "comida" meu estômago estremeceu e a boca salivou.

Concordei.

Passei o resto da tarde com a senhora, que me deu remédios, bolsas de gelo e comida. Ficamos no sofá assistindo programas de TV enquanto ela conversava sobre sua vida. Eleonora era uma enfermeira aposentada e viúva, tinha três filhos que não moravam com ela e dois netos.

Eleonora disse que me encontrou ferido quando foi pegar suas plantas para o chá, que primeiro pensou em ligar para a polícia, mas sentiu tanta pena que me levou para dentro de casa e cuidou de mim por não saber se eu teria dinheiro para a conta de um hospital.

À noite ouvi o ronco do motor potente do lado de fora. Eu sabia que ele tinha chegado antes mesmo de tocar na porta.

Quando a campainha tocou, a mulher se levantou, olhou para mim e foi pé ante pé até o olho mágico. Novamente a campainha tocou.

— Quem é?

— Dominic. Nos falamos no telefone, eu vim buscar o meu esposo.

Antes de abrir a porta, ela me encarou e seus olhos se arregalaram, junto do sorriso que se tornou cada vez mais largo.

— Seu marido é um gato! E que carro! — A mulher comentou.

Tentei esboçar um sorriso dolorido.

Ela abriu a porta e o cumprimentou, então Dominic apareceu na sala e me olhou. A princípio, seu sorriso estava no rosto, depois quando reparou na imagem à sua frente, a felicidade em ter me encontrado se desfez.

Seus olhos se tornaram brilhantes, as sobrancelhas se franziram e os cantos dos lábios se voltaram para baixo. Não consegui mais sustentar o olhar, deixei de encará-lo e abaixei a cabeça.

Ali eu consegui saber o porquê de Dominic detestar tanto que tenham pena dele, porque eu senti na pele a mesma sensação terrível. Estava envergonhado de ele me ver assim, sentia-me impotente, fraco, como um animal indefeso.

Ele se aproximou devagar e se ajoelhou em frente ao sofá. Sua mão se apoiou com delicadeza em minha cabeça, nos cabelos picotados, depois desceu para o rosto, parecia que seus dedos eram leves feito pena.

— Zach, olha para mim.

Encarei-o.

Os olhos brilhantes deram lugar a um olhar escurecido, suas sobrancelhas se inclinaram, as narinas se abriram e o punho de sua mão livre se fechou com tanta força, que as veias se saltaram.

— Quem fez isso com você?

Ergui os ombros para indicar que ainda não sabia.

Dominic recolheu os lábios, sua pele se tornou avermelhada, a respiração forte e logo ele esfregou a mão trêmula no rosto.

— Por favor, não tente proteger aqueles que fizeram isso com você. Estou com tanta raiva, que se eu...

Coloquei a mão sobre a dele, que o fez parar de esfolar o rosto. Sob seu olhar estressado e preocupado, neguei com a cabeça e os ombros erguidos, tentei expressar a minha resposta e acalentá-lo.

Dominic suspirou e se levantou.

— Vamos para casa, meu amor. Eu vou cuidar de você.

Meu amor?

Eu senti a minha barriga estremecer, como se uma ventania fria tivesse passado por mim.

A mulher deu dois passos para perto de nós, com suas mãos juntas ao peito.

— Pode levá-lo no lençol. Quando o encontrei ele estava sem as roupas.

Dominic encarou a mulher, colocou a mão no bolso e de lá tirou um bloco de dólares presos em um elástico. A moça arregalou os olhos.

— Na... não sei se posso aceitar isso. — Negou com a cabeça. — Eu o ajudei por ser a minha missão na terra, ajudar e...

— Aceite como um agradecimento, não um pagamento. Obrigado por cuidar dele.

A voz de Dominic estava controlada, era como se ele fosse outra pessoa. Eu diria que ele soube interpretar bem o papel de marido rico e preocupado com o seu cônjuge ferido.

A mulher ainda estava hesitante. Ele pegou um dos punhos dela, o puxou e em sua mão colocou o bolo de dinheiro. Aquela senhora arregalou os olhos e concordou com um sorriso tímido.

Puxei mais o lençol para cima do corpo. Dominic veio até mim e com cuidado me pegou no colo, enrolado na manta com estampa de bicho, então fui carregado até o seu carro, a mulher correu para ajudar e abriu a porta do carona.

Ele me colocou no banco ao seu lado, despediu-se dela e tomou seu lugar ao volante. Antes de partir, olhou para mim mais uma vez.

— O gato comeu sua língua, é?

Tentei recolher os lábios inchados e franzi as sobrancelhas.

— Você não sabe mesmo quem fez isso com você?

Minha língua estremeceu, foi como se eu estivesse quase prestes a falar, mas não consegui, algo me bloqueou, feito um nó na garganta e um embaralho na cabeça.

Ele suspirou e sua mandíbula se tornou marcada, cheguei a ouvir o estalo de seus dentes. Dominic deu um soco no volante, que me assustou, e outro e mais outro, e gritou de raiva, estremecido.

— Eu juro, Zach, eu juro que se eu encontrar quem fez isso com você... — Encarou-me. — Não irei apenas matar, mas fazer agonizar tanto, mas tanto, que a pessoa vai desejar morrer antes mesmo de eu acabar.

Meu coração estava acelerado e o único olho que conseguia abrir, ficou arregalado. Concordei com a cabeça.

Eu não bancaria o herói, não queria justiça. Naquele momento desejava vingança. Não seguraria o monstro.

Ainda estava me recuperando, então minha cabeça estava bloqueada, pensamentos embaralhados e falhos, mas quando melhorasse, pretendia reorganizar tudo para descobrir quem me pegou.

Dominic se recompôs com uma respiração forte e acelerou.

Eu me encontrava tão esgotado psicologicamente e fisicamente, que quando estive junto dele, meus músculos relaxaram e os olhos se tornaram mais pesados. Adormeci durante toda a viagem.

Despertei meio sonolento quando chegamos em sua garagem e ele me pegou em seu colo para me carregar até o quarto.

Era tarde da noite, a maioria das luzes estavam apagadas e a circulação de soldados era baixa. Entramos em seu quarto de luzes acesas, mas ao invés de me deitar na cama, ele me carregou até sua suíte e me pôs sentado sobre a tampa do vaso.

— Vou preparar um banho para você. Já volto.

Quando Dominic deixou o banheiro, eu me desfiz da manta e olhei para a pia de mármore ao lado e o espelho que ficava acima dela. Eu queria me ver, saber como estava o meu rosto, os meus cabelos... quem seria eu depois de tudo aquilo.

Apoiei meus braços no mármore e fiz força para tentar me levantar. Grunhi de dor, meus músculos latejavam, a pele ardia e até mesmo os ossos pareciam estar frágeis, mas ainda assim consegui me pôr de pé.

Rodeei a pia até me colocar em frente ao espelho.

Um dos meus olhos estava fechado de tão inchado e arroxeado ao redor, no pescoço, acima da coleira, havia uma marca reta, dolorida, feito pele queimada, pelo sufocamento. Meus lábios estavam inchados, o rosto repleto de escoriações.

Mas o que me destruiu não foi a deformação do meu rosto e sim o estado dos meus cabelos. As madeixas que cultivei por anos, que me davam uma identidade.

Meus cabelos estavam picotados, com buracos no corte, desfiados... foi como se eu tivesse me perdido. Senti o peito se apertar e uma sensação de calor no rosto, a visão se tornou anuviada por lágrimas, e então, sozinho... eu me permiti chorar.

Notei a presença de Dominic pelo reflexo do espelho. Seu rosto expressou pena. Ele segurava uma caixa com algumas coisas nas mãos, deixou-as no chão, no canto do banheiro e me abraçou por trás, sem forçar seus braços contra mim.

Levou o dedo abaixo da minha pálpebra para limpar as lágrimas e beijou a minha bochecha.

— O seu cabelo vai crescer logo, Zach, você vai se recuperar, eu vou cuidar de você. Agora se senta para ajeitarmos isso. — Fez seu braço de apoio.

Eu me segurei nele para desapoiar da pia e me sentei com cuidado sobre a tampa do vaso. Dominic mexeu na caixa que ele havia trazido, de lá tirou algumas essências, sabão e uma máquina de cabelo.

Foi até a banheira e abriu a água morna para que começasse a encher. Ligou a máquina na tomada ao lado da pia e chegou mais perto.

— Posso?

Inclinei a cabeça.

Os restos de cabelo começaram a cair sobre meu colo, os últimos fios azuis e eu não consegui deixar que as minhas lágrimas descessem junto em despedida.

Quando terminou, Dominic se ajoelhou em frente a mim e estendeu a mão para tocar nos meus cabelos raspados.

Encarei-o e abaixei a cabeça para que ele me acariciasse. Com a mão apoiada na minha cabeça, pegou em meus dedos e os levou aos seus cabelos igualmente baixos. Aquilo, de certa forma, me reconfortou.

Um sorriso lento apareceu em seu rosto e as sobrancelhas se franziram.

— Estamos quase iguais agora.

Com dificuldade eu também sorri.

ALMOÇO EM FAMÍLIA

ZACHIARY SMIRNOF

Dois dias se passaram desde que Dominic me resgatou. No entanto, fui trancafiado em seu quarto, indo somente da cama ao banheiro, do banheiro à janela, que por sinal era a única coisa que me fez ter noção de tempo.

Abria os olhos quando o sol entrava por aquela janela e adormecia quando o céu se tornava totalmente escuro. Dominic entrava e saía daquele quarto diversas vezes por dia, trazia sopas, sobremesas geladas, medicamentos e bolsas de gelo.

Minha pele aos poucos se desinchava, comecei a abrir o outro olho, cuja visão ainda estava embaçada, as manchas roxas tornaram-se esverdeadas, mas eu ainda não conseguia falar com ele, expressava-me de forma não verbal. O que me fazia sentir péssimo.

Contudo, ainda assim, Dominic conversava comigo e me provocava algumas risadas. Jamais imaginei que por detrás daquela figura rígida e sedenta por sangue havia alguém tão sensível e amável.

Eu não conseguia mais controlar o sentimento. Estava apaixonado por ele.

E acredito que ele também.

A água morna me fez relaxar, Dominic estava comigo na banheira cheia de espuma, e eu me encostei em seu peitoral. Recebi um beijo no topo de minha cabeça e suas mãos deslizaram por meus braços, esfregando com cuidado a minha pele.

Não doía mais.

Seus dedos se arrastaram pelo meu peito e abdômen devagar. Senti-o pulsar atrás de mim e a cada toque seu, eu também me excitava. Escutei o seu rosnado e respiração curta.

— Acho melhor eu sair... — falou. — Não quero te machucar.

Desapoiei de seu peito e me virei de frente para ele. Levei uma das mãos ao seu rosto e a outra peguei para guiar até o meu íntimo, que latejava igualmente. Assenti com a ideia, eu também queria.

— Não, Zach...— Arfou. — Vai ser difícil com você assim.

Cheguei mais perto, trocamos respirações quentes e intensas, nos encaramos com desejo, então o beijei. Um beijo lento e provocante, que fez o meu corpo se aquecer e o coração sair de ritmo.

Por debaixo d'água, Dominic começou a me tocar, sem pressa, estimulando ainda mais o meu tesão que só aumentava com o roçar das nossas línguas.

Gemi baixo durante o beijo. Fui guiado até a outra borda da banheira, onde minhas costas se recostaram na cerâmica. Ele fechou as minhas pernas e roçou sua ereção entre o meio das minhas coxas.

Eu queria que ele me penetrasse, mas Dominic ainda tinha medo, então fantasiou com as minhas pernas e vê-lo arfar e estremecer enquanto simulava me foder, fez com que eu me excitasse mais.

Comecei a me tocar, com cuidado, enquanto seu pau se esfregava no meu a cada metida. As gotas d'água que escorriam por sua pele respingavam em mim.

Trocamos gemidos e ares quentes e desesperados. Nos encaramos em meio ao sexo, passionalmente, as pupilas dele estavam maiores, o rosto avermelhado e os lábios inchados, Dominic dobrou as minhas pernas para encostar meus joelhos em meu peito e chegou mais perto.

Nos beijamos.

Grunhi de dor com seu peso sobre mim, o que fez com que ele se afastasse subitamente. Com delicadeza separou as minhas pernas, entrou no meio delas e apoiou a mão em minhas costas para me puxar para si e se sentou comigo em seu colo.

Dominic usou sua mão para unir as nossas ereções e masturbou a nós dois.

Sua pele roçando na minha.

O calor de seu corpo.

O beijo quente e molhado.

Toda a conjuntura me fez estremecer, pulsar e chegamos ao ápice juntos.

Agarrei em suas costas úmidas, espasmando a cada jato e meu último gemido mais agudo me fez desmanchar, cansado e extasiado. Joguei meu corpo contra seu peito e apoiei a cabeça em seu ombro.

Seu nariz se esfregou em meu rosto, cheirando-me e um beijo foi deixado na minha bochecha.

Eu queria poder falar, romper o bloqueio mental que o trauma me causou e expressar verbalmente que deixei de resistir ao sentimento, que enfim, me apaixonei. Contudo, da forma que nos encaramos depois, em silêncio, acho que não precisei colocar em palavras.

Ficamos de olhos fechados e corpos unidos ainda por um tempo naquela banheira.

Ao fim do banho, Dominic me ajudou a deixar a água, fazendo um apoio para mim e me levou até a cama. Vesti o calção e me deitei, puxei as cobertas para cima da cintura e observei ele se vestir.

— Vou precisar sair agora, mas já volto, está bem? Não abra a porta para ninguém, não fale com nenhuma pessoa. — Fechou a calça e atou o cinto.

Afirmei com a cabeça.

Antes de deixar o quarto, recebi um beijo ligeiro nos lábios e uma piscadela de despedida.

Peguei o celular e me deitei para abrir as notificações. O grupo dos Hunters continuava a falar sobre as movimentações.

Spencer Johnson estava ativamente financiando a campanha de Hilbert Harper, o que demonstrava que ele tinha um interesse maior nele ganhar a campanha. E, apesar de o outro candidato ser igualmente criminoso, associado a Cosa Nostra, às vezes eu preferia que ele ganhasse.

O melhor seria se pudesse matar Spencer e os dois candidatos, que motivaram uma guerra fria entre as máfias de Nova York e sabe-se lá o que aconteceria quando um dos dois ganhasse.

Eu

Boa tarde, Hunters.

Eu entrei no chat como se nada tivesse acontecido. Jamais quis que eles se preocupassem, muito menos soubessem tudo o que passei.

Monster

Shadow!

Zero

Seu namoradinho te deixou sair do cativeiro para falar com a gente, é?

Ri baixo.

Eu

Está com ciúmes, Zero?

Zero

Tô é com inveja.

Monster

Piranha.

Masked Guy

E aí, Shadow! Como você está?

Eu

Estou bem. Eu vi as mensagens sobre o vazamento dos valores investidos em Hilbert Harper através de Spencer. Acho que talvez seja melhor sabotarmos a campanha dele, ainda que o Donald Jones esteja apoiado pela Cosa Nostra.

Masked Guy

Por mim sabotaríamos os dois.

Ghost

Mas um deles vai ter que ganhar de qualquer forma. Melhor focarmos em Hilbert, que está tendo muito mais dinheiro injetado, não só de Spencer, mas outros que estavam na lista da ilha do Spencer, que são igualmente influentes.

Monster

Concordo com ele.

Eu

Estou cada vez mais envolvido no esquema dos Korschei. Qualquer movimentação maior por parte de Hilbert, irei avisá-los, já que ele é associado da máfia.

Zero

Certo, chefia!

Eu

Como vocês estão?

Monster

Bem e com saudades, Russinho.

Masked Guy

Mal posso esperar para acabarmos logo com isso.

Zero

Vai ter festa na floresta quando passarmos por tudo. Eu pago a bebida!

Eu

Está se convidando para a minha casa?

Passei o restante da manhã no chat com os Hunters, esquematizando estratégias e jogando conversa fora, até que, de repente, a maçaneta começou a mexer. Eu me despedi rapidamente deles, joguei o celular embaixo do travesseiro e encarei a porta.

Um homem velho, calvo e de bigode espesso passou pela porta, ele trajava um jaleco branco, maleta de couro na mão e um crachá preso ao bolso. Estava escrito "Doutor Frederick Sokolovsky".

Dominic apareceu logo atrás do médico.

— Bóris, trouxe o doutor Sokolovsky para te examinar, só para conferir se está mesmo tudo bem. — Ele fechou a porta e encarou o homem. — Acho que teve uma melhora, sente menos dor e alguns roxos estão saindo, mas me preocupa que ele ainda não fala.

— Certo. — O velho coçou o bigode, apoiou a bolsa no chão e tirou de lá um estetoscópio e outros instrumentos. Aproximou-se de mim. — O que aconteceu com ele mesmo? — Olhou para Dominic.

— Foi torturado.

— Hum. Preciso que se sente e afaste o lençol.

Eu segui o pedido do médico e olhei para Dominic durante todo o processo. O médico da máfia me examinou da cabeça aos pés, aferiu minha pressão, verificou os pulmões, viu o nível de oxigênio, olhou a minha boca e língua... absolutamente tudo.

A cada examinada, uma anotação. Ao fim, recebi uma receita de três medicamentos, um corticoide para reduzir o inchaço, um analgésico de longa duração e uma pomada para os hematomas.

— Não há nenhum corte na língua e as lesões em seu pescoço não foram profundas o bastante para afetar suas cordas vocais. O que o impede de falar é, provavelmente, o trauma, o estado de choque que ele se encontrou. — O médico deu seu parecer a Dominic. — O seu Cão está se recuperando bem, acredito que logo ele deva voltar a conseguir se comunicar verbalmente. Seja paciente, senhor Ivanov.

— Certo... obrigado, doutor. — Domi tirou algumas notas de sua carteira e entregou ao médico, que saiu sem olhar para mim novamente.

Dominic estava vestido com uma blusa preta de botões, aberta até a metade de seu peitoral e mangas arregaçadas, que deixava exposta quase todas as suas tatuagens. As calças eram sociais, de tecido igualmente escuro e os sapatos de bico fino.

Ele colocou as mãos nos bolsos e me encarou por um tempo.

— Ouviu isso, Zach? Em breve você vai poder voltar a falar. — Chegou mais perto, devagar. — Agora que minha família sabe que você está aqui, vamos sair um pouco desse quarto? Almoçar à mesa?

Concordei com a cabeça.

Eu me levantei da cama para poder me arrumar. Dispensei a ajuda de Dominic para colocar a roupa, não queria me sentir mais um enfermo, entretanto, precisei dele para conseguir andar numa distância maior.

Minhas pernas estavam enfraquecidas por ter ficado tanto tempo impossibilitado de tocar os pés no chão, então segurei no braço de Dominic para deixarmos o quarto juntos e coloquei uma das mãos no corrimão das escadas.

Os meus ossos estremeciam, meus músculos das pernas pareciam moles e descer os degraus foi doloroso, não apenas pelo movimento em si, mas também pelos olhares hostis que recebi dos soldados Korschei.

Quando chegamos na cozinha, Dmitry, sentado no seu lugar de sempre, na ponta da mesa com seus soldados, ele arregalou os olhos para mim e recolheu os lábios. Nenhuma pergunta foi feita, creio eu a pedido de Dominic, mas sua expressão não deixou de representar o pavor e surpresa que sentiu com a minha imagem.

Em frente a mim estava Alexander, sozinho, sem o seu protegido. Ele enrolava o macarrão no garfo e me encarou por poucos segundos.

Dominic tomou o lugar ao meu lado. Estavam quase todas as mesmas pessoas presentes à mesa, exceto por Nikolai.

— Onde está o meu irmão? — perguntou Domi, enquanto éramos servidos com o macarrão, cujo molho vermelho exalava um cheiro maravilhoso.

Minha boca se preencheu e o estômago vibrou, implorando por comida, por algo que eu pudesse mastigar. Enrolei meu garfo no macarrão e levei à boca.

Foi delicioso.

— Foi acompanhar sua puta até o portão — Dmirty respondeu com amargura, o prato estava quase intocado, e aparentemente frio, porque sequer projetava fumaça.

— Vanessa?

— Sim. Mas já deve estar voltando. Por quê? — Espetou a almôndega.

— Nada. Apenas para saber.

Enquanto tio e sobrinho conversavam, como se fossem dois estranhos, eu me empanturrava com a comida.

Nikolai anunciou sua chegada com seus sapatos que faziam barulho a cada passo, ele atravessou a cozinha, passando por mim e Dominic e se sentou à mesa em frente a mim. Ao me olhar, foi como se tivesse visto um fantasma, sua pele se empalideceu e os olhos se tornaram maiores, tão arregalados que pareciam querer saltar do rosto.

Demorou segundos até que ele recuperasse a postura, pigarreou e empurrou os óculos com a mão.

Meu corpo estremeceu ao notar um detalhe em sua mão.

A ferida no dorso. Ele não tinha uma cicatriz daquela antes.

A mão do mandante da minha tortura tinha o mesmo padrão de machucado.

Os dois eram recentes. Aquilo não parecia coincidência.

Um frio tomou a minha pele, todos os pelos do meu corpo se arrepiaram e foi como se as batidas em meu peito se interrompessem. O ácido veio à garganta com tudo, vomitei sobre a mesa e todos afastaram as cadeiras.

Dominic me tomou pelos braços para me levar até o banheiro, enquanto eu, enojado, deixava rastros de suco estomacal pelo salão.

Tudo ali começou a fazer sentido. As perguntas cujas respostas eu não sabia eram todas em forma de acusação, como se eu fosse o informante que repassava tudo dos Korschei à Cosa Nostra, era quase como se mandassem eu admitir a culpa. Nikolai sabia onde eu estaria porque eu que contei a ele que faria uma ação no bar da outra máfia naquele dia.

Nikolai evitou de falar porque sabia que eu reconheceria sua voz.

Ele me torturou, ele me desumanizou.

Dominic estava nervoso, suas mãos estremeciam enquanto tirava a blusa suja de mim. Apoiou-me sobre a pia e me ajudou a lavar o rosto e a boca.

— O que aconteceu? Você está bem? Zach... Zach!

As perguntas saíam aceleradas.

Eu o encarei com os olhos bem abertos e naquele momento de desespero, o nó presente em minha garganta se desfez.

— Foi Nikolai.

— O que? — Sua voz saiu em tom incrédulo, não sei se por ouvir o nome de seu irmão ou por enfim escutar a minha voz de novo depois de tanto tempo.

— Foi Nikolai quem me torturou.

ATO DE TRAIÇÃO

ZACHIARY SMIRNOF

Eu mal pude acreditar que enfim consegui esvaziar o meu peito, quebrar a barreira que me impedia de falar tudo que estava preso.

Contei a Domi todos os detalhes de que me lembrava, algumas coisas ficaram ocultas, talvez porque foram tão traumáticas que eu não me recordava do que aconteceu por mais que tentasse. Os fatos foram ditos em pedaços.

Dominic estava fora de si, ele rodeava a cama, se aproximava da janela, chegou a socar a parede duas vezes. Dominic já tinha desavenças com seu irmão, a revelação do ocorrido serviu de estopim para que ele arquitetasse fazer o que desejava sem refletir sobre qualquer consequência.

— Eu vou sequestrá-lo, levá-lo para um galpão e...

Segurei em seu pulso, interrompendo-o imediatamente.

— Não. Você não vai fazer isso.

— Não? — Dominic se aproximou da cama e colou sua testa na minha. A pele fervia, os olhos estavam esbugalhados com pupilas minúsculas e a respiração forte. — Eu te disse... — falou entredentes. — Que quando eu pegasse quem fez isso com você...

— Mas eu não quero que você faça isso quando se trata de seu irmão. Nikolai é o queridinho dos Korschei, tem Alexander em sua cola a todo momento... qualquer sumiço dele resultaria numa frota atrás da pessoa mais suspeita da família que por coincidência sumiu também. Você. — Sustentei o olhar convicto. — Eu também quero vingança, mas me importo com você o suficiente para que as coisas não aconteçam dessa maneira.

Levei a mão ao rosto dele e acariciei sua bochecha com o polegar.

— Ele desapareceu com você por dias, te fez sofrer a ponto de ficar sem falar durante muito tempo, até mesmo te largou em outra cidade para morrer e você quer que eu tenha calma quando se trata de vingança? — Afastou-se de mim. Seu rosto estava mais marcado, tenso.

— Sim, porque o alvo muda tudo. — Eu me ajeitei sobre a cama e coloquei um travesseiro no colo. — Estou aqui porque fizemos um trato, de que eu iria te ajudar a se livrar do seu irmão e você me levaria até o Spencer. Justamente porque você sabe que não poderia tocar em Nikolai sem consequências. — Ergui o queixo. — Sendo assim, chegou o momento de eu cumprir a minha parte.

Ele me lançou seu típico olhar estreito e cruzou os braços enquanto me encarava de forma prolongada e silenciosa.

Seu peito mexia com menos velocidade, pareceu que a respiração começou a se normalizar depois que ele colocou a razão na frente da emoção.

— E como você pretende fazer isso?

— Acredito que tenha como fazer isso sem sujar as mãos e ainda receber algo em troca.

Dominic arqueou a sobrancelha.

— Ainda não entendi o que quer dizer.

— Pensei em usar seu irmão como moeda de troca. Cometer um ato de traição e entregá-lo a Cosa Nostra em troca do informante. Eles sabem que Nikolai é um dos que arquiteta quase tudo na organização Korschei e perdê-lo seria algo que afetaria muito a família.

— Eles não vão aceitar. E fazendo isso, trairei aos Korschei, desapontando o meu pai! Se unir a Cosa Nostra é inviável.

Eu me arrastei para a beirada da cama.

— Não será união, serão negócios. E, querendo ou não, é a única forma de tirar Nikolai do jogo sem sujar as mãos. — Estendi os dedos e o olhei. — Dominic, sem ele no caminho você será o único herdeiro.

Seus ombros se abaixaram e ele se sentou ao meu lado para me encarar mais de perto. Suas pupilas estavam em tamanho normal, o olhar distante, reflexivo, e os lábios eram mordiscados.

Eu sabia que era uma decisão difícil, não pela vida de Nikolai, mas sim pela sensação de trair tudo o que acreditou para alcançar um lugar maior, ser um tirano da própria corporação.

Entretanto, grandes responsabilidades requerem escolhas ainda mais arriscadas. Ele já deveria saber disso.

Seus dedos se arrastaram pelos lençóis e minha mão foi segurada.

Um suspiro escapou de seus pulmões e enfim ele quebrou seu breve silêncio.

— Sendo assim, não me vejo com muitas escolhas. Eu aceito. Mas quero estar por dentro do plano da Cosa Nostra para participar da decisão do fim que terá Nikolai.

— Colocarei esse adendo. — Virei a palma da minha mão para cima e entrelacei nossos dedos.

Dominic se aproximou para me beijar, até que bateram à porta. Dois toques fortes e curtos.

— Quem é?! — Domi perguntou.

— Sou eu. — Era a voz de Nikolai.

Ele arregalou os olhos para mim e levou a mão à frente dos lábios pedindo por silêncio, levantou-se da cama e foi devagar até a porta. Eu me deitei na cama e puxei os lençóis para cima dos ombros, expressei dor e estado de confusão.

Quando Dominic abriu a porta, Nikolai tentou entrar, mas foi impedido por ele.

— O que você quer?

— Quero saber como está o seu cãozinho. — O seu tom de voz sempre soava cínico. — Ele fez uma sujeira na casa hoje. Aliás o que aconteceu com ele?

Dominic olhou para mim, suspirou e voltou a encarar o Ivanov mais velho.

— Dmitry não te contou?

— Ele me disse que seu cão foi pego pela Cosa Nostra.

— Então você já sabe o que aconteceu com ele. Por que a pergunta?

— Nada. Só achei estranho não o matarem.

Escutei um rosnado de Domi.

— Não mataram, mas você viu o estado dele? As coisas que aqueles porcos fizeram para nos atingir? Para me atingir? — Cerrou o punho. Que ótimo ator ele foi. — Enfim, Bóris está ainda se recuperando, encontra-se enjoado, ainda não fala..., mas o médico disse que ele está bem.

— Ah, sim... que bom. Boa recuperação para ele, então. Vim avisar que Dmitry convocou uma reunião às 19h, no salão principal.

— Estarei presente.

Dominic empurrou seu irmão para trás e bateu a porta. Virou-se para mim e encostou o corpo na madeira, com as mãos para trás, seu olhar tornou-se maior.

Nikolai não estava desatento. O que indicava que não teríamos muito tempo para agir, porque a mentira seria difícil de sustentar, já que a minha recuperação estava em progresso.

Nossa troca de olhares deixou claro que teríamos que redobrar os cuidados.

Passamos o restante da tarde no quarto, dividindo a cama. Dominic estava com seu braço ao redor da minha cintura e o nariz grudado em meu pescoço, inspirando forte.

— Sinto falta de um cigarro... um vape — comentei.

— Essas merdas só te deixam fedido. Afastam o seu cheiro bom para ficar com o cheiro de Dmitry — ele rebateu.

Eu me sentei na cama.

— Quando sair... arruma pra mim então um vape com algum aroma. Eu te deixo escolher. — O canto do meu lábio se esticou.

Ele se pôs ao meu lado e enrugou o cenho.

— Zach... você ainda está em recuperação.

— Justamente por isso que eu preciso fumar.

Notei o seu sutil revirar de olhos. De repente, o celular vibrou, Dominic pegou o aparelho na bancada ao lado da cama e desligou o despertador, deixou os nossos lençóis quase num salto e abriu o armário.

Ele começou a se arrumar com suas melhores roupas, a camisa branca de botão que estava no cabide, terno preto, sem gravata, mas um fino cordão de ouro para enfeitar o pescoço.

— Vou precisar descer para a reunião dos Korschei. Vou trancar a porta, não abra para ninguém, direi aos outros que não dei permissão para sequer falarem contigo. — Virou-se para mim, com a expressão rígida.

Ergui as mãos.

— Tudo bem. Fique atento sobre qualquer informação a respeito de Spencer. Eu vou cumprir a minha promessa contigo, portanto lembre-se de que você também me deve algo.

— Não esquecerei. — Encostamos ligeiramente nossos lábios e ele se afastou para a porta, quando pôs a mão na maçaneta, o chamei.

— Dominic!

— Sim?

— Ao fim da reunião... você pode ir na rua trazer para mim um vape?

Ele suspirou e a contragosto concordou.

— E uma muleta. Vou precisar andar para ir à negociação.

— Zach, por hoje, descanse. Vamos deixar... vamos fazer isso amanhã, tudo bem? — Ele ainda não parecia tão certo de seguir aquele plano.

— Certo. Mas não vamos prolongar muito isso Domi, porque você viu a reação de Nikolai, ele está atento e por isso não temos tanto tempo até que ele tente se livrar de mim de novo. — Expirei o ar pesado.

Antes de passar por aquela porta, Dominic me encarou por instantes e aos poucos vi seu olhar se transformar, das sobrancelhas franzidas para inclinadas, os olhos se estreitarem.

Ele me transmitiu confiança.

UM TRATO COM O INIMIGO

ZACHIARY SMIRNOF

Eu estava em meio a um vespeiro, daquela vez, menos despercebido. Ter sido torturado por Nikolai destruiu o meu disfarce, e os olhares que antes não eram tão amigáveis se tornaram ainda mais hostis.

O cão e seu mestre pareciam estar sempre à espreita, o que não me permitia ficar afastado de Dominic dentro da mansão nem por um segundo. Tínhamos pouquíssimo tempo para agir, qualquer movimento errado naquele jogo seria fatal.

Literalmente.

Dominic e eu estávamos em seu carro, com o intuito de irmos até o outro lado da cidade, a área em que Cosa Nostra comandava. Então, para não demonstrar nenhuma hostilidade, todos os vidros estavam abertos.

Na saída de seu condomínio, notei um carro branco, parado próximo aos portões. Nele estava um homem só ao volante, com músculos saltados que marcavam sua blusa branca de botões, cabelos crespos bem cortados, barba e bigode aparados e rosto bem delineado, ele anotou algo em um papel quando o nosso carro passou.

Dominic pareceu não ver, mas não pude deixar de reparar. Estreitei os olhos, traguei a fumaça do vape e soltei lentamente pela janela, onde os ventos abafados da tarde dispersaram a fumaça rapidamente.

— Tinha um homem observando a gente.

— Um homem observando? — Ele arqueou a sobrancelha.

— Você não viu? Perto do seu condomínio, dentro de um carro branco.

Dominic expressou um sorriso de um lado só, mostrando seu canino, enquanto os olhos se mantiveram atentos na rua.

— Ah, aquele lá é inofensivo. É o Oliver, um policial que provavelmente está investigando a minha família.

— E você não o matou ainda por quê? — Encarei-o.

Quando o sinal fechou e o carro parou, ele me direcionou a atenção.

— O meu docinho falando em eu assassinar alguém? — Curvou os cantos dos lábios para baixo e levantou as sobrancelhas. — Uau!

Deixei um riso escapar pelo apelido que eu detestava e voltei a expressar seriedade.

— Você não respondeu a minha pergunta.

— Porque Oliver, assim como qualquer policial de baixa patente nessa cidade, estão nas nossas mãos. A corporação é tão corrupta que nós os enxergamos mais como aliados do que algo a ser combatido, então um ou outro rebelde que tentar ir contra o sistema não vai vingar. — Domi retomou o olhar para a pista e acelerou quando a luz verde no semáforo apareceu.

Naquele momento, um flash em minhas memórias apareceu, eu me recordei de quando estava infiltrado na festa dos associados dos Korschei na mansão. Políticos, empresários, policiais... pessoas de poder em todas as esferas estavam ali presentes.

Os Korschei conseguiram ser torna uma Hidra na Rússia e em pouco tempo estavam expandindo seu poder nos EUA, cercando e tentando minar seus opositores de todos os lados. E apesar de saber que o que estava vivendo era um trato, eu senti nojo de mim mesmo por contribuir com tudo isso.

Meu coração estava tão entregue a Dominic, que na minha cabeça cheguei a desassociá-lo da organização diversas vezes.

Olhei para ele e senti uma pressão no peito.

Passei a amar o homem que tentou me destruir e que eu, futuramente, teria o dever de aniquilar. Porque, se meu plano desse certo, Dominic em breve se tornaria o sucessor do poder dos Korschei nos Estados Unidos, dono daquele império de impunidade.

E só se destrói um reino assassinando o rei.

Pode parecer ingratidão da minha parte pensar assim, eu sei, mas ficar com o Chefe dos Korschei seria trair tudo que sempre acreditei.

Aquela seria uma batalha entre a razão e a emoção, que carregaria até o fim da nossa jornada. Quem iria ganhar? Até então não sabia, só o tempo para dizer.

— No que está pensando? — Dominic perguntou, provavelmente por notar que eu estava em silêncio por um tempo longo demais.

Dei mais uma tragada e soltei a fumaça devagar pelo nariz. Encarei-o.

— Pensando no que irei dizer ao encontrar os representantes da Cosa Nostra. — Esfreguei os dedos.

— Eu posso ir no seu lugar, já disse. — Marcou a mandíbula. O olhar estreito se manteve no caminho.

— A minha chance de sair vivo é maior que a sua.

— Mas o seu risco também é alto. E se você não voltar? — Segurou em meu pulso e a voz se tornou embargada. — Eu... eu não posso correr o risco de te perder de novo, Zachiary.

Coloquei a mão sobre a dele.

— E é pelo mesmo risco que não posso permitir que você quem tente a negociação, Dominic.

Quando chegamos no bairro do outro lado da cidade, a velocidade do carro se reduziu, o coração quem acelerou com os olhares desconfiados que recebíamos dos vigilantes disfarçados.

Na quadra à frente havia um restaurante italiano, que era conhecido por ser a classe A. Apenas pessoas selecionadas podiam entrar, justamente por ser ali em que boa parte das confraternizações e algumas reuniões da Cosa Nostra aconteciam.

Assim que Dominic estacionou, um frio percorreu a minha vértebra e me arrepiei por inteiro. Foi como se de repente o tempo virasse e a tarde úmida se tornasse fria, seca, eu estremecia internamente e me esforçava para que Dominic não notasse. Eu não queria que ele me impedisse.

Nos entreolhamos por um tempo, quietos, mas nossas respirações apressadas falaram por nós.

Abri a porta do carro e coloquei uma das muletas para fora. Antes de desembarcar, Dominic me puxou pela nuca e nossos lábios se encostaram.

Ele fechou os olhos e encostou sua testa na minha.

— Não morra.

Concordei, tirei a arma da cintura e a coloquei sobre o banco do carona antes de sair.

Eu me apoiava nas muletas para conseguir ter algum suporte para as pernas, que ainda eram a parte do corpo mais dolorida e enfraquecida. Apesar do incômodo, persisti, precisava andar, necessitava passar por aquilo para depois me livrar das muletas.

Recebi alguns olhares pelo caminho, mas sem o Dominic, nenhum era ameaçador. Apenas de pena e alguns de susto por verem as marcas a mostra no meu rosto e corpo.

Apesar de não gostar que me olhassem daquele jeito, senti uma vantagem. Talvez eles apontariam a arma e perguntariam antes de me matar sem sequer escutar o que eu tinha a dizer.

Quando cheguei em frente ao restaurante branco de tijolos, com cortinas verdes, e porta vermelha, o segurança de sotaque italiano me abordou.

— Tem reserva? — Colocou as duas mãos em frente ao corpo e seus olhos me inspecionaram da cabeça aos pés.

— Quero falar com Giornno Ricci. — Baixei a voz. — Eu sei que essa hora ele provavelmente está aqui.

Disse o nome completo do Capo.

O homem de cabelos bem escuros e pele discretamente bronzeada rosnou e seu nariz se enrugou.

— E quem que deseja falar com ele?

— Bóris Petrova. Cão de Dominic Ivanov dos Korschei... eu acho que tenho algo que pode interessar a ele.

O segurança colocou uma das mãos na cintura e estendeu a outra mão.

— Então me dê que eu entrego.

— É uma informação.

Ele puxou a pistola e apontou para o meu rosto. Apesar da garganta se fechar, mantive o olhar convicto e as duas mãos bem presas às muletas.

— Escute aqui, Russo...

— Por que está apontando a arma para um homem desarmado? — perguntei.

— Você não está na sua área, muito menos em condições de tentar alguma gracinha. — Olhou em volta rapidamente e me encarou.

— Eu não vim como isca, muito menos para um confronto, vim para uma proposta de trato! Olhe para mim! Olhe o que fizeram comigo! — gritei e rangi os dentes.

Uma brecha na porta vermelha se abriu e recebi um olhar curioso, que me inspecionou da cabeça aos pés. Avistei ali um nariz longo e parte de um cabelo esbranquiçado.

— Deixe o cão entrar, Matteo.

A porta se fechou novamente. O segurança olhou para mim com desagrado, mas guardou sua arma e saiu da frente, permitindo que eu passasse.

A porta me foi aberta, e mesmo com as cortinas fechadas, as luzes internas do restaurante estavam majoritariamente apagadas, apenas uma aos fundos se manteve acesa. O ambiente meio escuro cheirava a charuto.

Assim que dei o primeiro passo adentro, dois homens armados e de terno vieram me revistar e quando comprovaram que eu não carregava nada, abriram caminho para que eu chegasse ao seu chefe.

No fundo do restaurante, em uma mesa redonda, estava sentado um homem de meia-idade, com terno estirado por ser um pouco menor que o seu tamanho, testa marcada com rugas e cabelos escuros presos num rabo de cavalo para trás fumando um charuto.

Ao lado dele, seu guarda-costas de cabelos brancos e nariz longo, que bisbilhotou a minha conversa com o segurança, os dois cercados por mais quatro homens.

— Boa tarde — cumprimentei sem receber uma resposta. Andei até aquela mesa, as muletas batendo no chão fizeram um barulho que ecoava dentre as mesas vazias.

Um dos soldados puxou a cadeira para que eu me sentasse em frente ao seu chefe. Tomei o meu lugar e soltei o ar devagar, para que não suspirasse.

— O que te traz aqui? Por que não veio com seu dono, Cão?

— Para vocês saberem que não viemos aqui para briga, mas para um trato.

— Um trato? — O Capo tragou seu charuto. — Diga mais.

— Dominic Ivanov quer tomar o lugar de Nikolai. Para isso, ele só conseguiria se tirasse o irmão do caminho.

— E para isso que vocês querem a nossa ajuda? — O homem abriu os braços. — Por que não disse logo? Estou louco para tirar aquele quatro olhos do caminho! — Ele gargalhou.

A risada escandalosa fez com que os outros rissem também.

— Não é apenas isso. Como eu disse, seria um trato — interrompi as risadas. — Sabemos que há alguém levando informações dos Korschei para vocês. Nos entregue o informante, que lhe daremos Nikolai. Dominic não vai intervir na ação e podemos ver uma forma de tirar Alexander da jogada também.

— Perder a nossa fonte? — O Capo cruzou os braços. — Nada disso.

— É perder um peão para ganhar um rei. E... cai entre nós... — Aproximei o rosto e baixei o tom de voz. — Dominic é diferente de Nikolai, ele não tem experiência com os negócios, muito menos participa da maioria das ações da organização. A morte do Ivanov mais velho seria um ganho maior para vocês do que simples ações antecipadas.

Recebi um olhar estreito.

— Tudo isso é um plano do seu mestre para tirar o irmão de jogo?

— Tudo isso é um plano de vingança! — Bati o punho na mesa, que fez com que os talheres e pratos vazios trepidassem. — Para eu fazer Nikolai pagar pelo que fez comigo e, convenientemente, tirá-lo de jogo.

— Por que ele te torturou?

— Porque ele achava que eu era o informante. Portanto quero me livrar dos dois.

— Então, se te entregarmos o informante... como vão cumprir a parte de vocês do trato?

— Eu virei pessoalmente com Dominic para arquitetarmos o plano. Se não aparecermos, podem me matar. Vocês sabem onde os Korschei moram.

O homem recostou na cadeira e deu mais um trago enquanto me olhava em silêncio.

Meu coração batia forte, o suor escorria frio pelas costas, mas tentei me manter de postura reta e encará-lo sem desvios.

— Temos um trato? — falei, e estendi a mão sobre a mesa.

— Farei uma reunião para decidirmos. Pode ir embora.

Sem que eu pudesse me levantar, os seus homens de imediato me pegaram pelos braços e me puseram de pé, entregaram as muletas para mim e a porta foi aberta, quase que me expulsando.

Enquanto andava para a saída, olhei para o Capo pela última vez.

— Quando terei sua resposta?

— Você vai saber.

Fui quase posto para fora e a porta vermelha bateu abrupta atrás de mim.

O segurança me olhou com desdém e eu me afastei dele antes que escutasse alguma gracinha. Inspirei profundamente e soltei o ar devagar, tentando manter a calma, porque apesar da ação hostil, não houve uma resposta negativa de imediato.

Comecei a andar pela rua e a cada passo dava uma olhada para trás a fim de ver se estava sendo seguido ou se havia alguma mira de arma apontada para a minha cabeça. Por sorte, nenhum dos dois.

Dominic ligou o carro quando me aproximei, abri a porta e me joguei no banco do carona. Puxei as muletas para dentro e bati a porta. Ele me encarou com os olhos arregalados.

Olhei-o de volta.

— E aí? — Quebrou o silêncio. — Deu certo?

Recolhi os lábios e ergui os ombros.

— Eles vão pensar.

Sua respiração saiu forte. Dominic me entregou a arma, voltou a atenção para a pista e pisou no acelerador para retornarmos à mansão.

Eu desejava que aquilo desse certo tanto quanto ele, mas era compreensível a relutância do outro lado em fazer um trato com o diabo. Já que, caso parassem para analisar mais a fundo, eles teriam mais a perder sem o informante do que ganhar com a morte de Nikolai. Contudo, dei o meu melhor para tentar convencê-los do contrário.

Naquela hora, o sol já tinha caído, as ruas estavam mais movimentadas e o trânsito caótico por estarmos retornando para casa justamente no horário de fim de expediente.

Durante todo o caminho de volta eu fiquei a fumar o meu vape, com as mãos discretamente trêmulas, refletindo o que faria caso a Cosa Nostra negasse a proposta. Já que não tinha tanto tempo para me livrar de Nikolai, ele parecia estar tramando fazer o mesmo comigo, porque acreditou que eu tivesse morrido uma vez quando me largou em um matagal na Philadelphia.

Dominic estava igualmente tenso. De vez em quando, levava a unha curta do polegar entre os dentes e seu rosto estava mais rígido, olhar fixo no horizonte... nos vimos numa rua sem saída.

A nossa companhia foi o som baixo e distante da rádio que noticiava as coisas que aconteciam na cidade. O clima denso dentro do carro não nos permitiu trocar muitas palavras.

Demoramos mais do que o esperado para chegar no bairro e assim que passamos pela rua antes da mansão, uma moto preta nos cortou rapidamente e derrapou parando em frente ao carro.

Dominic pisou abruptamente no freio. Nossos corpos foram projetados para frente, mas retidos aos bancos pelo cinto de segurança.

O motoqueiro apoiou o pé no chão, olhou para nós e colocou a mão no casaco.

Pegamos nossas armas.

Destravei a trava de segurança.

Apontamos.

Antes de atirarmos, ele puxou um envelope em tom pardo. Desceu da moto e se aproximou devagar com as mãos para cima.

Minha respiração se tornou acelerada e os olhos maiores.

O homem colocou o envelope sobre o capô, deu meia volta rapidamente e subiu na moto, que disparou em fuga, deixando um rastro de pneu queimado.

Dominic e eu nos entreolhamos.

— Que merda foi essa?! — disse ele.

Abriu a porta do carro para sair, olhou ao redor com a arma em mãos e pegou o envelope secreto que foi deixado sobre o capô. Voltou para o carro e assim que bateu a porta, jogou o envelope no meu colo.

— Abra — mandou.

— Por que eu?

— Vá logo!

Guardei a minha arma na cintura e com os dedos trêmulos, tirei a cola que fechava o envelope, então, ao abrir, tinha um conjunto de fotos, atrás estava escrito um, onde e quando? Meu coração acelerou e devagar virei a foto para ver o que era.

Nas imagens, a foto da informante em seus almoços e saídas com o Capo da Cosa Nostra.

— Vanessa?!

UM JANTAR ESPECIAL

Dominic Ivanov

Meu corpo inteiro estremecia, meus dentes rangiam sem o meu controle, eu estava quente, borbulhando de ódio. Ao invés de entrar nos portões do condomínio, desviei o caminho e acelerei pela rua à frente.

— Foi ela quem ocasionou tudo isso, essa maldita... a puta que o Nikolai levou pra casa! — Dei dois socos contra o volante.

Zachiary olhou para mim com a expressão assustada.

— Para onde estamos indo? — Franziu as sobrancelhas.

— Você vai ver.

O coração se acelerava conforme o ponteiro do velocímetro trepidava. Minha visão estava focada, eu cortei carros e recebi buzinadas e xingamentos.

"Babaca!" "Está doido?!"

Atravessei semáforos no vermelho.

Quase fechei cruzamentos.

— Dominic... que porra é essa?! Para onde estamos indo, me responde logo!

Eu o escutei perguntar, agarrado ao banco, mesmo com o cinto de segurança. Olhei para o painel do carro que mostrava a hora.

— Já disse que você verá — falei entredentes.

Sua respiração saiu forte e logo senti a frieza do metal contra o meu pescoço. Zachiary pressionou em mim o cano da arma, pisei aos poucos no freio e o encarei de canto de olho.

— Por que está apontando a arma para mim?

— Porque você está dirigindo feito um maluco! Para onde esta... — Ele interrompeu a frase ao notar o túnel que atravessamos. Alguns carros potentes e turbinados de cores vivas passaram por nós feito uma bala. — Zona neutra. Você está indo atrás da Vanessa agora?

— Precisamos chegar lá antes do horário de entrada dela na boate. — Pressionei os dentes.

Zachiary afastou a arma e entreabriu os lábios, com as sobrancelhas franzidas.

— Dominic... o que você pretende fazer com ela?

Engoli em seco e comecei a desacelerar, desacelerar até estacionar o carro com duas rodas sobre a calçada, em frente ao prédio de tijolos com luzes neon que piscavam. Ainda era cedo, início da noite, as ruas estavam menos movimentadas, somente as putas caminhavam por ali com seus saltos altos e casacões cobrindo a maior parte do corpo, rumo às casas noturnas.

Puxei o freio de mão e me virei para o meu amado, que me encarava com os enormes olhos escuros assustados.

— Eu? Eu não farei nada. — Levei a mão ao seu rosto e passei com cuidado o polegar na marca esverdeada do hematoma que havia abaixo de seu olho. — Nikolai quem vai. Porque eu quero que ele sinta a dor que é ver alguém que ama sofrer. E pior, por suas próprias mãos.

Zachiary recolheu os lábios.

— Imagino que você não queira que ela se machuque, mas Zach... Vanessa soube onde estava se metendo quando recebeu dinheiro para trair o meu irmão. Não só o meu irmão, mas a nossa família, os Korschei.

Notei a expressão em seu rosto mudar, antes, receosa, mas aos poucos o vinco entre suas sobrancelhas suavizou, os olhos se estreitaram e os cantos da boca voltaram à posição retilínea. Ficou sério, talvez um pouco apático.

— Faça o que deve.

Desviou o olhar para a fachada do prédio.

Voltei a atenção para frente, então, ao longe, notei as botas longas pretas, seu casaco vermelho de plumas bem amarrado na cintura, bolsa de couro e os cabelos presos no alto da cabeça.

Vanessa parecia desfilar durante uma simples caminhada. No entanto, quando ela viu o carro, desacelerou os passos.

Imediatamente abri a porta, saí e encostei no capô para que ela tivesse a certeza de que eu a vi, que se tentasse fugir, seria pior.

A traíra inflou o peito, ergueu o queixo e continuou a andar na minha direção, os pés de vez em quando se esbarravam. Ela girou a bolsa e sorriu.

— Dominic! Que surpresa te ver aqui tão cedo. Cadê o meu chuchuzinho? — Seu corpo se inclinou discretamente para frente e ao ver o rosto de Zachiary no banco do carona, recuou de imediato com os olhos discretamente arregalados.

Provavelmente ela acreditou que eu quem fiz aquilo com ele.

— Nikolai pediu para eu te buscar para jantar hoje. — Passei por ela e fui até a porta de trás. Feito um cavalheiro, a abri e indiquei com a mão. — Entre.

— Eu... eu não estou com fom...

— Entre.

— Dominic, por favor, avise ao Nikolai que preciso trabalhar hoje. — Franziu as sobrancelhas e apressou o passo, mas antes que ela pudesse passar por mim, entrei em sua frente.

— A porta está aberta para você entrar. — Estreitei os olhos.

Ela inspirou fundo e concordou.

— Certo... — disse Vanessa, baixinho. — Se Nikolai faz tanta questão.

Mesmo com receio, de forma que pareceu notar que tinha algo errado, ela entrou no carro.

Peguei o meu lugar ao volante, acionei todas as travas e fiz uma curva, que os pneus soltaram fumaça e marcaram o asfalto. Dirigi às pressas para fora da zona neutra, rumo à mansão, queria chegar bem no horário do jantar.

Zachiary ficou estático e em silêncio ao meu lado, com sua arma escondida na cintura e mãos sobre o colo. Olhei para Vanessa pelo retrovisor e ela estava recolhida no canto do banco, com a visão focada na janela.

O silêncio entre nós três só não era mais enlouquecedor porque a rádio chiava baixinho ao fundo.

— Eu... eu admito que estou com medo. Não entendi por que Nikolai quis me ver com tanta urgência, nem porque não veio pessoalmente. — A voz dela saiu trêmula.

— Porque ele está ajudando na organização do jantar — falei. — Você é mulher de mafioso, Vanessa, já deveria estar acostumada com as coisas saindo do roteiro.

Zach olhou para trás e sorriu para ela.

— Acredito que seja uma boa surpresa. Fique calma.

— É, fique calma, Vanessa. Não entendi por que está tão nervosa, esconde algo de nós? — Abri um sorriso lento para ela, encarando-a pelo retrovisor.

Suas sobrancelhas se franziram.

— Eu não estou nervosa, só estranhando o inesperado, já que Nikolai costuma mandar mensagens antes.

— Se ele te mandasse mensagem antes não seria uma surpresa — rebati.

Vanessa se calou. Naquela hora o trânsito estava menos denso, consegui passar pelas ruas em velocidade alta, alguns comércios abaixavam suas portas de metal, enquanto outros colocavam os avisos de aberto.

Eu observava os movimentos de Vanessa no banco de trás com atenção, ela apertava os dedos e respirava rápido, só conseguiu relaxar quando se familiarizou com o bairro e teve a certeza de que eu realmente estava a levando para a mansão.

Passamos pelos portões e em frente estavam os soldados. Abaixei o vidro para que me identificassem ao volante e estacionei na garagem, assim que desliguei o carro as portas foram destravadas.

Saímos os três juntos, o gramado estava menos movimentado, as luzes externas acesas e pela cortina fina e esverdeada da janela dava para ver a iluminação na cozinha. Cheguei um pouco em cima da hora, mas serviria.

Abri a porta para que Vanessa passasse na frente, Zach olhou de canto para mim e fez sinal com a cabeça para que eu pegasse as fotos que estavam no bolso de sua calça.

Guardei as fotos comigo.

O salão estava iluminado, os saltos da prostituta faziam barulho conforme o seu andar até a cozinha.

Assim que chegamos, Dmitry, Nikolai e seu cão estavam sentados à mesa, com seus pratos vazios e talheres organizados, aguardando pelo jantar ser servido. Meu irmão se levantou da cadeira ao perceber a presença repentina de sua namorada.

— Vanessa?!

— Oi, Chuchuzinho!

Ela rodeou a mesa para abraçá-lo e beijá-lo. Parei em frente à Nikolai enquanto Zachiary puxava a cadeira para se sentar ao meu lado.

— O que te trouxe aqui? — Ele perguntou, abraçado com ela.

— O seu irm...

— Você quem pediu essa ocasião especial, lembra? — Ergui dois dedos unidos discretamente.

Aquele gesto demonstrou para ele que deveria seguir com a minha mentira. Era um código entre a família para quando tivéssemos que avisar algo silenciosamente.

— A-Ah! — Sua voz saiu trêmula. — É verdade, Dominic. Eu combinei isso há tanto tempo que não me lembrava. — Nikolai puxou a cadeira ao seu lado. — Sente-se, querida.

Um clima estranho pairou sobre nós. Todos se entreolharam, inclusive Dmitry, que notou o gesto que fiz para Nikolai, depois disso ele não conseguiu tirar os olhos da Vanessa.

Meu tio encarava Vanessa.

Vanessa buscava refúgio no olhar de Nikolai.

Mas Nikolai observava Zachiary.

E Zachiary olhou para mim.

E eu para o meu irmão.

As empregadas apareceram com as bandejas e puseram o jantar à mesa. Um grande e suculento peru assado com cenouras e cebolas, cujo cheiro empesteou a cozinha, salada de batatas, arroz e como bebida, vinho tinto.

Começamos a nos servir, apenas o tintilar dos talheres contra os pratos e as mastigações eram ouvidas.

O clima estranho foi quebrado por Alexander, que puxou assunto com Vanessa.

— Mas então, como está Angela? Ela já ganhou o bebê?

— Ainda não. Mesmo com oito meses, a loirinha ainda aparece nos bastidores do show. Ela não consegue se ver longe da boate.

Nikolai conseguiu enfim respirar e voltou o olhar para Dmitry.

— Então, tio, sobre aquele assunto que estávamos conversando antes, acho que seria interessante Dominic ouvir também. Ele deve ir junto conosco, certo? — Arqueou a sobrancelha e me lançou uma encarada de canto.

— Para onde eu devo ir junto?

— Estávamos conversando sobre o evento na Ilha do Spencer. Hilbert Harper pretende fazer seu encerramento de campanha lá, mas Nikolai só podem dois representantes dos Korschei, com seus devidos seguranças. — Dmirty fincou o garfo em sua coxa de peru e levou à boca.

Zach me cutucou na perna por debaixo da mesa. Aquela seria a melhor oportunidade.

— E não tem como conversar com ele para mais pessoas? Para que eu possa ir com meu cão? — Estreitei os olhos.

Dmitry negou, mastigou devagar enquanto me observava até poder falar.

— Não. É um lugar pequeno, um evento muito restrito, na próxima você vai.

Eu senti o sangue borbulhar, meus músculos se estremeceram, cheguei a fechar o punho, mas antes que eu pudesse dar um soco na mesa, Zachiary segurou meu punho. Encarei-o, e seus olhos escuros me transmitiram silenciosamente que eu deveria me controlar.

Nikolai puxou o assunto na mesa justamente por saber que eu não poderia ir, que aquilo iria me afetar.

O toque de Zach me fez parar, respirar e racionalizar a situação. Meu irmão estava cada dia mais próximo de sair do meu caminho e sem ele, eu quem representaria os Korschei ao lado de Dmitry. Meu tio não teria escolha.

— Certo. Entendi. — Afirmei com a cabeça e ergui os ombros. — Na próxima eu vou, então. Terá outras oportunidades.

— Exatamente, Dominic.

Dmitry pareceu satisfeito com a minha atitude.

Os pratos aos poucos foram se esvaziando, algumas louças retiradas da mesa ao fim das refeições, mas antes que alguém se levantasse, eu me coloquei de pé, peguei a taça de vinho e bati nela com um garfo.

Ao ter a atenção para mim, apoiei a taça sobre a mesa e inflei o peito.

— Senhores, trouxe aqui a Vanessa, para este aconchegante jantar em família porque ela tem algo a contar a vocês. — Encarei-a.

Nikolai prendeu o ar.

Vanessa afastou a cadeira.

Eu joguei as fotos sobre a mesa.

O suspiro em surpresa foi coletivo. Meu irmão começou a estremecer e seus dedos mal sustentavam a foto enquanto observava cada detalhe da imagem de sua amada conversando com o Capo da Cosa Nostra.

Ninguém disse uma palavra, nem mesmo a acusada.

Meu tio puxou uma das três fotos para si e sua expressão se tornou mais e mais enrugada, até que explodisse de raiva.

— Sua puta! — Ele se levantou com a faca em mãos e apontou para ela. — Você nos traiu! Nós te acolhemos e você nos traiu! Eu vou te matar! Eu vou te matar!

Os gritos de Dmitry eram acompanhados de gotículas de saliva carregadas de ódio.

Nikolai entrou na frente de sua amada e tentou sustentar a expressão neutra.

— Acalme-se tio, irei resolver isso com ela.

— Nikolai, tire essa vagabunda da minha frente senão eu vou esfaqueá-la aqui mesmo! — Deu um soco tão forte na mesa, que a bandeja de frango vazia fez barulho.

Meu irmão apoiou a mão na cintura de sua namorada que desatou a chorar, com o corpo recolhido entre seus braços. Ele a carregou para fora da cozinha, acompanhado de seu cão, que seguiu os dois, mas que antes de sumir da minha visão, olhou-me de forma muito expressiva.

Alexander pareceu desgostar mais de eu ter exposto Vanessa do que descobrir que ela era a informante.

Os três seguiram para os fundos da casa, Dmitry puxou um maço de cigarro e saiu para o lado oposto. Zachiary e eu nos entreolhamos e ele me empurrou discretamente para que eu fosse checar o que aconteceria.

Atravessamos o salão, que estava bem iluminado, mas conforme nos aproximávamos das portas dos fundos, o ambiente se tornava mais escuro.

Zach e eu nos escoramos na parede próxima à porta de vidro, que dava para ver e ouvir Nikolai e Vanessa discutindo em frente à piscina.

— Eu confiei em você, eu te trouxe para a minha casa, minha família e é assim que sou agradecido?! Nunca te pedi nada, Vanessa. Nada em troca!

— Niko, você não entende, eu fui obrig...

— Cale a boca!

— Nikolai, deixe ela falar — Alexander interveio.

— Eu não dei permissão para o cão falar. — Meu irmão respondeu ríspido, e encarou seu cão de tal forma, que o fez dar um passo para trás.

— Não há justificativas para o que você fez, Vanessa. Eu queria te perdoar, mas você cometeu o pior dos crimes dentro da máfia. — Ele puxou a arma da cintura e apontou para ela. — Traição.

O choro de Vanessa tomou uma proporção tão desesperada, que escutávamos através das paredes os seus soluços. A maquiagem escura em volta dos olhos se derretia junto das lágrimas e ela levou uma das mãos à barriga.

— Por favor, Niko, não faça isso. Eu tinha uma dívida com eles, precisava pagar de alguma forma.

— E não podia ter me contado? Me feito pagar?!

— Eles não queriam dinheiro.

Nikolai, com a mão livre, empurrou os óculos para cima do nariz, suspirou e destravou a trava de segurança.

— Espera! Eu... eu tô grávida.

— Grávida?! — Alexander arregalou os olhos.

Nikolai permaneceu em silêncio, mantendo sua amada na mira.

— E o filho é seu, Nikolai. Eu queria esperar ao menos três me...

Antes que ela finalizasse a frase, foi interrompida por um tiro, que primeiro atravessou sua barriga e depois outro na cabeça, bem entre os olhos. O sangue escorreu em sua face pálida e assustada, depois, o corpo caiu para trás.

As águas claras da piscina aos poucos foram tomadas por um tom vermelho.

— O que você fez?! — Alexander gritou e chegou perto de Nikolai, agarrou em seus ombros e o chacoalhou. — O que você fez, Nikolai? Matou o seu filho!

— Eu sou estéril. Mas, ainda que ela estivesse esperando um filho meu, a minha decisão seria a mesma. — Ele guardou a arma e virou-se para voltar para casa, mas foi puxado por Alexander.

A expressão de seu cão estava cansada e assustada. Suas pupilas vagavam de um lado para o outro enquanto encarava Nikolai.

— No que você se tornou, Nikolai? Desde que viemos para cá, é como se às vezes eu não te reconhecesse mais.

— Eu estou me tornando o que meu pai me criou para ser. O futuro Chefe dos Korschei.

— Versão sua essa que me deixa cada vez mais distante de você, do que temos. Eu o amo, Nikolai Ivanov, mas isso que você virou...

Meu irmão afundou seu dedo contra o peitoral de seu cão.

— Que você aceite quem eu sou agora ou deixe de me amar. Porque eu não vou mudar. Nada, nem ninguém, importa mais para mim do que a organização. Entendeu? Ninguém.

— Se é assim. — Alexander concordou.

Nikolai voltou-se para a porta e começou a se aproximar, ele me viu através do vidro antes mesmo de passar pela entrada. Seu olhar se fixou no meu ao atravessar para dentro da casa, e no canto de seu olho havia uma solitária lágrima.

RETA FINAL

DOMINIC IVANOV

Um vento frio passou pelo meu corpo, eu estremeci e me agarrei firme aos lençóis finos que me cobriam, então, acordei. Não na minha cama em Nova York, mas na Rússia, na mansão Ivanov. Meu corpo estava menor, frágil... ao tocar os pés no chão notei que eu era quase uma criança. Tinha treze anos, acho.

A neve caía do lado de fora, eu me aproximei da janela e coloquei a minha mão no vidro para ver a movimentação no jardim cujas flores estavam cobertas por gelo. Os guarda-chuvas pretos estavam abertos, eles marchavam em direção à entrada de casa.

Havia uma pessoa que dispensou o guarda-chuva. O guarda-chuva se fechou e ele olhou para o alto. Era o meu irmão, Nikolai, e ao lado dele, Alexander, que ainda não tinha o seu típico bigode e expressão tão cansada.

O cão de Nikolai segurava seu guarda-chuva numa mão enluvada e a outra apoiava no fim de suas costas, guiando-o pelo caminho. Niko olhou para o alto e nossos olhares se encontraram, eu sorri para ele, mas a resposta foi uma expressão séria, fechada, como se ele não tivesse ficado igualmente feliz em me ver.

Eu me afastei da janela, abri a porta e saí correndo pelo corredor, derrapando pelo piso lustrado de madeira. Sempre que papai chegava em casa com seus soldados, eu gostava de tentar estar por perto, de sentir que pertencia aos negócios da família também.

Quando cheguei no salão, notei uma certa movimentação vinda da sala com porta de correr de madeira que ficou entreaberta. Eu me aproximei para espiar, sabia que não poderia entrar senão seria expulso ou se percebessem que eu estava ali, fechariam a porta.

Os homens, junto ao meu pai, comemoravam erguendo copos pequenos com vodka, enquanto, ao fundo, estava Nikolai próximo à lareira, estremecendo e então, de perto, eu percebi... a blusa branca de seu terno estava manchada de vermelho e uma das mãos também suja de sangue, mão aquela que ele mantinha afastado do corpo.

Papai olhou feio para Niko, foi até ele e o sacudiu pelo ombro, da forma que ele fazia comigo quando estava bravo.

Eu não consegui entender pelo que estavam comemorando, até escutar meu pai falar alto com meu irmão na frente de todos os seus amigos.

— Se vai continuar com essa cara, vou te expulsar daqui! Está me ouvindo?

Aquilo criou um silêncio imediato e a atenção se voltou toda a Niko.

Meu irmão colocou a mão limpa debaixo de seus óculos para passar pela pálpebra.

— Eu não quero mais fazer isso, pai... eu não quero matar, não que...

— Cale a boca!

O choro de Nikolai se tornou audível.

Papai jogou o pequeno copo de vidro na parede, ao lado do meu irmão, que o fez gritar e tampar os ouvidos.

— Saiam todos! — Ordenou.

Os seus homens começaram a se aproximar da porta, mas Alexander se manteve firme ao lado de Niko, até que meu pai apontou o dedo no rosto dele e disse algo que o fez se afastar, com os punhos fechados.

Assim que os outros Korschei chegaram mais perto, eu me afastei e escondi atrás de uma pilastra. A porta foi escancarada, todos saíam, mas ao fundo da sala, Nikolai se aproximava cada vez mais da parede e meu pai com o cinto em mãos.

Meu coração bateu forte, eu me senti nervoso. Niko nunca apanhava, nunca o vi com marcas, e ele não pareceu ter feito algo de errado, e se fez estava bem arrependido.

Eu saí do meu esconderijo, passei esbarrando pelos homens de terno e antes que papai batesse em Nikolai, entrei em sua frente.

— Não faz isso com ele não, papai! — falei.

— Sai da frente!

— Não!

— Se você não sair vai apanhar por ele!

Niko agarrou em meus ombros, eu sentia os seus tremores e a respiração acelerada de medo, sua mão de sangue me manchou. Eu virei meu rosto de lado para encará-lo e afirmei com a cabeça, dando brecha para que ele fugisse.

Meu pai chegou mais perto.

Eu levei meus braços frente ao rosto.

Eu sabia que aquilo era algo que poderia aguentar. Papai me batia quando bebia demais, me batia quando algo em seus planos davam errado, eu apanhava até mesmo por expressar os meus sentimentos. A minha pele estava tão dura dos golpes, que eu sabia que aguentaria, já Nikolai não. Era frágil, fraco, precisava sempre ser protegido.

Apesar de tudo, eu sabia que aquelas dores me fariam forte o bastante para merecer estar no grupo do papai quando crescesse. Ele iria reconhecer aquilo, a minha força, que eu era tão bom, ou talvez até melhor que Niko.

Ele iria reconhecer.

O primeiro golpe fez a fivela do cinto rasgar a pele em meu braço.

Ele iria reconhecer.

Lágrimas vieram aos olhos com o ardor no corpo.

Ele iria reconhecer.

Mesmo no chão, encolhido, continuei apanhando, aguentando os golpes.

Ele iria reconhecer.

Um dia, quem sabe, ele iria.

Eu senti todas as dores, senti novas cicatrizes se formarem, e então, despertei num susto do sonho que mais me pareceram memórias ao som de uma trovoada. Chovia forte lá fora, agarrei firme ao corpo de Zach, estremecido.

Zachiary se virou de frente para mim e apoiou uma das mãos em meu rosto.

— O que foi, Domi? Tá tudo bem?

Ouvir sua voz me puxou de volta, eu soltei numa respiração pesada o ar que nem percebi que prendia.

Afirmei com a cabeça.

— Sim, sim... foi só um pesadelo.

Recebi uma carícia por parte dele, seus dedos alisando o meu rosto me fizeram fechar os olhos.

— Que bom, Domi.

— Depois da noite de ontem... quanto tempo temos para ir até a Cosa Nostra cumprir a parte do acordo?

— Não temos tempo. É o quanto antes, senão vão achar que foram passados para trás.

Eu me sentei na cama, inspirei fundo e soltei o ar devagar.

— Certo. Iremos hoje então. Talvez depois do café, antes que Dmitry me dê alguma tarefa.

Ele se colocou ao meu lado, passou a mão na cabeça, pelo costume de jogar seus cabelos para trás, mesmo quando ainda não os tinha na cabeça mais.

— De acordo.

Tomamos um banho e nos arrumamos rápido para o café e depois a reunião com a Cosa Nostra. Colocamos armas na cintura, mesmo sabendo que seríamos revistados, peguei uma faca para prender ao tornozelo também.

Zach já não sentia mais a necessidade de usar as duas muletas, ele ainda usava, só uma, mas seu andar era normal. Acredito que ele não abriu mão da muleta por ainda se sentir inseguro, com medo de cair pelas pernas não aguentarem.

A cada três passos eu parava para esperá-lo me alcançar. Descemos juntos até a cozinha para comermos o café.

Arqueei a sobrancelha ao ver que as únicas pessoas presentes ali eram meu tio e o cão, que estava sem o meu irmão.

Alexander comia com a cabeça baixa e ergueu apenas o olhar ao notar a minha presença, já Dmitry, sorriu, com sua xícara de café em mãos. Aquilo era estranho, ele mal sorria, muito menos para mim.

— Por que a felicidade, tio? — perguntei ao puxar a cadeira para me sentar.

Suas sobrancelhas subiram.

— Porque sem a informante no nosso caminho, podemos retornar as nossas ações sem chance de problemas. Avisei ao Hilbert Harper sobre isso hoje de manhã, inclusive, ele quer marcar um jantar conosco no Le Palais d'Or amanhã à noite para discutirmos coisas relevantes da campanha antes do evento do Spencer.

Sorri discretamente.

— Que ótimo, tio.

— E você e Bóris estão convidados.

Arregalei os olhos e senti o coração descompassar nas batidas. Fiquei tão extasiado com a ideia, que quase esbarrei na jarra de suco que a empregada serviu à mesa.

Tentei conter a empolgação antes de responder.

— Convidados para a ilha? — Apertei a coxa de Zach por debaixo da mesa.

— Não, convidados para o Le Palais. É uma forma de reconhecer que fez um bom trabalho em caçar a informante, aliás, como conseguiu aquelas fotos? — Dmitry cruzou as pernas e levou a xícara de café aos lábios.

— Dominic e eu executamos um plano de vigia e investigação — disse Zach, sua voz saiu acompanhada do ranger que a faca fazia contra o prato ao cortar os pedaços de bacon para comer com ovos.

— Hum... entendi. Bom.

Meu tio deu de ombros e bebeu seu café. Ele estava tão satisfeito com a entrega da informante, que sequer pediu mais detalhes sobre.

Olhei em volta, Alexander estava em completo silêncio comendo.

— Onde está meu irmão? Ainda dormindo? — perguntei.

— Está na beirada da piscina.

Bebi um gole de suco para umedecer a garganta e franzi as sobrancelhas.

— O corpo ainda está lá?

— Não.

— Então o que ele está fazendo na beira da piscina em um tempo chuvoso?

Alexander ergueu os ombros.

Alex seguia Nikolai para todos os cantos, exceto quando ele dispensava a sua presença.

Eu comi algumas torradas, bebi o restante do suco e me levantei da mesa. Zachiary ia se pôr de pé também, mas apoiei a mão em seu ombro para fazê-lo sentar de novo.

— Eu já volto — avisei a ele.

Fui até os fundos da casa e através da porta de vidro enxerguei Nikolai, ao longe, sentado na cadeira na beirada da piscina, debaixo de um guarda-sol, fumando um charuto e observando a chuva balançar a água da piscina.

Abri a porta e dei uma breve corrida até ele e me sentei na cadeira ao seu lado.

— O que você quer? — Meu irmão perguntou, sem desviar os olhos das águas. Deu um trago e soltou a fumaça lentamente.

— Por que está aqui fora na chuva?

— Quis ficar um pouco sozinho.

— Por conta da morte da Vanessa?

Senti o peito se apertar.

— Morte, não, assassinato. — Nikolai enfim virou o olhar para mim. Sua aparência, apesar de cansada, não demonstrava tristeza, apenas um imenso vazio. — Assassinato da mulher que eu amava. Eu a matei!

— Por minha causa — admiti.

Ele deu mais um trago e voltou o olhar para frente.

— Sabe, Dominic... eu quis te matar. Nunca desejei tanto meter uma bala em meio aos seus olhos quanto assim que o vi jogar aquelas fotos em cima da mesa de jantar.

Aquela confissão me fez apoiar a mão na arma, discretamente.

— Mas no fim você fez o certo. Ela deveria saber que jogar dos dois lados não teria uma boa consequência, talvez até estivesse confiante nisso por ter o meu coração envolvido, mas o papai estava certo. — Encarou-me e lentamente um sorriso se abriu em seu rosto. — Quanto mais próximos do topo, mais conseguimos ver as coisas com isso... — Apontou para a cabeça. — Ao invés disso. — Apoiou a mão com o charuto no peito. — Porque é assim que um verdadeiro Chefe age. E você ter feito o que fez na noite passada só deixou claro o quanto estou pronto para assumir o cargo quando chegar a hora.

Riu baixo.

Aquela frase me fez queimar de raiva, estremecer, ter vontade de agarrar em seu pescoço e soltar apenas quando ele parasse de respirar. Nikolai olhou no fundo dos meus olhos quando disse aquilo.

Ele teve noção que me afetaria, ele queria demonstrar que era melhor que eu, porque no fundo, Nikolai deveria saber que eu jamais teria a coragem de cometer um ato daqueles pela máfia se eu estivesse em seu lugar e a pessoa que eu amo na posição de Vanessa.

E se antes eu senti uma gota de pena, em minutos ele me fez perceber que encomendar a sua morte era um ato sem chances de remorso.

Apesar de afetado, tentei não transparecer.

— Você aprendeu bem com Vladmir. Papai ficará orgulhoso. — Eu me levantei e apoiei a mão sobre a cabeça dele. — Agora entre para tomar café, Alexander parece triste sem você. Você já perdeu uma pessoa que amava... tente não perder a outra.

Em silêncio, Nikolai me encarou e usou o polegar para empurrar os óculos para cima do nariz.

Dei as costas para ele e voltei para dentro de casa. Zachiary já tinha acabado de comer, estava em silêncio dividindo a mesa apenas com o outro cão. Eu o olhei de costas e refleti sobre a conversa de minutos antes.

Aquilo me fez questionar se eu realmente estava preparado para assumir a máfia após tirar Nikolai do meu caminho na sucessão.

Eu realmente quero me tornar o Chefe ou só ter a aprovação do meu pai? Da família?

Chacoalhei a cabeça.

Não, nada de pensar nisso. Nada de me questionar. Nikolai não vai conseguir entrar na minha mente.

Eu me aproximei de Zachiary para chamá-lo.

— Vamos, Bóris. Não posso me atrasar para um compromisso. — Passei a mão por sua cabeça raspada, cujos cabelos que cresciam espetaram meus dedos.

Ele se levantou de imediato.

Nós dois entramos no carro, bastou que eu batesse a porta para que Zach olhasse para mim. Suas sobrancelhas se franziram, ele notou que havia algo de errado.

— O que aconteceu?

— Eu tive uma conversa com Nikolai.

Zachiary assentiu.

— E você... quer desistir da ideia?

Segurei em seu queixo e puxei seu rosto para um beijo rápido. Ao erguer as pálpebras, notei seus olhos arregalados.

Sorri com apenas um lado dos lábios.

— Eu quero é matá-lo o quanto antes.

Nikolai não é mais preparado do que eu, ele não vai me convencer disso. Não vai.

Engatei a marcha e acelerei rumo ao outro lado da cidade.

Durante o caminho não tivemos muitos problemas com o trânsito, o horário era livre do fluxo intenso do começo das manhãs, o que nos fez chegar rápido na zona inimiga.

Já esperavam pela nossa presença, os olhos que nos vigiavam se tornaram ainda mais presentes, porém menos hostis, apenas... cuidadosos. Naquela hora, do outro lado da cidade, a chuva já não estava tão intensa, apenas uma garoa.

Estacionei na mesma esquina que tinha parado da outra vez.

Zachiary e eu deixamos o carro juntos para irmos até o restaurante branco de cortinas verdes. O segurança que ficava em frente a porta vermelha nos olhou de cima para baixo e deu três toques na madeira, o que fez a brecha se abrir.

— Ivanov? — disse o olhar curioso, onde era visível apenas a metade de seu rosto de pele bronzeada e cabelo esbranquiçado.

— Eu vim pelo trato — falei.

— Meu mestre quer acertar os termos da ação. Não viemos trazer nenhum problema, apenas entregar a nossa parte do acordo — Zach completou.

A porta se fechou.

Nos entreolhamos.

Segundos depois ela se abriu para um restaurante mal iluminado por dentro e fomos convidados a entrar.

Logo que passamos pela porta, fomos revistados, tomaram as nossas armas e a minha faca presa ao tornozelo. De mãos erguidas fui guiado pelos soldados da Cosa Nostra até o seu Capo, que estava sentado na mesa ao lado de seu cão de cabelos grisalhos e mais três outros homens.

Ele fumava um charuto e sorriu largo quando Zach e eu nos sentamos à sua frente.

— Que honra é ter o príncipe da máfia russa aqui. Quer comer alguma coisa? — Ergueu o queixo. — O restaurante ainda está fechado, mas a Francesca já está na cozinha e pode preparar algo.

— Não, obrigado. Já comi.

— Fico feliz em tê-los aqui. Sinal de que não vou ter que maltratar o seu cãozinho mais do que seu irmão já fez, não é mesmo?

Rosnei.

A minha vontade foi de mandá-lo calar a boca, mas Zach passou a mão na minha perna por debaixo da mesa, como forma de dizer para eu segurar. Não respondi a provocação.

— Eu vim o quanto antes porque acho que teremos a oportunidade perfeita para o ataque.

— Diga mais.

— Amanhã terá um jantar no restaurante Le Palais, com Hilbert Harper e a minha família. Por isso, estará cheio de soldados dos Korschei e um ataque externo seria pouco efetivo, então... eu pensei em talvez alguns de seus homens chegarem antes para se infiltrar, como se fossem clientes comuns.

— Que horas a sua família chega?

— Eu ainda não sei, mas vocês teriam que chegar antes e aos poucos, para ninguém perceber nada de errado.

O Capo coçou o queixo e estreitou os olhos para nós dois.

— Certo.

— Mas não tentem matar Dmitry ou serei obrigado a revidar. Talvez apenas um tiro não letal nele para despistar o real alvo.

— Algo mais?

— Não. Apenas cumpram o prometido. Vocês nos deram a informante e estou entregando Nikolai. Mas saibam que... — Coloquei a mão sobre a mesa. — Se atirarem em mim, ou matarem Dmitry, Bóris, qualquer outro... haverá consequências.

— Consequências? Como? Morto não fala, muito menos anda ou atira!

Aquilo gerou uma gargalhada nos homens a sua volta.

— Porque algumas fontes estarão cientes disso e terão o aval para agir, caso algo fora do combinado aconteça. Então, Giornno, pelo bem da sua família, sua esposa e das suas duas garotinhas lindas... faça o combinado. — Estendi a palma para ele e sorri. — Então? Temos um trato?

Seus olhos se arregalaram brevemente e ele bufou.

A princípio, estava blefando, mas depois, pensei em tornar isso real, porque a Cosa Nostra teria um prato cheio na frente ao ter toda a minha família reunida, vulnerável, e com o candidato rival ao associado deles.

O Capo apertou a minha mão.

— Combinado. Repassarei as informações ao meu chefe.

EU TE AMAVA, IRMÃO

DOMINIC NANOV

Eu me lembro daquele dia. Os gritos, a sensação de arrepio, de medo, o desespero e ar escasso enquanto meus pés deslizavam pelos pisos de madeira durante a minha fuga.

— Dominic! Venha aqui, moleque! Dominic!

Os passos eram pesados, ecoavam pela mansão.

Papai estava bravo comigo por eu ter brigado na escola e mandado um garoto para a enfermaria por me chamar de sujo, por ter xingado a minha família e dizer que eu não deveria estar na sala de aula e sim numa jaula.

"Ninguém mexe com a minha família sem consequências" o próprio papai repetia essa frase. Ele protegia a nossa família, então não entendi, o que poderia ter de errado em eu fazer o mesmo?

Bati várias vezes rapidamente na porta do quarto de Nikolai.

Minha respiração estava difícil, cansada, meus olhos esbugalhados alternavam a atenção entre vigiar as costas e olhar para a porta.

Comecei a ter a sensação de que não seria atendido, até que ele abriu e escutou papai gritando. Num impulso me puxou para dentro e trancou a porta. Sua expressão estava tão assustada quanto a minha.

— O que você fez, Dominic?!

Juntei as mãos frente ao corpo e os olhos começaram a arder com as lágrimas que se formavam na minha visão.

— Papai quer me punir por ter brigado na escola. Me ajuda, Niko!

Os passos se aproximavam. Eu podia ouvir, podia sentir. Todos os pelos do meu corpo estavam arrepiados.

Ele empurrou seus óculos para cima do nariz, respirou fundo e olhou em volta, então apontou para o armário.

— Ali! Entra ali dentro! Eu falo com ele até que ele se acalme.

— Não, o armário não... — Comecei a chorar.

Nikolai colocou ambas as mãos no meu rosto e limpou as lágrimas com os polegares.

— Irmãozinho, olhe para mim, está bem? Fique calmo e se esconda lá, vai ser por pouco tempo.

— Mas eu não quero o armário, não quer...

Logo as batidas fortes na porta foram ouvidas e a maçaneta sendo girada.

— Nikolai! Dominic está aí?!

Niko tampou minha boca com a mão e foi me guiando devagar até o armário de seu quarto, abriu as portas e quase me empurrou para dentro.

Ali, no escuro, abracei as minhas pernas e fechei os olhos para tentar imaginar coisas boas, fingir não estar naquele cubículo.

Papai costumava me trancar num armário vazio quando queria me fazer pensar sobre as coisas que fiz. Eu detestava ficar naquele lugar pequeno, escuro, com cheiro de madeira, que me causava uma sensação de falta de ar.

Apesar de tentar manter a mente longe, escutei Nikolai destrancar a porta e meu pai entrar por ela feito um furacão.

Meu irmão tinha uma incrível capacidade de acalmar o nosso pai, ele sempre conseguia fazer algo que não me era possível... conversar. E nessa conversa, ele fez com que papai deixasse o quarto.

A claridade me fez abrir os olhos. Encontrei com o rosto de Nikolai, me vi no reflexo de seus óculos, com a expressão chorosa e assustada.

— Pode sair agora, ele já foi.

Botei os pés para fora do armário rapidamente.

Nikolai pegou na minha mão e se sentou comigo em sua cama. Ele fez carinho nas minhas costas até que eu me acalmasse, e então, quando consegui parar de chorar, falei.

— Ele disse se vai voltar?

— Ele não vai voltar aqui. Só não saia agora, vamos ficar juntos aqui até que ele esqueça um pouco ou saia de casa, tá bom? A gente pode jogar um tabuleiro, o que acha?

Em silêncio, concordei.

Nikolai passou o polegar pelos meus olhos úmidos.

— Você tem que parar de arrumar confusão na escola, Dominic. Isso só vai fazer o papai ficar bravo com você.

— Mas foi pra defender a gente! Falaram da nossa família!

— Nem tudo se resolve com briga. Algumas apenas negociando, conversando... ou simplesmente retrucando com palavras tão dolorosas quanto. Promete que vai parar de brigar na escola? — Apoiou a mão no meu rosto.

Neguei, soltando uma risada baixa. Eu não poderia mentir, sabia que não conseguiria parar.

— Domi!

— É a verdade, Niko.

Ele afastou os óculos do rosto e coçou as pálpebras. Riu baixo também.

— Você, hein... vem, vamos escolher um jogo.

As lembranças passaram diante dos meus olhos enquanto eu me arrumava frente ao espelho para o jantar, a noite do assassinato do meu irmão. Por um segundo o meu coração se apertou, mas ao relembrar que aquele Nikolai da minha infância não era o mesmo Nikolai do meu presente, recuperei a convicção da minha escolha.

Não havia mais volta.

Terminei de fazer o nó da gravata, detestei, desfiz e joguei sobre a cama. Fiquei apenas com a blusa branca de botão aberta até o peito, calças pretas social e coloquei o blazer sobre a blusa para finalizar a vestimenta padrão do restaurante.

Zachiary deixou o banheiro com a toalha amarrada na cintura e celular em mãos. Ele não estava mais usando as muletas para perambular pela casa, o que me deixava seguro em saber que ele poderia correr se fosse necessário.

— Avisei a um amigo para ficar de tocaia sobre um dos prédios em frente ao Le Palais, para caso algo saia fora do combinado. E um outro amigo ficará próximo de onde a família do Giornno mora, por precaução.

Arqueei a sobrancelha, cheguei mais perto dele e coloquei o dedo em sua toalha, puxando-o para perto.

— Os Hunters participando de crimes da máfia? Curioso.

Zach rosnou.

— Eles estão apenas me ajudando a cumprir a minha parte do acordo. Não podemos contar apenas com blefes, muito menos falar para um dos Korschei, porque pode chegar aos ouvidos de Nikolai.

Dei um sorriso de canto.

— Quando tudo isso acabar... eu vou sentir saudades disso, docinho, sabia? — Aproximei meus lábios dos dele.

— Quando tudo isso acabar... não pense que não irei atrás de você depois, Dominic.

— E por que está anunciando isso? Pra me fazer esperar por você? — Coloquei a mão sobre sua bunda e apertei.

Ele riu baixo e selou nossos lábios em beijo. Puxei sua toalha para poder senti-lo melhor, apoiei a outra mão em sua nuca e finquei meus dedos em sua pele.

Seu gosto, seu cheiro, sua voz... tudo relacionado a Zachiary Smirnof me faria entrar em abstinência. Eu não o deixaria ir embora quando o acordo terminasse, ele me pertencia. Shadow ficaria comigo, mesmo se fosse necessário sequestrá-lo novamente para isso.

Um dos soldados bateu à porta e gritou.

— Senhor Ivanov, está pronto? O subchefe o aguarda no salão.

Eu me afastei de Zach com os olhos arregalados e sobrancelhas para cima. Ele rapidamente começou a vestir as roupas e colocou uma arma na cintura antes de sairmos.

Do alto do segundo andar, enxerguei todos os homens de preto reunidos no meio do salão, próximos à porta. Dmitry estava fumando seu cigarro dentro de casa, com a roupa inteiramente preta, da blusa às calças e sobretudo. Já Nikolai, vestiu-se parecido comigo, exceto pela questão de sua blusa estar fechada até o pescoço e gravata preta com nó bem dado, Alexander era o único sem blazer ou sobretudo por cima da camisa.

Quando Zach e eu aparecemos no topo da escada, os olhos se voltaram para nós. Pela expressão de Dmitry, notei que estávamos atrasados antes mesmo que alguém pudesse abrir a boca.

— Poucas vezes você é convidado para um evento, e quando é, resolve se atrasar dessa forma?! — Nikolai falou alto. — Te falta disciplina, Dominic.

— Bóris ainda está se recuperando, sejam pacientes.

— Que então deixe seu cão em casa, se você está mais na posição de protegê-lo do que o contrário.

Revirei os olhos discretamente.

— Cale a boca. Você sabe das coisas a respeito do seu Cão e eu do meu. — Inclinei o pescoço para meu tio, que me encarava com uma carranca. — Vamos. O que estamos esperando?

Ele me deu as costas e um dos soldados abriu a porta para nós. Iríamos em dois carros, Nikolai, Alexander, Dmitry e um soldado em um carro, e no outro eu, Zach e outros dois soldados.

Por conta dos soldados, Zachiary teve que se sentar no banco de trás ao invés de estar ao meu lado. Girei a chave e acelerei atrás da BMW que saiu na frente para guiar o percurso até o Le Palais.

Naquela noite e horário as ruas estavam mais vazias, as pessoas se concentravam nos estabelecimentos bem iluminados que acabaram de abrir ou se despediam uns dos outros das lojas que estavam para fechar.

Um silêncio preenchia o carro, pressionei os dentes a ponto da mandíbula doer. Olhei para Zach através do retrovisor e notei que ele esfregava os dedos, uma forma discreta do seu corpo me dizer que estava igualmente tenso.

Meu coração acompanhava o ponteiro do velocímetro, a cada esquina virada, eu pisava no acelerador, a cada quilômetro percorrido os murros no meu peito eram maiores. Eu chegava a suar frio, mas não podia demonstrar absolutamente nada.

Aquilo poderia dar errado e Nikolai sobreviver.

Aquilo poderia dar errado e nós dois morrermos para a Cosa Nostra.

Aquilo poderia dar errado e eu ser descoberto.

Aquilo poderia dar errado e Zach se ferir.

Ou poderia dar muito certo e eu enfim seria o primeiro na linha de sucessão do cargo de meu pai.

A rua em que o restaurante francês se localizava era extremamente iluminada, cheia de lojas de luxo com espaços consideráveis entre um estabelecimento e outro, cujos becos eram as únicas áreas sem iluminação. Conforme me aproximava do restaurante, comecei a desacelerar igual ao carro à frente.

Havia um chofer em frente ao prédio branco de janelas longas espelhadas, portas douradas e tapete vermelho na entrada.

Os soldados desembarcaram primeiro e olharam em volta para liberar a saída de Alexander, Nikolai e depois Dmitry. O chofer levou o carro até o estacionamento e a família aguardou na porta.

Foi a minha vez, os soldados desembarcaram antes de mim e Shadow.

Eu me aproximei do meu tio com as mãos nos bolsos e inspirando devagar para tentar controlar a sensação terrível de incerteza.

— Senhores Ivanov, sejam bem-vindos ao Le Palais d'Ore. O senhor Hilbert Harper os aguarda no segundo andar do restaurante — disse um homem careca, com bigode fino e terno. Ele nos deu passagem e tomou a frente para nos guiar pelo lugar.

Ao entrarmos, o restaurante realmente parecia um palácio por dentro. Tinha arquitetura clássica, de muito branco, dourado e vermelho. Havia algumas pinturas nas paredes de algo que remetia à realeza, e no primeiro andar, muitas mesas cobertas por tecidos vermelhos, mas todas vazias.

O anfitrião nos levou até a cabine de elevador para ter acesso ao segundo andar, mas eu preferi ir pela escada e Zachiary não me deixou sozinho. Preferiu ir pelas escadas junto comigo.

— O restaurante está vazio — ele sussurrou.

Encarei-o de canto.

— Eles devem estar no andar de cima — disse sem mal movimentar os lábios.

Ao subirmos, o segundo andar era tão luxuoso quanto o primeiro, mas ao fundo havia um pequeno palco com uma orquestra que tocava música clássica, uma fonte no meio e ao lado, estava Hilbert Harper junto de seu segurança.

Ele se levantou da mesa com os braços abertos quando a cabine do elevador abriu as portas.

O segundo andar estava igualmente vazio, só havia a nossa organização e Hilbert no restaurante. Apertei o punho e pressionei os dentes ainda mais forte, tinha que me manter no controle, tentar transparecer calma.

— Dmitry, meu querido!

— Hilbert!

Eles se cumprimentaram com um aperto de mãos. O candidato cumprimentou um a um, até chegar em mim.

— Aí está o nosso salvador! — Ele apertou a minha mão.

Recebi uma olhadela de Nikolai.

— Que nada, foi apenas o meu trabalho. — Eu me esforcei muito para sorrir. Olhei em volta, como se não tivesse notado antes que o restaurante estava vazio. — Chegamos muito cedo?

— Não, não. Preferi reservar o espaço todo para nós. Mais privacidade para falarmos dos assuntos e segurança também, sabe? — Estreitou o olhar para mim com um sorriso.

Espelhei sua expressão.

Merda.

— Essa foi uma ótima ideia, Hilbert — Meu tio disse.

Zach e eu nos entreolhamos.

— Estou muitíssimo animado para o evento com o Spencer, Hilbert. Acredito que as influências que conseguiremos lá vão alavancar seus números nesse último tempo da corrida eleitoral — Nikolai falou.

Eu estava desnorteado. As vozes pareciam distantes, a minha visão girava e a garganta secou de tal forma que até mesmo engolir a saliva se tornou difícil.

— Vinho? — Um garçom perguntou.

— Sim, por favor! — Ergui a taça que estava à minha frente.

Zachiary me cutucou com o cotovelo para olhar o cardápio e fazer os pedidos, assim como todo mundo estava fazendo. Mesmo com as coisas não saindo como o esperado e combinado, ele conseguiu manter a postura.

Seus olhos escuros se comunicavam comigo através dos olhares de canto que ele me lançava.

Eu havia me preparado para matar Nikolai naquela noite.

Eu estava pronto para vê-lo sangrar. Para tomar seu lugar.

Se a Cosa Nostra não o fez, eu encontraria uma forma de fazê-lo. Naquela noite nem mesmo Zachiary poderia me impedir da decisão.

Pedi um *coq au vin* como prato principal e *petit gateau* de sobremesa, enquanto o meu amado escolheu o mesmo prato que eu, mas trocou a sobremesa por um *crème brulée.*

Os assuntos à mesa iam desde tudo o que aconteceria na Ilha de Spencer, com as meninas novas que o anfitrião mantinha em sua propriedade, até como fariam para ultrapassar o candidato da Cosa Nostra àquela altura.

Eu não conseguia prestar atenção em nada.

Estava tão desconectado da realidade e imerso em mim mesmo, que pude escutar a minha própria mastigação.

Encarei Nikolai em frente a mim na mesa, cortando sua comida em picadinhos e aos sorrisos.

Os tintilares dos talheres que batiam contra os pratos se entremeava as risadas histéricas, à música fúnebre do fundo...

Comecei a estremecer.

Segurei mais firme a faca que usei para cortar o frango.

E mais firme.

E mais.

Até que Zachiary agarrou o meu pulso, trazendo-me de volta para a realidade.

— Senhor, acho que seu frango já está cortado o bastante — disse ele. — Mas, caso esteja com dificuldade, posso cortá-lo para o senhor. — Com cuidado retirou a faca da minha mão e puxou meu prato para perto dele.

Inspirei fundo e soltei o ar devagar.

Eu sabia que não poderia agir estranho, mas estava quase impossível.

Aquelas horas foram angustiantes, nunca comi uma comida que me caísse tão mal quanto aquela. O ácido do estômago borbulhava, a boca se tornou amarga... eu fiquei azedo.

Ao fim do evento, nos levantamos da mesa e nos despedimos de Hilbert, que pretendia ficar mais um pouco no restaurante para aproveitar os pratos exclusivos do Chef. A família foi pelo elevador e eu com Zach pela escada.

— Você está bem? — Ele passou a mão pelo meu braço. — Sua pele está gelada!

Pressionei os dentes.

— Eu irei matar Nikolai esta noite, Zach — falei, sem encará-lo.

— Dominic, não faça merda! Você sabe que...

Eu me virei para ele e o encostei contra a parede da escadaria. Sua respiração se tornou acelerada e os olhos arregalados.

— Meu amor, você tentou o seu melhor, mas isso agora é um caso de família, sendo assim, irei resolvê-lo.

Sua expressão se fechou.

— Você é um suicida!

— Eu não vou morrer. — Enganchei o dedo em sua coleira e puxei seu rosto para perto. Dei-lhe um ligeiro beijo nos lábios.

Seguimos escadaria abaixo.

Assim que saímos do restaurante, a BMW já estava parada em frente ao local, com o chofer segurando a chave.

Eles se aproximaram do carro, até que de repente escutei um som alto de freio e meus olhos se tornaram maiores. Foi como se tudo naquele momento ficasse em câmera lenta, uma van preta parou em frente e abriu suas portas, os homens mascarados apontaram seus fuzis.

Meu impulso foi empurrar Zachiary para dentro do restaurante novamente.

— Abaixa! — gritei para ele.

Quando me virei, senti o ardor do tiro, e então o cheiro de sangue se alastrou pelo ar. Eu me agachei e pressionei a ferida com a mão, aos poucos a minha blusa branca se tornou avermelhada, a mancha se alastrou rápido feito chama.

Nos abaixamos atrás do carro, peguei a arma da cintura e destravei para puxar o gatilho. Os soldados também revidavam, foram rajadas de tiros, os disparos brilharam feito fogos de artifício, os pneus dos carros arriaram.

Alexander tomou a frente de Nikolai.

Os homens saltaram da van para se aproximar.

— A gente tem que ir na ofensiva! — Dmitry gritou, antes de dar um tiro.

Conforme os atiradores chegavam perto, os nossos soldados se arriscaram mais, até que eles começaram a recuar. Aquele recuo era brecha para o ataque ser ainda mais intenso, eu me levantei e atirei contra um deles que ergueu a mão para mim.

Era de acordo com o esperado? Ou Giornno realmente me traiu?

Por via das dúvidas, dei-lhe um tiro numa das pernas.

Zachiary apareceu logo atrás de mim com a pistola em mãos para me dar cobertura.

Dmitry gritou ao ser atingido.

Alexander também se levantou e correu atrás de um dos homens armados, Nikolai se ergueu para ir junto, além dos soldados para dar suporte.

Acabei por me unir a eles na perseguição aos atiradores.

Eu sentia o calor do sangue escorrer por debaixo da roupa, a lesão latejar, mas não pareceu que foi para matar... e, naquele momento, tive a oportunidade perfeita.

Puxei Nikolai para o beco ao lado do restaurante enquanto Alexander estava junto dos soldados trocando tiros.

— Dominic, por qu...

E então, o disparo.

O som agudo e torturante que angustiou meus ouvidos.

Quando apertei o gatilho pela primeira vez, entrei em conflito, um breve sentimento de culpa se apoderou de mim, mas depois do primeiro tiro não havia mais volta.

Um lampejo de luz no beco escuro, seguido de outro, e mais outro.

O odor ferroso da morte preencheu o ar.

Nikolai caiu de joelhos na minha frente e eu me aproximei para abraçá-lo. Apertei firme seu corpo, enquanto ele cuspia sangue com os olhos esbugalhados para mim.

— V-você... eu... deveri... a ter te matado antes. — A mão até estremeceu com a arma, mas ele não conseguiu ter forças para revidar.

— E eu deveria ter te feito sofrer mais — falei, encarando seus olhos aos poucos perderem o brilho. — Eu te amava, irmão.

Quando ele parou de respirar, abracei-o firme e dei três tiros para cima.

O sangue que escorria pela barriga de Nikolai terminava de sujar a minha roupa, e junto do sangue derramado, lágrimas vieram aos meus olhos e deixei que elas escapassem enquanto abraçava seu corpo inanimado.

Quando o tiroteio acabou e Alexander nos viu, ele gritou.

Seu grito estridente de sofrimento ecoou pelas paredes no beco e ele veio até nós correndo, eu me afastei de Nikolai, chorando, e ele agarrou seu corpo e passou a mão pelo seu rosto.

— Niko, Niko, por favor, fala comigo... Niko, não me deixe... não... não! Não! Não!

Minha mão estremecia enquanto eu limpava o rosto úmido.

Então, Alexander pegou Nikolai em seu colo e o carregou para fora.

E ali, sozinho naquele beco, eu sorri.

Eu sorri.

E gargalhei.

GUARDA-CHUVAS PRETOS

DOMINIC IVANOV

Você já quis tanto algo que só ao alcançar percebeu que não era realmente o que esperava? Ou repensou se a atitude que tomou foi a correta mesmo não tendo mais volta? Bem, eu já.

Acho que a maior dificuldade que temos em nos despedir ou desapegar das pessoas, é porque, quando pensamos nelas, nossa cabeça não trabalha apenas memórias recentes, em quem a pessoa é no agora, mas sim em toda a conjuntura da existência dela, as boas memórias, as experiências ao lado... e assim foi com o meu irmão.

Apesar de racionalmente saber que o Nikolai que matei não era o mesmo Nikolai da minha infância, e sim o homem que tentava me humilhar, subjugar e torturou a única pessoa por quem me apaixonei, ainda assim eu passei os últimos dois dias entre sorrisos e lágrimas, de vez em quando questionando a mim mesmo se eu deveria ter feito aquilo. Eu estava tão convicto, então por que depois que aconteceu não fiquei apenas feliz?

Mesmo com a sensação de vitória por tirar do caminho o meu único oponente ao topo, eu me senti um Judas dentro da própria família. Porque assassinar meu irmão não foi uma decisão que afetou apenas a mim.

Eu desestabilizei meu tio.

Eu causei dor e sofrimento ao Alexander.

E meu pai estava tão abalado, que pegou um jatinho na Rússia para vir até onde estávamos apenas para o funeral.

Nas duas noites após os tiros no beco, eu tive pesadelos e tive sonhos também, em que encontrava o pequeno Niko, o irmãozinho que eu protegia.

Zachiary tentava me acalentar e eu voltava a dormir em seus braços. Comecei a me sentir péssimo ao lado dele, porque estava demonstrando uma vulnerabilidade que não queria que ele visse. Detestava ser digno de pena, principalmente quando toda a motivação partiu de mim.

Por não podermos ir para o hospital devido às questões com a polícia, o médico da máfia vinha com sua equipe para nos tratar dentro de casa. Meu tio foi atingido de forma não letal na perna e, apesar de já andar e falar sem os sedativos, estava fragilizado.

Eu tive apenas um curativo feito no ombro pelo tiro de raspão e Alexander também.

Por eu também ter sido atingido, todos acreditaram que foi um dos atiradores da Cosa Nostra que assassinou o meu irmão, e eu contei a história de que o puxei para o beco para tentar ajudá-lo e tirá-lo do fogo cruzado.

Estava apático sentado em frente ao meu tio, que fumava seu cigarro e bebia uma xícara de café. Ao meu lado estava Zach, vestindo sua roupa preta de gola alta, calças escuras e coturno, na outra ponta Alexander, que mal comia desde o ocorrido.

— Dominic. — Dmitry quebrou o silêncio estranho na mesa.

— Sim?

— Eu preciso que você vá no meu lugar no evento do Spencer no final de semana. — Apagou o cigarro dentro da xícara vazia. — Não me sinto bem para comparecer, ficar de pé por muito tempo ainda me dói.

Arregalei os olhos brevemente e tive que conter um sorriso.

— O meu cão também poderá ir?

— Sim. E alguns soldados, precisamos reforçar a segurança depois do ocorrido. — Ele se levantou e se apoiou na mesa. Parte de seus cabelos caíam sobre os olhos. — Eu já perdi um sobrinho, não desejo perder outro. Agora se adiantem, não podemos perder o horário do começo da cerimônia. Sabem que Vladmir detesta atrasos.

— Certo — respondi.

Alexander se levantou em silêncio logo depois de Dmitry e deixou apenas eu e Zachiary a sós.

Meu amado apoiou o cotovelo sobre a mesa e me encarou com os lábios recolhidos. Até então, o nosso plano estava dando certo, ele cumpriu a sua parte do acordo e eu estava prestes a cumprir a minha.

— Como você está hoje?

Inspirei fundo e soltei o ar devagar.

— Melhor.

— E em relação a rever o seu pai?

Ergui os ombros.

— Ele já não me apavora tanto assim.

Ele afirmou com a cabeça, apoiou a mão na minha nuca e trouxe meu rosto para perto, unindo as nossas testas.

— Independentemente do que aconteça nesse funeral, saiba que pode contar comigo. Estarei ao seu lado.

Dei um sorriso de canto.

— Obrigado, cãozinho.

Ele riu e me afastou com um leve empurrão. Eu me levantei da cadeira e estendi a mão para que ele fizesse o mesmo.

— Vamos, chegou a hora.

Shadow e eu andamos juntos pelo salão. A mansão estava mais vazia, silenciosa, com uma atmosfera densa e melancólica, poucos homens ficaram na casa para proteger e vigiar a mansão, a maioria quis se fazer presente no velório.

Apesar de toda a cretinice, Nikolai era influente entre os Korschei, os soldados olhavam para ele com olhar de futuro Chefe, com respeito, enquanto para mim, eu recebia deles apenas o medo.

Na garagem todos os carros tinham partido, exceto o meu. Zachiary pegou seu lugar no banco do carona. Liguei o carro e coloquei uma música de fundo no rádio.

Breathe in softly, take my hand

We're saying goodbye but this is not the end

A melodia era triste, profunda e retratava exatamente o período de luto.

O céu estava cinza, as gotas espaçadas de chuva se espalhavam pelo vidro e embaçavam a minha visão.

Zach se manteve em silêncio ao meu lado, abaixou o vidro e puxou seu vape do bolso para dar um trago. Eu pressionei meus dentes devido à tensão que se espalhava pelo meu corpo, deixei a casa tranquilo, mas conforme me aproximava da igreja, meu peito se apertava e uma sensação terrível perambulou pela minha pele.

Era a última despedida ao meu irmão.

E a primeira conversa com meu pai depois de tanto tempo.

Mesmo com a chuva começando a se apertar lá fora, precisei abrir a janela do meu lado para tentar pegar mais ar. As gotas frias que respingavam no meu rosto me ajudaram a tentar me acalmar.

Conforme chegávamos mais perto da catedral, pude ver o movimento maior. Os guarda-chuvas pretos abertos, todos reunidos, trouxeram à minha mente lembranças da infância, sempre que alguém morria, os Korschei abriam seus guarda-chuvas, independente da presença de chuva ou neve.

Eram muitos carros e homens discretamente armados.

Estacionei na rotatória que havia em volta de um chafariz em frente a enorme igreja cinza de aparência gótica, cujas pontas de seus telhados eram afiadas, com janelas longas e porta pesada de metal escuro, que estavam abertas.

Zachiary saiu do carro primeiro e abriu o guarda-chuva que estava guardado dentro do carro. Assim que desembarquei, ele me deu abrigo em seu guarda-chuva.

Rondei os olhos pelo espaço, e dentre todos os homens de terno que perambulavam por ali, nenhum se parecia com meu pai.

— Ele ainda não chegou — falei.

Zach me olhou.

— Deve estar lá dentro. A cerimônia está para começar, não?

Espiei a hora no relógio.

— Falta cinco minutos. Vamos entrar.

À medida que começamos a caminhar juntos, os membros da organização que me viam passar paravam de conversar e abaixavam discretamente suas cabeças, como forma de cumprimento e respeito.

Levei uma das mãos ao peito pelo trajeto até a escadaria da igreja, tentando conter um sorriso. Eles estavam me reconhecendo como o sucessor.

Shadow fechou o guarda-chuva.

Dentro da igreja, olhei para cima e inspirei fundo. O teto alto e repleto de artes renascentistas me fez sentir pequeno diante de toda a estrutura, os bancos aos poucos começaram a ser ocupados depois que entrei.

Dmitry e Alexander estavam sentados no primeiro banco, em frente ao palco em que havia o caixão, um palanque e diversas flores brancas.

Andei devagar ao lado do meu amado pelo tapete vermelho e me sentei na segunda fileira, logo atrás do meu tio.

Faltava um minuto.

As portas da igreja foram fechadas.

O padre subiu no palco com sua batina branca de detalhes dourados e caminhou até o palanque de madeira escura.

Antes que ele começasse a falar, um barulho chamou a atenção de todos.

Olhei para trás e arregalei os olhos com quem passava pelas portas que foram abruptamente abertas. Todos que estavam sentados em seus bancos se levantaram, e eu de imediato fiz o mesmo.

— Pai... — murmurei.

Seu corpo estava mais magro, o que se tornava ainda mais gritante com sua altura exagerada. Seu terno era preto desde a blusa interna até a gravata, os cabelos lisos e grisalhos estavam partidos de lado, sem o gel, e o rosto de aparência cansada.

Papai andava acompanhado de seu cão, Maxim, que era mais baixo que ele, de pele bronzeada, cabelos longos e escuros com rosto repleto de cicatrizes.

Conforme ele passava, os Korschei abaixavam a cabeça em respeito e se sentavam logo após. Ele manteve o olhar fixo no caixão, sem uma expressão no rosto sequer, nem uma lágrima, era a sua típica feição neutra.

Meu coração acelerou as batidas, as mãos estremeceram discretamente e minha mordida se trancou com força.

Ele parou próximo ao meu banco e seus olhos escuros como os de Nikolai se voltaram para mim.

Senti a pele fria.

— Dominic.

— Papai. — Eu me curvei discretamente.

Ele olhou para Zach rapidamente e deu mais um passo à frente para seu irmão.

— Dmitry.

— Chefe Vladmir! — Ele iria se curvar, mas recebeu um abraço.

— Como está?

— Me recuperando. Sente-se, por favor, o padre quer começar a cerimônia.

Meu pai soube que eu também levei um tiro, mas ele sequer perguntou a mim se eu também estava bem. Sentou-se entre Alexander e Dmitry junto de seu cão para assistir à cerimônia.

Engoli em seco, uni as mãos e mantive o olhar atento para o caixão.

O padre pigarrou e então iniciou o seu discurso.

— Queridos amigos e familiares, hoje nos reunimos para prestar nossas últimas homenagens a Nikolai, um homem cuja vida teve uma passagem breve, mas que tocou a todos aqui presentes de maneira significativa. Nikolai foi...

Eu estava meio desnorteado, as palavras do padre ecoavam em meus ouvidos, mas pareciam distantes, era como se apenas meu corpo estivesse ali presente. Senti o toque discreto de Zachiary, ele segurou na minha mão.

Após o discurso do padre, ele abriu o espaço para que os amigos e familiares prestassem suas homenagens.

Dmitry foi o primeiro a subir no palanque, foi breve e respeitoso, seu discurso provavelmente durou pouco por conta de ele mal conseguir ficar de pé por tanto tempo.

Depois, papai. Vladmir subiu no palanque, ele olhou para o corpo no caixão e então, sem direcionar a atenção para nós, disse suas últimas palavras à Nikolai.

— Meu filho querido, meu primogênito. Eu me lembro da felicidade que senti no dia em que você nasceu, o peguei no colo, pequeno e cabeludo, você não parava de chorar, até que quando comecei a cantar, seus olhos se fixaram em mim e sorriu. Eu prometi a mim mesmo que iria te amar incondicionalmente e proteger, e assim o fiz até onde consegui. Perdê-lo me causou uma dor tão profunda, que é incomparável à nenhuma outra, e acredito que ainda que o tempo a amenize, jamais irá curar, talvez apenas quando eu estiver prestes a reencontrá-lo. Eu te amo, Niko, você fará falta para a família Korschei.

Uma pessoa chegou a bater uma palma, que ecoou pela igreja, mas foi rapidamente interrompida.

Meu pai deixou o palco de cabeça baixa e ombros recolhidos.

Apesar de suas palavras falarem de imensa melancolia, seu rosto não mudou a expressão nem por um segundo. Nenhuma lágrima se derramou.

Depois foi a vez de Alexander, ele se levantou e foi com o corpo curvado e rosto avermelhado, mas ao invés de falar no palanque, de frente para nós, nos deu as costas e se pôs em frente ao caixão. Colocou a mão sobre o peito de Nikolai para fazer sua despedida.

Sua voz custou a sair devido aos soluços.

— Meu amado mestre. Até hoje nas minhas memórias vem o dia em que nos encontramos pela primeira vez e que você escolheu a mim, no seu aniversário de dezoito anos. Eu estava tão assustado quanto você, mas mesmo com todo o temor, você me tranquilizou e prometeu ser um mestre cuidadoso e respeitoso, e cumpriu, e eu prometi servi-lo e protegê-lo, mas agora sinto que falhei com você... — Ele interrompeu o discurso para chorar. — Sem ti, eu me sinto perdido. Passei mais anos da minha vida ao seu lado do que sem a sua presença, éramos como uma carne só e apesar das suas mudanças ao longo dos anos, nunca consegui deixar de te... — Interrompeu-se. Alexander sabia que estava sendo ouvido, principalmente por meu pai. — Deixar de admirá-lo. E, e eu...

Alexander desatou a chorar de tal forma, que não conseguiu terminar o seu discurso. Retirou um cordão que estava preso ao seu pescoço, colocou sobre o corpo de Nikolai e se despediu dele, deixou o palco com a cabeça baixa e passos apressados para fora da igreja.

Era a minha vez de discursar, mas eu não tinha palavras a dizer, não queria rever as memórias que tinha dele. Porque se lembrasse das coisas boas, a sensação de arrependimento voltaria e se me recordasse das ruins, iria sem querer cuspir o veneno que amargava a minha boca.

Eu deixei o meu lugar, subi ao palco e senti o coração bater mais forte.

Fiquei de frente para o corpo de Nikolai, com os lábios arroxeados, rosto de expressão serena e sem seus típicos óculos. Inspirei fundo e soltei o ar devagar.

— Você foi um grande homem e fará falta no coração de todos nós, Niko. Eu te amo.

Ao término da cerimônia, todos começaram a se dispersar e sair da igreja. Papai continuou ali, de pé, em frente ao corpo no caixão.

— Vladmir, você não vem? Terá comida na mansão — Dmitry convidou.

— Já irei. — Ele ergueu a mão com um gesto para que saíssem.

Quando o espaço estava quase vazio, faltava apenas eu e Zach sairmos, sua voz ecoou pelo salão.

— Dominic.

Meus pelos se arrepiaram. Parei em frente à porta, com a visão para a chuva que caía ainda mais forte do lado de fora e demorei alguns segundos até que me virasse para ele.

— Sim?

— Pode vir aqui?

Dei dois passos de volta, junto de Zach.

— Sozinho.

Meu amado me encarou com as sobrancelhas franzidas, como se tentasse me perguntar se deveria realmente sair sem mim ou não. E eu, sem mal mexer os lábios sussurrei para ele.

— Vou ficar bem.

Zach suspirou e concordou.

Seguimos caminhos opostos, ele foi para fora e eu me aproximei mais do centro da igreja. Parei ao lado de meu pai e olhei também para o corpo de Nikolai, espelhei sua pose com as mãos para trás.

Meu coração batia rápido, acreditei que aquele fosse o momento em que ele iria me reconhecer como seu sucessor ao cargo quando se aposentasse, já que Dmitry, apesar de ser o subchefe, não era da linhagem direta para tomar o cargo mais alto.

Seu silêncio se prolongou por tempo demais, aquilo fez as minhas mãos suarem e o corpo estremecer.

— Sabe, Dominic... eu queria que você estivesse no lugar dele.

Meu peito se esmagou, os olhos se tornaram maiores, eu me virei de frente para ele.

— Como?

Seu olhar inexpressivo me encarou de canto.

— Eu queria que você quem estivesse naquele caixão ao invés de Nikolai. — Virou-se de frente para mim, e então, notei sua mão trêmula.

Franzi as sobrancelhas.

— Mas... por quê? Pai, por que está dizendo isso? Por que você me detesta tanto?! — Fechei o punho. — Eu vivi a vida inteira fazendo de tudo por você, por um afeto seu, eu me moldei por sua causa, para te dar orgulho e tudo... o que eu preciso fazer para que você me ame e reconheça como fez com Nikolai?!

— A mulher que eu amava morreu no seu parto. — Sua voz saiu entredentes.

— Eu não pedi para nascer!

— E você nem sequer é meu filho!

Aquela frase ecoou pela igreja.

De repente, o cenário ao meu redor começou a girar, eu dei um passo para trás e me apoiei no banco para não cair.

— Não diga isso...

— Você... — Apontou para mim. — Não é... — Chegou mais perto. — Meu filho!

Gritou novamente.

— Eu sou o seu filho! Eu sou o seu filho! Meu nome é Dominic Ivanov e sou filho do Chefe dos Korschei Vladmir Ivanov e Ekaterina Ivanov!

— Não! O meu único filho eu acabei de perder e o que me restou foi a aberração, fruto de uma desonra de sua mãe com o conselheiro que só descobri três anos depois! — Cuspiu no chão.

Tampei os ouvidos.

— Cale a boca! Cale a boca! Isso é mentira!

— Quando você nasceu, sua mãe não aguentou, perdeu tanto sangue, que veio a falecer. Eu senti a dor lancinante em perdê-la, mas ao te pegar no colo, notei tantas semelhanças em vocês dois que senti que teria um pedacinho de Ekaterina para sempre comigo. Porém, assim como eu, meu conselheiro na época também sofreu com a morte de Ekaterina e tentava se aproximar de você a cada brecha possível. Você começou a crescer e as características eram cada vez mais distintas das minhas, até que, em silêncio, eu resolvi fazer um teste de DNA.

Senti meus olhos arderem e se encherem de lágrimas, pressionei ainda mais forte as mãos contra os ouvidos.

— Pai, pare com isso, por favor...

— E deu negativo. Torturei o traidor até que ele me contasse a verdade... e então, não me restou outra escolha senão matá-lo, e apesar de querer fazer o mesmo com você, era apenas uma criança e a minha honra seria manchada caso alguém mais soubesse do ocorrido. Então te criei como meu filho, mas a todo momento pensando em quando chegaria o dia de me livrar de você. — Ele riu. — Mas, o destino resolveu me castigar e ao invés de te levar, levaram o meu querido, e único, filho.

Minhas pernas perderam as forças, eu me ajoelhei, com as lágrimas escorrendo pelo meu rosto e encarei meu pai debaixo para cima, vendo-o retribuir meu olhar com desdém.

— E, com pesar, você conseguiu o seu lugar na sucessão. Mas saiba que só irá assumir quando eu estiver morto, porque me recuso a vê-lo sentar em um lugar que nunca te pertenceu.

Ele deu as costas e começou a andar em direção à saída.

— Pai! — gritei. — Pai, espera!

Fui deixado só.

Meus pulmões ardiam, o corpo parecia em chamas.

Minha cabeça estava confusa, tonta, as coordenações embaralhadas.

Eu vivi uma mentira por toda a minha vida. Dediquei todas as minhas energias em ser quem eu acreditava que meu pai queria que eu fosse, passei anos em busca de aprovação, de ser incluído em um lugar que sequer me pertencia.

Cheguei a matar o verdadeiro herdeiro, por achar que ao tomar seu lugar eu seria querido como ele.

Amado como ele.

Respeitado como ele.

Mas eu não era ninguém. E jamais seria.

Gritei. Eu gritei e soquei o chão de madeira diversas vezes.

Aquilo era demais para mim, eu me vi sem rumo, sem saber como absorver a verdade de que eu era um bastardinho de merda e que nunca, nunca, conseguiria validação, por mais que tentasse.

Peguei a arma que estava presa à cintura.

Minha respiração se acelerou mais, o coração batia tão forte que pareceu querer sair do peito. Inspirei fundo e coloquei o cano colado contra a lateral da cabeça.

Destravei.

Apoiei o dedo no gatilho.

Prendi a respiração antes de puxar.

As portas da igreja se abriram de repente, Zachiary veio correndo até mim, puxou a arma da minha mão e se ajoelhou para ficar à minha altura. Suas mãos, quentes, se apoiaram em meu rosto e o olhar brilhante me encarou.

— Dominic! Dominic, o que aconteceu?! Eu tô aqui!

— Eu vivi uma mentira, Zach... o lugar que tanto almejei nem sequer é meu!

— O... o que você está dizendo?

Solucei.

— Sou um bastardo. Meus pais estão mortos, eu nem sequer tenho família!

Zachiary me puxou para perto. Apoiei a cabeça em seu ombro e inspirei fundo ao sentir seu cheiro aconchegante, ele acariciou minhas costas e me apertou firme em seu abraço.

— Eu posso ser a sua família.

EFEITO DOMINÓ

ZACHIARY SMIRNOF

Toda ação tem uma reação, só não esperávamos que o efeito dominó em matar Nikolai seria tão grande, péssimo, catastrófico, uma verdadeira avalanche de merda. Mas não tinha mais volta, era o momento de lidar com as consequências.

Na noite seguinte ao funeral, houve uma reunião dos Korschei no salão da mansão. Eu estava encostado próximo à porta, que estava entreaberta, dando um trago no meu vape, Dominic se colocou ao meu lado, com as mãos para trás. Sua expressão era apática e o olhar vazio e fixado em seu pai que discursava no meio do salão.

O que será que se passa na cabeça dele agora?

Eu quase perdi Dominic no dia anterior, foi por um triz, porque ele viu seu mundo desmoronar sobre sua cabeça ao descobrir que tudo o que ele viveu até então era uma mentira. Nem mesmo o cargo que almejou por anos o pertencia.

Meu coração se apertou ao vê-lo tão fragilizado daquela forma, ajoelhado e aos prantos numa igreja. Jamais imaginei que um homem tão insano e violento poderia deixar transparecer esse seu lado emocional.

Apesar de todas as coisas, Dominic era um humano, e sua humanidade se tornou ainda mais visível devido aos últimos ocorridos.

— E com isso, faremos um revide. Não podemos nos deixar sermos oprimidos, amedrontados, perder território e um dos nossos sem agir de volta. — Vladmir ergueu seu copo de whisky. — E jogaremos sujo. Envolver suas mulheres e crianças deixará claro que jamais devem afrontar os Korschei.

Os outros homens levantaram os seus copos, alvoroçados e um falatório preencheu o ambiente.

Dominic olhou de canto para mim com as sobrancelhas discretamente franzidas, eu retribuí a mesma expressão.

Nossas ações foram o estopim para uma guerra civil entre os Korschei e a Cosa Nostra. Aquilo devastaria Nova York.

Dmitry, que estava sentado num banco ao lado de Alexander, apoiou-se no cão para se levantar, ergueu seu copo e inflou os pulmões.

— E quero aproveitar para anunciar também que não perderemos Alexander Volkov, ele não sairá dos Korschei porque hoje eu o declaro, meu Cão. — Dmitry estendeu a mão.

— Obrigado pela oportunidade, mestre. — Alexander segurou a mão do subchefe e ajoelhou-se para beijá-la.

Esbocei um sorriso sutil que ao menos ele foi acolhido, porque senti pena ao vê-lo se desmanchar no funeral. Deve ser difícil passar tanto tempo dentro de uma família e de repente se ver sem renda e sem rumo em outro país.

Ao término da reunião, os convidados foram embora, exceto por Vladmir e seu cão, que aparentemente ficariam na casa por mais um tempo.

Guardei o vape no bolso e cruzei os braços enquanto observava o chefe dos Korschei conversando com o subchefe.

— Até quando será que seu pai vai ficar aqui? Não é perigoso para ele deixar a organização na Rússia sem um comando? — disse baixinho e estreitei os olhos.

— Ele deve ficar quanto tempo for preciso. Vai instaurar e articular a guerra e depois deve ir embora em meio ao caos... e sobre o núcleo da organização na Rússia, essa é a menor das preocupações dele. Vladmir sempre tem alguém de confiança e ninguém em sã consciência ousaria tomar o lugar dele. — Encarou-me.

— A gente tem que fazer alguma coisa a respeito dessa guerra.

— Só se você pretende morrer cedo.

— Pessoas inocentes serão atingidas, Dominic. Esposas e filhos que não tem nada a ver. — Rangi os dentes.

Os Korschei não passam de um bando de covardes, sujos...

— Quando a guerra se instaurar, a primeira coisa que farão será proteger suas mulheres e crianças, não se preocupe com isso. — Inspirou forte e voltou a olhar para frente e ver a interação entre seu tio e pai de criação. — A merda já está feita. Cabe a nós apenas observar de longe a cidade queimar.

Quando um soldado passou por nós e nos encarou, Dominic segurou em meu pulso e me puxou para fora da casa.

Andamos em silêncio pelo jardim de gramas úmidas, até estarmos afastados o bastante de qualquer pessoa para continuar a conversa.

— E qual vai ser o seu papel nessa guerra? Já que Nikolai morreu, você será nomeado brigadir agora. Toda a responsabilidade de proteção dos lotes dos associados é sua.

Dominic encarou as estrelas e colocou as mãos para trás. Inspirou fundo e soltou o ar devagar.

— Eu não sei.

Franzi as sobrancelhas e levei a mão ao seu queixo e puxei seu rosto para baixo a fim de fazê-lo me encarar.

— Como assim não sabe?

— Eu não sei mais... se quero continuar aqui. Continuar com essa insistência em um lugar que não me pertence. Acredito que... eu desejava mais ter o respeito e admiração da família, a aceitação do meu pai, do que realmente os deveres dos cargos mais altos na hierarquia. Também porque eu sei que, se eu seguir em frente com tudo isso... — Ele apoiou a mão no meu rosto e alisou minha bochecha com o polegar. — Nos veremos em lados opostos de novo. E eu não quero te perder.

Dei um passo para trás, afastando o seu toque.

— Dominic, você está mesmo se ouvindo?! — Senti o coração bater mais rápido, fechei o punho para conter o leve tremor da mão. — Você não vai desistir da máfia por mim.

Ele se aproximou e segurou na minha coleira, fui puxado para perto abruptamente. Seus olhos se estreitaram e o tom de voz diminuiu.

— Apesar de você já ser um ótimo motivo, não é o único. — Sua mandíbula se tornou mais marcada. — Meu pai disse ontem, na minha cara, que só tomarei o seu lugar depois que ele estiver morto. Morto! Você sabe o que isso significa?

Neguei com a cabeça.

— Significa que ele vai dificultar e podar ao máximo as minhas ações dentro da organização. No fim das contas, serei apenas um fantoche, um subordinado com um título de enfeite. Eu não quero isso! — Ele quase gritou. — Se for para continuar no inferno em que vivia, prefiro abandonar tudo e me ver livre. Viver com você, que é a minha família agora.

— O problema é que, enquanto você carregar o nome Ivanov, nunca será um homem livre. Ser um Korschei é a sua benção e também maldição. — Encostei o dedo em seu peito.

— A não ser que eu morra.

Arregalei os olhos e pisquei algumas vezes.

— O... o que?

— Um homem morto não é procurado por ninguém. E, na noite do nosso ataque na ilha do Spencer, morrerei.

— Mas que merda você está falando?! — O empurrei. Os tremores das minhas mãos se tornaram perceptíveis. — Está pretendendo se matar?!

— Fale baixo! — Dominic alertou e olhou para os lados. — Eu não pretendo me matar, quero forjar a minha morte. Muita gente vai morrer mesmo, serei apenas mais um... uma boa encenação e uma testemunha são o suficiente.

Suspirei e passei as mãos pelo rosto, tentando absorver tudo o que havia acabado de escutar. Esfreguei a cabeça, cujos cabelos loiros escuros começaram a aparecer.

Aquilo não estava planejado.

Minha pele esquentou de tanto que eu friccionei as mãos.

— Certo. Amanhã nos reuniremos com os Hunters para fazermos o planejamento do ataque. Não daremos conta da ilha e de todos os convidados e as vítimas sozinhos.

Ele esticou o canto do lábio num meio sorriso.

— Enfim vou conhecer a sua família pessoalmente? E o seu ex-namorado.

Ri baixo e cruzei os braços.

— Taehyun e eu nunca fomos namorados.

— Isso é bom. — Ele chegou mais perto e apoiou a mão na minha cintura, afastou parte da blusa para tocar a minha pele. Seus dedos me apertaram firme. — Então serei o primeiro namorado que apresentará a eles.

Senti o rosto se aquecer e ergui uma sobrancelha.

— E quando você se tornou o meu namorado?

— Quer que eu me apresente como o seu dono, cãozinho?

Deixei uma risada escapar pelo nariz e balancei a cabeça em negação. Dominic veio com seus lábios de encontro aos meus, mas antes que pudéssemos nos beijar, um grito ecoou pelo jardim.

— Dominic!

Nos afastamos rapidamente e arregalei os olhos em direção à entrada da casa.

Dmitry se apoiou no batente da porta e nos encarou de longe. Eu senti o coração acelerado e a respiração também fora de ritmo.

— Sim?! — Dominic respondeu de volta, como se não tivéssemos sido flagrados num quase beijo.

— O jantar está na mesa! — Ele deu as costas e voltou para dentro da mansão.

Suspirei e olhei-o de canto.

— Quase fomos pegos. Temos que tomar mais cuidado — falei.

Ele ergueu os ombros.

— Sim. Por sorte foi apenas o meu tio, mas acredito que ele não vá dizer nada, nunca que Dmitry iria querer ver meu pai bravo, principalmente num momento delicado como agora. — Colocou as mãos nos bolsos e deu dois passos em direção à casa. Parou e olhou para mim, que permanecia no mesmo lugar. — Não precisa ter medo. Venha, não vamos deixar a comida esfriar.

Confiei na palavra de Dominic e resolvi segui-lo para dentro da mansão. E, realmente, ele conhecia a sua família, porque passamos o restante da noite em paz, Dmitry não disse nada, tampouco nos olhou com estranheza.

Talvez ele já desconfiasse.

Na manhã seguinte, eu havia convocado uma reunião com os Hunters, quis que fosse na minha cabana, que não visitava há tempos, e até dei as coordenadas para chegarem lá sem passar pelas armadilhas. Mas, enquanto eu me arrumava e Dominic fazia a barba no banheiro, o celular vibrou mais uma vez.

Masked Guy

Shadow, por que não fazemos
no meu apartamento a reunião?
O acesso é mais fácil para todos.

Monster

Eu concordo.

Eu

Rapazes, vocês entenderam que
eu não vou estar sozinho?! O
Nightmare vai estar comigo, a
porra do Dominic Ivanov!!!

Zero

Se ele não te matou até agora,
não será junto da gente que isso
vai acontecer. Ansioso pra
conhecer pessoalmente esse
homem gostoso que você
arrumou, Shadow!

Ghost

Pode vir com o Dominic para o nosso apartamento, é melhor do que viajarmos para a floresta essa hora. Vou aproveitar para comprar algumas coisas para comermos.

Levei uma das mãos à têmpora e a massageei. Apesar de querer de volta o conforto da minha cabana, optei por ceder e encontrar com eles no apartamento de Dean e Peter.

Eu

Tudo bem. Reunião na casa vocês, Masked, daqui a uma hora.

Masked Guy

Certo. Aguardamos por vocês, rapazes.

Monster

Eu já vou me adiantar!

Zero

Fechou!

Eu fechei o chat com um sorriso no rosto e coração aquecido. Sentia falta dos Hunters, de conversar com eles, das brincadeiras, das ações... e revê-los depois de tanto tempo e tudo o que passei desde que pisei na mansão, era algo que me empolgava.

Mas apesar da euforia, também tinha medo. Porque os apresentaria a Dominic, que não era alguém tão previsível, além de ser justamente o tipo de pessoa que nós, os Hunters, tentávamos combater.

Esperava que aquele encontro fosse sem conflitos.

— Por que está sorrindo?

Dominic passou pela porta do banheiro só de toalha presa à cintura, as gotas d'água ainda escorriam por sua pele repleta de tatuagens e os cabelos bem cortados estavam úmidos.

— Estou feliz que irei reencontrar os Hunters.

Ele chegou mais perto e arrastou seu nariz pelo meu pescoço, inspirando forte.

— Também estou empolgado para conhecê-los, sabia? — Deu-me um beijo ali, que me arrepiou e sorriu de canto, com os olhos estreitos.

Segurei em sua cabeça para que ele me encarasse.

— Dominic, preste bem a atenção no que vou dizer. Não conte a eles sobre a tortura, eles não sabem disso e prefiro que nunca chegue ao seu conhecimento.

— E o que você vai falar sobre o seu cabelo, então? — Arqueou a sobrancelha.

— O Dean me viu de cabeça raspada no dia do restaurante, ele estava em cima do prédio pra conferir se Giornno não nos trairia, para ele eu dei a desculpa de que quis mudar o visual. Outra coisa... sem confusão. Se você tentar brigar com qualquer um deles, eu te mato. — Rangi os dentes.

— Uau, bem ameaçador, docinho. Pode deixar que irei me comportar. O que mais?

— E eles não podem saber que faremos uma chacina na ilha do Spencer.

Dominic suspirou e se afastou.

— Espera aí... você não vai contar para eles a parte principal do plano?

— Os Hunters não são muito favoráveis ao assassinato porque isso pode aumentar a pena ou levá-los a prisão perpétua, caso um dia sejamos julgados pelos nossos crimes. Então eles nunca mataram ninguém, mas nós. — Apontei para nós dois. — Sim. Logo essa parte vai ficar com a gente.

Ele cruzou os braços.

— Você está dificultando muito as coisas, Zach. Só nós dois contra diversos convidados e alguns seguranças armados?!

— Eu não posso envolvê-los nisso, Dominic. — Apoiei a mão no peito. — Eu tomo a frente por eles, e jamais me perdoaria caso pegassem pena máxima por minha causa ou fossem mortos por uma tentativa de assassinato.

Sua respiração saiu audível.

— Certo. Você é louco.

Ri baixo e cheguei perto dele e puxei sua toalha.

— Olha quem disse. — Enrolei a toalha e a bati em sua bunda. — Vá se arrumar.

Dominic me puxou pelo pescoço para um beijo. Uma de suas mãos agarrou firme a minha nuca, enquanto a outra se apoiou na minha cintura, mas seus dedos deslizaram para baixo até chegar no cós da minha calça.

Eu apoiei ambas as mãos na bunda dele e apertei firme ao sentir uma onda de calor passar pelo meu corpo com aquele beijo molhado e voraz.

Seus dedos começaram a roçar na minha entrada e ele arfou durante o beijo.

— Será que a gente tem tempo de uma rapidinha? — A pergunta saiu quase como uma súplica.

Sua ereção se esfregava na minha, que ainda estava contida pelas calças.

— Eu queria muito, mas não vai dar, Domi. Temos que estar na casa do Dean daqui a uma hora.

— E você vai mesmo me deixar assim? — Ele pegou uma das minhas mãos e me fez agarrar seu pau, senti-lo pulsar dentre meus dedos me deu mais tesão. Comecei a masturbá-lo devagar e continuei a beijá-lo. — Por favor, Zach... deixa eu te foder.

Encerrei nosso beijo com um mordiscar em seu lábio.

— Fode a minha boca. — Ajoelhei diante dele e expus a língua para lambuzá-lo por inteiro, antes de chupá-lo.

Dominic gemeu baixo e apoiou a mão na minha cabeça quando selei os lábios ao seu redor.

Encarei-o debaixo para cima, seu rosto estava avermelhado, os lábios levemente inchados entreabertos e as sobrancelhas franzidas.

Com uma das mãos eu o masturbava enquanto o chupava, enquanto com a outra, abri a minha calça para me tocar também.

Dominic começou a mover os quadris devagar. Senti-lo bater contra minha garganta fez meus olhos lacrimejarem.

Parei de chupá-lo para dar uma ordem.

— Eu quero que você foda a minha boca, Dominic. Meta com força.

Ele prendeu o lábio entre os dentes e me puxou pela cabeça.

Seus movimentos se tornaram mais intensos. Pressionei as pálpebras devido à sensação de sufocamento enquanto ele estocava com mais rapidez, eu me masturbei na mesma velocidade.

A saliva começou a escorrer pelo meu queixo, seu pau deslizava com facilidade pela minha língua e pude sentir sua pulsação aumentar.

Lágrimas escorreram por meus olhos.

Eu estava próximo do meu ápice quando senti os jatos quentes de Dominic descerem pela minha garganta. Meus músculos espasmaram, gozei junto dele.

Assim que ele se afastou, puxei o ar como se tivesse acabado de sair de um afogamento.

Dominic se sentou na cama com as pernas abertas e respiração ofegante.

Demoramos alguns segundos para recuperar o fôlego e noção do ocorrido. Olhei para as minhas mãos sujas e o chão respingado.

Eu me levantei, com as mãos bem afastadas do corpo. Corri para o banheiro para me limpar e Dominic cuidou da sujeira do chão.

Depois de prontos, pulamos o café da manhã na mansão para não chegarmos tão atrasados. Vladmir e Dmitry sequer nos viram sair, estavam distraídos demais elaborando o contra-ataque à Cosa Nostra.

O caminho de onde estávamos até o condomínio do Peter e Dean era longo, mesmo com Dominic cometendo diversas barbáries no trânsito, não chegamos tão a tempo e sim atrasados. Cinco minutos, para ser exato.

Eu me identifiquei na portaria e logo os portões se abriram para nós.

No condomínio deles, as garagens eram subterrâneas e o principal acesso ao prédio, de elevador. Até tinha uma escada de emergência, mas Dean Hunter morava na cobertura daquele prédio de doze andares.

Dominic estacionou e saímos do carro juntos, mas conforme nos aproximávamos do acesso ao prédio, ele começou a reduzir os passos.

— Vamos de escada?

— Dominic, Dean mora no último andar. Sem chances de irmos de escada! — falei.

Em frente à cabine do elevador, ele parou. Notei suas mãos estremecidas e a pele do rosto tornar-se pálida.

— Eu não me importo de demorar mais para chegar.

— Domi... — Segurei em suas duas mãos. — Eu vou estar aqui para te ajudar. Fique calmo e confie e mim, está bem?

— Eu não gosto de lugares pequenos e apertados, Zach, você sabe disso.

— Sei, mas eu estou aqui com você. Eu vou te ajudar. — Apertei o botão do elevador, as portas da cabine se abriram.

Ainda segurando nas mãos de Dominic, comecei a entrar devagar no elevador e eu o guiei para dentro. Ele estava em silêncio, com o rosto marcado devido aos dentes pressionados e pele pálida.

Quando a cabine fechou, suas pálpebras se abaixaram e a respiração se tornou acelerada.

— Calma, já estamos chegando.

— Eu não estou me sentindo bem. — Suas mãos ficaram molhadas.

Eu o abracei firme e o acariciei para tentar acalmá-lo. Olhei para o painel dos números dos andares, estávamos quase chegando.

— Estou aqui com você. Inspire o ar devagar e solte bem lentamente... tô aqui, Dominic.

Ele se esforçou para tentar normalizar a respiração, e quando estava começando a desacelerar...

Priim.

Chegamos.

As portas se abriram e ele saiu rapidamente, puxando-me para fora.

Começamos a caminhar juntos e então toquei na porta de Dean e Pete. Meu coração bateu mais rápido.

A trava foi removida e logo fomos recepcionados por Peter Reid, com seus cabelos cacheados ainda mais volumosos. Os seus óculos enormes refletiram o meu sorriso.

— Shadow! — ele disse e pisou no corredor para me abraçar, então olhou para Dominic e seus olhos grandes e claros se tornaram ainda maiores. Sua mão se estendeu para ele. — Ghost. Prazer em conhecê-lo, Dominic.

— Não precisa se apresentar com o codinome, Peter. Vocês não me conhecem, mas eu sei de cada um de vocês... — Domi deu um meio sorriso e apertou a mão de Pete.

Olhei-o de canto, sério, e ele ergueu os ombros para mim.

Ao entrarmos, Zero e Monster se levantaram do sofá e vieram de braços abertos.

— Meu Deus, o Shadow tá careca! — gritou Zero.

— Gostei do visual, tá parecendo gente agora — disse Monster.

— Eu também senti saudades de vocês, caras.

Abracei firme os dois e recebi um afagar nos cabelos curtos.

Ao nos afastarmos, Logan estendeu a mão para Dominic, que a apertou com um sorriso, enquanto Tae o inspecionou da cabeça aos pés.

— Rapazes, esse é o Dominic. Vocês... vocês já sabem quem ele é.

— Claro. Como eu poderia esquecer do cara que te colocou uma coleirinha de cachorro, hein, Shadow? — Zero debochou e eu ergui o dedo médio pra ele. — Prazer, Taehyun. — Estendeu a mão para Domi, que o cumprimentou.

— Cadê o Dean? — perguntei.

— Eu estava assando um bolo — sua voz saiu da cozinha. Ele sorriu e veio me cumprimentar de braços abertos.

O envolvi com força em meus braços e me senti vibrar de alegria.

— Vocês passaram tanto tempo juntos, que o Zack ficou até parecido contigo — Dean disse e cumprimentou Dominic.

— É. E até que o Zach ficou bem com o cabelo curto. — Domi sorriu e passou a mão pela minha cabeça.

Era engraçado ouvir Dominic abreviar meu nome corretamente, enquanto todos os Hunters abreviavam como Zack ao invés de Zach.

Bati palmas para chamar a atenção deles.

— Agora chega de assunto que temos algo importante para resolver. Por favor, sentem-se.

O casal anfitrião se sentou à mesa, Tae, Logan e Dominic sentaram-se no sofá e eu fiquei de pé, em frente à televisão.

— Bem, como vocês sabem, Spencer Johnson foi julgado e sentenciado pelos crimes de exploração sexual infantil, das meninas que ele mantém em sua ilha particular para servir a ele e outras pessoas de grande influência, mas como o dinheiro compra tudo, Spencer foi liberado e o caso abafado. Só que, o que eu descobri é que Spencer é um associado aos Korschei e financiadores da campanha de Hilbert Harper. Nesse final de semana terá um evento na sua ilha e o meu objetivo é nos infiltrarmos nela.

— Vamos nos infiltrar e fazer o que? Conseguir mais provas para expor os crimes? — Dean cruzou os braços.

— Não, isso não adianta. Nós vamos entrar lá e aos poucos retirar todas as meninas que conseguirmos. — Ergui os ombros, omitindo a parte de que pretendia matar o máximo de convidados possível na ilha.

Peter coçou a cabeça.

— Tá... mas, deve ter vários seguranças lá, fora que os convidados vão notar os sumiços, não?

Levei o polegar entre os dentes para pensar um pouco.

— Podemos dar um jeito de drogar os convidados com algo nas bebidas.

— E quanto aos seguranças? — Logan perguntou.

— Dean e Dominic podem cuidar deles.

Domi piscou para mim e deu um sorrisinho.

— Dominic e eu fomos convidados, vocês entrarão conosco como se fossem nossos guardas pessoais e afins.

— E onde fica a ilha? — perguntou Tae. — Seria bom nós também sabermos onde ela fica para estudar melhor o espaço.

Eu me calei. Passei tanto tempo teorizando e planejando o que e como faríamos, que esqueci do detalhe mais importante, conhecer o terreno que iríamos atacar.

— A localização só nos será entregue no dia — Dominic disse e cruzou os braços. — Spencer costuma a dar a localização para novos autorizados da ilha somente no dia.

— Certo. — Dean suspirou. — Qual é a taxa de segurança dessa ação, Shadow?

— Farei o possível para que seja alta. Jamais os arriscaria, rapazes. Eu prefiro dar a minha vid...

— Eu confio em você, Shadow — Logan disse.

— Eu também — Tae ergueu a mão.

Peter também levantou a mão em apoio. Dean olhou para os outros e por fim concordou com a cabeça.

Passamos a manhã inteira elaborando as estratégias de resgate, criando mais de uma opção para cada empecilho que eventualmente viesse a aparecer.

A ILHA DO SPENCER

ZACHIARY SMIRNOF

Era o fim de uma tarde morna quando Dmitry entregou os convites nas mãos de Dominic. Lá estava o horário e o endereço. Meus olhos brilharam ao pegar nas mãos aquele simples pedaço de papel, mas que continha algo que almejei durante tanto tempo.

Arregalei os olhos discretamente e me ative a cada detalhe. O evento começaria às 21h, o traje era fino, os convidados de nomes na lista, se acompanhados, estavam sujeitos a verificação de entrada no evento e... o mais importante, o endereço.

A mansão se localizava na ilha de Fire Island, em Nova York. Para chegarmos lá, teríamos que deixar o carro em um lugar próximo e alugar um barco.

— O barco que pegaremos deve ser grande o bastante para nós seis, além das meninas que vamos resgatar. Não sei quantas, então... — Ergui o olhar para ele.

Dominic levantou os ombros e cruzou os braços.

— Esse é o menor dos problemas. Precisamos saber da extensão do terreno de Spencer e o que o envolve para nos organizarmos melhor na hora de nos dividirmos.

Concordei, inspirei o ar e soltei devagar. Tirei uma foto do endereço e enviei no grupo dos Hunters.

Eu

Preciso que usem os melhores programas de imagem via satélite e drones para termos precisão de como é o terreno da ilha.

Masked Guy

Um minuto.

Em pouco tempo recebi as fotos do local. Fire Island não era exatamente toda do Spencer Johnson, mas chamavam o local de Ilha do

Spencer devido a sua propriedade tomar uma grande parte da faixa de areia.

A Ilha do Spencer era um local com um píer para o desembarque dos seus convidados, havia um casarão branco de três andares, com uma porta grande atrás e uma na frente, onde cada porta era separada no meio com duas maçanetas. Havia uma área plana em cima da mansão sinalizada para pouso de helicópteros. A frente estava a praia e atrás uma área com piscina longa e estreita, diversas palmeiras, cadeiras e guarda-sóis e um campo de minigolfe.

Eu me sentei na cama e levei a mão à cabeça, esfregando-a, pensando no que faríamos. A festa aconteceria na área interna da mansão, no salão. Levei um dedo entre os dentes enquanto refazia as estratégias discutidas no dia anterior.

— No que está pensando, docinho? — Domi beijou o topo da minha cabeça e se colocou sentado ao meu lado.

— Em como vamos tirar todas as meninas de lá de forma segura e discreta. Já que a parte da frente da ilha deve ficar movimentada por conta dos barcos, chegada e saída dos convidados.

— Nós podemos, ao invés de ir com um barco grande, pegar um barco menor para chegar até lá sem chamar muita atenção e na hora da fuga, sair da propriedade do Spencer, rodear a ilha e encontrar outra empresa de navegação e alugar duas ou mais embarcações para sair de Fire Island.

— É, parece ser uma boa ideia. — Ergui o olhar para Dominic e o canto da minha boca se esticou. — Já sei como vamos prosseguir o plano. Vamos colocar fogo naquele lugar.

Abri a conversa no grupo dos Hunters para reorganizar as ideias. Não precisávamos de muito, apenas de boas doses de sedativos, disfarces de garçons, algemas e armas discretas. Os fósforos e isqueiros deixaria em segredo, aquilo seria uma parte do plano que apenas Dominic e eu saberíamos.

Dominic e eu separamos os trajes, tomamos um banho e começamos a nos arrumar. A viagem até Fire Island seria longa e não poderíamos nos dar o luxo de qualquer imprevisto nos atrasar de tal forma que deixaríamos de pegar o clímax da festa.

Assim que terminei de vestir o meu terno e abotoá-lo, Domi chegou mais perto de mim e levou as mãos ao meu pescoço.

— Acho que por hoje você não vai precisar disso. — Ele desabotoou a coleira e a colocou sobre a cama. Passou lentamente os polegares sobre a minha pele marcada e sorriu com discrição.

— Na verdade, depois de hoje não precisarei nunca mais, já que não serei mais seu cão... mestre Ivanov. — Dei um sorriso malicioso.

Dominic colocou a mão na minha cintura e me puxou abruptamente e fixou seus olhos na minha boca.

— Não vai ser meu cão, mas será meu homem, então de alguma forma os outros vão precisar saber que você tem dono. — Seu rosto se aproximou do meu, logo fechei os olhos para receber o seu beijo.

No fundo, eu até que estava gostando da ideia de pertencer a alguém.

Nos afastamos antes que o beijo esquentasse, Dominic colocou o convite no bolso, ajeitou a minha gravata e então saímos juntos do quarto. Do alto do segundo andar, dava para ouvir a falação e ao me apoiar no corrimão para olhar para baixo, vi Vladmir no centro do salão, Dmitry sentado ao lado, Alexander junto dele e diversos homens armados a sua volta.

Apertei as mãos e esfreguei os dedos.

Merda.

O primeiro ataque da guerra declarada aos Cosa Nostra aconteceria no mesmo dia em que Dominic e eu mataríamos associados dos Korschei. O impacto seria grande, e eu esperava que as duas ações não fossem entrelaçadas, já que as motivações eram diferentes.

Domi me puxou pelo pulso para descermos as escadas, assim que chegamos no salão, notei o olhar cortante que seu pai deu a ele.

Dmitry se levantou de onde estava com a ajuda de Alexander e veio andando devagar até nós dois.

— Dominic, não chegue atrasado no evento. Assim que chegar, cumprimente o anfitrião, Spencer e agradeça ao convite à família Ivanov, depois fale com Hilbert Harper e entregue isso a ele. — O subchefe tirou do bolso uma carta. — Não beba muito para não constranger a família, seja simpático e nada de falar de mort...

— Eu já entendi, tio. — Dominic pegou a carta e a guardou no bolso de seu terno. — Irei me comportar e brindar em nome da família, prometo. Obrigado pela oportunidade em representá-lo.

Dmitry colocou as mãos nos bolsos, inspirou fundo e soltou o ar devagar enquanto encarava seu sobrinho.

— Você avançou de cargo, Dominic. Acostume-se com os eventos agora. Os soldados que irão acompanhar você e Bóris os aguardam próximos à porta. — Indicou com a cabeça para os homens.

— Obrigado pela segurança, mas eu dispenso. Isso só vai atrair atenção desnecessária para nós, além do mais, Bóris e eu estamos preparados. — Ele afastou parte do terno para mostrar a arma na cintura. Eu fiz o mesmo.

— Tem certeza? Porque...

— Absoluta.

— Bem... certo. Divirtam-se.

— E vocês, se cuidem. — Dominic inclinou o queixo para "seu pai", que o encarava ao fundo.

Demos as costas e pude sentir o olhar trucidante de Vladmir Ivanov sobre nós dois. Ele realmente detestava Dominic e desde o que aconteceu na igreja os dois não trocaram mais palavras nem por um segundo, mesmo convivendo por uns dias sob o mesmo teto. Dmitry, apesar de sua rigidez e pouca paciência, diversas vezes agia mais como uma figura paterna para Dominic do que o homem que por tanto tempo se intitulou como seu pai.

Nós dispensamos os soldados da organização e fomos sozinhos para a garagem. Sentei no lado do carona, coloquei o cinto e Dominic acelerou.

No caminho enviei mensagem no grupo dos Hunters sobre a nossa rota, para que eles nos encontrassem no meio do trajeto.

Domi colocou uma música lenta no rádio, o que não combinava nada com a adrenalina que eu sentia durante o percurso.

— Não tem uma música melhor pra colocar? — Arqueei uma sobrancelha.

Ele riu e me encarou com o canto do olho.

— Tentei botar algo para acalmar você.

— Não estou nervoso.

— Então pare de esfregar os dedos.

Eu parei de fazer o movimento que sequer havia notado que estava fazendo. Apertei as mãos e inspirei fundo.

— Apesar de estar tudo planejado... eu não sei o que esperar da noite de hoje. Posso estar colocando tudo a perder.

Assim que paramos em um semáforo vermelho, Dominic colocou a mão sobre a minha e virou o rosto para me encarar diretamente.

— Você mesmo acabou de falar que está tudo planejado, então vai dar certo... e se não der, a gente se vira. Já fizemos isso algumas vezes, não? — Apenas um canto de seus lábios se elevou.

Estreitei os olhos e dei um sorriso. Virei a palma da minha mão para entrelaçar os nossos dedos.

— É. A gente se vira.

De repente, ouço o ronco de um motor potente, o Porsche preto parou ao nosso lado, acelerando com a marcha neutra.

— Ei, pombinhos! Vamos pra missão ou vão ficar namorando aí?! — Monster gritou, ao volante.

Afastei a mão de Dominic e senti o rosto arder. Olhei para o carro, em que estava no banco do carona Masked Guy e atrás Zero e Ghost.

— Como conseguiram nos alcançar tão rápido? — perguntei.

— Você sabe que tem na sua equipe o melhor piloto. — Monster piscou.

Assim que a luz verde se acendeu, seu carro disparou na frente. Dominic estreitou os olhos como se tivesse sido desafiado e pisou fundo no acelerador também.

Eu me agarrei ao banco e senti meu coração quase sair pela boca.

— Dominic, calma! Desacelera essa porra!

Ele gargalhou, sorriu maliciosamente e foi ainda mais rápido. Dominic e Logan se divertiam na pista, naquela corrida imprudente. Aceleravam nas curvas, marcando o asfalto com seus pneus, cortavam carros, invadiam pistas, até mesmo na contramão chegamos a andar.

As buzinadas, freadas bruscas e xingamentos me deixaram ainda mais tenso.

— Desse jeito a gente vai ter a polícia na nossa cola antes de chegarmos na ilha, pare com isso!

— Relaxa, docinho, a brincadeira já vai acabar.

O volante foi virado de tal forma que o carro derrapou e rodopiou.

Eu gritei e fechei os olhos ao escutar o som alto do freio e a luz branca cada vez mais próxima. Monster conseguiu frear bruscamente para que não acontecesse uma colisão, nosso carro parou em frente ao dele.

Eu ofeguei e dei um soco no braço do Dominic.

— Tá maluco?!

Ele deu uma risadinha.

— Foi só para descontrair. Chegamos. — As portas foram destravadas e ele saiu.

Assim que deixei o carro, senti o vento frio correr por mim. E olhei em volta, os diversos navios à frente, de todos os tamanhos e tipos ao longo da extensa zona portuária, que havia poucas pessoas circulando naquela hora.

Logan e os outros rapazes saíram do carro e ele veio direto apertar a mão do Dominic.

— Cara, aquilo foi insano! Você deveria correr na zona neutra um dia.

— Correr na zona neutra?! Dominic quase nos matou! — falei.

— O líder de vocês sempre foi medroso assim? — Domi debochou.

Encarei-o de canto e recebi uma piscadela por parte dele.

— Shadow está certo. Isso foi loucura — Dean disse.

— Foi é muito foda, isso sim! — Zero falou.

Bati palmas para que eles voltassem ao foco e olhei para o relógio.

— Tá, chega, rapazes. Peguem as bolsas e vamos escolher um barco, falta cinco minutos para o evento começar. — Coloquei as mãos nos bolsos e segui na frente pelo píer de madeira.

Ao longo do píer havia luzes amarelas de bolinha penduradas pelos lados e próximo aos barcos os donos fazendo propaganda de seus serviços e da embarcação.

Dominic e os Hunters vinham atrás, conversando com certo alvoroço, exceto por Dean, que se manteve em silêncio, com sua máscara cirúrgica tampando parte do rosto.

Os barcos naquela área eram luxuosos, e majoritariamente grandes, até que encontrei uma lancha ao final, que deveria caber nós seis e por ser menor chegaria mais rápido.

Eu me aproximei do dono, que era um homem calvo de bigode grosso e rosto cansado. Ele usava calças brancas e uma blusa azul de listras.

— Ei, boa noite... essa lancha está disponível pra passeio?

— Para onde quer ir?

— Fire Island. Lote 84.

— Lote 84? — O homem arqueou a sobrancelha. — E você tem o convite?

— Sim.

— E será só você?

— Não, eu, meu chefe e os outros subordinados. — Apontei para Dominic, que se aproximava com uma expressão mais séria.

O homem coçou o bigode.

— Certo... será 600 dólares ida e volta.

— Só precisamos da ida.

— 300 então.

— Fechado.

Ele saiu da minha frente e apontou para a sua lancha, indicando que eu entrasse.

— Sejam bem-vindos.

Todos nós subimos na lancha, sentamos na parte de trás e o piloto iniciou a navegação até a ilha. O mar era um completo escuro, as únicas referências naquele espaço eram as outras embarcações que também se direcionavam à ilha e as áreas onde a luz da lua tocava.

O vento era gélido e forte, o que fez com que eu me recolhesse discretamente. Dominic percebeu e me envolveu em seu braço, trouxe-me mais para perto, aquilo me fez sentir o rosto arder e desviar a atenção para qualquer lugar que não fosse os Hunters.

Demonstrações de afeto daquela forma, principalmente na frente dos meus amigos, era algo que me deixava envergonhado, como se acabasse com a imagem rígida que eu tentava demonstrar a eles.

E apesar de eu estar arroxeado de constrangimento, eles sequer se importaram, não houve um comentário, nem mesmo de Zero.

— Isso aqui não vai mesmo matar os convidados, né? — Logan questionou, vi pela visão periférica ele balançar o saquinho de pó branco que estava em seu bolso.

— Não, não vai. Eles só vão ficar meio bobos para facilitar de vocês tirarem as meninas de lá sem tanto alarde — respondi, encarando o mar.

— Se sobrar um pouco eu posso usar? — Taehyun pegou o sedativo também.

Suspirei profundamente pela pergunta idiota.

— Não recomendo. Você pode ficar muito tempo sem conseguir se mover direito e dependendo da dose pode sim matar. — Dominic respondeu.

— Certo. Então nós iremos nos espalhar na festa para drogar as bebidas primeiro e depois de uma hora começamos a resgatar as meninas, é isso? — Peter questionou.

Enfim tomei coragem para encará-los.

— Exato. Dominic e eu faremos a cobertura durante o resgate e trancaremos as portas do casarão. Vocês têm que tirá-las pela lateral da propriedade, assim há menos chances de chamar a atenção e facilita a fuga para as outras embarcações depois.

— Fechado. — Dean puxou Peter para mais perto e deu-lhe um beijo no canto da boca.

— Ih, Logan, pelo visto a gente sobrou aqui... vem cá me dar um beijinho também, vem! — Tae fez bico e se inclinou pro lado do Monster.

— Sai fora! — Ele riu e o empurrou.

Aquilo me fez rir também.

Assim que avistei a ilha, eu me levantei e estreitei os olhos.

— Estamos chegando! — falei.

Poucos segundos depois o piloto saiu da direção para avisar o mesmo.

Contornamos a lateral da lancha para poder chegar na parte da frente. Dominic colocou as mãos nos bolsos e ficou à frente de todos nós, com seu queixo erguido e convite em mãos.

Aos poucos o barco começou a desacelerar. Mais próximo pude enxergar com nitidez a pessoa que nos esperava no píer, com um terno branco e gravata dourada, com dois seguranças atrás.

Spencer Johnson abriu um sorriso largo para Dominic, que retribuiu a expressão.

Quando pudemos desembarcar, o bilionário apertou a mão de Domi.

— Dominic Ivanov! Muitíssimo obrigado por vir.

— O agradecimento é todo meu, Spencer. É uma bela ilha. — Ele olhou em volta.

— É, é sim. — O porco girou a cabeça observando todo o ambiente com um sorriso orgulhoso. — Como está Dmitry?

— Está se recuperando bem. Depois do ocorrido no restaurante... preferi sair acompanhado de mais segurança e trouxe os meus...

— Não. Problema algum! — Spencer bateu no ombro de Dominic. — Aproveite a festa... e as garotas. — Piscou e deu as costas.

Senti o corpo estremecer, fechei o punho e olhei para Domi que piscou para mim e seguiu o caminho logo atrás dele.

A mansão era ainda maior de perto, pintura branca, arquitetura larga e grandiosa, com janelas espaçosas que seriam um problema no incêndio.

O gramado extenso estava cheio de pessoas perambulando por ali com suas roupas de gala, ao longe dava para ouvir a música alta advinda de uma orquestra.

Até então, nenhuma menina.

Assim que entramos, as escadas das laterais que davam acesso aos outros andares da casa estavam fechados, com uma faixa vermelha. O teto era alto, as luzes amarelas penduradas em lustres de cristal e as janelas cobertas com enormes cortinas beges.

Havia alguns garçons servindo as bebidas e petiscos, ao fundo uma pequena orquestra tocando música ambiente e espalhado nos cantos um pouco mais escuros os sofás brancos em que estavam alguns homens e as meninas, claramente desconfortáveis, próximas deles fazendo massagem em seus ombros ou sentadas ao lado.

Como pode um lugar tão belo por fora se assemelhar ao inferno por dentro?

As meninas estavam vestidas padronizadas, feito bonecas, com vestidos curtos de mangas bufantes brancos, cabelos soltos e batom vermelho.

Pelas vestimentas angelicais, parecia ali que o prazer deles era destruir suas inocências.

Os Hunters começaram a se espalhar enquanto eu inspecionava o salão.

Não havia muitas mulheres presentes, as poucas que estavam ali eram majoritariamente esposas ou secretárias. Exceto algumas socialites como Muriel Lester, que assassinou um ciclista no ano passado com seu conversível, dirigindo bêbada, e foi inocentada.

E Veronika Banks, que manteve trabalhadores em condições análogas à escravidão em sua fazenda. Inocentada, caso abafado.

Me impressionava existir mulheres convenientes com o que acontecia lá dentro.

O lugar estava abarrotado de pragas. Reconheci mais rostos presentes, Philip Goldói, político conservador, que se promove nas campanhas a favor da família, matou a amante grávida e jogou os pedaços aos cães de estimação.

Parlamentares acusados de estupro e assédio sexual, líderes de departamentos policiais... todos com suas fichas sujas, mas inocentados pelo poder e dinheiro. Eles viviam suas vidas com a máscara da inocência, moral e bons costumes enquanto suas vítimas estavam mortas ou silenciadas.

Enquanto Dominic disfarçava, cumprimentando alguns dos associados dos Korschei que encontrou por ali, eu peguei algumas bebidas com os garçons e me aproximei das janelas, bem onde havia as cortinas.

Dei um gole no gin e cruzei os braços com a taça na mão para disfarçadamente derramar metade do álcool no tecido.

De repente, no meu canto, observo Logan passar com a bandeja em mãos, servindo as bebidas batizadas. Ele piscou para mim discretamente.

No outro lado do salão, Dominic andou para os outros cantos a fim de despejar o álcool também nas cortinas e parte no tapete, os pontos mais fáceis de sustentar o fogo dentro do casarão.

Torci o nariz ao ver uma das meninas sentada no colo de um homem que tinha idade para ser o avô dela, ele alisava uma de suas pernas e a expressão da garota era de desconforto. Fechei o punho e apesar de a minha vontade ser de correr até lá e tirá-la de perto dele, tive que me conter para não estragar tudo.

A música se tornava cada vez mais angustiante, aquele espaço me enojava, meu coração aumentava as batidas a cada minuto que se passava. De repente, alguns convidados começaram a se sentar, outros riam por tudo, alguns se apoiaram nas paredes.

Hilbert Harper, o candidato à prefeitura e Spencer Johnson, foram para os fundos a fim de se jogarem nos sofás. A droga nas bebidas estava começando a fazer efeito.

Dominic veio para perto de mim com as mãos nos bolsos e abaixou bem o tom de voz.

— Acho que está começando a dar certo.

— Sim, as pessoas parecem mais cansadas. — Olhei de canto para a área menos iluminada do salão e vi Taehyun dizer algo a um convidado e guiar a menina de pele escura e cabelos cacheados, que parecia ter uns dez ou doze anos, para longe do homem.

— Quando estiver perto da meia-noite, eu vou acender o fogo e bloquear a porta dos fundos com as algemas.

Assenti com a cabeça.

— Certo, e eu a da frente. Peço ajuda do Dean para lidar com os seguranças.

— Ficarei dentro da casa por alguns minutos pra alimentar mais as chamas e impedir que alguém venha apagar antes da hora.

Franzi as sobrancelhas e meus lábios estremeceram.

— Não, Dominic. Ponha fogo e saia, bloqueie a porta pelo lado de fora, ficar aqui é arriscado, a fumaça pode te intoxicar.

Ele chegou ainda mais perto, pude ver meu reflexo em seus olhos.

— Eu sei do que estou falando.

— E eu também. Por isso estou dizendo para que você faça o que tem que ser feito e saia, nos encontraremos na saída lateral para fugir junto dos Hunters e as meninas. — Eu me aproximei a ponto de sentir a respiração quente sair por suas narinas. — Sem discussão.

Dominic estreitou os olhos e deu um meio sorriso.

— Certo... *chefe.* — A última palavra foi carregada de cinismo.

Era 23:30h.

Ele saiu de perto de mim para ir para o outro lado do salão. Aos poucos, o espaço era tomado por uma áurea fúnebre com o som alto e agudo do violino, com as pessoas falando mais baixo, os cantos escuros sendo esvaziados.

De repente, senti uma mão gélida tocar o meu braço. Eu me arrepiei e olhei imediatamente para trás, era Dean.

— Tiramos quase todas, falta pouco.

— Certo. Levem-nas pela saída lateral da propriedade. E, Dean, me espere do lado de fora no arbusto esquerdo, vou precisar de ajuda com os seguranças para fugir.

Não contei sobre o fogo.

— Certo.

23:50h.

Spencer puxou Hilbert Harper pela mão e começou a andar para o meio do salão, meio diferente, como se estivesse bêbado. Fechou o punho erguido para que os músicos parassem e bateu palmas a fim de chamar a atenção dos convidados.

— Primeiramente quero agradecer a presença de todos e dizer que... que estou muito feliz de recebê-los em minha ilha e espero que estejam tirando um bom proveito. — Quando ele disse aquilo, alguns de seus convidados ergueram suas taças. — Como sabem, esse evento foi proporcionado devido à candidatura do meu amigo Hilbert. — Ele apoiou as mãos nos ombros do político e o balançou. — Que agora irá dar umas palavrinhas com vocês.

Hilbert pigarreou antes de discursar.

Ali, enquanto todos se distraíam ao ver Hilbert falar, vi a oportunidade perfeita de iniciar o incêndio. Meus olhos procuraram por Dominic, que do outro lado sorriu ao me ver e tirou o isqueiro do bolso, colocou-o na palma de sua mão, virada para mim.

00:00h.

Era hora do show.

Eu também puxei o meu isqueiro, cheguei perto da cortina e puxei o fogo, que começou com uma chama tímida, mas que ao entrar em contato com a parte úmida de álcool começou a se alastrar. Andei rápido para o outro lado e ateei fogo na outra também.

As chamas do outro lado subiram e logo as pessoas começaram a gritar, um coro de desespero que saía fraco e desarmônico. Seus corpos letárgicos demoraram para reagir em relação ao incêndio.

Encarei Dominic pela última vez antes de sair pela porta da frente e unir suas duas partes para fechá-la. Passei algemas pelas maçanetas e me apoiei na madeira, a respiração estava ofegante, o corpo quente e as batidas aceleradas.

— Saia de perto da porta! — Um segurança gritou e assim que ele sacou a arma para mim, apontei a pistola para ele também.

— Largue a arma! — O outro disse do meu lado esquerdo, mas sequer olhei, ele foi contido por Dean, que estava escondido nos arbustos.

Os gritos vindos do lado de dentro se tornaram audíveis, meu corpo começou a vibrar com os socos que a porta atrás de mim tomava.

Meus olhos se arregalaram.

Os vidros se quebraram e a fumaça escapou.

O segurança continuou com o dedo no gatilho.

Meu rosto estava exposto, daquela ação não poderia restar testemunhas. Sem pensar mais vezes, disparei uma bala em meio aos olhos do homem e agachei rapidamente para a esquerda para dar outro tiro no segurança contido por Dean.

O da perna o derrubou e o outro que dei em sua cabeça o matou.

— Shadow! — Dean gritou, de olhos arregalados ao ver os dois corpos no chão e o sangue escorrer pela grama.

— Vamos! — Comecei a correr gramado abaixo. Sentia a artéria pulsando intensamente no pescoço, o ácido do estômago preso na garganta.

— Você... você disse que não iríamos matar ninguém! — Ele gritou atrás de mim, enquanto tentava me acompanhar na corrida.

Eu me virei para ele, ofegante. Enxerguei atrás de Dean o cenário do caos, a mansão em chamas, as pessoas tentando sair pelas janelas ao mesmo tempo e sendo esmagadas ou cortadas profundamente pelos vidros.

— Não tive escolha, Dean. Eles saberiam que fomos nós que tiramos as meninas da ilha.

Meu amigo apertou o punho e me empurrou.

— Conta outra, Shadow! Eles estavam drogados, nós disfarçados, não precisava disso a justiça seria feit...

— Que justiça?! — gritei. Meu corpo estremeceu e o sangue borbulhou. — A mesma justiça que eles pagaram para serem inocentados?!

Dean piscou algumas vezes e deu um passo para trás, balançando a cabeça em negação.

— Você mentiu pra gente.

Eu me calei.

De repente, um vento forte começa a agitar o gramado em que estávamos, um frio me percorreu a espinha e então uma luz forte veio do céu, era um helicóptero começando a sobrevoar a ilha.

— Fuja. Vão pelas laterais até a próxima área de embarque e levem as meninas, eu vou esperar pelo Dominic — disse, com a visão fixada nas chamas.

— Shadow...

— Vai logo, Dean!

Ele deu mais um passo para trás antes de correr.

Pressionei os dentes e esfreguei os dedos, algumas pessoas começaram a escapar, queimadas, mas nada de Dominic aparecer pelas laterais.

— Vamos logo, Domi... vamos...

Meu coração parecia querer sair pela boca, o ar era escasso mesmo que eu não ofegasse. E então, enxerguei, ao longe, uma figura conhecida rastejar pelo gramado com sua roupa queimada e gritando por socorro.

Era Spencer. Apertei firme o cabo da arma e comecei a andar em passos largos na direção dele, a cada passo a artéria em meu pescoço latejava, meus olhos ardiam de tão arregalados, eu mal piscava.

Spencer nos fez de bobo ao escapar uma vez da denúncia que nós fizemos. Spencer comprou sua inocência na mídia, na justiça, e continuava com seus crimes sem uma punição, ele era a personificação de tudo que eu detestava.

— Me ajude, me ajude! — Aquele verme disse, enquanto se rastejava para perto de mim.

— Cale a boca. — Apontei a arma para sua cabeça e apoiei o dedo no gatilho.

— Não! Não, não faça isso, por favor. Quanto você quer? Eu pago! Posso te dar tudo o que quiser...

— Eu não quero a sua grana suja — disse entredentes.

O helicóptero que sobrevoava a área começou a despejar água para apagar o incêndio. Nem mesmo as gotículas frias que caíam sobre minha pele eram capazes de amenizar a fervura do meu corpo naquele momento.

— Então o que deseja? — Seus olhos se tornaram brilhantes com as lágrimas.

— A única coisa que quero, você jamais conseguirá comprar. Vá para o inferno! — Disparei o primeiro tiro.

Depois o segundo.

O terceiro.

O quarto.

Ainda que seu corpo estivesse perfurado e inanimado, eu continuava a atirar, a despejar toda a raiva que sentia.

Uma luz branca e intensa me iluminou. Olhei para cima e estreitei os olhos.

O helicóptero ainda rodeava o espaço e aos poucos abaixava cada vez mais o seu voo.

Olhei para a frente e senti uma pontada no peito. As chamas já se apagaram, havia pessoas presas nas janelas, outras rastejando pelo gramado, mas nada de Dominic.

— Por favor, volte... cadê você... cadê você?!

— Venha, Shadow! — Logan disse ao me puxar pelo braço junto de Taehyun. Eles faziam tanta força, que meus pés eram arrastados pelo gramado.

— Não! O Dominic ainda tá na casa! Ele ainda tá na casa!

O helicóptero estava se aproximando do solo.

— Ele já deve ter fugido, vamos logo ou vão pegar a gente! — Taehyun gritou.

— Dominic não saiu, eu não o vi sair!

O helicóptero pousou e abriu suas portas.

— Vamos logo! — Logan fez mais força e enfim meus pés responderam.

Eu corri junto deles pelo gramado e durante a fuga olhei diversas vezes para trás a fim de ver se ele apareceria, mas então escapamos pelas grades laterais da ilha e Dominic não apareceu.

Naquela noite eu ganhei algo, mas perdi uma coisa muito maior.

CABELO AZUL

ZACHIARY SMIRNOF

Durante a vida, pessoas vem e vão das nossas rotinas, mas algumas não simplesmente passam, elas entram e marcam as nossas vidas antes de sair, e Dominic Ivanov foi uma dessas pessoas pra mim.

Eu não sabia se Dominic escapou do incêndio e se perdeu de mim, se fugiu por conta da sua família ou foi engolido pelas chamas. A verdade é que eu não conseguia esquecer da noite anterior, do meu corpo sendo puxado por Tae e Logan enquanto eu gritava ao ver o casarão cair aos pedaços sem que Dominic aparecesse.

Quando retornei para a minha cabana à noite e abri a porta, foi como se uma enchente de tristeza me afogasse.

Minha casa voltou a ser um espaço vazio, solitário e frio. Dei o primeiro passo para dentro e ouvi o ranger do piso com a minha presença. Ainda havia muita poeira nas janelas, cheiro de mofo por ficar fechado tanto tempo e os móveis estavam revirados.

Apesar de o meu corpo pedir para que eu me deitasse, minha cabeça que recapitulava o ocorrido da noite não me permitiu descansar. Comecei a colocar as coisas no lugar, tirar as proteções das janelas, varri a poeira para fora da casa... aos poucos tentei pôr tudo em ordem, principalmente os meus pensamentos, a minha vida.

Quando fui me deitar, o sol já estava nascendo, a luz do dia transpassava os vidros e aquecia a pele.

Sequer subi para a cama, no sofá mesmo eu joguei meu corpo exausto e fechei os olhos.

Depois do tempo em que passei com Dominic, não senti que tinha mais algo a temer, foi como se voltasse a ser invisível.

Em meus sonhos eu vi seu rosto, estávamos deitados em sua cama e ele sorriu enquanto passava a mão nos meus cabelos, que já haviam crescido, mas não estavam azuis.

— Antes eu te achava melhor loiro, mas admito que o azul combinava bastante com você também. O azul fez do Zachiary Smirnof um Shadow. — Ele pôs o meu cabelo atrás das orelhas e eu sorri.

— Dominic, tem uma coisa que eu queria dizer a você.

— Estou ouvindo.

— Eu... acho que amo você.

Ele riu baixo e se aproximou para um beijo.

— Eu te amo, Zach. Mas no meu caso eu não apenas acho, tenho certeza.

Franzi as sobrancelhas e senti os olhos arderem e se tornarem molhados.

Assim que entreabri os lábios, despertei com as mãos em volta do próprio corpo, olhei para os lados e me lamentei por estar sozinho. Era estranho dormir só depois de tanto tempo acostumado com a companhia dele.

Eu me sentei e esfreguei o rosto. Queria tirá-lo da minha cabeça, nem que fosse por um segundo.

Na mesinha à frente o celular vibrava sem parar. Peguei e fui ver as notificações

Diversas mensagens no grupo dos Hunters com os prints da notícia e discussões no Twitter. Alguns nos chamavam de heróis, outros de assassinos. Com esses segundos eu não me importava, porque sabia que fiz o certo, as meninas desaparecidas estavam em segurança e com suas famílias.

Se a polícia e o governo não faziam nada por aqueles que estavam acima da lei, alguém foi capaz de trazer a justiça.

Peguei fotos dos que eram meus alvos e morreram no incêndio e elenquei os motivos do porquê eles deveriam ter morrido até antes, descrevi todos os seus crimes e enviei no grupo.

Eu

Boa tarde, rapazes. Espalhem essas fotos e mensagens, as pessoas precisam saber pelo que eles pagaram.

Masked Guy visualizou, mas não respondeu. Ele ficou chateado pelas minhas atitudes na última noite.

Monster

Certo

Ghost

Como você está, Shadow?

Eu

Se eu disser que estou bem, estarei mentindo. Mas, vou superar.

Fechei a conversa e senti o celular vibrando e as notificações subindo, com os Hunters dizendo palavras de conforto.

Eu sabia que aquilo passaria. Eu vivi sozinho por muito tempo, tive que me virar só diversas vezes, então que aquilo era passageiro eu tinha a certeza.

Só não sabia quando.

Levantei do sofá e fui até o banheiro, eu me apoiei na pia e me olhei no espelho. A marca da coleira ainda estava no meu pescoço, os cabelos estavam mais visíveis.

Abri o compartimento que havia atrás do espelho e dali tirei o vidro de azul de metileno, abaixei a cabeça na pia e despejei pelos cabelos, esfregando por todo ele.

Ao subir o rosto, enxerguei os fios, ainda que curtos, azuis novamente. Um sorriso largo apareceu no meu rosto.

Entrei para o banho e depois fui preparar um chá e fumar um pouco. Resolvi me dar uma noite de descanso.

Eu me apoiei na bancada da cozinha e traguei enquanto rolava o Twitter para ver mais comentários da nossa ação na Ilha do Spencer.

Soltei a fumaça lentamente em meio a um sorriso ao ver a foto preta e branca de Spencer Johnson.

— Não se preocupe. Em breve mais alguns dos seus amigos queimarão no inferno junto contigo.

Eu iria atrás. Pretendia continuar a ser o inferno pessoal de cada um daqueles vermes ricos e impunes.

De repente, ouço um barulho de galhos vindo da janela.

Arregalei os olhos, guardei o celular e vape nos bolsos e corri até o sofá para pegar a minha pistola. O coração bateu mais rápido, as narinas se abriram para o ar que saísse com curtos intervalos.

Eu me aproximei da janela e enxerguei um vulto.

Um frio percorreu a minha espinha e os pelos da minha nuca se arrepiaram. Não consegui distinguir se aquilo era realidade ou algo da minha cabeça.

Cheguei mais perto da porta e coloquei a mão na maçaneta. Novamente, uma movimentação nas matas, poderia ser um animal da floresta ou alguém que veio atrás de mim.

Abri a porta abruptamente e apontei a arma para a escuridão.

Minha respiração se tornou audível.

O vento frio da noite me fez estremecer.

Dei um passo à frente com os pés descalços e esperei que meus olhos se adaptassem à escuridão.

Fiquei atento aos sons da floresta, até que algo se moveu no arbusto e eu dei um tiro na árvore que tinha perto.

Um gambá saiu correndo dali para o outro lado.

Soltei o ar aliviado e minha mão deixou de estremecer, mas quando pensei em me virar para voltar para casa, tive os lábios tampados e uma faca posta contra meu abdômen. A lâmina escorregou até a minha virilha e a sensação me fez ficar na ponta dos pés.

— Sentiu minha falta, docinho?

Arregalei os olhos e minha visão lacrimejou. Ele deixou de me calar.

— Dominic.

Eu me virei rapidamente para ele, com as sobrancelhas franzidas. A máscara vermelha com chifres estava em seu rosto e a sua roupa era completamente preta, cobrindo do pescoço aos braços, como das primeiras vezes que o encontrei como Nightmare.

O abracei forte e ele retribuiu, ouvi sua respiração abafada, Dominic levantou a máscara e me permitiu ver seu rosto.

— Por que você não apareceu?! Por que me deixou esperando?! — Empurrei-o e ao mesmo tempo em que estava feliz de tê-lo de volta, senti raiva.

— Eu avisei a você, naquela noite em que estávamos sós no jardim da minha casa que eu teria que morrer para ser livre. Bem, Dominic Ivanov segundo as testemunhas ficou preso na mansão em chamas.

— E você acha que a polícia não vai periciar os corpos?

— Que eu fique como desaparecido, então. Tecnicamente houve uma chacina. — Ele ergueu os ombros.

Passei a mão pelo rosto, esfregando-o.

— Eu odeio você.

Ele segurou em meu queixo, erguendo-o.

— O que importa é que agora eu estou livre, Zach, que estamos do mesmo lado e podemos ficar juntos.

— Ficar juntos. — Pisquei algumas vezes e prendi o lábio entre os dentes.

— Sim. — Ele aproximou a boca da minha e, antes de selar nossos lábios, completou: — Para sempre juntos.

Fechei os olhos ao receber o seu beijo. Ele me desarmou, de todas as formas.

Meus dedos se afundaram em sua roupa e a mão dele, tão quente, deslizou pela minha cintura e a agarrou firme. Fui guiado até uma árvore e ele encostou minhas costas nela.

Nossos corpos se esfregavam durante aquele beijo apaixonado, que me fazia arfar e sentir as batidas ainda mais intensas.

Dominic afastou seus lábios dos meus, para inspirar meu cheiro no pescoço e sugou a pele. Gemi baixo e apoiei a mão em sua cabeça.

Com a faca, ele deslizou a lâmina pelo meu corpo, que me fazia estremecer, provocando pequenos cortes cuja dor me excitou. Seus lábios desceram para o meu mamilo enrijecido e a mão livre invadiu minha roupa debaixo.

Os dentes mordiscaram o meu peito antes de chupá-lo enquanto me masturbava.

Uma das mãos apoiei no tronco da árvore e a outra em sua nuca.

Sua faca caiu na grama.

— Dominic... — gemi seu nome. Pressionei mais as pálpebras ao me sentir pulsar entre seus dedos.

Ele se afastou, com um fio de saliva que escorreu pela sua boca e me encarou com a respiração acelerada de tesão.

Levei a minha mão à sua calça também, abri o botão, desci o zíper e invadi sua roupa para tocá-lo. Dominic estava duro e úmido.

Masturbamos um ao outro enquanto nos encarávamos e trocávamos ares quentes e excitados.

Dominic voltou a me beijar e então, de repente, afastou-se, abaixou a máscara e me virou de costas. Eu me apoiei no tronco e empinei os quadris, deixei que meu corpo falasse por mim o quanto o queria.

Ele terminou de me despir, me lubrificou e o senti roçar contra a minha entrada.

Só de se esfregar em mim, Dominic gemia. Aos poucos começou a me invadir e minhas unhas se fincaram na madeira com a sensação inicialmente dolorosa, mas igualmente boa.

Uma de suas mãos se apoiou na minha garganta enquanto a outra na cintura. Aos poucos ele começou a me foder.

Nossos sons ecoavam pela floresta e a luz da lua cheia iluminava parte do nosso ato.

A mão que se apoiava na minha cintura deslizou para frente para continuar a me tocar e eu me vi na ponta dos pés ao sentir os músculos espasmarem com mais intensidade.

Fechei os olhos com força e meu gemido se agudizou ao chegar ao ápice.

Fui virado de frente, Dominic me pegou no colo e me apoiou no tronco para conseguir erguer as minhas pernas.

Coloquei ambas as mãos em volta de seu pescoço e encarei seus olhos escurecidos através da máscara vermelha.

A sua respiração abafada estava ofegante.

Ele aumentou a velocidade das estocadas e pude senti-lo cada vez mais fundo, rígido e latejante. Franzi as sobrancelhas e gemi baixo quando ele me preencheu.

Usei uma das mãos para afastar a máscara de seu rosto e nos beijamos mais uma vez.

Nossa noite terminou daquela forma, de um jeito que nos olhávamos e tocávamos um ao outro para dizer, sem pôr em palavras, que nos amávamos.

Tomamos um banho e adormecemos no sofá.

Pela manhã, assim que abri os olhos, eu me vi sozinho novamente. Abracei o corpo por um segundo por pensar que tudo se tratava de um sonho, mas ao inspirar fundo senti o cheiro do café.

Eu me sentei e olhei para trás. Dominic se aproximou com duas xícaras nas mãos com um sorriso. Refleti sua expressão.

Peguei o café, recebi um beijo no topo da cabeça e ele se sentou ao meu lado.

— Bom dia, docinho.

— Obrigado pelo café. — Dei um gole e encostei a cabeça no ombro dele.

O celular à frente vibrou, eram muitas mensagens do grupo dos Hunters. Arregalei os olhos discretamente e me inclinei para ver do que se tratava.

Ghost

Vocês viram na TV?! Olhem o jornal!

Zero

O que?

Monster

PUTA QUE PARIU! Liguem a TV agora!

Assim que liguei a televisão, passava ainda notícias sobre o ataque à ilha do Spencer, o resgate das meninas e então a bomba... na mesma noite em que estávamos incendiando a mansão, os Korschei explodiram um restaurante pertencente à Cosa Nostra.

Nova York estava um caos com a guerra das máfias e, três de nós, os Hunters, com desenhos de nossos rostos estampados na televisão como cúmplices da Cosa Nostra, como se o nosso ataque fosse alguma resposta aos Korschei.

Hilbert Harper sobreviveu ao incêndio, mas estava em estado grave no hospital.

O candidato da Cosa Nostra venceu a eleição.

— Merda... — Bati a xícara na mesa e me levantei. — Merda! *Merdaaaa*!

— Filhos da puta — Dominic resmungou.

— Agora a sua família virá atrás de nós. — Olhei para ele.

— E a polícia.

— Não diga, Dominic!

Ele riu.

— Mas estarei ao lado de vocês, Hunters.

Eu me joguei no sofá de novo e respirei fundo enquanto meus olhos refletiam as imagens dos estragos que passavam na televisão.

Apesar de estarmos afundados em um grande problema, cumprimos a nossa missão e eu sabia que paz para mim não era uma opção. Aquela foi a vida que escolhi.

Dominic segurou em minha mão e eu a apertei firme, encarei-o e um sorriso discreto apareceu em meus lábios.

Mas, daquela vez, eu estava com companhia.

BÔNUS

OLIVER CARPO

Uma reunião de urgência foi convocada, mas apenas alguns policiais foram selecionados para o caso, e eu fui um deles. Investiguei os Korschei durante meses e reuni todos os dados que pude, inclusive fotos de um dos assassinos de Spencer Johnson, que era guarda-costas de Dominic Ivanov.

Eu estava nervoso, minha mão estremecia com o copo de café e o braço pressionou ainda mais forte a pasta de documentos enquanto meus passos eram apressados em direção à sala.

Ao abrir a porta, dois policiais estavam sentados, além do líder do caso.

— Agente Oliver, está atrasado.

— Perdão, senhor. — Coloquei a pasta sobre a mesa e tomei meu lugar na ponta, de frente para o quadro.

Ali, no quadro, estavam os nomes das máfias, as fotos do incêndio, além dos retratos de três dos cúmplices da Cosa Nostra, o antigo guarda-costas de Dominic Ivanov, um rapaz de origem coreana e completamente tatuado e outro de pele preta e cabelos curtos em degradê que tinha uma tatuagem de aranha na nuca, esse último em específico me era familiar.

Durante as investigações na zona neutra eu o vi como um dos participantes das corridas de rua. Franzi as sobrancelhas, atento ao que o delegado dizia.

Aquela equipe foi reunida para entrarmos no caso da guerra das máfias e o chefe do caso nos escolheu a dedo de acordo com as nossas investigações. Empurrei a minha pasta para o meio da mesa, com as fotos que tirei e relatos que registrei.

— O do meio, de cabeça raspada, parece ser o líder deles. Ele estava sempre junto de Dominic Ivanov e em meio aos Korschei, portanto não acredito que sejam mafiosos da Cosa Nostra, mas um grupo de... assassinos de aluguel, talvez?

— Pode ser. Mas por que a Cosa Nostra contratariam assassinos de aluguel? — Um outro policial à mesa perguntou.

O delegado coçou a barba e seu rosto se enrugou mais.

— Talvez não quiseram associar o ocorrido a eles para os problemas com os Korschei não serem maiores.

— Ou talvez tenha sido coincidência — falei.

— Precisamos saber as motivações dessa guerra, os próximos ataques e quem são esses homens que resgataram as meninas, mas mataram Spencer Johnson e outras pessoas influentes. É necessário agir e agir rápido ou Nova York se tornará Gotham City em pouco tempo. — Nosso chefe cruzou os braços.

— Bem, se vocês dois... — Apontei para os meus colegas sentados ao lado. — Se dividirem para cuidar da Cosa Nostra e Korschei, posso investigar mais sobre os assassinos do Spencer.

— E por que você ficaria com esse lado do caso? — Um dos policiais questionou.

— Porque eu sei exatamente como me aproximar de um deles. — Fixei meu olhar na foto preto e branca do piloto de corridas ilegais.

CONTINUA...